追 爱，
百转千回

ZHUI AI
BAIZHUAN
QIANHUI

若之 著

内蒙古出版集团
远方出版社

图书在版编目(CIP)数据

追爱，百转千回/若之著.—呼和浩特：远方出版社，2016.1
（紫水晶情感小说系列）
ISBN 978-7-5555-0620-1

Ⅰ.①追… Ⅱ.①若… Ⅲ.①长篇小说—中国—当代
Ⅳ.①I247.5

中国版本图书馆CIP数据核字(2016)第024160号

追爱，百转千回

作　　者	若　之
责任编辑	云高娃　李　可
出版发行	内蒙古出版集团　远方出版社
社　　址	呼和浩特市乌兰察布东路666号　邮编010010
电　　话	（0471）2236471总编室　2236460发行部
经　　销	新华书店
印　　刷	北京富达印务有限公司
开　　本	650×940　1/16
字　　数	252千
印　　张	22.5
版　　次	2016年3月第1版
印　　次	2016年3月第1次印刷
标准书号	ISBN 978-7-5555-0620-1
定　　价	35.00元

如发现印装质量问题，请与出版社联系调换

目录

第 一 章　失恋 / 001
第 二 章　醉酒 / 005
第 三 章　天亮之后 / 009
第 四 章　何穆穆的误会 / 013
第 五 章　天使般的青年 / 017
第 六 章　曾经的偶像 / 021
第 七 章　路见不平 / 025
第 八 章　失业 / 029
第 九 章　面试（上）/ 033
第 十 章　面试（下）/ 037
第十一章　录用 / 041
第十二章　待命？！/ 045
第十三章　孤零零 / 049
第十四章　不想做人偶 / 053
第十五章　被粉碎的重要文件 / 057
第十六章　残留的温暖 / 061

第十七章	解释 / 065
第十八章	新锐偶像 / 069
第十九章	过呼吸症 / 073
第 二 十 章	各种诡异的态度 / 077
第二十一章	充满恶意的杂志 / 081
第二十二章	来自程骏峰的电话 / 085
第二十三章	困扰 / 089
第二十四章	不要离开这里 / 093
第二十五章	我的女人 / 097
第二十六章	遇到太阳 / 101
第二十七章	雨夜 / 105
第二十八章	不够资格的选择题 / 109
第二十九章	程骏峰的求婚 / 113
第 三 十 章	想听的声音 / 117
第三十一章	残忍的骗局 / 121
第三十二章	不是孤单一人 / 125
第三十三章	安若灏的陪伴 / 129
第三十四章	彩无夜的过去 / 133
第三十五章	又见金毛 / 137
第三十六章	浓重的杀意 / 141
第三十七章	记者招待会 / 145
第三十八章	自肃处罚 / 149
第三十九章	给何穆穆的处罚 / 153
第 四 十 章	有所改观 / 157

第四十一章　联谊 / 161

第四十二章　安若灏的初恋 / 165

第四十三章　我爱你 / 169

第四十四章　偶遇 / 173

第四十五章　安德莱入院 / 177

第四十六章　使用暴力 / 181

第四十七章　可怕的头条 / 185

第四十八章　安德莱的过去 / 189

第四十九章　软弱的人 / 193

第 五 十 章　掌握在自己手中的命运 / 197

第五十一章　重生 / 201

第五十二章　即将出国 / 205

第五十三章　冷淡的安若灏 / 209

第五十四章　迷路 / 213

第五十五章　卷入危险事件 / 217

第五十六章　告白 / 221

第五十七章　最大的危机 / 225

第五十八章　成为恋人 / 229

第五十九章　突袭 / 233

第 六 十 章　吃醋 / 237

第六十一章　参加酒会 / 241

第六十二章　挡酒 / 245

第六十三章　突如其来的危机 / 249

第六十四章　被保护 / 253

第六十五章	看望 / 257
第六十六章	"我就在你身边" / 261
第六十七章	私家侦探 / 265
第六十八章	安若灏的回归 / 269
第六十九章	失踪 / 273
第 七 十 章	不该出现的人 / 277
第七十一章	安若灏的真实身份 / 281
第七十二章	安若灏的回忆 / 285
第七十三章	公司空了 / 289
第七十四章	不放弃 / 293
第七十五章	被赶出家门 / 297
第七十六章	加深牵绊 / 301
第七十七章	选秀 / 305
第七十八章	诺佳鸾的嫉妒 / 309
第七十九章	何穆穆的绝境 / 313
第 八 十 章	分手？！ / 317
第八十一章	自我麻痹 / 321
第八十二章	危险的想法 / 325
第八十三章	神奇的生命 / 329
第八十四章	"喜当爹" / 333
第八十五章	和好 / 337
第八十六章	毁灭 / 341
第八十七章	大结局 / 345

第一章 失恋

"我怎么可能为了她而放弃你呢？不管从哪方面来说你都比她强多了，我很快就会提出分手的，放心吧，我的甜心！来……刚刚那一回太短了，宝贝儿你一定还没尽兴……"

从女人手机中传出来的，正是何穆穆前男友程骏峰的声音。

似乎是故意让何穆穆难堪，女人将音量调到最大，脸上露出了一丝得意扬扬、盛气凌人的阴险笑容。

"怎样？这一次你相信了吧？"

原本安静的咖啡厅一瞬间嘈杂了起来，几乎没有人听不清手机播放的内容！更没有哪个笨到搞不清状况。

这可是小三当众挑衅原配的好戏啊！

何穆穆巴不得挖个地洞逃离这里，真是尴尬极了！

从咖啡杯里冒出来的团团热气，更是让她的脸越发泛红。

太愚蠢了！

在公共场合播放这种录音，她这位前好友的脑子被门夹过了吗？自己丢人是不假，可她就有面子吗？

何穆穆埋下头去，双手握拳挡在头顶，双肩轻轻颤抖着，极力克制着痛扁自己这位前好友一顿的冲动。

倘若她如此做了，那就表示她输了。

当然，怒火是一定要发出来的，否则气坏了自己，终究还是自己吃亏。

从现在开始，她就不认识眼前的女人了，她叫什么？不知道！

何穆穆闭上眼睛深吸了一口气，然后露出了一个和窗外阳光一样灿烂的笑容来："啊呀，是吗？那就让给你好了，反正那种长相又不怎样，赚钱也不多的男人我还看不上呢，最主要的是胆小，看到只蟑螂都吓个半死，你根本就不懂我每次黑着脸帮他拍蟑螂时的心情啊，你要是喜欢这种男人那就领回家吧！玩腻了告诉我一声，大把这样的可以介绍给你呢！"

咖啡厅里越来越嘈杂了，大家都在说着些何穆穆听不清的话。

坐在何穆穆对面的女人突然攥紧了拳头，或许是因为没看到何穆穆的丑态而感到出乎意料、万分失望吧！

女人皱起眉头，咬牙切齿，看向何穆穆的目光中充满敌意，冷笑了两声，低低说道："真是没想到，咱们这段友情就这样结束了呢！"

何穆穆不置可否地耸了耸肩："哦，咱们之间的友情？您谁啊？您配嘛！您没发现自己连个大名都没嘛！"

三天前，被她删除姓名的这位前好友突然提出建议，怂恿她主动和男友程骏峰分手，理由则是程骏峰出轨了。

何穆穆不相信，她与程骏峰在最近这段日子里的来往的确有些少，但她却并不认为程骏峰会干出那种事情。

没想到证据很快就摆在眼前，更为讽刺的是，告密者竟然就是故事里的小三。

如果硬说何穆穆不伤心那是假的，毕竟她从高中时代就开始和程骏峰交往了，多年的携手同行，两人间虽不是浓情蜜意，但也算合得来。

以这种方式分手，何穆穆心中总觉得很不是滋味，她自己究竟做错了什么呢？难道就是不答应和他在婚前开房同居吗？

走出咖啡厅，何穆穆确定那个女人看不到自己后，直接蹲下身，狠狠地砸了地面一拳。

霎时间，原本青白色的地面冒出了一缕青烟，周围的路人都被眼前的场景吓坏了，高喊着"火星人侵略地球"四散奔逃。

收回拳头后，何穆穆觉得自己的心情稍微好了点。

世界上怎么能有那么不要脸的女人！如果不是因为打伤人要赔钱，她绝对会请那个女人品尝品尝自己的功夫！

九月的青州还有些燥热，拥挤的街道更令人觉得心烦意乱，何穆穆心里想着的全都是男友背叛、好友劈腿的破烂事，根本就无心看前方，一不小心就撞倒了一个小混混模样的家伙。

"喂！怎么走路的呢？！"对方的火气很大，抓住了何穆穆的衣领。

何穆穆一脸淡定地看着对方，脸上不带任何表情。

见此情景，小混混的表情则有些猥琐了："哎哟，长得还不错嘛，要不你陪陪我，我就放过你怎样？"

何穆穆闻言想了很久之后才反应过来"陪陪我"的意思是什么。

于是，她冷笑了一声，在自己心情最糟糕的时候，居然还真有人主动撞到枪口上来！真是大好人啊！

"好啊，就到对面的小巷子里怎么样？"何穆穆指着马路对面两栋大厦之间的小巷子，那里阴暗而又肮脏，绝对不会有人进去的。

那个小混混都要流口水了，没想到能遇到这种便宜事，乐呵呵地点着头，跟着何穆穆走进小巷子。

于是，路过此处的人都能听见从小巷子里传出的凄惨的哭喊呼痛声。

五分钟后，何穆穆拍了拍手、跺了跺脚，轻松自在地离开了小巷子。

而那个小混混，则鼻青脸肿地倒在一条臭水沟里，他的身上还撒着一大片臭气烘烘的生活垃圾。

"……什……什么玩意儿啊……那个女的……她……竟然学过少林功夫？！"

小混混凄惨地捂住了自己的脸。

虽然长着一张娃娃脸，身材娇小得经常被错认为一名中学生，但何穆穆的确已经是一个大人了，而且有着稳定的工作。

她从事着化妆师的职业，经常被好友们羡慕，因为可以接触各种艺人。

然而何穆穆本身对于艺人并不感兴趣，任何一个明星的签名都没有要过。

这样的何穆穆在高中时代可是很受欢迎的,长得甜美可爱,性格开朗自信,还没有那些脑残病症,绝对是少男心中的女神。

但随着大家一点点变得成熟起来,而何穆穆却完全没有变化,渐渐的,就变得不怎么起眼了。

认真分析自己这段初恋失败的原因,她很快就得出了结论:一定是因为自己不够成熟、没有女人味、衣着太幼稚……

虽然想清楚了问题出在哪儿,但是心中还是不甘心,五年的感情居然还敌不过一个小三?

何穆穆叹了口气,看着渐渐暗下来的天空,她决定找一个地方歇一会儿。

早在听到手机中的那段录音时,她其实就已经没有什么力气了,虽然在那之后还将地面打出了凹槽并且打趴下一个小混混。

环顾四周,附近竟然有一家正在营业的酒吧,这是她从未走进过的场所,心中总还是有些好奇的。

如此想着,何穆穆走了进去。

说实话,如果不是因为遇到了打击,这种昏暗嘈杂的场所,绝对无法吸引她的驻足。

不过今天不一样,今天需要用酒精来让她遗忘掉刚才所发生的那些事,顺便将那两个人从自己的大脑硬盘中彻底清除。

何穆穆点了一杯又一杯,虽然已经喝得晕乎乎了,但是脑海中前男友的脸却越来越清晰,思绪也清醒得很,她有点不爽,于是冲着酒保说道:"你这酒掺水了吧?!我怎么完全喝不醉?"

第二章　醉酒

　　酒保嘴角抽搐，看着附近那些正在偷笑的人，他有种把眼前这个丫头扔出去的冲动，但还是勉强挤出了生硬的笑容来："客……客人，这怎么可能呢？而且能说出这种荒谬的话来，我看您也是醉了啊。"
　　"哈？！"何穆穆本来心情就不好，听到这话就更不爽了，她用力地拍了拍桌子，这导致大理石桌面直接出现了一个坑，附近的人吓坏了，赶紧躲得远远的，酒保也想逃，但却无处可逃，"你说什么呢？！嗝……我不是你的上帝吗？！你是怎么和上帝说话的？"
　　"客人，别激动！我不是那个意思，您是真的醉了，乖，别喝了，回家洗个澡好好睡一觉好吗？"酒保苦笑起来，尽量耐心地和自己对面那个发酒疯的家伙说话。
　　"什么？！我说了我没醉！"何穆穆持续拍着桌子，拍着拍着，她就坐下身来，趴在了桌上，不知不觉红了眼眶，要是能够忘记就好了，把那个人的一切都忘了。
　　"咋咋呼呼做什么呢？！毁了老子的好心情！"一边的一个彪形大汉走了过来，瞧他一脸横肉的凶狠模样，即便不是混社会的，那也绝对不好惹。
　　酒保见状心想糟糕，虽然眼前的这个丫头是怪力女，但走过来的可是附近出了名的恶霸，经常带着好几个手下来这里作恶。
　　很快，何穆穆的身边就围了好几个高大男性，她眨了眨眼睛站起身来准备迎战。但就在这个时候，一个穿着黑西装的男人出现在何穆穆面前。

"你们几个大男人围着一个黄毛丫头也不嫌丢人?"一个略带鼻音的慵懒男声在何穆穆耳边响起。

何穆穆抬头望去,哇!还真的是个美男子,在昏暗的灯光下皮肤显得有些苍白,看上去蓬松柔顺的头发服帖地垂落在脸颊两侧,额前的发丝下是没有被全部挡住的英气眉毛,面部线条虽然比较柔和,但目光却很凌厉,盯着那些彪形大汉的目光中也充满了自信的神采。

"你小子又是哪位啊?!"那几个彪形大汉好似被人挑逗的斗鸡,立马围上了西装哥。

"我?"男人低下头去,额前的发丝将他的眼睛给挡住了,他冷笑了一声,然后缓缓说道,"我是谁和你们无关吧?只不过是看不下去你们这群恶霸老是在这儿欺负弱小。"

何穆穆还没搞懂到底发生了什么事,就看看这位帅气的西装哥准备做什么吧!

如果换成平时的何穆穆,肯定不会这样的,可以施展功夫、见义勇为、痛扁恶霸的机会,她才不会错过呢!

最最重要的是,但凡是个有头有脸的混混,就不会报警求助!

对他们这种货色而言,丢不起那人!谁要是找警察帮忙,那今后就甭想在道上混了!

只是今天不太一样,她的心情很糟糕,精神很萎靡,身体里也没多少力气,的确也想看看好戏。

"什么?老子有的是钱!"那个彪形大汉这么说着,直接朝西装哥冲去,打算凭借自己的体重优势撞翻西装哥。

何穆穆看得出来,西装哥原本的计划是想侧身躲过恶霸的正面冲撞,随后顺手抓住恶霸的手腕,利用恶霸前冲的惯性,直接将他制服。

只可惜计划赶不上变化,恶霸突然减缓前冲的速度,西装哥应变不急,左脸颊直接承受了恶霸全力的攻击,瞬间就红肿了起来,嘴角渐渐渗出了血丝,英俊的脸上也添了伤。

霎时间,四周此起彼伏的尖叫声让何穆穆觉得头都晕了。

看到西装哥脸上的伤痕，何穆穆嘴角抽搐，喂喂喂，没本事还在那里耍什么帅啊？脸都肿了，没事吧？再这样下去会不会破相啊？如此帅气的帅哥要是因为自己破了相，还真是有些可惜呢！

"哈哈哈哈——这小子根本就只有一张嘴而已嘛，连我的拳头都躲不开。"彪形大汉笑得很大声。

而西装哥则是捂住了自己的脸看着彪形大汉，他心想自己大概是在办公室坐久了很久没运动，身体反应才会变迟钝。

但这并没什么，他又没被打倒，对付这些混混恶霸，他还是有自信的！

于是，西装哥振奋精神，摆出了西洋拳击的架势。

恶霸们看到西装哥这个姿势又嘲笑起来："我靠，你以为你是李小龙啊？摆出那么奇怪的姿势来！你要笑死老子啊？"

西装哥根本不在意恶霸头目彪形大汉说些什么，直接就冲了上去，用自己的拳头狠狠地打在了彪形大汉的腹部。

霎时间，彪形大汉的笑声戛然而止。

两人再次动手后，场面更加混乱，酒保已经逃出去联系店长了，而那些客人们，有的兴奋地呐喊助威，有的惊恐地发抖尖叫。

耳内充斥着各种各样嘈杂的声音，何穆穆只觉得脑中一阵眩晕，整个世界都像在旋转着一样，难受极了。

她缓缓站起身来，身体却向一边偏去，扶住吧台才勉强站稳身子。

酒吧里富有节奏感的音乐以及女孩子的尖叫声好似成了某种催化剂，让她体内的某种东西拼命地咆哮着，似乎要冲出身体来到外界一样。

就在西装哥和一群恶霸扭打在一起的时候，有一种需要打上马赛克的液体从何穆穆的口中直接涌了出来。

此刻，尖叫声、咆哮声以及呐喊声都淹没在了呕吐声中，只有充满活力的音乐还在不停地持续着。

听着那些劲爆的音乐，何穆穆更加反胃，吐得更卖力！

这个画面至少持续了五分钟！

"我靠!这个女人看上去娇小可爱,怎么会这么恶心啊!"被那些液体喷了一身的恶霸们逃避不开,狼狈至极,一个个捂着鼻子离开了酒吧。

看来这些恶霸还是一群有洁癖的恶霸,堪比水浒传中鲁智深的那群跟班。

西装哥面无表情地看着渐渐远去的那些恶霸们,见他们离去得很是坚决,似乎不会回来寻仇,警惕的目光也就收敛起来。

到此时,似乎有一件更为重要的事等着他。

少顷,西装哥反应过来,挑了挑眉毛,脱下了标志性的上衣,一脸的不舍。

虽然心中很不舒服,但是罪魁祸首已经醉得不省人事,即使想要发作也没有对象。

西装哥心中觉得无趣,真是倒霉,怎么会遇到这种人……

何穆穆将体内的酒精都吐了出来,觉得身体舒服多了,可意识却越来越模糊了。

米色衬衫哥在远处观察了一会儿,恶霸们已经逃走了,虽然是被呕吐物打败的,但这个女生应该不会再遇到危险。

他最后又看了一眼何穆穆,转身就往外走。

今天到这里来本就是为了一些应酬,结果对方却爽约了,这种地方果然不适合他。

"别走……"

含含糊糊地吐出两个字,紧闭着双眼的何穆穆伸出一只手,抓住了米色衬衫哥的小腿。

"不要离开我……"

米色衬衫哥先是微微一愣,还没反应过来发生了什么事,就被另一个陌生男子给抓住了,那个男子是这家酒吧的店长。

第三章　天亮之后

店长染着一头金发，嘴里还叼着烟。

"帅哥，既然她是你的女人，麻烦把她带走好吗？不要让她在这里给我们添麻烦。"

居然被误会了……

米色衬衫哥面部肌肉抽搐了几下："你似乎搞错了，我和她半点关系也没有，就连她叫什么名字我都不知道。"

已经醉得晕头转向的何穆穆听到这话伤心得要命，站起身来，死死地抱住了米色衬衫哥的脖子："当年看月亮的时候，你还叫人家小穆穆，这会儿就叫人家牛夫人了……"

米色衬衫哥想要狠狠地踹开这个醉了的疯子，但那么多人看着，他好歹也算是个公众人物，无论如何都出不了手。

真是太丢人了！

话说回来，眼前这个女人也看过大话西游吗？！

"我生是你的人……死是你的鬼，如果你非要抛弃我的话……我就送你断子绝孙腿……嗝！"何穆穆完全失去理智了，不知道自己到底在说些什么。

原本还处于惊恐或是兴奋中的人现在都在偷笑了，因为这画面的确很有趣。

听到这里，店长无奈地叹了口气，抬手拍了拍米色衬衫哥的肩膀："看吧？果然是你的女人，你们是不是吵架了？情侣嘛，床头吵架床尾和的，多让着女人点，大老爷们儿嘛，总是要有点肚量的，你说是这个理吧！"

米色衬衫哥觉得很绝望，难道他……即使是跳进黄河也洗不清了吗？

他该怎么做，别人才会相信这个疯子不是他的女人呢？

没办法，米色衬衫哥只好顶着压力将何穆穆拖出了酒吧，那些浑浊的空气瞬间一扫而空，清新又冰凉的新鲜空气窜进了鼻腔，这让米色衬衫哥和何穆穆都清醒了一些。

刚走出酒吧，米色衬衫哥就很没风度地松了手，何穆穆直接一屁股摔倒在地上，目光茫然地看着前方。

米色衬衫哥对着何穆穆挥了挥手，毫不留恋地转过身，迈步走向自己的汽车。

刚打开车门，米色衬衫哥就在面前的反光镜里看到了何穆穆的眼泪。

此刻，她那双又圆又大的眼睛中充满了泪水，纯黑色的眸子，这一刻就像是浸泡在水中的黑色水晶一般，毫无生气，但却迷人至极。

米色衬衫哥下意识地睁大了眼睛，这种情况下把她一个人丢在路上，那一定是非常缺德的吧？

他这么一想，猛地伸手捂住自己的额头。

他真的不是那种爱管闲事的人，今晚究竟是怎么了？

何穆穆做了一个梦，梦里的场景非常美丽，有着一片碧绿色的草地，还有着一棵参天大树，在那里，她和前男友程骏峰以及那位没姓名的前好友依旧相亲相爱着，三个人并排躺在了草地上，看着瓦蓝色的天空以及大朵大朵、缓缓移动着的洁白云朵。

"穆穆你啊，毕业以后有什么打算吗？"那个清秀的少年柔声问道。

"唉？我吗？"何穆穆将双手枕在了脑袋下面，"嗯，我想想……大概是做化妆师吧？或者理发师也可以，我对这种职业超感兴趣的，嘿嘿。"

少年看上去很是失望的样子，坐起身来俯视着何穆穆："你的未来中，没有我吗？比如……和我结婚，没有这种打算吗？"

而躺在何穆穆身边的那个女生突然偷笑起来："如果她的未来中没有你的话，不如到我的未来中来吧，我一定会非常爱你的。"

不是这样的……何穆穆坐起身来想要解释，但那两个人已经手牵着手离去了，自己再也没有机会了。

浓重的悲伤感包围着何穆穆，她无法忍耐一般地哭泣起来。

醒来之后的何穆穆还是泪眼婆娑的，那个梦让她觉得很心塞，大概真的是这样没错，她虽然是真的很喜欢那个人，但却不知道要怎样去表达，因为她并不喜欢成天腻在一起的恋爱，所以还是希望彼此之间能够保持距离，给予对方私人空间。

前男友的确对这点很不满，他是属于非常黏人的男性，每天都会发好多条消息给何穆穆，即使只有一小会儿的休息时间也会想办法打个电话给何穆穆，但这样的爱情对于何穆穆来说却很是沉重，她不喜欢被这样束缚住。

大概因为两个人的性格不同，前男友觉得何穆穆非常冷淡，而那个时候何穆穆的好友又特别热情，总是出现在前男友的身边，所以两个人走到了一起。

何穆穆不懂，她真的不懂，喜欢一个人啊，就一定要时时刻刻黏在一起吗？难道说不是那样就无法表达出自己的爱了吗？

何穆穆伸手擦了擦自己的眼角，这才发现自己所处的环境似乎有点不对劲，自己睡在了洁白的大床上，然后还盖着很厚的被子，这被子怎么看也不像是自己家的，但最主要的并不是这些，最主要的是……她感受到了来自自己身边的体温。

何穆穆倒抽了一口冷气，缓缓扭过头去，只见眼前一片小麦色的肌肤，而且还有着淡淡的沐浴露香气朝自己这边蔓延着，虽然味道很清新也很好闻，但这让她整个人都僵住了，背后那冷汗激流勇进似的哗啦啦往下淌。

——这是什么情况？！为什么我身边有个赤裸的男子？！何穆穆这么想着，但是自己的确是穿着衣服的，她悄悄掀开了被子，对方也有穿着牛仔裤,看样子似乎并没有发生什么可怕的事,但是……但是……为什么会两个人睡在同一张床上?!

捂住了自己的脸,何穆穆心想这下真的糟糕了,她早就知道酒后乱性这码事儿了,但怎么也想不到这种事居然会发生在自己身上,这下自己该怎么办才好?她守身如玉地度过了22个年头,没想到……真是一失足成千古恨呐!

现在这到底是……自己穿着衣服,男人上半身赤裸但下半身穿着牛仔裤,也不一定就发生了什么吧?何穆穆这么想着,自我安慰道,一定是没错的,因为和电视剧里所说的不同嘛。

慢着,这样下去不行,自己必须先逃了再说,免得这个男人醒来之后两个人面对面尴尬。

趁着男人还没有醒来,不如自己先离开了再说,何穆穆小心翼翼地掀开被子准备下床,却觉得腰部一阵钝痛,疼到她几乎都要尖叫出声来了,但为了不吵醒男人,她双手捂住了自己的嘴,本来觉得应该是安全状态的何穆穆瞬间又觉得危险了,不会吧?这种疼痛以前从来没有过啊……难道说,自己真的失身了?!

何穆穆伤心至极,忍不住蹲在地上小声抽泣起来。

但是很快,眼泪就停住了,那种悲伤感渐渐地变成了愤怒,这个男人到底是什么人?为了看清男人的脸,她蹑手蹑脚地跑到了床的另一边,因为男人刚才是背对着她的。

第四章　何穆穆的误会

在看清楚了男人的脸之后，何穆穆觉得一阵绝望，但很快又有些庆幸了，眼前的美男子她并不认识，所以说以后可以当作一切都没发生，但绝望的是自己居然就和这么一个陌生人发生了……关系……

呜哇——何穆穆抱头蹲了下来，上苍啊，你为什么要这样对我？我昨天才刚失恋，今天又失身，还能不能愉快地玩耍了啊！

"你吵什么啊？"男人终于睁开了眼睛，因为是被吵醒的关系，所以脸上写着不悦，声音也掺杂着浓浓的鼻音，听上去异常慵懒。

何穆穆整个人像是触电般地一颤，缓缓抬起头来，视线与男人的视线交汇着，男人还有些涣散的目光在她看来简直就是对她的各种不屑，她气不打一处来，双手握拳冲男人吼道："你……你到底是谁？！为什么我们会睡在一起？"

男人揉了揉自己有些乱翘的柔软发丝，刚醒来的他一时还未能理清思绪，再加上前些天一直在熬夜工作，所以他迷迷糊糊地回答了半个问题："我是安若灏。"

"好一个安若灏！我记下你了！"何穆穆说到这里的时候，稍稍愣了一下，慢着，安若灏？这个名字她听说过啊，是Y.M娱乐传媒有限公司的负责人呀！也是安氏财团的第一继承人，她怎么会和这种人扯上关系啊？！

如果对方是普通人的话，何穆穆还打算让对方好好负责，甚至是娶了自己，虽然这是在失去理智的情况下所想出来的馊主意，但对方是这种大人物的话，如果这么说的话，对方一定会觉得自己是趁机上位之类的。

"你这个家伙！怎么能对我这种弱女子做出这种丧尽天良的事来呢？！"何穆穆冲了过去抓住了安若灏的肩膀，"你有钱有势了不起啊？！有钱人就能把人当作玩具一样玩弄吗？！你知不知道……我！"

安若灏甩开了何穆穆的手捂住了自己的额头，一大早就听到这个聒噪的声音在耳边不停地叽里呱啦着，他觉得各种心烦意乱："你有病啊？谁玩弄你了？一大早的发什么神经？我还要睡呢，你知不知道我有几天没好好睡过一觉了？爱滚就滚，不想滚的话那就一起睡也没问题！"

何穆穆气得直磨牙，这个家伙简直就是流氓嘛！

怒火中烧的何穆穆直接冲上前去抓住了安若灏的胳膊，在安若灏还完全没有反应过来的时候，将他过肩摔摔倒在地面上。

这一下安若灏彻底清醒了，他艰难地站起身来冲眼前的何穆穆吼道："你在干什么？！"

"臭流氓！我还没问你干什么呢！有种来单挑！"何穆穆扑上去将好不容易才站稳的安若灏又一次踹翻在地。

"你白痴啊？！你难道以为我把你怎么样了？"安若灏揉了揉自己的脑袋，真是受不了这个人了。

"不然呢？！"何穆穆的双拳渐渐颤抖着，似乎是想到了什么一般环视了旅馆房间一圈，找到了自己的包，她提起自己的包就往外跑了，"算了！我什么也不想知道！就当是被狗狗咬了一口好了！"

超大的关门声之后，安若灏就这么直挺挺地躺在地上。

——我到底招谁惹谁了？所以说别人家的闲事管不得，要不是自己昨天爱管闲事救了那个疯子，就不会被当作是那个疯子的男人了，也不会这么被人白白揍一顿了。

事实上，昨晚安若灏还是将何穆穆带来了旅馆，因为他不认识何穆穆，根本不知道她家住在哪儿，翻了她的包之后看到了最后的通话记录，结果打过去之后是一个冷冰冰的女人声音，说道："我们已经不是朋友了，你能长点脸别再来打扰我和我亲爱的了吗？"

这话听得安若灏差点把何穆穆的手机给扔了，又翻了翻，看到了一叠名片，这个女的似乎叫何穆穆，居然还是化妆师，他本来以为对方肯定是个小鬼头呢。

就在此时安若灏看到了附近的旅馆，心想着那就带她去旅馆然后自己回家好了，在大厅登记的时候，大家都用特别诡异的目光看着他，他觉得自己特丢脸，简直就像是在诱拐未成年少女一样。

在安若灏将何穆穆扔到旅馆床上之后就准备走了，谁知道那个时候的何穆穆噌地一下跳了起来抱住了安若灏的脖子，然后……吐了他一身。

要说安若灏也是在富人家长大的，比较有教养，这要是别人肯定就直接宰了何穆穆了，而且何穆穆呕吐的技能大概很纯熟，虽然安若灏浑身都脏了，但她自己却干干净净一滴呕吐物也没沾到。

安若灏给客服打了电话，问对方有没有干净的男装，对方在困扰了很久之后才说道只有牛仔裤，在客服用特别复杂的目光盯着安若灏看了好一会儿之后，才将牛仔裤递给了他，安若灏真的好想抱着何穆穆一起跳楼啊。

结果安若灏在洗完澡之后顺便将自己的衬衫也给洗了，因为没衣服穿了自然是回不去了，但这客房里也就只有一张床，他问客服还有没有空房时，客服表示已经全部满员了。

安若灏嘴角抽搐着，他已经好多天没好好睡了，这会儿都快没力气了，只能和何穆穆挤一张床了，虽然性别不同，但对方穿着衣服呢，自己也穿着牛仔裤呢，所以根本没什么好担心的吧？只要智商在普通水平的成年人醒来之后都会知道什么都没发生过吧？于是他就沉沉地睡去了。

但安若灏怎么也没想到何穆穆居然还是误会了，而且还把他给撂倒了，他做了像保姆一般的事之后居然还被这么对待，简直就是委屈至极啊。

"何穆穆……吗？别让我见到你，不然绝对不放过你这家伙。"

安若灏自言自语道。

话说回来，那个疯子昨晚发酒疯的时候，好像是撞到柜子了，腰会很疼吧？

而另一面，何穆穆刚走出旅馆就只觉得脚发软，她还不能接受这些残酷的事实。酒这种东西是死也不能再沾了，简直就是魔鬼嘛，自己也真是的，不就失个恋嘛？干吗非要到酒吧去？

想到这里，何穆穆举起了自己的手。

——我发誓，从今以后再也不沾酒精了，如果我再喝酒的话就罚我这辈子也吃不到最爱的POCKY！

到此为止的人生中，除了自己的父母之外，前男友和好友就是何穆穆最重要的存在了，从高中开始就一直在一起，不管是什么心事，她都会告诉那两个人，或是一点点的小事也好，希望对方能够分享自己的喜悦，她甚至还想过，在好友找到男朋友之前绝对不结婚，要结就两对一起结……

"像个傻瓜一样。"何穆穆凄惨地笑了起来。

不管怎样，生活还是要继续的，何穆穆看了看时间，刚好到开工的时间了，这么想着她就朝地铁站跑了过去。

不管是怎样的打击，都不能击败何穆穆的，从小就是这样，她相信在不久的将来就会有和懊悔、痛苦同等量的幸福在等待着她，所以对未来总是充满期待。

第五章　天使般的青年

刚跑到地铁站手机就响了起来，何穆穆一看是母亲来的电话，她赶紧滑向了接听键。

"妈，什么事？"

"哦，是这样的。"母亲的声音听上去特别开心，这也让心情不怎么好的何穆穆觉得心情好了一些，但接下来母亲的话却像神补刀一般直接刺痛了她的心，"穆穆，我和你爸呀，发现了一个黄道吉日，就在一个月之后，你和小俊也交往那么多年了，两个人都到结婚的年纪了，要不要就趁这个日子把事儿给办了？一个月时间印印喜帖什么的也足够了，怎么样？"

何穆穆听着附近知了的叫声，觉得眼眶有些灼热，不知道该不该把自己和前男友分手的事告诉母亲，于是她小声说道："抱歉，妈，我们暂时还没有要结婚的打算。"

电话那头母亲叹了口气："我就知道你要这么说，你啊，是不是对小俊太冷淡了？我不是说过对男人虽然要像放风筝，但你也不能直接把线给扔了啊，这样风筝不就不会回来了吗？"

何穆穆吸了吸鼻子，然后笑了起来："呵呵……妈，你真的很厉害，还真的被你给猜中了，真的……不会回来了，我的风筝已经丢了，被别人给抢走了。"

电话那头瞬间就安静下来了，过了好一会儿何穆穆才听到了抽泣的声音："你们分手了？"

"嗯，是我提出的分手，他喜欢上别人了，大概真的是我太冷淡了，不过没关系，这就是缘分吧。"何穆穆尽量用平静的语气说道，希望自己的母亲能别担心。

"……你可真是个傻孩子，就算是缘分，也要靠自己的双手去抓住啊，如果你不努力的话，缘分怎么可能自己跑到你身边来呢？"

何穆穆知道母亲说得很对，但她总觉得有很多事不能勉强的，若非要为了爱情去改变她自己的话，那也太累了，对方会这样离开自己，只能说对方并不适合自己。

"妈，我知道了，我会努力的，如果有下一次的话。"

化妆室内，何穆穆正在为某位女艺人化妆，那位女艺人最初知道负责自己的居然是那么年轻的女生时，露出了特别不满的表情，冷冷地说道："喊，居然给我这样的化妆师？难道你们公司的化妆师都死光了吗？"

听到这话的时候，何穆穆都攥起了拳头，但理智告诉她不能去打艺人，不然自己就真的完蛋了，还会连累到自己的前辈们。

"算了，雪莉小姐，就将就用用吧，下次再提意见。"一个穿着粉色衬衫看上去特骚包的男人走了过来，看样子应该是这个雪莉的经纪人。

何穆穆拿出了化妆箱，结果那个男人走到了她面前，低着头用俯视的目光看着何穆穆："你给我听着，我们雪莉小姐只用最高级的化妆品，杂牌一律不用，知道了吗？"

最高级的？这下糟了，因为如果有这样的要求，一般情况下都是艺人方面自己带化妆品来的，但看着那个雪莉已经坐在椅子上闭上眼睛了，看上去也不像是带了的样子。

但何穆穆这里的化妆品都不是什么知名品牌，但都是她自己用的品牌，所以质量方面绝对没有什么问题，对皮肤也绝对没有伤害，这么想着何穆穆就开始给雪莉上妆了。

就在涂着隔离霜的化妆棉贴近了雪莉的脸时，那个穿着粉色衬衫的男人一把抓住了何穆穆的手，用特别不友好的目光看着她："我不是说过了吗？我们雪莉小姐是不用这种杂牌化妆品的！"

　　这就是何穆穆为什么对艺人丝毫没有兴趣的原因了，其实最初她还是挺憧憬那些年轻漂亮的女艺人的，但这些人中素质好的真的没几个，大部分都是和雪莉一样高高在上甚至会说些让人觉得不舒服的话，而她们的经纪人更是趾高气扬。

　　当然，态度温和而又谦虚的艺人并不是没有，只不过何穆穆所接触到的基本都不是这样的。

　　何穆穆看着自己手中的化妆棉："但S.T并不是杂牌化妆品，只不过是低价位的化妆品而已，真的很不好意思，我这里就只有这个牌子的。"

　　"哈？"雪莉捂住了自己的额头，皱起眉头看起来相当的不悦，她冲何穆穆说道："你脑子有毛病啊？弱智啊？这种问题还用得着朝我们汇报吗？直接去隔壁借呀！你们公司就只有你一个化妆师？真的都死光了？所有人都和你一样穷只买得起S.T啊？"

　　其实类似的话语何穆穆倒不是第一次听到，只不过今天的她因为失恋的打击以及早晨一起床就看到冲击性的画面而整个人都不太好了。如果是平时她一定去找前辈们借化妆品了，但今天的她死死地盯着眼前的那个女人看。

　　雪莉显然被何穆穆的这种目光给吓到了，她的底气稍稍弱了些："干……干吗？本来就是你的不对，难道我说错了吗？"

　　何穆穆直接就把化妆箱狠狠地扔在了地上，然后一拳砸在了雪莉身后的墙面上，墙壁都冒出烟来了："呵呵，没说错，您说的都是对的，我的确是弱智。"

　　经纪人被吓坏了，果断摔门出去在走廊里大喊："喂——N.S电视台的负责人在不在！你们的化妆师杀人啦！"

　　何穆穆将手从墙面上拿开，哪有那么夸张？自己只不过是打了墙壁一下而已，很快何穆穆的部长就来了，在得知了前因后果之后一个劲地道歉，并且将何穆穆拽出了化妆间安排另一个化妆师顶替去了。

　　"你怎么回事？我们电视台聘请你是来给艺人化妆的，不是得罪艺人的!"部长是个年轻的男性,平时脾气好人又特别善良,所以何穆穆还是挺喜欢他的。

再者,如果换作别人的话,发生了这种事搞不好何穆穆就要直接打包回家去了,于是何穆穆点了点头:"抱歉……我今天心情有些糟糕,没能控制住自己。"

"真是的,不管发生了什么事,在工作的时候,都要好好对待,他们可不是让你发泄坏情绪的对象啊!"

何穆穆低下头去,对方说的的确很有道理,自己简直就是在无理取闹:"我知道了,真的很抱歉……要不我现在就去向他们道歉。"

这么说完何穆穆就要往化妆间走,被部长一把抓住了衣服后领:"不行,你再进去会吓坏人家的,你还是去天台冷静一下吧。"

"……知道了。"

何穆穆叹了口气就往天台走去,还好自己的部长是个好人,不然真的完了,的确得好好冷静一下了,自己再这样下去可不行。

在打开天台的门之后,何穆穆愣住了,因为有一个纤细的青年正靠在天台边缘的栏杆上,那个青年穿着白色的衬衫和水蓝色的牛仔裤,一头浅栗色的柔顺发丝随着微风轻轻摇摆着,加上清秀的五官,看上去简直就像是天使一样,好像再过不了多久就会有羽毛从青年背后飘落下来,在阳光的衬托下,青年的皮肤显得特别白皙,就好像……快要消失了一般。

第六章　曾经的偶像

  眼前的一切就像是一幅画一样，只是，青年的脸上似乎有着淡淡的哀愁。

  青年似乎根本就没有意识到已经有人打开了门走进来了，他只是用一双琥珀色的眸子直勾勾地盯着天空看，就像是在找寻着什么东西一般，何穆穆一步一步走向了他，但很快意识到有什么不对劲。

  虽然天台的栏杆支撑着青年的腰部，但是青年的半个身子已经腾空了，虽然看上去像天使，但毕竟也是人类，这要是掉下去的话必然粉身碎骨。

  ——难道是自杀？！

  何穆穆想到这里吓坏了，赶紧冲着青年跑了过去一把抱住了青年的腰部。

  青年这才回过神来，睁大了眼睛看着死死抱住自己的何穆穆："你要做什……"

  "不能自杀啊！也许活着会有这样那样的痛苦，但只要好好活下去，总有一天能够抓到自己的幸福的！"何穆穆用力将青年从栏杆上拉了回来，两个人都倒在了地上。

  直接重重地摔在地上，后脑勺着地的青年抽搐着嘴角坐起身来捂住了自己的脑袋："你干吗？谁要自杀了？而且你那台词……是漫画看多了吗？！"

  "咦？"何穆穆也坐起身来，愣愣地看着眼前的青年，有点呆然，

"你不是要自杀吗?但你的上半身刚才已经完全腾空了哦……啊!"

"……又怎么了?能别一惊一乍的吗?"青年捂住了自己的额头,看上去很是困扰的样子。

因为刚才距离有点远,而且青年是仰面朝着天空的,所以何穆穆没能认出他是谁,现在看清了脸才算是认出来了,这不是年仅27岁,但已经出道15年的人气巨星彩无夜吗?!

何穆穆真的算是看着对方演的电视剧长大的,小时候还对彩无夜特别憧憬,一直想着自己长大以后也要嫁给这么一个专情的美男子。

何穆穆在自己的兜里掏了半天,只掏出一张纸巾来,还好还有一只原子笔,于是她将那张皱巴巴的纸巾和原子笔递给了彩无夜:"不好意思!麻烦给我签个名吧!"

"……你……"彩无夜就觉得自己像是有一粒药卡在了喉咙口吞不下去也吐不出来的感觉,"简直就是莫名其妙……"

"我是看着你演的电视长大的!我从小的梦想就是长大能嫁给你……呃,不过这梦想很扯,现在已经不一样了。"怎么会把自己小时候那么丢人的想法给说出来的?何穆穆真是想找个洞钻进去。

"哈哈……"彩无夜用手撑住了地面,就这样坐在地上看着何穆穆,"你好像还挺有趣的嘛。"

"有吗?"何穆穆低头看了看自己的衣服,"我没穿很有趣的衣服呀……啊!难道你的意思是我的脸有趣吗?"

听到这里彩无夜大笑起来,笑得眼泪都要掉下来了,何穆穆嘴角抽搐,她不知道自己到底是哪句话戳到对方的笑点了。

彩无夜笑着笑着,就觉得心里空空的,有些寂寞,看到了何穆穆的脸时又觉得有一丝温暖。

……自杀吗?原来,这个世界上还有人在关心着自己啊?彩无夜本来以为即使自己从世界上消失了也不会有人为他掉下一滴眼泪呢,也就是说,自己存在在这个世界上还是有点意义的?想到这里,他低下头去有些不好意思地笑了。

"这种纸张根本没法用来签名的,即使签上去了也很快就会被弄皱甚至坏掉吧？"彩无夜拿过何穆穆的纸巾以及原子笔，然后在上边写了一串手机号码，"以后有空联系吧，再专门给你签名。"

何穆穆接过了纸巾的时候，双手都在颤抖，天啊……居然……居然得到了彩无夜的手机号码！上苍啊，果然你对大家都是公平的，虽然自己失恋失身了，但也得到了儿时偶像的手机号码，简直就像是在做梦一样。

何穆穆觉得自己感动得都要哭了，但又觉得在自己儿时的偶像面前哭泣又很丢人，但真情实感又忍不住，于是，一行鼻涕就这样掉了下来。

对面的彩无夜笑得都要趴到地上了，何穆穆觉得自己丢死人了，还不如直接哭出来呢！

替何穆穆擦掉了鼻涕，彩无夜笑着问道："你是电视台的工作人员？"

"嗯！"何穆穆将自己脖子上的牌子拿了起来，"我是这里的化妆师，名叫何穆穆。"

"何穆穆？哈哈……好有趣的名字，和你的人一样。"彩无夜又笑了起来。

那之后，何穆穆怎么也没想到，自己居然和彩无夜就这样聊了起来，虽然聊的内容都是无关紧要的闲话而已，但她真的很开心，好像想到了自己的童年，最近彩无夜都不怎么演戏了，人气也在渐渐下滑中，所以能在电视台这样遇到他真的太开心了。

"我最喜欢那部《最强男友》了！里面的彩无夜先生实在是帅毙了，当时是我们班女生们的梦中情人！"讨论到过去的电视剧时，何穆穆特别激动地说道，那里面的男主角武功了得，而且又特别专情，就是看了那部电视剧何穆穆才决心要学功夫的。

听到这里的时候，彩无夜的情绪也高涨起来："啊，好怀念，那个差不多是十年前的吧？那会儿我还在念高中呢，突然就要我去演男主角，真是挺辛苦的，白天要念书，晚上背台词到很晚……而且那个时候我还患了肺炎呢。"

居然是这样？但是电视剧里明明就很有精神的样子，一点也不像是生病了，就在何穆穆的面部表情变得有些伤感的时候，彩无夜笑了起来。

"不过，能被人当作是梦中情人真的让我很开心呢，谢谢你了。"

彩无夜看起来是真的很开心，现在的他笑容非常灿烂，和刚才靠在栏杆上时淡淡的忧郁感不同。

"既然你是我的忠实粉丝，那我应该要送你一些东西才行的。"

彩无夜开始摸起了自己的口袋，但是什么也没找到。

何穆穆尴尬地笑了起来："不用了，手机号码已经足够珍贵了。"

"那可不行啊……我已经说好了要送的。"彩无夜这么说着，突然发现自己胸前还带着一条项链，挂坠是一个水晶制的小天使，于是他将项链从自己的脖子上解了下来，"就送你这个好了。"

何穆穆吓坏了，虽然她对这些不太懂，但这东西一看就特别贵的样子，于是站起身来："那个，彩无夜先生，我是单纯地崇拜你，并不是想要从你那里得到些什么的，这样的礼物我可受不起。"

"没事啦，这个也不贵的，对我来说要多少就有多少的，所以……"

"无夜先生，差不多该轮到您去上妆了。"

一个轻飘飘的声音从不远处传来，何穆穆回过头去，就看到天台入口处站着一个女人，那个女人长得很漂亮，但是目光中却没什么生气，脸上也没有表情，只是直勾勾地看着彩无夜。

"啊？那么快……我还没睡午觉呢。"彩无夜也只好站起身来拍了拍自己牛仔裤上的尘土。

虽然彩无夜很想将项链交给何穆穆，但看着何穆穆一脸认真拒绝的样子还是放弃了："好吧……我等你电话。"

第七章　路见不平

那种偶像式的招牌笑容让何穆穆觉得自己的心脏猛地一跳，她直接就愣在原处了，在彩无夜和那个女人彻底消失在她视线中之后，她才恍恍惚惚地走出了天台。

何穆穆刚走出天台就和一个前辈撞了个正着，前辈的长卷发都被撞乱了，伸出手来就在何穆穆的脑袋上轻轻敲了敲："你干什么呢？"

何穆穆下意识伸手捂住了自己的脑门，但眼神还是有些呆滞，前辈看到这一幕有些愣住了："你怎么了啊？一副心不在焉的样子？"

"不是啦……之前有个男艺人给了我手机号码而已，因为他也算是我的偶像了，所以我现在一想到大概能和他成为朋友就有点飘飘然了。"何穆穆不好意思地挠了挠自己的脑袋。

前辈睁大了眼睛盯着何穆穆看："不会吧……朋友……你小学生啊？"

何穆穆茫然地看着自己的前辈，一脸无辜地问道："什么意思？"

看来这家伙是真的不懂啊，前辈叹了口气有些无奈地说道："简单点说……就是那个男艺人想要约你，女朋友？嗯……不对，大概只是床伴吧。"

何穆穆瞬间就石化了，这……怎么看也不可能吧？难道这也是这一行的潜规则吗？但是彩无夜看上去不像这样的人，他似乎是很寂寞，有点淡淡的忧郁，不过笑起来的样子也特别可爱，应该不会是这样人吧？

"对了,刚才部长要你下去来着,我是来找你的。"前辈这么说完就搂住了何穆穆的肩膀,"他说你今天心情似乎不怎么好,还要我好好安慰你一下呢。"

想到部长何穆穆就觉得很惭愧,自己给对方添了那么多麻烦,对方却还是这么想着自己,这样好的上司还能去哪儿找呀,何穆穆感动地吸了吸鼻子:"我知道了,这就下去。"

前辈摸了摸何穆穆的脑袋:"嗯,乖啦,你也是刚毕业没多久的孩子,对这个社会肯定也有各种各样的不习惯,不过大人的世界嘛,就像一枚铜板,外圆内方,在对待工作和为人处世的时候要圆滑,但方的那一面就是最真实的你了。"

前辈的话让何穆穆觉得特别有道理,于是很大力地点了点头:"好了,赶紧下去吧,我得去一次洗手间。"

何穆穆赶紧就往楼下跑了,虽然不知道部长在哪,但化妆间休息室都是在7楼的,所以何穆穆跑到7楼,在经过走廊里的自动贩卖机时,她看到了和她一起进公司的另一个化妆师慧慧,她本来还想跟对方打个招呼的,就看到慧慧脸色特别凝重,身边还站着四个帅哥。

啊……那四个人应该是最近挺红的某个男子组合,长得挺帅又很年轻,特别受那些小女孩的欢迎。

只见那四个男的将慧慧团团围住,其中一个染着一头金毛的伸手就去摸慧慧的头发,然后一脸猥琐地说道:"不要这么绝情嘛,你看我们四个都诚恳地邀请你了,一般人都没这待遇,你要知道,想和我们睡的女人排队都要排到国外去了,是吧?"

听到这话何穆穆的怒气瞬间就窜了上来,这帮人到底什么玩意儿啊?!

只见慧慧伸手去挡金毛的手,甚至都要哭出来了:"那个……我还有事,请让我回去工作吧。"

"喂,你们几个流氓,给我闪开!"何穆穆冲了过去把慧慧给抓了出来护在自己身后。

"哎哟?又来一个美女,你也想一起来吗?"金毛这么说着就伸手要摸何穆穆的脸颊。

何穆穆见状直接抓住了对方的手腕，然后用力捏住，力气大到连骨骼都发出了轻微的咔咔声响，对方瞬间就露出了痛苦的表情。

"靠！你什么人啊！给老子松手！"金毛疼得眼泪都要掉下来了，然后冲着另外三个男人吼道，"还愣着干吗？我的手都要断掉了！还不快来帮我？"

因为刚才的那一幕实在是有些出人意料，所以那三个人都愣住了，这下才回过神来，纷纷向何穆穆跑了过来，想要推开何穆穆的，但是何穆穆直接一脚就把这三个人踹翻在地了。

"好一个人气男子团体，简直就是一帮流氓，你们要点脸成不？"何穆穆缓缓说道，然后直接抓着金毛的胳膊往身后押去，金毛就这样被何穆穆给押在走廊里。

路过的人都纷纷朝着这边看了过来，一个人气偶像被一个看似柔弱的女孩子给牢牢地押着实在是有趣的画面。

"穆穆，算了，放了他吧，反正也没发生什么事。"一边的慧慧抓住了何穆穆的胳膊。

何穆穆看着那个金毛，真想扁他一顿，但既然慧慧都这么说了，而且几分钟前她才刚被前辈给教育过，于是她就松手了，但是下一秒，自己背后的衣领又被抓住了。

"何穆穆……你给我过来一下。"

何穆穆倒抽一口冷气，因为抓着她的人正是部长，部长看上去真的很生气，平时都带着笑容的脸此刻完完全全不带任何表情，严肃得要命，他抓着何穆穆的脑袋，直接按了下去，然后自己也鞠了一躬。

"抱歉，让你们受到惊吓了。"部长赶紧对着那四个男人说道。

金毛捂着自己早已红肿的手腕一脸怒气地看着何穆穆："告诉你！老子绝对要投诉你！不……老子要告你！你等着吃牢饭吧！"

"你到底在做什么？！"

那之后何穆穆和慧慧就被部长带到了办公室里，部长真的是特别无奈，这种化妆师对艺人使用暴力的事，简直就是难以置信。

"对不起,部长,都是我不好……穆穆是为了救我才会那么做的。"慧慧急急地解释道,她都要掉下眼泪来了。

"不管理由是什么,做出这种事来,你真的做好觉悟了吗?搞不好就是要被开除的,这种事你懂吗?"部长直勾勾地看着何穆穆。

何穆穆面无表情地看着部长,然后低声说道:"很抱歉。"

"对我道歉有什么用?如果那几个人真的要投诉你的话……恐怕我是保不住你的,你知道袭击艺人是多严重的事吗?你知道会有什么样的后果吗?如果就这样传出去的话电视台会受多大的影响你考虑过吗?"部长冷冷地说道。

"真的……很抱歉。"何穆穆深深地举了一躬,她是真的没有考虑过部长所说的这一切。

"你先去休息着吧,今天的状态似乎很糟啊,要是那家伙真的要投诉的话,不知道上头会怎么处理。"部长叹了口气。

"可是,那种人……为什么还要邀请他们来电视台做节目呢?"何穆穆皱着眉头,她是真的不懂,"以为自己是艺人就能到处耍流氓了吗?这种程度连街边的小混混都不如啊!"

"我知道啊!"部长的声音变大了,直接站了起来走到何穆穆面前,"这种事我当然知道!但是遇到这种事的人多了去了,没有一个像你一样粗暴的,大家都用柔和的方法解决了,你为什么就是那么的……愚蠢呢?"

第八章　失业

　　愚蠢吗？何穆穆咬住了自己的下唇，是啊，自己大概的确是挺愚蠢的，的确还有许多其他的解决方法，但是当时自己怎么可能想得到呢？

　　"好了好了，我累了，你们都出去吧，何穆穆你给我听着，今天你不用工作了，待在电视台里好好反省就行了，真的是伤不起。"部长揉了揉自己的额头。

　　慧慧轻轻推了推身边的何穆穆："我们走吧？不要打扰部长休息了，今天的节目真的很多，所以部长也很忙。"

　　有点不甘心，但何穆穆还是和慧慧一起走出了办公室。

　　结果当天下午，那个金毛就真的投诉了何穆穆，而且是直接找到了台长，何穆穆并不知道那个金毛是有后台的人，他的父亲好像和台长是好朋友，所以何穆穆连见台长的机会也没有，直接就被炒了鱿鱼。

　　即使部长在台长面前替何穆穆说了很多好话，表示何穆穆是个刚大学毕业没多久的孩子，社会阅历还不够，但是人很好，化妆技术也很高超，也吃得了苦，所以希望台长能网开一面。

　　不过金毛一直在台长面前说何穆穆的坏话，就连部长也觉得这个金毛实在是有点不要脸了，本来就是他的错啊，台长最终还是决定要把何穆穆给开除掉，再怎么说一个未曾谋面的员工怎么可能比自己朋友的儿子重要呢？

　　部长拍了拍何穆穆的肩膀："就是这样，所以……你被开除了。"

何穆穆也没有觉得太惊讶，毕竟她在抓住那个金毛的手腕时就已经做好了心理准备了，她挤出了一个灿烂的笑容来，然后对着部长鞠了一躬："部长，谢谢你这些日子对我的照顾，真的很感谢。"

　　看到何穆穆这样部长心里也不是滋味，毕竟何穆穆是个很有天赋的孩子。当然，化妆这种事也要讲天赋的，不是技术到位就可以，一眼看到怎样的气质怎样的脸就能想象出一个妆面来的叫作天赋，而根据经验来判断应该要给怎样的妆面，那叫技术。

　　"你到这儿来工作之后，我也教过你各种各样的事，现在……要教你最后一件事了。"部长轻轻叹了口气缓缓说道，"我要教你的就是……做人不要太耿直了，有许多时候，可以用圆滑的方式来保护自己，只要你自己还知道真实的自己就行了。"

　　何穆穆过了老半天才反应过来是什么意思，于是点了点头："我会努力做到的。"

　　有几个前辈，还有慧慧都很舍不得何穆穆，毕竟何穆穆的性格特别开朗，总是让身边的人也感到很开心，而且她完全没有心机，整个人特别耿直，现在何穆穆为了保护慧慧就要离开了，实在是让人觉得有些伤感。

　　何穆穆整理了一下东西就回家了，这一路上都觉得心事重重的，简直是太糟心了，这两天到底是怎么回事？发生了那么多事，而且大部分都是烦心事儿。

　　回到家之后，何穆穆一点力气也没有了，直勾勾地躺在了乳白色的沙发上，整个人陷了进去，现在该怎么办才好呢？她家并不是什么有钱人家，或者说，经济状况有些糟糕，之前为了买房子而欠了不少钱，至今还没还清呢，何穆穆还需要每个月给家里一部分的钱。

　　不行啊，自己得振作起来，这样躺在沙发上也无济于事，这么想着何穆穆就坐起身来打开电脑看各种招聘信息。

　　这年头专业化妆师还是挺吃香的，虽然现在的年轻女子大部分都会将自己打扮得漂漂亮亮的，但有很多场合还是需要用到化妆师的，比如照相馆、经纪公司、美容店、电影公司等。所以网上的招聘信息还是挺多的。

"月薪 5000，加四金，每天工作 8 小时，下班时间接工作算加班费！"看到这里的时候，何穆穆也兴奋起来了，这个福利不错啊，虽然就青州的物价来说工资不算太高，但是其他的福利真的不错，而且也应该有涨工资的可能，"学历要求，大专以上，其余要求，至少有三年的工作经验……呃，我这儿才半年多，不行吧。"

何穆穆趴在了电脑桌前，找工作什么的，真是麻烦呢，当初好不容易才混进了电视台，自己还真是愚蠢，要是好好珍惜不那么冲动就好了，简直就是自找的。

那之后，何穆穆翻了几百条招募信息，基本上不是要求太高，就是工资实在太低，甚至连房租都付不起，她真的一个头变成两个大了，不……也许不一定要做化妆师，反正她好歹也是大学毕业的，到公司做个小白领应该没什么问题的。

何穆穆翻着口袋掏出了纸巾，本来是准备擦汗的，直接就看到了上头的那一串数字，一下反应过来这是彩无夜的手机号码。

对哦……如果去找彩无夜的话，他说不定能帮助自己，但这样真的好吗？总觉得如果真的去求了对方的话，自己的脸皮也太厚了。

不过既然对方给了自己手机号码，不就是希望自己能打过去吗？那就打过去好了，就当是为了把自己的号码也给对方。

于是何穆穆按下了彩无夜的号码，在接通听到了对方设置的彩铃之后真的特别紧张，觉得自己的脸都烫到不行，血液都往头部涌去了，连手指都有些颤抖了。

"喂，哪位？"

当彩无夜的声音在耳边响起的时候，何穆穆觉得自己简直就要昏过去了。

"那个……我是何穆穆，就是刚才在天台上的那个人！我……我只是想把自己的手机号码也告诉你的！"何穆穆一紧张都快变结巴了。

"原来是你啊，我还在想你会不会打过来呢……居然真的打来了，好开心，谢谢你。"

听到对方说开心,何穆穆也笑了起来:"没什么啦,是我谢谢你才对,小时候的某种愿望成真了,好像在做梦一样。"

"是吗?我刚才还在电视台找你呢,你上哪儿去了?"

听到这里,何穆穆只觉得自己的心一阵抽紧,然后挠了挠自己的头发:"其实,我得罪了上头,所以被开除了……"

彩无夜稍稍沉默了一会儿,然后缓缓说道:"原来如此,的确是有这种事呢,不过没关系,我的经纪公司也在招募化妆师,你要不要来试试?"

何穆穆本来是真没想要对方介绍工作的,但既然对方提起了,她立刻就来精神了:"真的吗?我要试!"

"今天好像有点晚了,你先扔一个简历到我邮箱里,一会儿我发短信告诉你。"

"嗯!好的,真的太感谢了,彩无夜先生!"虽然知道对方看不到自己,但何穆穆还是拼命地鞠着躬。

挂了电话之后何穆穆真的要感动哭了,这种踏破铁鞋无觅处得来全不费工夫的事实在是太感动了,她一头栽进了沙发里,而且彩无夜还是个知名的艺人啊,自己居然能和这种人说话已经觉得很不可思议了,他简直就是个大好人,简直就是太温柔了,她真的是第一次见到那么好的艺人。

第九章　面试（上）

没过一会儿何穆穆就收到了来自彩无夜的短信，上面写着邮箱以及公司的地址和名称，然后，何穆穆就傻掉了。

Y.M娱乐传媒有限公司。

安若灏的脸瞬间就浮现在何穆穆的脑海中，让她背后起了一层鸡皮疙瘩。因为今天发生了很多事，所以她都快把安若灏给忘了，没想到彩无夜居然是Y.M旗下的艺人，总觉得这个世界也太小了，居然兜兜转转又和安若灏扯上关系了。

怎么办？现在如果返回说不想去的话，会不会很失礼呢？一定会的吧……毕竟对方是在帮助自己，而且像Y.M那种大公司待遇方面肯定很不错，不过一想到要再次面对安若灏，何穆穆就觉得好痛苦。

首先，安若灏和自己之间发生了这种那种的事，然后自己还直接把安若灏给撂倒了，都不知道该以怎样的表情去面对他了，想想就尴尬。

……但也不一定啊，那种大公司会聘请自己吗？即使是聘请了，自己是化妆师，而安若灏是公司负责人，应该没事吧？

想到这里何穆穆的心情渐渐轻松下来，没过多久就填完了简历直接发到了彩无夜的邮箱里去，她当然是希望自己能够被聘用的。

等待的时光总是很漫长的，而且何穆穆还觉得很紧张，要是没通过的话那必然是很伤心的事，但如果真的能被聘用，那又稍微有点困扰了，希望今后的日子中不要再遇到安若灏这个人了，只要一见到他就会想起昨晚的事。

何穆穆就这样坐在电脑桌前一边啃着POCKY一边看着动画,但思想完全没有集中,满脑袋想着的都是会不会被聘用以及安若灏的事。

虽然很想将安若灏的脸从脑海中挥去,但无论如何也做不到,何穆穆真的是很懊悔。

大约过了半小时左右,彩无夜来了电话,说是让何穆穆明早9点去面试,何穆穆有点懵了,她怎么可能想到事情的发展居然会那么顺利,她又站起身来对着电话那头的彩无夜一通感谢。

挂断电话之后何穆穆有些飘飘然,今天所发生的一切都像是在做梦一样,如果安若灏的那部分是真的在做梦那该多好?何穆穆不禁这么想着。

这一天何穆穆很早就上床睡了,准备以最好的状态去迎接第二天的面试,她还准备了看上去会比较成熟的衣服。只不过,在第二天走进面试会场的时候,何穆穆也是醉了,因为她看到的人居然是安若灏,安若灏的身边还坐着两个人,都穿着笔挺的西装面无表情,看上去很严肃的样子。

俗话怎么说来着?冤家路窄吗?怎么就有那么巧的事呢?看到安若灏的那一瞬间何穆穆的脸色都变了,变得超级难看,而安若灏则是翻动着桌上的资料,然后瞄了何穆穆一眼,脸上不带任何表情,就好像什么都没发生过一样。

"何穆穆,22岁,有过半年化妆师经验。"安若灏低声说道,就像是在说给自己听一般,然后抬起头来直勾勾地看着何穆穆,"原来如此,半年经验啊?才半年经验你是怎么有自信到我们公司来应聘的?"

这话说得,昨天自己扔了简历,是你们让我通过的吧?何穆穆虽然是这么想的,却不敢说出来,只能不好意思地笑了笑:"呃……那个……虽然我还是一个新人,不过作为新人就应该敢于尝试敢于奋斗嘛,所以我就想着来试试看。"

"原来如此。"安若灏一只手撑住了自己的下巴,用饶有兴趣的笑容看着何穆穆,"你的勇气我很欣赏,那我就开始提问吧,你对于化妆这件事是怎么看的?"

何穆穆昨晚已经做好了心理准备,知道这种面试大概会提出些什么样的问题,所以她还是挺胸有成竹的:"化妆只不过是在人的脸上稍作修饰,将美好的一面更加突出,将脸上的弱点稍稍掩藏起来而已。"

"你好像答得很好,不过我问的并不是这个意思。"安若灏用只是轻轻敲着桌子,"我的意思是,女人用妆容将真实的自己隐藏起来,只让男人看到她美好的一面,这样不算欺诈吗?"

这个问题还真是想都没想过,而且问题本身就很奇怪吧?何穆穆就看到安若灏身边两个人的表情都有些僵硬了,果然是很失礼的问题。

何穆穆在思考了一会儿之后,缓缓说道:"我并不觉得这是欺诈,有人对我说过,在这个社会中就是要外圆内方,在为人处事的时候,要圆滑一些,而真实的自己只展露给自己和自己最信任的人看,人不可能完全不修饰,即使是在座的各位……"

说到这里的时候,何穆穆发现对面的安若灏脸上已经没有了笑容,她继续说道:"也一定有着修饰吧?比如,即使对上司有着各种各样的意见也不可能就直接说出来,而是要用婉转的方式表达出来,不是吗?女人化妆也是如此,将美好的一面展现在别人面前应该没有错吧?"

对方不说话了,何穆穆更是停不下来了,耸了耸肩:"就好像各位也一样吧?恋爱的时候,总是小心翼翼希望不要把自己糟糕的那一面被对方知道,很怕对方会因此而嫌弃自己。"

何穆穆突然想起到了自己,也许正是因为自己没有修饰过自己,所以才会被抛弃的吧?如果自己装得热情一点粘人一点结局就会不一样了。

"不是这样的。"安若灏低下头去缓缓说道,"若交往多年之后才发现自己所爱的那个人并不是最真实的,而是演技,那才是最大的伤害吧?"

此时安若灏身边的那两个人已经完全不知道要说什么才好了,这根本就不是面试的内容吧？面试的内容应该是以前有没有给艺人上妆的经验，还有怎样的脸型适合什么色系的妆容之类的问题啊，怎么会扯到恋爱上去了？

"话说回来，安先生，我完全不懂您要表达什么。"何穆穆在见到安若灏的那一瞬间就决定了，不管是不是能够被聘用都无所谓了，要是以后会在这里见到他的话，还不如不干了，"今天面试的内容是化妆师这一职业吧？为什么会扯到恋爱问题上去呢？不考考我的化妆技术吗？"

安若灏这才回过神来，刚才自己到底说了什么？他清了清嗓子，的确也是这样没错，不过既然对方是这个疯子的话，当然是不能让她那么轻易就成为Y.M的员工了，自己昨晚白白做了一晚上的保姆，一大早还被人揍，想想也得出了这口恶气才行。

于是安若灏拿出手机拨通了某个号码，何穆穆总觉得有种不祥的预感，因为此刻安若灏的笑容非常诡异。

第十章　面试（下）

那之后的十分钟，三个面试官在小声讨论着些什么，而何穆穆则是坐在他们对面等待着，总觉得一直这样等着真的很无聊，但她也不敢说什么，只能那么看着自己的鞋尖。

安若灏告诉何穆穆他已经打了电话通知让她试妆的模特了，应该很快就会来的。

就在何穆穆不经意间抬起头来的时候，就看到安若灏在朝着这边微笑，那个笑容……不管怎么看都让人背脊发凉，何穆穆不禁打了个冷战，这个人到底在想些什么，完全猜不到。

因为未知而让何穆穆更加不安。

在面试会场的门被推开之后何穆穆下意识回头看去，然后她就只想说一句"我和我的小伙伴都惊呆了"，为什么会这样呢？因为来者是一个看上去体格与相扑相差无几的男人，没错，是男人！皮肤很黑，满脸的痘痘，发质倒是不错，又黑又密的。

"他就是模特，你直接用他来试妆，这次的主题是，女装，既然你说女人把自己光鲜靓丽的一面留给别人看是不错的，那就试着让他光鲜靓丽起来。"安若灏一边说着，一边忍不住笑了起来，"既然要到我们公司来做化妆师，就必须有化腐朽为神奇的能力，高福利可不是白拿的哦。"

很显然，安若灏身边的两个人已经完全惊呆了，他们大概也没想到安若灏会把这个大胖子给招来吧。

何穆穆气得直磨牙,这算什么玩意儿啊!再怎么化腐朽为神奇也不可能让一接近相扑的男人变女人吧?!而且那个"相扑"的表情似乎还特别不愿意的样子。当然,何穆穆是不会害怕的,中国功夫可不是盖的,而且这"相扑"行动迟缓,打架方面她可不会输的。

"化妆间就在隔壁了,你可以带着他去了。"安若灏耸了耸肩。

何穆穆双手握拳,但没办法,她还是和"相扑"一起走出了面试会场,在走廊里坐着的那些人都吓坏了,刚才应该已经目击到了"相扑"过来的画面。

甚至还有几个在小声议论着。

"不会吧?难道面试都要给这个胖子化妆?"

"呜哇,好恶心啊……"

"我看我还是回家好了。"

何穆穆嘴角抽搐,这些人也太没用了吧?话说回来,安若灏摆明了就是整她的,一定是因为上次自己在旅馆把他给撂倒了,但这也没办法啊,都发生那种事了,自己还不能反击一下吗?!

啊——糟了,又想到黑历史了。

两个人来到了化妆间,这里有着各式各样的高级化妆品、假发还有时装。

不过……现在的问题是,这些服装全部都是正常尺寸的,眼前的这个黑相扑完完全全穿不下,能想出给这种人化妆的安若灏简直就是变态了。

要把这样的人打扮成妹子吗?怎么想都不可能吧?要说用妆面来显得脸比较小倒是可能,但是这里的衣服他可一件都穿不上啊,他现在穿着的是一件特大码的黑色汗衫以及深蓝色的牛仔裤,一看就完全不像女人啊。

何穆穆叹了口气之后就看到黑相扑一脸不开心的样子,何穆穆立刻尴尬地笑了起来:"抱歉哦,我知道你肯定很讨厌被弄成女人的样子,但没办法……是安若灏先生要我这么做的,你要恨就恨他去吧。"

黑相扑没说话,只是找了个位置坐了下来,似乎站着已经很累了:

"要怎样打扮我都可以，麻烦你快点，化妆室很热的。"

"啊……抱歉！"

何穆穆心想比较胖的人应该是很怕热的，于是她想去开窗，就在拉开窗帘的时候，发现化妆间的窗帘倒是挺漂亮的，深橘色不透光的窗帘，但是表面却是带点亮面的，如果……用这个给黑相扑做衣服的话应该不错。

颜色不怎么出挑的黄色系很适合皮肤黑的人穿，而且如果是用窗帘做的话尺寸就没问题了，这么想着何穆穆偷笑起来。

反正安若灏也是在故意难为自己，所以自己也稍微做一点小小的破坏好了，何穆穆直接双手用力一扯，就把整块窗帘给扯了下来。

黑相扑吓了一跳："你做什么？"

何穆穆冲着黑相扑笑了起来："给你做衣服嘛。"

直接冲上前去将黑相扑身上的黑色汗衫给扯了下来，然后拿着量尺各种比画起来，还好，黑相扑也就这个体型，只要他再胖一点点这窗帘还真不够大了。

找了半天才在某个抽屉中找到了剪刀，何穆穆一边哼着小曲一边开始剪窗帘了，看上去心情不错的样子，而黑相扑完全不知道这个小丫头要做什么，只是看她蹲在地上一下跳到这儿一下跳到那儿的好像一只小白兔似的。

"完成啦！"

何穆穆捧起了那一堆窗帘剪成的东西，一脸成就感，然后跑到了黑相扑身边开始给黑相扑穿了起来。

黑相扑也有点吃惊了，刚才的窗帘这会儿还真的就成了连衣裙，因为考虑到了黑相扑的体型问题，所以虽然何穆穆做的连衣裙是无袖的，但是两边都垂下来两大块布条，刚好挡住了胳膊，而腰间松松垮垮的却也系着一条腰带，这样很好地挡住了黑相扑的肚子。

"好了，接下来就是发型和妆容了。"因为最大的难题已经解决了，所以何穆穆的心情轻松了很多，她找出了需要的化妆品来到黑相扑身边。

另一面，安若灏正用一只手撑着下巴百无聊赖地翻着记下了几个人的简历，至于何穆穆的，他已经放到了一边。

坐在安若灏身边的两个人终于还是忍不住发话了，其中一个用特别担忧的目光看着安若灏："那个，安先生……真的没问题吗？这样简直就和整人一样了嘛。"

安若灏则是挑起了眉毛看着对方，缓缓说道："哦呀，你这是对我所做出的行为表示不满吗？"

那个人立刻就摇头："不敢不敢！不过……这样做，您是认真的吗？让那种人来做模特到底能考验些什么呢？"

"她的化妆技术没问题，之前是在电视台工作的，能进电视台的化妆师有几个技术差的？我只不过是想看看她的心理承受能力而已，如果看到这样的模特就直接放弃的话，说明她还不够格到我们公司来，不过如果她肯挑战的话……那就不一样了。"

说到这里的时候，安若灏的嘴角微微向上扬起，当然，如果聘请了何穆穆，那么以后自己报仇的机会可多的是了。

"原来如此！不愧是安先生！"这会儿那两个人才算是恍然大悟。

第十一章　录用

三个人在面试会场等了大约一个小时，在安若灏甚至都觉得何穆穆是不是逃回家去了的时候，何穆穆推开了入口的门，然后探了一个脑袋进来，脸上满是笑容。

"让你们久等了，因为这位模特的脸稍微大了一点，所以花的时间也长了点。"这么说着的何穆穆蹦蹦跳跳地跑进了会场。

安若灏虽然还没看到那个胖子，不过他看到了走廊里座位上那些等待面试的人的惊讶表情，似乎是看到了什么奇迹般的东西一样，安若灏也渐渐期待起来。

然后，那个原本根本没法看的黑胖子就这么走了进来，身穿一条深橘色的连衣裙，这条连衣裙的剪裁和设计刚好挡住了他粗壮的胳膊和突出的肚子，虽然不管穿上什么衣服胖子还是胖子，但视觉效果的确是拉长了一些。

那个胖子戴着一个深棕色的假发，头发很蓬松，而且是卷发，将胖子两边的脸颊挡了起来，再加上他脸上的妆容都是显脸小腊肠视觉效果的，光看脸的话还真看不出有那么胖。

安若灏的两只眼睛睁得很大，难以置信地看着自己眼前的那个胖子，若不是他还记得那个胖子的五官，他还真的会以为是何穆穆调包了一个人呢。

"怎样？这样还是挺像妹子的吧？"何穆穆满足地笑了起来，"的确是花了不少工夫呢。"

安若灏低下头去，露出了一个淡淡的笑容，缓缓说道："原来如此，的确是挺厉害的，不过，我不记得我们公司有那么大号的衣服。"

听到这话何穆穆只觉得整个人微微一颤，然后挠了挠头："不要在意这些细节嘛。"

"喔？"安若灏两只手握拳放在了自己的下巴下面，"你该不会是……趁着那一个小时的时间出去买特大号了吧？"

"啊？才不是！"何穆穆皱起了眉头急忙解释起来，"那个……不是出去买的啦，而且这附近怎么可能有这种特大码的女装卖呢？这个是化妆间的窗帘啦……嘿嘿……因为实在是找不到适合他的衣服了，所以……你们不会介意的，对吧？"

说到这里，何穆穆特别傻地笑了起来，一边笑着还一边挠着头发。

"笨蛋！谁说不介意！"安若灏站起身来冲着何穆穆吼了起来，"你知不知道那批布料有多贵？！"

因为刚才何穆穆进来的时候，没有把门给带上，所以现在不管是会场里头还是外面都听到了安若灏的吼声，瞬间气氛一片寂静。

何穆穆挑起眉毛来抬起头用眼角看着安若灏："什么嘛，明明是大财团的继承人，干吗那么小气啊？不就一块布料而已，我赔你就是了，多少钱？"

说着说着何穆穆就掏出了钱包。

安若灏双手握着拳头微微颤抖着，但很快就冷静下来坐回了自己的座位双手抱在胸口冷冷地说道："好啊，你赔我，那批布料买来的时候，大概花了我 70 万人民币吧。"

"切！我还以为多贵呢，才 70……"话说到一半，何穆穆整个人石化了，她用难以置信的目光看着安若灏："不会吧？！70 万？你是不是故意讹我钱？！"

安若灏耸了耸肩："你可以去查一下 WK 这个牌子，这批布料全世界也就那么点了，所以 70 万还算少的了，这应该算是无价之宝了。"

何穆穆往后退了几步，差点倒在地上，70 万，把她卖了都赔偿不起啊，怎么办？还没被聘用居然就欠下了这么大一笔债务，果然自己是被衰神附身了吗?

"料你也赔不起。"安若灏有些得意地笑了起来,"这样吧,就从你以后的工资里扣好了,不过如果要保障你的生活,那每个月最多只能扣除3000元,你得在这里工作20年才能还清啊。"

何穆穆最初还觉得特别绝望,居然要20年才能还清,但是转念一想……这是不是说自己已经被录用了的意思?

"那个……我可以在这里工作?"何穆穆怯生生地问道。

安若灏点了点头:"你都把他弄得那么好看了,我还有拒绝你的理由吗?"

何穆穆瞬间就吸了吸鼻子,真是没想到,她本来以为自己在旅馆里把安若灏直接撂倒在地,对方肯定是记仇了不准备录用她了,没想到……对方居然是个公私分明的好人啊!实在是太出乎她的意料了。

慢着……自己这是被录用了?!

何穆穆突然倒在了地上,说实话,她在看到安若灏的那一瞬间就决定不要被录用了,否则以后在公司里见面多尴尬啊?但是因为安若灏一直在挑衅,所以她不知不觉也燃起了斗志,居然一不小心就被录用了。

"好了,你已经耽误我们太久了,可以回去了,明早8点到公司里来上班。"安若灏对着何穆穆摆了摆手示意她快点出去好让下一个人进来。

何穆穆摇摇晃晃地走出了Y.M公司,总觉得心情有些复杂,虽然能够到这种大公司来工作的确是一件好事,但以后要面对安若灏了?这就有点糟糕了……毕竟,她之前才和安若灏发生了不为人知的关系。

也许对于安若灏来说这根本没什么,但对于何穆穆来说真的太糟糕了。

"喂,何穆穆!等一下。"

一个柔和的男人声音从背后传来,何穆穆下意识回过头去,就看到彩无夜一脸焦急地向她跑了过来,在跑到她身边之后还喘了喘。

"彩无夜先生?有什么事吗?"何穆穆还处于心情复杂的状态中,

一时有些呆愣愣的。

彩无夜歪过头去笑了笑:"哦……没有,我只是想问一下,关于应聘化妆师的事,怎样?有没有被录用?刚才我在楼上看到你乘电梯下来了,就追过来了。"

对哦,这件事应该要第一时间汇报给彩无夜才对的,因为巨大的喜悦感以及复杂的心情,让何穆穆完全忘记了这回事,她觉得挺惭愧地。

"嗯!我被录用了,明天就可以到这里来上班了,真的很感谢你,如果没有你的话是绝对不可能的。"何穆穆深深地鞠了一躬。

"这样吗?真是太好了。"彩无夜笑得更灿烂了,"其实我昨天有对上头说过,如果可以的话,希望能够把你分配给我,做我的专用化妆师就好了,不知道他们会不会答应。"

何穆穆现实觉得有一点奇怪,但又说不出是哪儿不对劲,但不管怎么说,这样也挺好的,毕竟彩无夜人那么好,那么温柔又善良,于是她笑着点了点头:"如果可以的话就太好了!"

那之后,在看着何穆穆渐渐远去的背影时,彩无夜露出了一个有些诡异的笑容。好像,终于找到了一个可以完全信任的人了。

第十二章　待命？！

第二天一早，何穆穆站在 Y.M 公司造型部门口来回徘徊着，总觉得有点紧张呢，毕竟是第一天到这里来上班，她从包中掏出了镜子，自己的头发没有乱，妆容也很完美，她清了清嗓子，还是推开门走了进去。

推开门的那一瞬间，何穆穆露出了特别灿烂的笑容，伴随着一声："大家早上好！"

不过，她的声音很快就被湮没了。

"喂！我说！今天负责给陈莉莉化妆的是谁？他们的车都开走了！赶紧自己坐地铁去电台啊！"

"艾姐，是小冯，她今天生病来不了了！"

"我去，那谁今天没事儿干赶紧去代替她。"

"好的，我这就去！"

"今晚有安德莱的小型演唱会，是谁负责的？"

"报告艾姐，也是陈莉莉。"

"我靠！那家伙什么时候生病不好？偏偏这时候生病！不是给我找难题么！"

何穆穆站在门口，脸上的笑容都僵住了，嘴角抽搐着，这里看上去好忙碌啊，不停地有人从她身边经过跑出去，嘴里还叨着面包什么的。

"那个……不好意思……"何穆穆尴尬地说道。

"都说过几次了！今天在电视台有大型活动！你们还杵在这儿干

嘛？赶紧去啊！"

完全没有人理何穆穆，那个被称作艾姐的女人有着一头干练的短发，面部表情看上去特别严肃，正在指挥着大家。

在所有人都忙着去工作之后，那个艾姐才算是松了口气，然后一眼瞄到了还站在门口完全愣住了的何穆穆。

"啊呀，是没见过的面孔呢，你是今天新来的吗？"艾姐一步一步朝着何穆穆走了过来。

何穆穆稍稍点了点头，然后立刻鞠躬大声说道："嗯，您好，我是今天新来的，我的名字叫作何穆穆，请多指教。"

看到对方那么僵硬的表情，艾姐忍不住笑了出来，然后拍了拍何穆穆的肩膀："你不用那么紧张，我平时也不是一直那么凶的，不过今天各种活动比较多，我才急了点而已。"

原来今天很忙吗？何穆穆立刻凑上前去小声说道："那么，有什么是我能帮忙的吗？"

艾姐摆了摆手，然后捂住嘴笑了起来："大家都去忙了，已经不缺人手了，你的话……安先生再三吩咐我要等他自己来安排，所以你还是先去熟悉一下环境吧，那里是你的办公桌。"

何穆穆顺着艾姐指的方向看去，她居然还有办公桌，简直感动哭了，她跑了过去摸着办公桌的桌面，光滑冰凉的触感让她觉得心情很好。

想都没想过居然能到这种地方来工作，何穆穆整个人趴在了桌面上。不过，说实话，在她心中还有一个小疙瘩，那就是安若灏，其实她也在想自己和安若灏会不会其实什么都没发生？但直到今天为止腰部还是隐隐作痛，这种感觉……不就是已经发生过什么了吗？

如果这辈子就这样再也不和对方见面的话，还能够欺骗自己当做什么都没发生的，但现在显然是不可能了，只能祈祷自己在这公司中能不和安若灏相遇。

"喂，那个和睦？还是和谐？在不在啊？"

何穆穆才刚祈祷完，就听到了安若灏的声音，她瞬间满头黑线，不……一定是自己听错了，因为太怕和安若灏见面了，所以幻听了，一定只是个噩梦。

这么想着,何穆穆用双手捂住了自己的耳朵继续趴在桌上,她告诉自己什么都没听到。

但是下一秒,就有人揪住了何穆穆的耳垂,平滑的指腹触感加上轻微的疼痛让她忍不住颤抖起来,脸都红了,她赶紧捂住了自己的耳朵抬起头来,看到的就是安若灏那张俊美的脸,吓得她差点一屁股坐到地上。

"真是受不了,这一大早的你怎么好像见鬼一样?"安若灏面无表情地盯着何穆穆看。

还不是因为看到你?!何穆穆咬牙切齿地想,不对啊,这里是造型部,安若灏好歹是这家公司的负责人,干吗到这儿来啊?

大概是因为何穆穆的表情太明显了,安若灏似乎直接看出了她的想法,于是安若灏将手中拿着的文件夹放到了桌上:"我来是把这个给你的,这是你这个星期的工作表。"

只不过是工作表而已,为什么要亲自送来?安若灏不是公司的最高负责人吗?这种琐事不是应该找下属去做的吗?何穆穆实在搞不懂,她翻开了文件夹,就看到空荡荡的工作表,上头写着周五要参加某综艺节目的录制。

"啊?为什么只有周五有工作?那平时我做些什么呢?"何穆穆抬头看着安若灏。

只见安若灏嘴里叼着一支烟,这会儿正在点烟,虽然这里是禁烟区,但他是公司的老大,也没人敢说他,他咬着烟有些不耐烦地说道:"我没告诉过你吗?你是彩无夜的专属化妆师,当初他把你的简历交过来的时候就是这么说的,'如果要是录用的话,请把她给我',这样……"

何穆穆在原处愣了很久,想起了昨天彩无夜所说的话,原来是真的啊……但是,现在这样和她想象中的完全不一样啊,她喜欢在电视台工作时那种忙碌的感觉,虽然有的艺人态度很糟糕,但她每天都过得很充实,没有办法想象几乎不用工作的日子。

"那,平时没工作的时候,我可以帮别人的忙吗?"

"不行。"安若灏皱起了眉头,"所谓专属化妆师,你听不懂吗?他有工作了,你就跟着一起去,他没工作,你就在这里待命……或者打杂,公司那么大,自己找点事做嘛。"

何穆穆嘴角抽搐,她不甘心地站起身来说道:"开什么玩笑?我到这里来是做化妆师的,并不是打杂的!为什么要我待命?"

一边的艾姐捂住了自己的嘴,在这公司里敢这么和安若灏说话的还真不多见。

安若灏先是沉默了一会儿,之后用手拿着烟,然后冲着何穆穆吐了一口烟,何穆穆瞬间就咳嗽起来:"这是命令,而且之前彩无夜应该也和你商量过了吧?工作少不是好事吗?不做事却和大家拿着同样的工资,不觉得很轻松吗?"

何穆穆稍稍愣了一会儿,怎么可能轻松呢?先不说她是真的喜欢化妆师这份工作,如果这个部门中所有人都在忙于工作,只有自己那么轻松的话,会被怎样看待呢?自己一辈子也不可能融入这个群体中了吧?

何穆穆轻轻地摇了摇头,冲着安若灏大声说道:"才不会觉得轻松!如果你以为我是那种好逸恶劳的人我会很困扰的!我本来以为你会录用我是因为真的欣赏我所化的妆,没想到只是为给彩无夜面子吗?"

艾姐轻轻地抽了一口冷气,真是的,这个孩子,说话没轻没重的,把不该说的话也给说出来了呢。

第十三章　孤零零

只见安若灏的那张脸是越来越黑了，这话真是可笑至极了，他是这家公司的负责人，彩无夜怎么说都算是他的员工，什么叫给彩无夜面子？

安若灏冷笑起来："哈？我给他面子？你知道自己在说什么吗？！胆子倒是很大嘛，话说回来，你和他又是什么关系？他干吗指定要你做专属化妆师？"

说实话，这个问题何穆穆自己也不知道啊，不过她还是特别倔强地说道："这和你没关系吧？总之我不是来打杂的！"

"啊，的确是和我没关系！我只不过是问问而已，你想太多了吧？！可以啊，你不打杂也没关系，直接滚出去！"安若灏说到这里一手指着造型部的大门，"只要你能把那70万赔偿给我！"

瞬间，整个造型部就这样安静下来了，何穆穆终于不说话了。没错，70万就是她的软肋，都怪她自己不好去把窗帘给扯了下来，但是说不过自己就用这种方法来压着自己的安若灏也太卑鄙了吧？

"好了，看来你没有异议了，你要到总裁办公室里来打杂我也完全没意见，我那儿还没打杂的呢。"安若灏耸了耸肩膀之后就离开了。

艾姐看着何穆穆咬牙切齿的表情尴尬地笑了笑，这个何穆穆还真是不简单，不过……更让她吃惊的，是安若灏，她还是第一次看到安若灏的情绪起伏那么大呢，平时明明都是一副很冷静的模样，居然也会这样吵架啊，而且对象还是个刚进公司的人。

结果这一天上午何穆穆都是对着电脑屏幕发呆度过的。她虽然问过艾姐有没有什么工作她能做的,就算是打杂也无所谓,但艾姐一看就觉得何穆穆和安若灏还有彩无夜的关系不一般,而且安若灏都把工作表给何穆穆了,她怎么可能还敢给她安排任何工作呢?

午休的时候,有不少化妆师都回公司了,但大家还是很忙的样子,有的嘴里直接叼着午餐还在整理东西,而艾姐也不闲着,指挥这指挥那。只有何穆穆一个人是闲着的,这样格格不入的感觉到底是怎么回事?她觉得很心烦,于是走出了办公室。

公司7楼是员工餐厅,何穆穆叹了口气走进餐厅里,餐厅里几乎已经没有空位了,基本上所有人都是成群结队地一起吃午餐,而何穆穆一个新人只能孤零零地去买套餐了。

突然有点怀念在电视台工作的时光了,至少那个时候自己并不是这样孤零零的,何穆穆在买完了蛋包饭之后开始寻找起空位来。

"你不知道吗?之前宣传部的部长被人曝光劈腿找小三呢。"

"啊?!那个看上去特正直的宣传部部长?"

"是啊,据说他是闷骚型的,表面上看起来一本正经的。"

"最近安德莱怎么那么红?"

"公司力捧的嘛……据说哦,他父母给了公司一大笔钱。"

"真的假的?我就是不喜欢那种明明是国人,还起个外国人的艺名的家伙。"

"哈哈,我也是,据说他名字特别土,都快和二柱子那一类差不多了。"

何穆穆在寻找空位的时候,听到了各种各样的八卦,她觉得特无奈,不过女人聚在一起大概就是这样的,毕竟工作时间压力也很大,平时没事儿干就说说这种八卦。

直接在餐厅里走了一圈,何穆穆已经放弃了找空位,她端着早已冷掉的蛋包饭来到了天台,反正即使在那么拥挤的餐厅中,自己也是一个人,还不如到宽敞点的地方呢。

何穆穆一口一口吃着蛋包饭,不得不说味道还不错,恰到好处的酸甜味配上柔软的饭粒。

何穆穆本来以为自己到了新公司之后也能很快适应的，但是安若灏却让她成为全部门最清闲的人了，这样显然是不可能和大家打成一片的，刚才艾姐看她的眼神就很诡异了，就好像……她是特殊的一样。

在何穆穆还在发呆的时候，从她的身边传来了一阵体温，她下意识回头，看到的是笑容满面的彩无夜，彩无夜的手中正拿着三明治。

"好巧，你也在这里。"

来的刚好，何穆穆其实还想问问他为什么要自己做他的专属化妆师，但是，她看着彩无夜一脸无害的笑容之后就放弃了，只能硬生生挤出一个笑容来："嗯……好巧。"

彩无夜拆开包装就开始吃起了三明治，在一边的何穆穆心想既然自己的工作那么少的话，就说明彩无夜的工作也很少……明明以前是个超级巨星，还在全市最大的体育场开过演唱会，曾经也是电视剧收视率的保障，不知什么时候开始人气就开始下滑了。

何穆穆想到这里，深吸了一口气，然后鼓起勇气问道："那个……彩无夜先生，你今天没有工作吧？那为什么还到公司里来呢？"

彩无夜原本还在嚼着口中的食物，听到这句话之后整个人就愣住了，难以置信地看着何穆穆，过了好久之后才将嘴里的东西吞下去，何穆穆知道自己说错话了，于是大口大口吃起东西来。

"那个！不用回答我也没关系！"

"不……是不是因为我的工作太少了，所以也影响到你了？你也因为这样工作变少了吧？"彩无夜抬起头来，脸上还挂着笑容，但不知为何看上去有些凄惨。

何穆穆摇了摇头："没关系的！"

"其实……我和Y.M签约并不是为了继续自己的演艺生涯，只是为了生存下去。"彩无夜放下了手中的三明治，"我是被之前的经纪公司赶出来的，人气又滑到了底端，当时根本没有经纪公司肯签我了，都觉得我是赔钱货，那段日子觉得非常绝望，不知道今后的路该怎么走……"

回忆过去的事，似乎还能记得当时的痛苦感受，彩无夜脸上的笑容渐渐消失了："那个时候，出现在我面前的，是安若灏，他问我要不要到Y.M来，也许不能给我争取到多少工作，但却能让我继续活下去。"

　　想到这里，彩无夜苦笑起来："他好像调查过我，我当时的窘境他都了解，因为我的父亲在我还很小的时候就去世了，而且还欠了一屁股的债，所以我赚的钱大部分都还债了，没办法，我只好来到了这里，他告诉我，我的用处就是吸引更多年轻艺人到这里来。"

　　"啊……"何穆穆睁大了眼睛，虽然说也许这也是商业手段的一部分，但是这样直接将残忍的话语说出来也太过分了吧？

　　"因为，我虽然人气一直在下滑，但是却一直没有丑闻，形象很好……呵呵，而且红得很早，所以还是有不少年轻艺人很憧憬我的，我不是以艺人身份进入这里，而是以'招牌'的身份来到这里的。"说到这里，彩无夜回头给了何穆穆一个灿烂的笑容。

第十四章　不想做人偶

　　明明对方的笑容那么灿烂，不知为什么何穆穆却觉得悲伤至极，她低下头去思考了好一会儿，然后小声问道："我一直不明白，那个时候彩无夜先生明明……那么有人气，当时我们学校隔壁的小店里有卖各种明星的贴纸，只有彩无夜先生的一直都抢不到啊，为什么会变成现在这样呢？"

　　彩无夜终于低下头去，额前的头发挡住了他的眼睛，让何穆穆看不到他的表情："因为啊……想做一个人类，不想再做随人摆布的人偶了。"

　　"啊？"何穆穆没想到彩无夜会这样回答。

　　彩无夜用一只手捂住了自己的额头，凄惨地笑了起来："刚进入演艺圈的时候，因为当时比较流行消瘦清新带一点点忧郁的男生，所以经纪公司一直都限制我的食量，当时正在长身体呢，还挺辛苦的，可是媒体中的那个我，并不是真实的我……"

　　"真实的我已经被我遗忘了，只是做一个大家心目中的我，渐渐的……失去了自我。"彩无夜握紧了双手，连三明治都被捏坏了，"在我渐渐将那个我当作真正的我时，经纪公司告诉我……我的年纪大了，应该换一个形象了，要我能够走阳光大叔的路线。"

　　虽然何穆穆没有经历过那些，但却能够想象彩无夜当时的心情。

　　"开什么玩笑，怎么可能说做就做到呢？我拒绝了，然后……就被彻底封杀了，什么工作也接不到。"彩无夜苦笑起来，"但即使是那样,我也得生存下去,所以就开始在外做生意了,结果经纪公司以违反条约直接将我开除了,能够遇到安若灏其实我觉得很幸运了,因为即使工作少一些,但他却保障了我的生活,而且,他告诉我……'你只需要做你自己就行了,工作我们会帮你争取的,你不需要装出很快乐很阳光的模样来……"

说实话,听到这里何穆穆觉得有些吃惊,因为她没想到安若灏会是这样的好人。

彩无夜似乎是想到了什么继续补充道:"说到安若灏这个人其实真的很不错,本来Y.M是没有造型部的,但是之前有一个小演员在剧组遭到了暗算,敌对公司的人装扮成化妆师潜入剧组,往小演员脸上涂了不知是什么东西,小演员的脸差点都被毁了,从那之后,这里就建立了造型部,所有的艺人都只用自家公司的造型师。"

居然是这样啊,何穆穆觉得自己对安若灏的看法有所改观了呢。

"至于你问的为什么没有工作还来公司……那是因为一个人在家非常寂寞。"彩无夜苦笑着挠了挠自己的头发,"不过,其实我到了公司里也是一个人呢。"

一个人……这句话直接戳中了何穆穆的泪点,她终于把装着蛋包饭的盘子放到了一边道:"我知道了,从今天开始你就不是一个人了,我会陪伴在你身边的!"

何穆穆这么说完抓住了彩无夜的双手,而彩无夜看着何穆穆抓着自己白嫩嫩的手,有些吃惊的样子:"你……会陪着我?"

何穆穆用力点点头:"嗯!只要你需要!我就一直陪在你身边。"

何穆穆之所以会那么激动,因为她今天也感受到了寂寞感,并不是因为对方是彩无夜的关系。但是,她没想到,下一秒彩无夜直接将她拉入了怀中,何穆穆整个人僵住了,对方身上淡淡的洗发水香味直接窜入了她的鼻腔,让她晕头转向的。

也就是在这个时候,天台的门被推开了,而且走进来的不是别人,正好是安若灏,他在餐厅里找了一圈没找到何穆穆,就试试运气到天台来找了,结果就真的找到了,而且对方还被彩无夜拥在怀中。

安若灏体内的愤怒之火噌的一下全部冒了上来，他稍稍愣了一会儿之后开始疑惑起来，自己干吗要觉得有点生气？

"喂！动车！你在那儿干吗呢？不是让你打杂吗！"安若灏这么说着就走上前去抓住了何穆穆的后衣领直接拎了起来。

"啊？什么和什么啊？！"何穆穆被安若灏拎起来之后挥动着四肢挣扎着，"动车又是什么？"

"哈？你不是叫和谐号吗？所以就叫你动车啊。"安若灏将何穆穆放了下来。

何穆穆嘴角抽搐："我不是和谐号！我叫何穆穆！"

安若灏皱着眉头说道："啧，怎么那么麻烦啊？反正差不多。"

"差多了好吗？！"

安若灏见彩无夜正朝着这边看过来，于是缓缓说道："彩无夜，吴心一直在楼下找你呢，不是说好今天要参加试镜的吗？"

彩无夜就这样看着何穆穆站在安若灏的身边挥着双拳，但被安若灏按住了脑门所以拳头怎么也够不着安若灏，他张开嘴似乎是想说些什么，但最终还是放弃了："我知道了。"

看着彩无夜离去的背影，何穆穆抬起头来看着安若灏："我作为他的专属化妆师，不需要跟着一起去吗？"

"嗯，反正那部电视剧就是他的囊中之物了，去不去都是一样的。"安若灏说完之后抓住了何穆穆的胳膊，"对了，既然你现在是打杂的，跟我过来，有点事要你处理。"

"啊？！我的职位是化妆师啊——"

结果，何穆穆被抓到了总裁办公室，所谓的有点事要处理，居然是粉碎废文件，何穆穆嘴角抽搐，看着这间偌大的办公室，除了自己和安若灏之外，还有一个看上去年纪挺大的女秘书。

"那个，我说安先生，您这不是有秘书吗？为什么还要我来做这种事？"何穆穆指了指那位正在翻着资料的秘书。

"哈？你没看到她正在忙吗？而且她是秘书，不是打杂的，你，是打杂的。"安若灏看了一眼何穆穆之后继续低头看起了艺人的档案。

何穆穆认命般地低下头去,她对安若灏刚才所说的那部电视剧是彩无夜的囊中之物有点在意,也就是说,已经内定了吗?所以连化妆师都不需要了。

抱起一大摞文件,何穆穆冲安若灏说道:"是这些文件需要粉碎吗?"

安若灏似乎很专注,只是对着何穆穆摆了摆手让她快点去弄,于是何穆穆就抱着文件去碎纸机那里了,她从最初就一直是化妆师,所以根本没有做过这样的工作,偶尔试试还挺新鲜的,听着纸张被粉碎的声音,她越发来劲了。

"我靠——我的重要文件呢!"

就在何穆穆欢快地粉碎着文件的时候,她听到了安若灏的吼声,这一声吼把她给吓到了,手一抖剩下的文件通通进了碎纸机。

第十五章　被粉碎的重要文件

　　安若灏找来找去，发现需要粉碎的文件居然在自己的办公桌上，然后整张脸都黑了，瞬间被不祥的预感充斥着，冲到了碎纸机前，看着缓缓掉进碎纸机里的那些文件，标题的字号很大，所以他看清了，这正是明天会议需要用到的文件。

　　但即使是知道也没用了，因为那些文件正一点一点被碎纸机吞噬着。

　　"你看你都干了什么！"安若灏一把抓住了何穆穆的衣领，"干吗把我明天要用到的重要文件给粉碎了！？"

　　"啊？重要文件？"何穆穆似乎也知道了些什么，于是睁大了眼睛，看了看碎纸机，"啊？！可是……我刚才不是问过你了，是不是这些文件要粉碎，你什么也没说啊，只不过是让我走开而已，我当然以为你是让我快点去粉碎啊。"

　　"我的意思是我在看档案！要你等我看完了再回答你！你干吗那么急啊？！"安若灏死死地抓着何穆穆的衣领来回摇晃。

　　"什么嘛……你不说我哪知道啊？我还以为你觉得占地方急着要我去粉碎掉呢。"何穆穆觉得很委屈，虽然重要文件丢失了她也很急，但是这也不是她一个人的错啊！安若灏自己明明也有错。

　　"什么占地方！那么大的办公室会占地方吗？！而且我告诉你，这是会议要用的，特别重要！明天上午就得用了你懂不懂？全公司上上下下再加上几家电视台，现在全被你毁了！"安若灏觉得自己都要暴走了，但事实上在没有遇到何穆穆的时候，他压根就不是这样的，不管遇到什么问题都能很冷静地处理，甚至还被开玩笑说不像人类，反而像是计算机。

"唔……"何穆穆咬住了自己的下唇，想了很久之后缓缓说道，"好了，我知道错了……但是现在你对着我发火也没用了啊，应该要思考怎样才能挽回。"

"……挽回？你知不知道那份文件做了多久？整整一周啊，这要怎么挽回？我那一周都没好好睡过一觉一直在熬夜，你来帮我弄吗？"安若灏冲着何穆穆吼道。

"不过文件是有备份的吧？"何穆穆虽然没有做过这样的工作，但是可以想象，"只要把备份文件给打印出来……"

听到何穆穆的话之后，安若灏的脸更黑了，他抓住了何穆穆的肩膀："这是不可能的……因为之前公司的电脑被病毒入侵，所以在文件完成之后我就彻底消除了，避免被敌对公司给破解盗用。"

何穆穆满头黑线，她这下终于彻底了解到事情的严重性了："那……该怎么办才好？"

"安总，现在离明天的会议还剩下21小时，如果竭尽全力的话，大概还来得及。"秘书抱着文件走了过来。

"好吧。"安若灏终于松开了手，特别无力地叹了口气，然后缓缓走回了自己的办公桌前，"也是，那么陈秘书，麻烦你帮我了。"

"嗯，没问题。"

何穆穆看着安若灏无力的样子，也觉得挺愧疚的，虽然这并不全是她的错，但自己也给安若灏添了很大的麻烦，21小时……他要通宵做文件吗？那个秘书也是……会不会太辛苦了？而且说不定他今天应该有其他工作的，却因为自己的错而不得不继续做这份文件了。

一步一步走到了专注着工作的安若灏身边，何穆穆低下头特别没底气地说道："那个……对不起……"

"现在不是道歉的时候，我得忙了，你回去吧，自己找点事做。"安若灏不耐烦地说道。

何穆穆鼓起勇气说道:"不是,我的意思是,有没有我能帮忙的?我好歹也是大学毕业的,所以文员能做的事我都可以做的。"

安若灏停下了手头的工作,抬起头看了何穆穆一眼,然后低下头去缓缓说道:"好吧,你去帮我把桌上那些艺人档案中的各项备注都输入计算机里去,因为之前的病毒侵入,导致艺人的资料也都不见了,这个明天要用到,是很重要的工作,懂吗?"

何穆穆用力点了点头。

而陈秘书则是推了推眼镜看着何穆穆,然后有些无奈地笑了起来,其实根本就不需要什么艺人档案,明天的会议内容是关于新综艺节目的各种设定,和艺人是没有关系的。

大概是因为某些专业知识即使是向何穆穆解释也要花很长的时间,而能够减轻她愧疚感的,只有让她帮忙这件事,所以安若灏才会让她做那个吧?

陈秘书这还是第一次发现,安若灏倒是挺温柔的。

那之后,因为一条类似广告的短信让办公室里三个精神都特别集中的人被惊吓到了,所以何穆穆特别不好意思地直接把手机调成了静音模式,然后继续工作。

安若灏看到何穆穆一脸专注的模样嘴角微微向上扬起,自己刚才是不是发了太大的火把她给吓到了呢?

因为三个人太过投入了,所以回过神来的时候,天都渐渐暗下来了,公司里的灯自动开启,陈秘书看了看时间说道:"差不多到吃晚饭的时间了,我下去给你们买点东西上来吧,顺便还得打个电话给我老公呢,免得他担心。"

"嗯,也好,你要吃什么?"安若灏朝着何穆穆努了努下巴。

说到这儿的时候,何穆穆还真觉得自己肚子挺饿的,因为午饭没有好好吃嘛,蛋包饭也就只吃了几口而已:"我?冷面可以吗?"

"当然可以的,"陈秘书给何穆穆一个笑容,然后冲着安若灏问道,"那么安总呢?"

"意大利面,要菌菇奶油意面。"安若灏说完之后揉了揉眼睛,按下了保存键。

陈秘书离开之后,安若灏站起身来,冲着何穆穆说道:"你也休息一下吧,估计得直接工作到明早了。"

何穆穆摇了摇头:"我还是不休息了,等我把这些弄完就帮你。"

安若灏点燃一根烟,缓缓吐出白色的烟圈:"笨蛋,其他的专业知识要向你解释清楚就得花很长的时间,还不如我自己来做了。"

"对不起哦……"何穆穆低下头去,双手抓着自己的裙摆,总觉得有点不甘心,虽然想帮忙,却又帮不上,大概真的是自己不够机灵,所以才会给安若灏添了那么大的麻烦。

很快,一只温暖的手按在了何穆穆的脑袋上:"刚才的话,不要放在心上,的确就像你所说的,是我自己没说清楚,反正我看应该还来得及。"

"那个……不好意思,安先生你有没有见到……啊!"彩无夜正气喘吁吁地站在了总裁办公室门口。

"哦,彩无夜,试镜结束了?"安若灏抬起手来跟对方打招呼。

"嗯,我是来找何穆穆的,到处找都没找到,打手机也不接,问了问造型部的人,好像是到你这儿来了。"彩无夜不好意思地笑了笑。

"啊哈哈……刚才因为打扰到他们了,所以我就调了静音,找我有什么事吗?"何穆穆挠了挠自己的头发。

第十六章　残留的温暖

看到安若灏的手还放在何穆穆的脑袋上,彩无夜的表情稍稍有些僵硬:"就是……我看也到下班时间了,想请你吃个饭什么的。"

何穆穆刚想说自己现在有点事去不了,安若灏就推了她一把:"哦,刚好,你快回去吧,反正就我和陈秘书两个人也没问题的。"

何穆穆低头看着电脑键盘,想了很久很久。说实话,这如果是平日的话有人请客吃饭何穆穆肯定直接飞扑过去了,更别说对方是彩无夜了,想想能被彩无夜请客,那是件多么激动人心的事,但今天不行,因为是她的错。

"不了,我留在这里……抱歉,彩无夜先生,今天真的不行。"

这话一说出口不管是彩无夜还是安若灏都愣住了,安若灏睁大了眼睛看着何穆穆:"动车……你……"

"都说了我不是动车!"何穆穆超级不爽地吼道,"我不是和谐号!是何穆穆!"

"啧,都说了差不多了,女人怎么那么麻烦?"

"所以说了,差多了啊!"

彩无夜看着这两个人,有种说不出的感觉,何穆穆和安若灏在一起的时候……看上去好像很开心,而且这样情形的安若灏,他也是第一次看到,平时都是冷冰冰的模样,一点人类的气息也没有,而最初彩无夜在这样的安若灏身上闻到了同类的气息。

"那,有没有什么我能帮忙的?"彩无夜小声问道。

但是那两个争吵着的人完全没有听到彩无夜的声音，他低下头去苦笑起来，安若灏的那种表情，就好像是看到了"太阳"一般呢。

算了，大概也没什么自己能够帮上忙的了，彩无夜这么想着就离开了。

在吃过晚餐之后，三个人又继续工作起来了，何穆穆在完成自己的工作之后很想要帮忙，但是什么也帮不上，她完全都不懂那方面的专业知识，所以只能帮安若灏和陈秘书泡咖啡。

"你要回家去也可以，不一定非要待在这里的。"安若灏看到何穆穆正坐在他身边，而且用特别火热的目光在盯着他看。

何穆穆稍稍愣了愣，然后皱起眉头说道："但这都是我的错，所以即使我帮不上实质性的忙也不能一个人回家去睡大觉，我在这里的话，可以替你加油、把自己的能量传递给你，你刚才感受到了吗？"

安若灏嘴角抽搐，满头的黑线："嗯……感受到了，超级火热的目光。"

"嗯！那就对了！加油加油！"何穆穆露出了一个比阳光还温暖的笑容来，虽然现在已经是深夜了。

安若灏捂住了自己的额头，实在是受不了，这家伙怎么能那么有精神的样子？现在可都半夜两点了啊，而且她真的有懂自己的意思吗？

陈秘书在一边看着安若灏无奈的样子轻轻捂住嘴笑了起来，这样的安若灏平时可见不着，实在是太有趣了，居然还有点可爱啊。

在完成那份文件的时候，东方已经泛起了鱼肚白，陈秘书赶紧拿去打印，松了口气的安若灏拿出了一支烟，不过还没点上就坐着睡着了。

何穆穆看着安若灏眼睛下那深深的黑眼圈，不禁皱起了眉头，这个人一定很疲惫吧？她脱下了自己的外套给安若灏盖上了。

大概是感受到了衣服上还残留着的体温，安若灏觉得非常安心，所以睡得更沉了。

那天的会议还是顺利地召开了，而一晚上没合眼的何穆穆趴在办公桌上昏昏欲睡，她只不过是一晚上没睡觉而已居然就那么累了，一点精神也提不起来，不知道安若灏怎样，会议应该没问题吧？

不过有一件事让何穆穆觉得稍稍有些奇怪，那就是在安若灏出发去会场之前居然要求和何穆穆换手机号码。

何穆穆当然是觉得很惊讶，根本不知道为什么对方会提出这种要求，而安若灏则是一脸平静的表情说道："对于打杂的人，如果一下找不到的话我会很困扰的"。何穆穆瞬间咬牙切齿，不过陈秘书一直都在笑，何穆穆觉得有点丢人，就没有和安若灏继续斗嘴。

"喂，新人。"

一个陌生的声音将何穆穆的思绪拉了回来，她抬起头来："是！"

一个一头长发的女人站在何穆穆面前，手中还抱着一个化妆箱，脸上满是不好意思的笑容："那个……我今天身体有点不舒服，一会儿电视台有个综艺节目，你能代替我去吗？"

听到这话何穆穆瞬间打起精神来了，她到这儿来上班不就是为了做化妆师吗？才不是为了要打杂呢，她立刻很大力地点了点头："能！"

不过，下一秒艾姐出现在那个女人的身后："不准，你哪里是身体不舒服？只不过是生理期而已，是个女人都要经历的，别给我想着偷懒，赶紧去！"

"啊？"那个女人一脸不情愿的表情，"但是这个新人又没事，都在这儿睡觉了，就让她代替我去嘛，反正也就这一天，我可以把今天的薪水给她啊。"

何穆穆笑着点了点头："没错，我……"

"不准，她是彩无夜的专属化妆师，不接任何其他的工作，你给我赶紧去！"艾姐这么说着，踹了那个女人的屁股一脚。

那个女人摸了摸自己的臀部，嘁着嘴看了看何穆穆的脸："什么嘛，只不过是个新人，我都在这儿干了一年多了也没成为谁的专属化妆师啊……果然靠关系进来的就是不一样嘛。"

这话深深刺痛了何穆穆，虽然她和彩无夜之间并没有什么特殊的关系，只不过是聊过那么一两次而已，她自己也不知道为什么就成了这种局面，她也想求工作啊，也许在别人看来自己这就是在偷懒吧。

"你瞎说啥呢！"艾姐直接抓住了女人的胳膊把她给带走了，临走前还冲着何穆穆笑了笑,"她年纪小不懂事,你别放心上!"

怎么可能不放心上呢?何穆穆低下头去,果然大家都误会了,自己要在这里融入大家的话是不可能的事了,这样的工作虽然待遇很好而且轻松,但总觉得实在是开心不起来。

艾姐的态度也太诡异了,何穆穆并不是什么大人物啊,为什么艾姐对别人明明那么严格的样子,偏偏对自己就那么……迁就呢?就好像是怕得罪自己一样。

何穆穆叹了口气,算了,不去想那么多了,但是办公室的确是有点待不下去了,大家的视线都很灼人,何穆穆走出办公室准备去找点事做了。

看了看时间,已经 11 点了,安若灏说会议差不多需要两个小时,那么时间应该要到了才对,于是百无聊赖的何穆穆只好发了条短信给安若灏。

"还顺利吗?"

何穆穆其实也不指望对方能回复,但是没想到只过了几分钟对方就回复了:"很顺利。"

看到这里,何穆穆的心情稍稍好了一些。

第十七章 解释

之后的几天，日子过得还算平静，不过造型部的人除了艾姐以外基本都把何穆穆当作是透明的，何穆穆虽然什么都没做过，却被按上了"靠特殊关系得到工作"的头衔。

何穆穆是为什么会有了这样的特殊关系连她自己都不知道，彩无夜为什么对她那么好是她也想问的，她只不过想做一个普普通通的化妆师而已，不知为什么就成了彩无夜专用的了，除了周五的综艺节目之外，何穆穆就一直闲着了。

只不过何穆穆空闲的时候，安若灏会来找她，让她去总裁办公室帮忙，这样一来就更让造型部的人感到奇怪了。

虽然这样一来何穆穆的日子过得比较充实，但也有些困扰。因为一面对安若灏，何穆穆就会想到那个醉酒的夜晚，想到那一晚她就想哭，一想哭就想揍人，每天都要忍住揍人的冲动真的太辛苦了。

当然，安若灏也看出来了，因为何穆穆看他的眼神就是很奇怪嘛，他几乎都要把自己那天当保姆的事给忘了，结果这会儿又想起来了，他嘴角抽搐着，这个疯子该不会到现在还误会了两个人之间发生过什么吧？

不过安若灏也觉得有点奇怪，如果换作别人的话这个时候大概会来找他要钱，或是勒索他，何穆穆倒是没有呢。

安若灏觉得这事儿得说清楚，毕竟如果有一样美食被偷吃了，而偷吃的那个人是他的话，那被人说说无所谓，但他压根什么都没吃就被人误会了这可真是心塞。

那天何穆穆终于在餐厅中找到了空位，要知道，她已经连续一周在天台捧着盘子吃午饭了，那滋味可真是不好受，不过还好彩无夜在她身边。

其实何穆穆也有想过是不是到天台去陪彩无夜比较好，不过她觉得两个人之间的关系并没有到这种地步，她也希望能和彩无夜之间拉开一些距离，虽然有点对不起对方，但她其实不想靠任何关系进入这家公司，更不想靠任何关系做到不用工作的地步。

平时餐厅里到了这个时候就有不少人在聊八卦。最近，何穆穆也成了八卦中的主角，对于这一点她也很无奈，传说中的她是一个落难公主，被彩无夜和安若灏两个人深爱着。

这种肥皂剧一般的情节到底是什么情况？！何穆穆真的很想吐槽。

算了，不管别人怎么说，只要自己知道自己是怎样的人就足够了。

就在何穆穆用调羹舀起一勺咖喱饭准备吃下去的时候，她的右手却被人抓住了，抬头一看，正是黑着脸的安若灏。

"怎么了吗？"何穆穆茫然地看着对方。

"我说，你稍微跟我来一下。"安若灏抓着何穆穆的胳膊冷冷地说道，好像很低气压的样子。

餐厅里不少人都朝这边看了过来，有的人还在交头接耳说着些什么，何穆穆嘴角抽搐，完了，误会真的要加深了。

"能吃完饭再说吗？安先生……我现在真的很饿。"何穆穆尽量用平静的口气小声说道。

"不行，现在就来！必须！"安若灏的声音听上去很霸道，完全不容商量的感觉。

何穆穆就这样端盘咖喱饭被拖走了，她欲哭无泪啊，好不容易才找到一次空位啊，就被这么拖走了，还能不能愉快地玩耍了？而且这一路上她都是一只手死死地端住盘子，一只手被安若灏抓着，看上去要多搞笑就有多搞笑。

结果何穆穆被安若灏拖到了总裁办公室，偌大的办公室内只有他们俩，连陈秘书都不在，大概是去吃饭了。

只见安若灏皱着眉头一脸不爽的样子，然后扯了扯自己的领带，领带瞬间松了一圈，他扯开了最上头的两颗纽扣。

何穆穆倒抽一口冷气，不会吧？她下意识往后退了几步。

安若灏觉得很热，因为今天中央空调出了点问题，所以他才解开了两颗纽扣，结果就看到何穆穆一脸惊恐地往后退去，他嘴角抽搐："……你为什么要往后退？"

"啊？我有吗？一定是你的错觉啦。"何穆穆尴尬地笑了起来。

似乎是想到了什么，安若灏立刻急急忙忙地解释起来："喂，你别误会啊，我对你没有任何非分之想，还有，你喝醉那天晚上其实我们俩……"

听到这句话何穆穆整个人都僵住了，她想起了自己最想忘记的事，立刻捂住了耳朵："不用说了！那天的事我已经不介意了，就当是被狗咬了一口！"

安若灏的脸瞬间就沉了下来，刚才，自己对面的那家伙好像说了什么很失礼的话，他跑上前去一把抓住了对方的胳膊："什么叫被狗咬？难道我是狗？！"

何穆穆稍稍愣了一下，然后别过头去小声说道："我什么也没说哦……是你自己说的。"

"你知不知道如果这个公司里还有第二个人敢跟我这么说话的话，会是什么下场？"安若灏缓缓说道。

何穆穆沉默了一会儿之后，特别认真地看着安若灏："呐，我问你，为什么……我是特殊的呢？"

安若灏大概是没想到何穆穆会这么问吧，于是盯着她看了很久，缓缓说道："这种事你自己最清楚吧？因为你是彩无夜的女人啊。"

何穆穆瞬间就愣住了，她完全不能反应过来这句话到底是什么意思，在心中默念了好几遍之后才回过神来："不是的，你是不是误会了什么？"

"不是吗？你的简历是他亲自送到我这边来的，还说请务必让我聘用你，并且是做他的专属化妆师，因为他进公司以来也没有提出过什么要求，所以我就答应他了。"安若灏说到这里的时候，一只手放在了下巴下面，"因为这样，所以我认定了你是他的女人，原来不是这么回事吗？"

何穆穆双手握拳大声说道："才……才不是这么回事！他的确是我小时候的偶像，不过啊，我和他才认识几天而已，就是面试前一天才第一次相遇啊，就是我喝醉酒的第二天！也就是把你撂倒在地板上的当天！那天我因为心情不好被上司说去天台冷静一下，然后……"

说到这里，何穆穆似乎是想起了什么，音量也低了下去，脸色也变得很难看："没错……就是我失身于你的第二天……"

安若灏嘴角抽搐，对方要是不说的话他都忘了，于是他抓住了何穆穆的肩膀："我告诉你，你误会了，我们那天晚上其实什么也……"

"啊呀，不好意思，打扰你们了。"陈秘书一进来就看到安若灏抓着何穆穆的肩膀，看上去还很深情的样子，她捂着嘴特别诡异地笑了起来，然后又出去了。

安若灏突然有种自己跳进黄河也洗不清的感觉："你给我等一下，我们俩什么事儿也没有，什么打扰不打扰的？！"

第十八章　新锐偶像

何穆穆甩开了安若灏的手,冷冰冰地说道:"能不能不要再提那一晚的事了?"

要知道,这样一次又一次被提起来,对何穆穆来说反而是一种伤害。

"所以说!我们俩那天什么也没发生,你懂吗?!"安若灏捂住了自己的额头,实在是非常无奈,他都觉得再这样下去自己就要暴走了,"我告诉你啊,你那天吐得我满身都是的,我根本没衣服穿所以才会赤裸上身的。"

听到这里,何穆穆眨了眨自己圆溜溜的大眼睛:"啊?真的?!但是……我的腰很疼啊,那天之后。"

安若灏无奈地叹了口气,只要一回想到那天的事他就觉得很丢人:"你那天发酒疯到处跑,还跑到走廊里去敲其他房间的门,我只好把你扛回来了,结果你挣扎着掉了下来,腰撞到柜子了,不疼才怪。"

呜哇——光是听着就觉得好疼,何穆穆下意识去捂住了自己的腰,但是这些解释好像都很合理,何穆穆低下头去,小声问道:"但是……像你这么有钱的人,为什么要和我睡在同一间屋子里?而且……还是同一张床。"

"这还用问吗?那旅馆里没有多余的空房了啊!而且我那会儿为了做文件熬了好几晚,实在是撑不住了。"安若灏想到这里就皱起了眉头,然后瞄了何穆穆一眼,"我看你也没什么胸,就把你当小孩子了,心想就挤挤应该没什么问题吧?反正对你这么干巴巴的家伙我也不会有什么兴趣。"

　　何穆穆的面部肌肉抽搐了几下，然后缓缓低下头去，最后，啪的一声甩手在安若灏的脸上就是一下："变态！"

　　安若灏捂着自己的脸颊盯着离开的何穆穆看，这个疯子……绝对……绝对不饶了她！

　　何穆穆一口气跑到了洗手间，把自己关在隔间里，背靠着门大口大口喘着气。原来如此，那天晚上两个人之间并没发生过什么，实在是太感动了，心中的一块大石头可算是落地了，现在开始终于能用平常心去面对安若灏了。

　　虽然还被大部分人误会着，而且彩无夜的态度也有些怪怪的，但是至少其中一个问题解决了，还是很值得高兴的。

　　那天下午何穆穆的情绪就完全不同了，一直在造型部缠着艾姐给她点工作，造型部的其他人都觉得有点难以置信。

　　艾姐自然是不敢让何穆穆离开公司出去工作的，因为如果那样的话万一安若灏来找她就完蛋了，艾姐只能让何穆穆整理一下造型部的各种化妆品和服装。

　　这样的工作不管怎么看也算是打杂的一种，但何穆穆还是很开心的。

　　那天下班后，何穆穆提着包往地铁的方向跑去，只要一想到自己并没有失身，她就心情大好，想着今晚吃些什么才好，不如去吃烧烤吧，不过一个人的话，大概会特别寂寞吧，嗯……还是买火锅食材回家一个人吃火锅好了。

　　等到了家附近的超市就去买食材，要买好多好多东西，还有最喜欢POCKY，这么开心的日子当然是要庆祝一下才行。

　　何穆穆满面笑容地奔跑在大街上，然后……

　　"救命啊……"

　　就听到了这样的声音，何穆穆下意识回头去看，然后就看到一大群人朝这边跑了过来，因为人实在是太多，而且大家都跑得飞快，所以在人群后边都扬起了尘土。

普通人看到这样一幕肯定都要吓坏了，何穆穆不愧是学过功夫的女人，她站在原处深呼吸了几下之后，果断脚底抹油跑了起来，因为那些人离她太近了，她觉得自己如果再不跑的话就会被那群人给踩扁的。

不过到底发生了什么事？为什么会有那么多人在那里跑呢？好像在追赶什么似的，而且刚才有人喊救命了吧？

想到这里，何穆穆稍稍偏过了头向后望去，就看到在人群的最前方有一个金发男生，那个男生她知道！是现在红得不得了的超人气新锐偶像安德莱啊，年仅17岁的高中生，只不过刚出道半年而已专辑累计销售量就超过了700万，还开过了个人演唱会，每一场都抢不到票。

原来如此，看来刚才喊救命的正是安德莱，那么他身后的那一群……显然就是追星族了，何穆穆满头黑线，之前就有听说过他的粉丝特别疯狂了，没想到今天还真的见识到了。

何穆穆就这么眼看着后边的人群离自己越来越近了，她快被吓坏了，赶紧加速，但已经来不及了，眼看着就要被人群给淹没了，她下意识闭起了双眼，就觉得有谁抓住了自己的手腕，然后把自己给拉走了。

再次睁开眼睛的时候，何穆穆看到的是一张帅气无比的正太脸，正是安德莱的脸，两个人似乎挤在了一起，对方的一只手正死死地圈住了她的腰部，何穆穆倒抽了一口冷气，说实话，除了和前男友接吻之外，这还是第一次那么近距离地去看一个异性的脸。

安德莱的皮肤很好，白白嫩嫩的，柔顺的金发因为长时间的奔跑而有些乱翘，这也给他的脸添加了几分稚气，再加上圆圆的眼睛以及微微鼓起的脸颊，看上去实在是太可爱了。

事实上刚才何穆穆快被人群淹没的时候，是安德莱救了她，直接把她拉进了电话亭中，而那些一直追逐着他的狂热粉丝居然也没发现。

安德莱压低了嗓音，似乎在自言自语："真是危险啊……差点就要被淹没了。"

清亮的男声传入耳中，何穆穆这才回过神来："那个……"

"嘘！"安德莱用食指抵住了何穆穆的嘴唇，他身上淡淡的水果香气也窜入了何穆穆的鼻腔中。

在确定人群都走远了之后，安德莱才松了口气，然后注意到了被他环在怀中的何穆穆，给出了一个甜甜的笑容："嗨！"

"嗨！个头啦！"何穆穆想要推开安德莱，但现在两个人正在拥挤的电话亭里，而安德莱的背部刚好又挡住了出口，"快松开我啦，好挤！"

安德莱盯着何穆穆看了很久之后，然后咧开嘴邪魅一笑："可爱的小姐，在冥冥之中，我们两个人就被关在了电话亭里，简直就是命运啊。"

何穆穆嘴角抽搐，原来安德莱是这样的性格吗？

"不……安德莱先生，不要开这种无聊的玩笑了。"

安德莱先是睁大了眼睛，然后又笑了起来，不得不说他的笑容实在是太可爱太治愈了："原来你也认识我，真是太荣幸了，不知道我能否知道你的名字呢？这位可爱的小姐。"

这个人到底怎么回事啊！何穆穆快崩溃了，她大声说道："不要闹了！先出去再扯家常啦！"

安德莱不说话了，回头看了一眼之后，特别正经地说道："如果我说我们出不去了，你会怎样？"

第十九章　过呼吸症

何穆穆的脸瞬间就黑掉了,她心想自己面前的这家伙到底知不知道自己在说什么?

"怎么可能啊?别闹了!快点把门给打开吧!"

安德莱则是委屈地吸了吸鼻子,就好像要哭出来了一样:"我是说真的,出不去了,你自己看嘛。"

说完之后,安德莱特别努力地挪动着身子,何穆穆则探头望去,然后满头的冷汗,门外不知什么时候竖了一根钢管,刚好抵住了门把,她伸手就去推门,但门就是纹丝不动。

虽然可以直接一拳将门打碎,但因为是玻璃门,而且安德莱也在这里,何穆穆怕误伤到安德莱,再怎么说也是最近 Y.M 力捧的新人啊,自己要是把他给弄破相的话那就真的完蛋了。

毕竟这里是电话亭嘛,电话就在何穆穆身后,但没有钱就没办法打,她努力伸手到包里去拿自己的手机,不管怎样得找人来救自己。

说也奇怪,这条街上其实平时虽然人也不算特别多,但基本上一直都会有人经过,估计是刚才那群狂热粉丝跑过去之后把路人都给吓到了吧。

"唔……虽然我是很感谢她们能那样支持我,不过像刚才的那一幕也的确有点吓人了,对吧?"安德莱闭上了眼睛,纤长的睫毛微微颤抖着,然后脸变得有点红,胸口不停地上下起伏着。

何穆穆看到这一幕以为安德莱是发烧了,于是伸手去摸安德莱的额头,并不烫手啊,那是怎么回事?

"喂,你没事吧?"

"嗯,我没事的!还撑得住。"安德莱勉强给出了一个笑容,但是似乎已经疲惫到连眼睛都睁不开了。

何穆穆赶紧从包中掏出手机来就打电话求救,结果安德莱的呼吸声越来越大了,脸色也越来越苍白,何穆穆第一时间想到的是哮喘,但似乎又不一样,渐渐的,安德莱的身体居然稍稍有些痉挛了。

这样的地方的确是有些难呼吸了,真的很拥挤,何穆穆又拨打了急救电话,安德莱看上去情况有些糟糕,刚才明明还那么有精神的模样呢。

"我说……你睁开眼睛,我们聊天吧,我的名字叫何穆穆……"

"唔……穆穆小姐……我总觉得有点喘不上气来……"安德莱的声音越来越小了。

何穆穆愣住了,过呼吸症吗?她翻了半天的包,终于找出了一个塑胶袋,于是就这样按在了安德莱的脸上,把嘴和鼻子都遮住了。

过了一会儿之后,安德莱的呼吸也渐渐顺畅了,脸色稍稍好一些了,因为不停地呼吸着,导致体内二氧化碳不足,才会引起了身体的痉挛,此时的安德莱已经渐渐平静下来了,他睁开眼睛看着何穆穆。

"现在有没有好受一点?"何穆穆小声问道。

安德莱点了点头,整个人往后挪了挪,不好意思地笑了起来:"谢谢你……说实话,我从小就不太擅长待在这种地方,叫什么来着?幽闭恐惧症吗?一紧张就会这样呼吸过度……如果不是你的话我大概就完了吧。"

就在这个时候,救护车也赶到了,在电话亭的门被打开之后,何穆穆真是感动到不行了,终于又呼吸到新鲜空气了。

因为安德莱也没有大碍了,所以也没上救护车,而是从自己的包中拿出了帽子来戴上,帽檐压得很低很低,似乎是为了不被人认出来。

"哈哈,刚才忘记戴帽子了,所以才会被那么多人认出来,真是可怕呢。"安德莱的脸色还有些苍白,但比起刚才已经好了很多,"真是太感谢你了,穆穆小姐,命运安排我们相遇,我总觉得以后还会再遇到你的。"

何穆穆嘴角抽搐,当然是会再次相遇的,因为两个人都在 Y.M 工作嘛,只不过一个是艺人一个是化妆师而已,不过她决定还是不告诉眼前的这个人了。

那天回家之后,何穆穆觉得异常疲惫,被关在电话亭里这种事想都没想过,不过她还是一个人吃了火锅。

事实上,何穆穆在高中以前都很讨厌吃火锅,因为火锅店的味道很不好闻,而且还会吃得很热,她实在是无法理解在冬天以外吃火锅的人。

"啊?你没在夏天吃过火锅吗?"那个时候还是少年的前男友用看外星人一般的目光看着何穆穆。

"别说是夏天了,即使是冬天我也不怎么吃,味道真的很难闻啦。"何穆穆想到那种动物身上的膻味就觉得想呕吐。

那个时候是放暑假之前,正是炎热的时节,少年哈哈大笑起来:"那是羊身上的味道,不过夏天吃火锅才会比较美味哦,不信你和我去吃一次嘛。"

何穆穆虽然不愿意,但是看着少年那样期待的目光,还是勉强答应了,火锅店里的味道果然很难闻,何穆穆下意识就捂住了鼻子,少年在一边无奈地笑着。

"我看你皮肤白成那个样子,一定是在夏天就躲在房间里吹冷气的类型吧?"在找到了座位之后少年捂住嘴偷笑起来。

何穆穆皱起眉头别过头去:"那又有什么关系?所以我从没中暑过啊!"

少年笑得更开心了:"我总觉得你就像是娇生惯养的大小姐,被父母捧在手心中的那种。"

何穆穆鼓起了脸颊:"你这是什么意思?我才不是!我们家是很普通的工薪阶层,我并不是什么大小姐。"

"抱歉抱歉,我不是那个意思。"少年似乎是很喜欢看何穆穆生气的样子，笑得更欢了，"我的意思是，你被你的父母保护得很好。"

那一天，何穆穆第一次尝试了在夏天吃火锅，而且还是麻辣火锅，她在吃的时候，真想揍少年一顿，但因为口味重的东西能让胃口变得很好，所以一口接一口根本停不下来，在吃完之后觉得嘴里火辣辣的，而且真的流了很多汗，但也正因为如此，身体变得轻松了些。

"怎样？其实夏天吃火锅真的很舒服吧？"

何穆穆至今也忘不了那个时候少年的咧嘴笑容。

何穆穆回忆到这里，放下了手中的筷子，糟糕了，又想到前男友了，以前……明明是个好男人来着，可靠又幽默的男人，不知是从什么时候开始有些变了，但那一定都是自己的错，如果自己能再热情一些，再会撒娇一些就好了。

正是因为自己没有好好努力改变自己……所以才被第三者钻了空子，何穆穆叹了口气，总觉得有点累了，一个人的火锅，一点也不好吃，她很想找个人一起出去吃饭，但是却没有可以想到的人，以前，总是和前男友还有好友一起去呢。

也就是在这个时候，何穆穆的手机铃声突然响了起来，她拿起手机，却是一个陌生的号码，应该是推销吧，最近总是接到这样的电话呢，不过她还是接了起来。

"您好，哪位？"何穆穆小声问道。

第二十章　各种诡异的态度

电话那头的人不说话,只是在轻轻地喘着气,何穆穆瞬间背后发毛了,难道说是变态吗?!

"哪位?不说的话我挂了哈。"何穆穆的声音听上去有些颤抖。

"穆穆,我是程骏峰。"

一个熟悉到让何穆穆希望快一些忘记的声音从电话那头传了过来,何穆穆整个人忍不住颤抖起来,为什么前男友会来电话?之前何穆穆直接将他的手机号码给删除了,如果知道是他的话,何穆穆是无论如何也不会接的。

连"有什么事吗""你好"之类的话也无法说出来了,何穆穆只能抓着手机愣在那里,完全动弹不得。

"抱歉,我也不知道为什么要打电话给你,好像打扰到你了,我只是想跟你说一声对不起。"程骏峰的声音越来越轻,"我和她分手了,其实我并不是喜欢她才和她在一起的,只是因为……很寂寞啊,因为你对我那么冷淡,我想,如果我和她在一起了,让你嫉妒的话……你会不会有所改变。"

何穆穆没想到会听到程骏峰说这种话,果然是因为自己不好吗?程骏峰所说的话,她也可以理解,但是不能接受。

见何穆穆还是不说话,程骏峰也有些着急了,他继续说道:"真的很抱歉,其实我最近一直都在想着你的事,想着我们学生时代的事,你不觉得怀念吗?"

何穆穆没有抓着手机的那只手握成了拳状，不停地颤抖着："你是什么意思？"

"……我的意思是，你肯原谅我吗？我并不是因为变心，只是因为太在乎你了，如果你愿意原谅我和我和好的话，我以后一定会配合你，不会像之前那样缠着你、打扰你了。"程骏峰一字一句清晰地说道。

何穆穆双唇轻微颤抖着，这个人在说什么？！做出了那种事居然还妄想自己会原谅他吗？！

"你神经病！我才不要原谅你！"何穆穆用尽全力吼了出来，然后直接挂断了电话。

虽然很潇洒地挂断了电话，但是何穆穆大口大口喘着气，眼泪不停地从眼眶中溢了出来，讨厌这样的感觉，程骏峰是她这22年来最喜欢的人了，当初听到好友手机中程骏峰的那些话她真的很受伤，虽然也许对方是真的想要挽回这段情感，但对于何穆穆来说只是在伤口上撒盐罢了。

对方并没有再打电话来，只是发了条短信。

——抱歉，我不是故意要惹你生气的，只是希望你能考虑一下，你是我最喜欢的人，我想，我也一定是你最喜欢的人，我和她已经没有联系了，我已经将她的手机号码给删除了，也和她全部说清楚了。

何穆穆直接就长按了那条短信，想要就这么删除的，但是手指悬在半空中迟迟没有点下确认。毕竟，是那么多年来喜欢的人了，怎么可能说彻底断了就能彻底断了呢？而且对方还主动来求和好的……

何穆穆抓了抓自己的脑袋，自己实在是太愚蠢了，到了这种时候到底还在妄想着些什么呀，她也没吃多少东西就把桌上的盘子都收拾好了，然后就洗澡睡了。

不要再去考虑那么多了，该怎样就怎样，明天正常上班……上班真的能正常吗？何穆穆抱头蹲在地上，果然，烦心事还是那么多，不过没关系，一切都会好起来的。

虽然何穆穆的确是很乐观，但是第二天一早她进了公司之后就觉得不对劲了，两个前台小姐看到她的表情就变得超级诡异，然后居然小声议论起来了。

"我就说她不一般吧。"

"呃……这次是真没想到，怎么她就能和这么多人扯上关系呢？这次也太不要脸了吧？简直老牛吃嫩草啊，就算长着娃娃脸也不能这样勾搭青少年吧？"

何穆穆瞬间就觉得身子一僵，她们应该不会是在说自己吧？于是她干笑着来到了前台："那个……你们刚才说的……是谁？我最近对这种八卦超感兴趣！"

那两个前台小姐盯着何穆穆看了好一会儿，然后都耸了耸肩，其中一个卷发的说道："有的人也太不知羞耻了吧？明明破事儿都传遍了整个公司，装得倒是挺像。"

何穆穆当时就石化了，这两个人果然是在说她！但是，她啥也没做啊，难道又发生什么事了？！什么叫这次？

何穆穆摇摇晃晃地走进了电梯，结果电梯里的几个女人都用特别厌恶的目光盯着她看，她真想挖个洞把自己给埋了。

但这到底是发生什么事了？！虽然之前大家的态度就有点诡异，但今天的似乎也太……

何穆穆走进造型部之后，几乎所有人都恶狠狠地瞪着她，更是有一个看着挺年轻的女生朝着她走了过来。

"你也太不要脸了！你勾引安总，勾引彩无夜就算了！怎么连未成年的小弟弟都勾引上了！他可是小孩子啊！"

"那个，请问你在说什么？"何穆穆嘴角抽搐，这一大早就一直被骂不要脸不管是谁都遭不住啊。

"你还装傻！"那个女生的眼角居然还挂着眼泪，然后似乎是看到了站在一边朝这边瞪过来艾姐，只能把接下来的话吞了回去，然后哭着跑出了造型部。

这到底是怎么了？我是不是被抽走了一段时间的记忆？何穆穆只能这么想了。

"那个，你不要在意。"艾姐走到了何穆穆身边，凑到何穆穆耳边低声道,"她其实是安德莱的忠实粉丝,所以有点受刺激。"

慢着,安德莱?!何穆穆僵住了,自己什么时候又和安德莱扯上关系了?只不过是昨晚被关在了电话亭里而已。

该不会是有人看到那个了吧?而且还传到了公司里来,然后传来传去就变味了。没错,应该是这样,何穆穆觉得越来越无力了,明明还有其他的误会没解开,没想到这就增加误会了。

"那个和谐号在不在!"

何穆穆还没有消化掉之前那些人诡异的目光和难听的话语时,安若灏又冲进了造型部,在何穆穆完全愣着的时候,直接抓住了何穆穆的后衣领把她给拎走了。

在造型部的门被关上后,里头就炸开了锅。

何穆穆心想自己真的毁了,大家会怎么想自己?她开始挣扎,但是安若灏死死地抓着,根本不肯松手。

"你到底要带我去哪儿?"

"我办公室,有很重要的事要问你。"在说很重要三个字的时候,安若灏的嗓门特别大。

何穆穆不懂,何穆穆真的不懂,这到底是怎么了?!

结果,总裁办公室里已经站了一个人,正是一头金发的安德莱,他看上去特别委屈,两只手放在身前手指不停地搅啊搅的,脑袋低着,看上去很失落的样子,何穆穆甚至觉得都能看到他脑袋上耷拉下来的别人看不到的狗狗耳朵了。

第二十一章　充满恶意的杂志

听到有声响,安德莱小心翼翼地回过头来,结果就看到了何穆穆,刚才委屈以及失落的表情瞬间消失,两只眼睛睁得好大,好像很惊喜的样子,何穆穆总觉得有种不祥的预感,想要逃,但已经来不及了,安德莱一个飞扑直接抱住了她的脖子。

何穆穆嘴角抽搐,果然……安德莱是犬型男人,是约克夏吗?还是博美?总之那种无辜的眼神和这样爱撒娇的习性和宠物狗狗没啥区别。

"真是没想到居然真的再一次见到穆穆小姐了!果然是命运的安排啊!既然穆穆小姐是我的救命恩人,那我也只有以身相许了。"像是真的很感动一样,安德莱的声音听上去超级开心的。

"啊?!"

安若灏在一边脸都黑了,这什么情况?他赶紧上去把安德莱给拎开了,然后双手插在胸前,看上去很生气的模样。

"安德莱,刚才明明叫你反省的,看样子是完全没反省过啊。"安若灏挑起眉毛冷冷地说道。

安德莱刚才的笑容直接就不见了,然后特别委屈地低下头去:"反省过了,以后绝对不把陌生人拉进电话亭了。"

"不是这个!我的意思是不要那么招摇地在街上闲晃!"安若灏大声吼道,然后无奈地低下头去。

"这到底是……怎么了?"何穆穆实在是搞不懂了,她茫然地看着安若灏。

安若灏看了看何穆穆，嘴角抽了几下，这两个人怎么回事？都用这种眼神看着他，搞得他想发火也发不出来了，于是他直接将一本杂志甩在了何穆穆面前。

何穆穆看了看杂志的封面，瞬间就石化了，整个人都发白了，觉得指尖在不停地颤抖着，因为封面上正是她和安德莱两个人，而且是被关在电话亭里的样子，两个人虽然并没发生什么，但就照相的角度来说，看上去就像是拥抱在一起一样。

而且最恶心的是下边的标题，写着这样几个大字。

——深夜的约会！新锐偶像安德莱17岁的初恋！

这下何穆穆可算是知道为什么一大早大家的态度会那么诡异了，这样的标题再加上这样的图不管是谁看了都会误会的啊，真是糟糕，明明还有很多没有解释清楚，居然又出了这种事。

这可怎么办才好呢？自己的脸也被照得很清楚，这下糟了，以前的那些老同学还有电视台的同事，还有父母都会知道的啊，何穆穆叹了口气。

"我把你找来就是为了让你解释一下这个的。"安若灏的脸色一直都很黑，他指着杂志封面上何穆穆的脸，"刚才我问安德莱这是什么情况，他回答得乱七八糟，什么救命恩人，命运之神的，我想你应该很清楚。"

何穆穆低下头去，当然是清楚了，她特别没底气地说道："其实……就是被一群粉丝追逐，然后为了逃走就躲在电话亭里了，再然后……就出不去了。"

"出不去？哈？电话亭不是从里面就能打开的吗？"安若灏挑了挑眉毛。

何穆穆看了一眼封面，原本应该在的那根钢管居然不见了，看来是杂志方面给恶意处理掉了。

指了指图片上电话亭的玻璃门，何穆穆缓缓说道："我知道现在说了你大概也不相信，不过其实门是被钢管给抵住了，所以我们出不去，而且啊，安德莱被关在里头的时候，过呼吸症还发作了，当时其实挺危险的。"

安若灏稍稍顿了一会儿，缓缓说道："所以呢？你想表达什么？"

"啊？"何穆穆盯着安若灏看了一会儿，觉得今天对方的眼神似乎不大对劲，于是咬住了下唇，"我就是想说……既然那个时候附近有人在的话，为什么不是来救人，而是在偷拍呢？即使是看到安德莱那么痛苦的样子也没有伸出援手，而是拍完照片就走人了，实在是……很过分。"

这一下，不管是安德莱还是安若灏都不说话了，安德莱先是低下头去，然后满脸的眼泪用特别感动的目光盯着何穆穆看，于是又一个飞扑，不过这一次被安若灏给挡了下来。

"啧，都说了不要乱来，你还想被人偷拍吗？！"安若灏冲着安德莱吼了一声。

安德莱只能乖乖地低下头去了："抱歉！"

"你应该还记得自己的卖点是什么吧？"安若灏冷冰冰地看着安德莱，安德莱下意识缩了缩肩膀，安若灏继续说道，"不能和任何异性走得太近，你的粉丝群都是年轻女性，疯狂而又单纯，一旦你和异性走得太近了就会打破她们心中对你的幻想，那你的人气就会下滑，一旦你的人气下滑了……我会立刻和你解约的。"

听到解约两个字之后，安德莱睁大了眼睛，看上去有些恐惧的样子，握成拳状的双手正在不停地颤抖着："很抱歉……我以后会注意的。"

"那就好，你下午还有工作，现在赶紧去准备准备吧。"安若灏摆了摆手。

何穆穆看着一脸苍白的安德莱，觉得心里有说不出的滋味，一般来说压力大容易紧张的人更容易患上过呼吸症，而且安德莱不还是个未成年的小朋友吗？安若灏说的那些话恰好会增加安德莱的压力啊。

想到这里，何穆穆皱起了眉头说道："你干吗这样对小孩子说话啊！昨天又不是他的错！是因为门被抵住了所以出不去啊！我不是说过了吗？！他本来就有过呼吸症，对他的态度就不能温和点吗？！你这么说会给他带来更大的压力！"

正在往外走的安德莱下意识回过头来，因为安若灏的那些话而眼眶泛红的他盯着何穆穆看了起来。

"哈！你说什么？你该不会是觉得和年轻男子那么黏黏糊糊地被关在狭小的空间里是一件很爽的事吧？！"安若灏气得直接抓住了何穆穆的衣领。

这话听得何穆穆火冒三丈的："你知不知道你在说什么啊？！我怎么可能！"

安若灏一想到这两个人昨晚那么亲密地贴在一起，而且何穆穆还帮着安德莱说话，就气不打一处来："我看你就是这样的人，啊，和彩无夜也是吧，不知道你是用了什么手段靠着他的关系来到了这儿，不过这样的方法就不要再来毒害我们公司力捧的新人了！"

何穆穆不说话了，原来如此，在安若灏的心中自己是这样的形象吗？虽然被别人误会也会让何穆穆觉得很心塞，但不知道为什么，被安若灏误会让她更不爽了。

何穆穆好想就这样恶狠狠地揍安若灏一顿，但再怎么说也不可能，满腔的怒火无处发泄，何穆穆快要爆炸了。

看了看一边的办公桌，上面似乎并没有什么贵重物品，只有几本杂志而已，何穆穆似乎是终于找到了发泄对象，直接伸手就这样劈了下去。

第二十二章　来自程骏峰的电话

伴随着一声巨响，放着杂志的办公桌瞬间就被何穆穆的手刀劈成两半了，刚才一直没说话当做什么都没看到自顾自工作的陈秘书这会儿发出了短促的尖叫声。

安若灏和安德莱两个人已经完全愣住了，何穆穆则是露出了一个非常灿烂的笑容："麻烦你说话可以托托下巴吗？我完全可以告你恶意诽谤罪。"

安德莱一脸崇拜地跑到了何穆穆面前，两只眼睛里亮晶晶的："穆穆小姐你也太厉害了！请收我为徒吧！"

何穆穆无语，这不是重点吧？

而安若灏则是一脸紧张地抓起了何穆穆的胳膊，仔仔细细地观察着她的手背："喂！你把桌子都给劈坏了，手没事吧？会不会疼？好像没肿起来……不过保险起见还是去医院看看吧，万一伤到骨头就不好了，做你这一行的，手很重要吧？"

总裁办公室瞬间就安静了下来，何穆穆也好，安德莱也好，都用特别惊讶的表情看着安若灏，只有陈秘书一个人在那里偷笑着。

安若灏回过神来之后先是一愣，两只眼睛睁得老大，看着自己抓住何穆穆的那只手，大概自己也没想到过自己会说出这种话来，然后噌地一下脸就红了。

"那个……这个是手刀，我是练过的，所以没问题。"何穆穆尴尬地解释道。

听到何穆穆的解释之后,安若灏的脸更红了,赶紧松开了自己的手,然后结结巴巴地说道:"笨……笨蛋!我当然知道!刚才是我说错了!我要说的是你居然把我的办公桌给毁了!钱要从你的工资里扣!听到没!"

何穆穆嘴角抽搐,这人到底什么情况啊?还能不能行了?这脸也变得太快了吧?

"总之你们快回去吧,该干吗干吗,真麻烦!以后可别做出什么伤风败……"说到这里,安若灏稍稍愣住了一下,其实他之前说的那些话都只是在气头上,并不是真的觉得何穆穆是那样的人,于是他清了清嗓子改口道,"不对,是让人误会的话来了。"

"好吧,那我先走了。"何穆穆无奈地看了安若灏一眼就离开了。

安德莱也跟在了何穆穆的身后。

在那两个人都离开之后,安若灏难以置信地盯着自己的双手看,刚才那种柔软的触感还残留在他的手中,这种感觉到底是什么情况?难道说……不可能的,像那种干巴巴又野蛮完全没女人味的家伙,不,最主要的是,自己的体内已经完全不再生产那种名为爱的东西了。

另一边,何穆穆就只觉得自己身后有人跟着,一回头,果然看到了安德莱那张充满期待的脸:"呃……有什么事吗?"

安德莱笑了起来,笑容就像是个孩子一样可爱:"我只是觉得你好厉害啊,全世界大概也只有你敢那么对安先生说话了,而且功夫又好,我好崇拜你。"

被人这么坦率地夸奖了,何穆穆还是觉得很不好意思,于是脸有点变红了赶紧想转岔开话题:"没什么啦……不过那家伙还真是有点过分呢,你说对不对啊?干吗老是那么凶啊?"

"啊?"安德莱听到这里之后看着何穆穆,然后特别认真地解释起来,"其实,安先生是个好人,如果不是他的话,我现在大概还过着身陷泥潭中的生活吧。"

何穆穆眨了眨眼睛看着安德莱,安德莱突然就笑了起来回头看着何穆穆:"而且,安先生对你的态度就完全不一样啦,我看他肯定是很喜欢你。"

何穆穆先是一愣，然后整张脸就红了起来："你……你在胡说些什么啊？！怎么可能啊？"

什么喜欢不喜欢的，何穆穆回到办公室之后一直想着这件事，怎么看也不可能的吧？难道说……安若灏是那种欺负喜欢的人的类型？呵……呵呵……又不是小孩子了，如果是喜欢的话肯定不会是这种态度。

小说里怎么写来着？这种总裁级别的有钱男人对于喜欢的女人都是拖回家蹂躏的，然后特别霸道地独占着女人，怎么可能是这种在办公室里斗斗嘴的级别呢？

何穆穆抱着自己的脑袋狂撞着办公桌，自己到底是在想些什么呀！不可能！不管怎么说都不可能的！

但是……安若灏对自己，似乎的确是很好，不管是哪个人被下属这么顶嘴一定会很不爽，搞不好还会开除对方，不过安若灏虽然表面上总是炸毛很生气的模样，但从来也没有对自己做过什么过分的事。

何穆穆的脸更红了。

这个时候，放在口袋中的手机又开始震了起来，何穆穆拿出来一看，是个没有保存过的号码，但是这个号码她还有印象，就是程骏峰的，为什么他又打来了？又要说些莫名其妙的话了吗？何穆穆直接就按掉了。

但是对方似乎没有放弃，不停地拨打着电话，何穆穆真的很气，她想要把对方的号码给弄进黑名单，但是却不小心滑到了接听键，她想要挂掉，但最终还是忍不住接听了起来。

"穆穆！我看到了，那个杂志！你怎么……居然勾搭上了一个小孩子？你怎么能这样对我？"程骏峰的声音听上去真的很着急。

何穆穆的脸都黑了，这家伙到底在说什么？明明之前都背叛了何穆穆，现在还有什么资格来说这种话？而且何穆穆和安德莱之间明明什么事都没有！

见何穆穆一直没说话，程骏峰好像更着急了，声音也变大了：

"你说话啊！你知道我喜欢你的……不要用这种方式来刺激我好吗？我……"

何穆穆回头看了看造型部的同事，她抓着手机跑到了走廊里，然后冲着电话那头的程骏峰说道："开什么玩笑？我们已经分手了好吗？！我想怎样都和你没关系吧？"

"我之前说了那么多……你就真的一点都不动心吗？你还喜欢我的吧？"

程骏峰的声音压得很低，从耳边传来的声音让何穆穆下意识颤抖了一下，她想到了程骏峰以前最喜欢做的恶作剧，那就是对着她的耳朵吹气。

"不喜欢了！麻烦你不要再骚扰我了！"

何穆穆说完之后就挂断了电话。

开什么玩笑？何穆穆虽然算不上是聪明，但也不会愚蠢到已经被对方伤害过一次还傻乎乎地再一次信任对方的，背叛什么的，她是绝对无法原谅的。

虽然对方是猜对了，自己真的还喜欢他，第一次的爱恋总是难以遗忘的，何穆穆想到这里虽然不甘心，但也没有办法否认，她摇了摇头，从现在开始就忘记对方吧，她直接就把程骏峰的手机号码给加入黑名单了，从今以后不管对方再打电话再发短信也没关系了。

何穆穆觉得，人的这一生除了爱情之外，还有许多事可以去追求，而且还有很多事能让自己充实起来，只要充实了，就自然会把程骏峰给忘记的。

第二十三章　困扰

这一天中午，为了躲开午餐高峰期，何穆穆故意在下午一点才去了餐厅，她可不想再被那么多人指指点点了。

只不过，那个时候餐厅的人还是挺多的，虽然空位还有几个，何穆穆嘴角抽搐，为什么有那么多人这么晚才吃饭的？

"看到没？这就是传说中的何穆穆。"

"就是那个勾引了公司帅哥三巨头的家伙吧？"

"简直太可怕了，要是我女儿以后这样我肯定要掐死她的。"

何穆穆嘴角抽了抽，但还是特别淡定地去买了一份拉面，然后找了一个角落的空位坐下来一口一口吃着拉面，也不管别人是怎么说的，反正无所谓了，别人的话就算再怎样像利刃也不会实质性地伤害到自己，因为自己和那些人压根不认识嘛，她是这么告诉自己的。

就在何穆穆喝了一口汤的时候，安若灏端着托盘坐到了何穆穆对面，何穆穆嘴里的汤瞬间喷了出来。

"啧，多大的人了吃个饭还那么笨手笨脚的，脏死了！"安若灏嫌弃地看着何穆穆，然后抽出几张纸巾来擦着被喷得到处是的餐桌。

说什么呢？不都是因为你坐在我对面吗？何穆穆很想抗议，但是当着那么多人的面她还真说不出口，只好装作和安若灏不熟的样子了。

但是那些人却没有放过何穆穆，反而用更诡异的目光看她了。

"什么嘛，明明还有空位，安总干吗非要坐到她身边啊？"

"真的，好气人！"

何穆穆满头黑线,她开始回头找寻其他空位了。

"东张西望什么呢?!没人告诉过你吃饭的时候,要专心吗?!"安若灏吼道。

何穆穆回头看了一眼那些女人,目光显然诡异到不行了,她捂着额头,看来自己什么也不能做,只能乖乖吃饭了。

瞄了一眼安若灏所吃的东西,一份米饭和一份青椒肉丝,还有一杯可乐,原来他也会在公司餐厅里吃饭啊,而且吃的是那么普通的东西,何穆穆本来以为安若灏一定每顿都吃高级西餐呢。

不过虽然食物普通,但安若灏吃饭的样子确实很优雅的,明明只是简单地用筷子夹起菜放进自己的嘴里,但是安若灏做起来就是优雅的好像电影一般,何穆穆不禁看呆了。

安若灏很快就感受到了来自附近的视线,而且也听到了窸窸窣窣的声音,他扭头发现很多女人都盯着他和何穆穆看,于是他皱起眉头冲着那些人吼道:"看什么看?!烦死了!"

原本还在小声议论着什么的那些人瞬间就安静下来了。

何穆穆也不敢出声了,只是坐在安若灏对面一口一口地吃着拉面。

"那个,好吃吗?"安若灏用筷子指了指何穆穆的碗。

"啊?哦……还好。"何穆穆点了点头,其实味道一般般,这里的蛋包饭和咖喱饭虽然都很好吃,但是拉面真的很一般,汤头的味道根本没有进入拉面里头,也就只能凑合着吃而已。

"原来如此,那让我尝一下。"这么说着,安若灏直接就伸着自己的筷子到何穆穆的碗里来。

何穆穆倒抽一口冷气,整个人都快石化了,四周看热闹的那些人也愣住了。

在把面条吃下去之后,安若灏皱起了眉头:"什么嘛,明明不怎样啊,喂,你没事吧?"

感受着四面八方射来的充满杀意的目光,何穆穆真是欲哭无泪,在很久之后,何穆穆才知道安若灏其实是有洁癖的,但为什么能那样若无其事地吃自己吃过的拉面,这件事无论如何她也想不通。

此刻，这两个人都没有发现在餐厅的入口处站着一个清瘦的男人，略带忧郁的目光中闪烁着淡淡的杀意。

接下去的几天，何穆穆只觉得这个世界天昏地暗，一方面安德莱总是跟在她身后，简直就像是只小宠物似的，对方总是缠着要她做师父，何穆穆觉得自己的人际关系已经很扭曲了，如果可以的话，真的不希望再和安德莱扯上关系了。

而另一方面，最近彩无夜也一直说要请她吃饭，跟着彩无夜吃了好几天的高级西餐她已经不好意思再答应对方的邀请了。

但最让何穆穆崩溃的是安若灏，他总是以这样那样的理由来造型部找何穆穆，就连某楼的洗手间堵住了居然也要何穆穆去通，何穆穆当然是拒绝掉了，怎么可能嘛，再说那是男厕所！

何穆穆看着女同事们的目光，渐渐有了种已经没有勇气在世界上活下去的心情。

因为何穆穆是上过杂志封面的人，所以在彩无夜有工作的时候，她都是全副武装才敢跟着一起去的，比如戴上帽子，将帽檐压得超低，然后戴上口罩和墨镜，虽然这样看上去更可疑了，但还真没人认出她来。

只不过，让何穆穆有些在意的是之前彩无夜去试镜的那部电视剧，最终彩无夜还是没有被选上，当初安若灏明明说过那部电视剧已经是彩无夜的囊中之物了。

"为什么在这里发呆？"一个冷静的女人声音将何穆穆的思绪拉了回来。

站在何穆穆身边一同吹着天台的风的人，正是彩无夜的经纪人吴心，这个人不爱说话，面部表情也不怎么丰富，本来何穆穆觉得她大概是个很难相处的人，但事实上是个挺温柔的人，某一次何穆穆忘记带钱包和水了，渴得团团转，还是她请何穆穆喝了水的。

"哦……我是在想，要不要辞了这份工作比较好。"何穆穆苦笑起来，"虽然我觉得自己已经足够强大了，但是总觉得……"

"别人的目光很重要吗？"吴心直勾勾地看着何穆穆，毕竟在同一家公司工作，关于何穆穆的事她多多少少也听到了不少，"你的化妆技术不是很好吗？你的工作就是给彩无夜化妆的，只要做好这一点就行了，不是吗？"

吴心说的的确没错，但真的要做起来就变难了，毕竟何穆穆现在一天大部分时间都是待在办公室里的，大家的目光总是让她觉得很难受，所以即使知道吴心是在安慰她，她也还是特别难受。

本来是觉得这么好的待遇可遇不可求，但是在工作了一段日子之后才觉得太辛苦了，虽然何穆穆总觉得不用去在意别人的想法，但是时间久了以后还真的有点受不了了，或者说是觉得很烦。

与其这样不开心地生活下去，还不如再找一个待遇不是特别好的地方开开心心地做下去，虽然她知道找工作是很难的。

"看来你还是没想通呢，怎样？是想要辞职吗？"吴心缓缓说道。

何穆穆尴尬地笑了笑："其实我也不知道该怎么办，如果辞职的话估计再也找不到待遇那么好的工作了，但是如果只是为了这些工资待在这里的话，连我都讨厌这样的自己了，我想要的生活是每天过着充实的生活，用自己的努力去赚取应得的报酬，而不是像现在这样成天闲得发慌。"

第二十四章　不要离开这里

　　吴心用那双从不带情感的眼睛盯着何穆穆看了很久很久,然后低下头去说道"你还真是个奇怪的人呢,如果换做某些人的话,大概是对这种生活求之不得吧,明明不用付出什么努力,却能得到那么高的报酬。"

　　"我就是不喜欢这样嘛。"何穆穆皱起了眉头,双手死死抓住了天台的栏杆,"虽然我知道这个世界本来就是不公平的,但我不希望因为我给别人带去不公平。"

　　吴心本来很想告诉何穆穆,如果何穆穆离开这里的话,彩无夜一定会很难过的,但最终还是没能说出口,何穆穆就像是还没有经过雕琢的玉器一样,带着棱角,也许这些棱角会让她吃亏,但是吴心却喜欢何穆穆的棱角,与众不同。

　　"如果真的决定的话那就去做吧,你最近脸上的笑容少了很多哦。"吴心这么说道。

　　何穆穆用双手碰了碰自己的脸颊,是吗?不过最近的确不怎么开心呢,看来真的是离开这里的时候了吗?

　　那天下班后,何穆穆来到了总裁办公室,不过安若灏还在忙的样子,陈秘书告诉何穆穆,安若灏这些天正在做一个企划案,所以没什么时间。

　　虽然陈秘书要何穆穆先回家去,有什么重要的事等过些天再说,但何穆穆觉得自己如果这就回去了的话,就再也没有勇气说出口了,于是她决定就在办公室等着安若灏。

"哦，你来了？有什么事？"安若灏抬头看了何穆穆一眼，他的眼睛下头有黑眼圈。

何穆穆看到这一幕便没能把话说出口，于是只能干笑起来："不……不是什么重要的事，你先忙吧，等你忙完了我再说好了。"

"可我不知道自己得忙到什么时候哦。"安若灏低下头去继续说道。

"嗯！没关系！我就在这里等你。"

何穆穆就这样坐在离安若灏比较远的座位上，用双手捧着下巴看安若灏，他似乎是很专注的样子，完全没有发现何穆穆的视线。

陈秘书已经先离开公司了，因为这次的工作她的确也帮不上忙，在离开之前给何穆穆和安若灏买了点食物，但是安若灏完全没有吃。

结果在安若灏终于完成了今天的工作时，天已经彻底暗下来了，已经将近十点了，安若灏看了看表之后站起身来，这才意识到何穆穆还在。

"你还真的一直都在这里等着我吗？"安若灏面无表情地问道。

"嗯，因为即使想走也走不了了。"何穆穆指了指玻璃窗，窗外正下着倾盆大雨，但是何穆穆偏偏没有带伞，虽然她今早有看天气预报，但伞放在玄关里忘记拿了。

"原来如此，那么……你到这儿来有什么事？"安若灏看了看窗外，又把视线挪了回来。

看到安若灏那么疲惫的样子，何穆穆又有些说不出口了，这样说出来真的没问题吗？不过也不一定会让安若灏困扰，因为自己在这里根本就没什么贡献嘛，大家明明都那么忙，但自己却那么闲，就好像是白拿钱的一样。

"我……我想辞职。"何穆穆老半天才把这四个字给挤了出来。

显然是没有想到对方会说这种话，安若灏直接愣住了，他看了看何穆穆手中捧着的两个便当，这是陈秘书之前买来的，又看了看她身边的那个包。

"你是……嫌工资太低吗？"安若灏缓缓说道，尽量保持平稳的情绪，但是光听声音就知道他现在很不爽。

"不是的！是因为我的付出和我所得到的报酬不成正比啊，我不希望再这样下去了，为什么大家都那么努力地工作，看上去很累的样子，只有我能轻轻松松地赚钱呢？"何穆穆咬着自己的下唇。

安若灏没想过何穆穆会辞职，更没想过是这种原因，于是他脱力般地靠在了办公椅的椅背上，无奈地用手捂住了自己的额头："你……是白痴吗？一般来说不都希望能像你这样吗？"

"我不喜欢！我对化妆的热情都快被冲淡了……我已经不知道自己到底是化妆师，还是你的文员了，大家那样看我的目光让我很难过，在电视台工作的时候，虽然很忙，每天都很累，还会受到委屈，但是大家对我都很好，我们部门的人都非常团结……"

何穆穆说到这里的时候，吸了吸鼻子："但是……现在不同了，虽然过着安逸的生活，但是，只有我是被造型部排挤在外的，我不喜欢这样。"

"那么，换部门……不对，换职位的话，你觉得怎样？"安若灏用食指轻轻地敲打着办公桌，"不做化妆师了，做我的秘书，然后，在彩无夜有工作的时候，你再跟着一起去，这样可以吗？"

安若灏是真的有在想着解决问题，但是何穆穆却有些不能理解他的心情："那个……为什么会想要挽留我呢？其实少了我这个员工的话，公司里也不会有什么不同吧？不会有任何损失的。"

安若灏稍稍愣了一会儿，然后别过头去，似乎是在闹别扭的样子，小声嘟囔道："这种事，我还想知道呢……"

"啊？"何穆穆没有听清安若灏的话，"抱歉，刚才没听到，能再说一次吗？"

"啧，烦死了，反正我就是不准你辞职，"安若灏说到这里觉得自己大概是说错话了，于是脸有点红，立刻改口了，"不，如果你辞职的话，不就没人给我打杂了吗？而且……有你在比较有趣，因为这个公司里没有人敢和你一样大声对我说话，甚至和我吵架，所以，有你在我比较开心。"

何穆穆一时还没搞懂安若灏所说的话是什么意思，过了一会儿之后,她脸红了:"是……是吗?"

"嗯,关于你的事我也知道一些,那些人总是叽叽喳喳地聊着八卦,关于这件事我会替你摆平的,所以……你不要离开这里。"安若灏的声音越来越小了,而且表情也越来越僵硬了,最终还是爆发出来了大吼道,"我从小还没这么对人低声下气地说过话呢!听到没?!"

"呃……那我还挺荣幸的,那个……"安若灏这样让何穆穆都不好意思了,她用食指挠了挠自己的脸颊,"谢谢你哦……有人这样挽留我,让我觉得很开心。"

"啧,没事了吧?不辞职了吧?那就赶紧回去吧!都十点了!"安若灏这么说完之后就拿起了自己的公文包。

何穆穆觉得有点开心,因为还是有人觉得她很重要的,然后,安德莱的话又一次在脑海中回荡着,喜欢……吗?安若灏是不是真的有点喜欢自己呢?何穆穆红着脸挠了挠自己的头发,不,这种胡思乱想根本就没有意义。

但是……安若灏挽留自己了吧?想到这里,何穆穆觉得心里暖暖的,脸也有点红了。

何穆穆捧着自己的脸跟在安若灏身后:"那个,安先生,这是陈秘书买的,你要吃吗?"

第二十五章　我的女人

安若灏回头看了一眼何穆穆,然后低下头去小声说道:"也是,已经很晚了。"

两个人就这样在办公室里面对面坐了下来开始吃便当了,何穆穆总觉得有点不好意思,因为这里只有自己和安若灏两个人,而且吃饭的时候,谁都不说话,安静到不行,虽然这段时间经常和彩无夜一起吃饭,但感觉就是不太一样。

安若灏果然是个好人吧,何穆穆低下头去轻笑起来,他还说会帮自己摆平那些流言蜚语的,总觉得,稍微有点期待他会怎样摆平。

安若灏看到何穆穆这么笑放下了手中的筷子:"吃饭的时候,你在笑什么呢?"

"啊?"何穆穆的笑容并没有消失,而是往嘴里塞了一口米饭,然后特别坦率地说道,"我在想,安先生真的很帅啊。"

听到这句话之后,安若灏明显僵住了:"无聊!赶紧吃完回家去!"

因为安若灏的挽留,何穆穆的心情也变得好起来了,总觉得,又有勇气去面对那些恶意的目光了。

两个人吃完东西之后,外面的雨也已经停了下来,何穆穆的心情就好像这样的天气一般:"那么,明天见啦!"

"哦……"安若灏捂住了自己的额头,什么"明天见啦",又不是小孩子了,干吗搞得那么热血,总觉得自己面对何穆穆的时候,就有些不对劲……不过,算了,就这样也挺好的。

第二天一早何穆穆来到公司底楼大厅的时候，看到了安若灏，他正站在大厅中央东张西望，一脸不耐烦的模样，不知道是不是工作上有什么烦心事了。

何穆穆下意识对着安若灏招了招手："嗨！早上好！"

在安若灏的视线终于锁定了何穆穆之后，他三步跨作两步走到了何穆穆身边，然后搂住了何穆穆的肩膀，在这个时候何穆穆还不能了解到即将发生什么事，于是她只是用特别茫然的目光看着安若灏而已。

不过，在大家的视线渐渐集中到这两个人身上的时候，安若灏就用一只手圈住了何穆穆的腰部，然后用另一只手抓住了何穆穆的下巴，何穆穆还在想这个人怎么了？下一秒，安若灏就用自己的唇压上了何穆穆的唇。

何穆穆瞬间僵住，倒抽一口冷气，对方身上淡淡的男性香水的味道让她浑身的汗毛都竖起来了，这……这到底是什么情况？！自己难道还没睡醒所以做白日梦了？！

和何穆穆有着同样反应的人还有很多，基本上大厅里的所有人都愣住了。

话说回来姿势好羞耻啊！安若灏的一只手撑住了何穆穆的腰部，将何穆穆的上半身往下压去靠在了自己的膝盖上，而何穆穆为了保持平衡一条腿翘得老高，于是短裙底下的粉色南瓜裤被所有人看得清清楚楚，这俩人的姿势就和电视剧里的一样。

有的人看到了何穆穆的南瓜裤时"扑哧"一声笑了出来，何穆穆朝着那些笑的人投去了充满杀意的目光："笑什么笑？！南瓜裤多安全多可爱！"她很想那么吼出来，但自己的嘴还被安若灏封印着呢。

所以说为什么要接吻啊？！

两个人就这样的姿势保持了10多分钟，这也就何穆穆是练过武功的人，要不然腰早闪了，她只觉得自己的呼吸越来越困难了，因为自己的鼻子对着安若灏的鼻子，呼吸来呼吸去都是二氧化碳嘛，就在她快昏过去的时候，安若灏终于放开了她，毫无防备的她直接摔倒在地上，她捂住自己的嘴，想哭。

安若灏本来还想来句帅气的台词呢，谁知道这个笨女人直接摔地上了，周围那些人想笑又不敢笑，他只能赶紧把何穆穆给抓起来搂住她。

"我告诉你们！这个女人是属于我的，和彩无夜也好，安德莱也好，完全没有任何关系，她是我一个人的，如果你们以后还敢再随意诽谤她的话……统统给我滚出公司去！"安若灏用特别凌厉的目光看着那些围观着的人。

何穆穆已经石化了，她觉得自己快崩溃了，这就是安若灏的所谓的摆平的方法吗？她长大了嘴巴整个人变白了，反而加深误会了吧？！

"听到了吧？她是我们公司的一员，虽然挂名是化妆师，但实际上是我的秘书，因为……"说到这里的时候，安若灏又用手抓住了何穆穆的下巴，"她是个很害羞的人，不想让别人知道我们的关系，所以也不能直接就做我的秘书，虽然我总是告诉她即使她不工作我也会养她的，但她不是这种愿意依附男人的女人。"

不如死了算了，跳江还是跳楼呢？不过在此之前，一定要先杀了自己眼前的这个家伙。何穆穆嘴角抽搐地想着。

"她是个好女人，不是那种不清不白到处勾引人的女人，总是爱把人想成那样的你们……大概才是真正的绿茶婊吧？"

安若灏的话一句比一句过分，何穆穆觉得自己这下真的完了，死定了，这仇恨拉得……就算是跳黄河也洗不清了吧？

"就是这样，我们走吧，亲爱的。"安若灏搂住了何穆穆的肩膀往电梯走了过去，何穆穆已经不能思考，只能让对方牵着走了。

走进电梯之后，何穆穆终于清醒过来了，她死死地抓住了安若灏的衣领吼道："你到底做了什么啊？！知不知道这样我就真的完了啊？！大家肯定更讨厌我了！呜呜呜……"

安若灏微微睁大了眼睛："啊？但是，这样至少能让你和彩无夜还有安德莱撇清关系吧？"

"那又怎样？明明就不是这么一回事你干吗要乱说啊？！"何穆穆是真的欲哭无泪了，如果她真是总裁夫人的话，那也就算了，这会儿搞得别人都以为她是安若灏的女朋友，但事实上只不过是一个女汉子而已。

安若灏抓住了何穆穆的手，从自己的衣领上给挪开了，然后拍了拍自己的衣服，那些皱褶很快就不见了，然后他闭上了眼睛，双手插在胸前。

"如果你希望成真的话，我倒是不介意。"

"你……你又在胡说什么啊？！谁希望成真啦？！"何穆穆往后退了好几步，然后直接撞到了电梯还没有打开的大门上，下意识捂住了自己的脑袋。

电梯大门缓缓打开之后，何穆穆并没有出去，而是捂着自己的脑袋蹲在原处，安若灏低声说道："喂，造型部到了哦。"

"……太可怕了，太丢人了，实在是不敢去了，反正去了也是闲着。"何穆穆一脸生无可恋的表情。

"好了，不要消沉了，被说成是我的女人有那么让你不爽吗？"安若灏觉得有些不爽了。

第二十六章　遇到太阳

何穆穆嘴角抽搐站起身来："你还真好意思说？你知不知道你是多少女人心目中的白马王子？！被说成是你的女人你以为我还能活着走出公司吗？！"

"我可以送你走出公司。"安若灏面无表情淡定地回答道。

何穆穆抓着自己的头发，不行，跟这个人根本就说不清，他的脑回路到底是怎么回事啊？！自己真的搞不懂了。

"算了，你既然不敢去造型部了，就跟我去办公室帮忙好了，反正我之前也在想要多请一个秘书来着。"

何穆穆无奈地点了点头，自己还有别的选择吗？她总觉得刚才安若灏那么做了，全公司的女人大概都在追杀她了。

两个人到办公室的时候，陈秘书还没有来，于是何穆穆就帮着安若灏打印各种文件了，还得端茶送水的。

好不容易把咖啡给泡好了端给安若灏，结果安若灏喝了一口就直接吐掉了："我去，这什么东西？怎么那么甜？"

"啊？"何穆穆看着咖啡杯，然后挠了挠头发，"不是速溶咖啡吗？我放了伴侣和糖。"

"我只喝纯黑咖啡，一点点甜味都不要！"安若灏没好气地把咖啡杯塞到了何穆穆手中。

什么嘛，何穆穆叹了口气，就在往茶水间走的时候，遇到了陈秘书，陈秘书看到何穆穆端着咖啡杯吓了一跳。

"啊……何小姐，你怎么在这里？"

"安先生让我来帮忙的。"何穆穆礼貌性地笑了笑。

听到安先生三个字之后，陈秘书的表情瞬间就诡异起来了，她用胳膊肘捅了捅何穆穆的身子："我刚才听前台说了哦，原来你和安总是恋人啊。"

何穆穆的脸通红，立刻把脑袋摇得和拨浪鼓似的："才……才不是！只不过是他为了不再让大家议论我的事而随便乱说的而已！"

陈秘书笑了起来："其实我也猜到了，要给安总泡咖啡的话，普通的速溶咖啡可不行哦，我来教你吧。"

于是何穆穆和陈秘书两个人一起来到了茶水间，陈秘书从柜子里拿出了高级咖啡豆和咖啡研磨机："安总呢，只喝现磨的咖啡。"

何穆穆睁大了眼睛，她只有去咖啡厅的时候，才会看到这种东西呢。

咖啡豆被研磨成粉末的声音在耳边响了起来，何穆穆很喜欢这种声音，她经常一个人到咖啡厅去，就是为了听这种声音，咖啡的香味也渐渐飘了出来，何穆穆没想到在公司里也有这种优雅的地方呢。

"其实呢，大概也不是随便乱说的。"陈秘书突然就柔声说道，手中研磨咖啡的动作也慢了下来，回头微笑着看何穆穆。

"嗯？什么？"何穆穆完全搞不懂了，刚才不是一直在磨咖啡豆吗？

"呵呵，"陈秘书终于笑出声来了，"以前安总可不是这样的，在他身边时需要勇气的呢。"

似乎是在回忆着些什么，陈秘书抬起了头来："有很多年轻女孩儿做他的秘书没多久就受不了回家了，因为安总这个人实在是太……阴暗了，四周的空气都很沉重呢，而且人又很凶，稍稍犯了点错误就会用淡定的言语把对方伤得体无完肤。"

何穆穆愣住了，陈秘书现在说的人是安若灏？！怎么和自己所知道的那个完全不同？

"我呢，因为年纪也比较大了，有家庭了，而且做这一行已经好多年了,所以才一直留在了他身边,总觉得,自从何小姐你出现了之后,他真的变了呢。"陈秘书这么说着,低下头去继续研磨起咖啡来,"就好像是……遇到了太阳一样的感觉。"

这样的话,何穆穆当然是不可能想象到的,她睁大了眼睛用极度惊讶的目光看着陈秘书。

"所以呢,你能出现在他面前真是太好了,他能够变得那样开朗,能够那样大声地和人争吵,以前想都没想过呢,呵呵,我这样说是不是和老妈子一样?"陈秘书歪过头来看着何穆穆。

何穆穆轻轻摇了摇头:"不……可是,我有些不太明白你的意思。"

陈秘书无奈地干笑了一下:"所以说,我的意思啊,就是……"

"咳咳!"安若灏站在茶水间门口清了清嗓子。

何穆穆和陈秘书都回过头去,话题自然是被打断了,而安若灏则是一脸若无其事地说道:"我说怎么泡个咖啡那么磨叽呢,现在可是上班时间,不要闲聊。"

陈秘书稍稍愣了一下,然后捂住了嘴偷笑起来,而何穆穆还是没想通这是什么情况,不过她似乎是看到了安若灏脸上淡淡的红晕,于是她也不好意思了起来。

那天中午,何穆穆鼓起勇气去餐厅吃午饭的时候,大家的目光似乎没有之前那么诡异了。只不过,有几个特别喜欢安若灏的人用特别凶狠的目光瞪着她看,她只能干笑起来,不过还真的没有再听到一句有关她的八卦了。

何穆穆觉得稍稍松了口气,她来到了点餐台前,点了一份冷面,刚准备端走就想到了安若灏,安若灏还在忙,大概又不能按时吃午饭了吧?不过到那个时候餐厅里剩下的菜色肯定又不多了,光是吃一碗米饭和一种菜对男人来说也太少了吧?

果然做总裁虽然钱多到花不完,但还是很辛苦的,何穆穆都觉得安若灏的发迹有些靠后了呢……咳咳!现在不是想这些的时候。

要不给安若灏也带一份午餐回去吧,但是,他爱吃什么?何穆穆看了看里头的那些菜色,不管了,多点几样好了。

"那个，麻烦再给我一份米饭，还有，糖醋排骨、清炒四季豆、茄子炒秋葵、西红柿炒蛋、孜然鸡翅，还有……这个！啊！这个也给我一份！那个也要……"

餐厅里还在吃饭的那些人都盯着何穆穆看了起来。

最终，何穆穆的托盘里堆得老高，除了一份冷面之外，都是给安若灏买的，没办法，她实在是不知道安若灏的喜好，所以只能把她觉得好吃的那几种菜都给点了。

另一方面，办公室里的安若灏还在头疼关于上个月艺人征募的事，最近到Y.M来的新人似乎是越来越少了，是说彩无夜对新人们的魅力已经不起效果了吗？

在安若灏注意力特别集中的时候，一个非常大的托盘就出现在他的视野中了，里头有堆得像山一样高的装着各种菜的盘子。

安若灏嘴角抽搐，抬头就看到了何穆穆那张特别灿烂的笑脸："这是闹哪样？"

何穆穆把那些菜一样一样从托盘里拿出来放在了安若灏对面的那张桌子上："我是想给你带午饭的，不过不知道你喜欢吃什么……不过哦，这些都是我特别喜欢的菜！都很好吃的！你……你是男人嘛，多吃点，好长个。"

"……我已经27岁了，不可能再长个了，只能长肉。"安若灏冷静地说道，然后叹了口气，"我说你啊,直接打个电话问我不就行了吗？"

第二十七章　雨夜

　　何穆穆这才恍然大悟一般地用手敲了敲自己的脑袋吐了吐舌头："对哦，嘿嘿……这些……你大概是吃不下的，对吧？"

　　何穆穆的笑声越来越小，渐渐就消失不见了。

　　安若灏站起身来，走到了何穆穆身边坐了下来，然后掰开了一次性筷子，低下头去轻笑起来："看上去好像挺好吃的样子，我已经有很久没吃过那么丰富的午餐了呢，谢谢你。"

　　何穆穆呆住了，因为这真的是她第一次看到安若灏这样的笑容，简直……简直就像是天使一样啊！混蛋！为什么造物主可以这么不公平？！

　　"你干吗？用那种表情看着我？"安若灏冷冷地看着何穆穆，"喷，坐下来一起吃啊。"

　　"嗯！"

　　虽然安若灏非常努力地想把所有的菜全部吃完，但无论如何量都太大了，实在是塞不进去，何穆穆虽然也有帮忙吃，但最后还是剩下了很多。

　　"抱歉哦，我本来只是想要给你多买点，看看你喜欢吃什么，这样好像很浪费。"何穆穆低下头去，总觉得有些愧疚。

　　"没关系，我可以带回家去的，或者让陈秘书带回家去，反正不能浪费就是了。"安若灏其实吃得很撑，觉得有点难受了，然后闭起了眼睛无奈地说道，"我这个人不挑食的，除了甜食，只要不是甜食，其他的菜基本都能吃下去，比较喜欢清淡的。"

"嗯！好的！明天绝对不会带那么多了！"何穆穆笑了起来。

然后两个人都意识到有什么不对劲，于是都脸红了，一个往天花板看，一个往地板看。

"笨蛋！你说什么呢！"安若灏吼道。

"不是啦！我的意思是……如果我以后每天都给你带午饭的话……每天都这样一起吃午饭，你会觉得不爽吗？"何穆穆小心翼翼地抬起头来看着安若灏。

看着何穆穆两只圆圆的眼睛由下往上的角度看了过来，一脸无辜的样子，安若灏觉得脸都有点烫了，他别过脸去："怎么会啊……搞不好，还会有点开心。"

此刻的陈秘书正靠在玻璃门外，一只手捂着自己的嘴尽量不笑出声来，这两个人明明是大人了，怎么和小孩子似的，不过好可爱哦。

在何穆穆到餐厅里去还那些盘子的时候，刚好遇到了彩无夜，他看上去心情很糟糕的样子，脸色特别苍白，说起来，彩无夜好像都是在天台吃午饭的，之前何穆穆还和他一起吃过午饭来着。

"彩无夜先生，你没事吧？"何穆穆伸手在彩无夜面前挥了挥。

"有点话想对你说，可以来一下天台吗？"对方小声说道。

何穆穆点了点头，跟在了彩无夜身后来到了天台，因为最近的气温一直在下降，所以天台变得有些冷了。

"穆穆你啊……和安若灏是恋人关系？"彩无夜开口就说出了这句话。

何穆穆吓了一跳，然后反应过来估计是早晨的那些事儿也传到彩无夜耳中了："不是啦，那是因为之前遇到了一些麻烦，安先生为了保护我才那么说的。"

彩无夜走到何穆穆面前，抓住了何穆穆的肩膀："不是这样的吧？我会介绍你到这里来并不是希望你成为别人的恋人啊，你应该是我能够信任的人才对。"

"彩无夜先生，我是你的化妆师，你可以信任我的，而且我不是安先生的恋人，即使……即使是的话，也不妨碍我做你的化妆师，对吧？"何穆穆干笑起来，果然觉得彩无夜似乎有点不对劲，而且最近的态度和早先时候也不同了。

"一个人……很寂寞啊，想要有一个完全可以信任的人陪伴在我身边。"彩无夜低下头去，在轻轻颤抖着。

说实话，何穆穆不太明白他的意思，不过寂寞这种感觉她还是懂的："吴心呢？她是你的经纪人，而且人也很好，完全可以信任啊。"

"不是的啊！意义不同！"彩无夜皱着眉头，"你真的不懂吗？我最近一直在找机会接近你，但你好像一直都在安先生身边，其实我……我……我对你……"

"彩无夜先生，刚才安先生找你。"不知道什么时候来到天台的吴心打断了彩无夜的话。

彩无夜咬着自己的下唇，松开了何穆穆的肩膀："下次再说吧。"

何穆穆歪着头看着离去的彩无夜，实在是搞不懂，他刚才想说什么？

吴心回头看了何穆穆一眼，然后跟着彩无夜一起离开了。

这一天，安若灏和平日一样依旧忙到很晚，企划案至少也要一周才能完成，在这一周里只能这样辛苦了，他完成了今天的那部分之后就整理着自己的公文包，坐着电梯来到了一楼大厅，刚准备离开，猛然发现外头正在下大雨。

糟了，因为今天的天气预报说的是晴天，所以安若灏没带伞，而司机老王因为妻子生孩子所以请假回老家去了，而安若灏自己这几天一直在熬夜，所以这种状态他还是决定不开车，他觉得偶尔体验一下坐地铁或是打车也挺新鲜的，不过今天外面的出租车基本上都载了客的，毕竟是下雨天嘛。

综上所述，安若灏是回不去了。

下意识往四周看去，不知道是不是有人会把伞落在大厅里呢？看来也不可能，前台也早就下班了，这种情况下大概只能冒雨了，但是这雨也太大了吧？他伸出手去大概1秒钟，袖口全湿了。

没关系，大概是阵雨，搞不好很快就会停的，安若灏这么想着。

高跟鞋在大理石地板上的声音从身后传了过来，那个声音离这里越来越近，安若灏下意识回过头去，看到的正是一脸笑容的何穆穆。

"安先生，嘿嘿……我就知道你还在忙，其实从5点多的时候，就开始下雨了呢。"何穆穆笑嘻嘻地将双手背在自己身后。

安若灏皱起了眉头："你怎么还在公司里？知不知道现在几点了？"

何穆穆从自己的背后拿出了一把伞来："锵锵！你看这是什么？"

这个人……难道说是特意为了我才留到这么晚的？安若灏睁大了眼睛看着何穆穆手中的那把折伞。

"当时我在想，安先生一个人工作到那么晚，万一那个时候还在下雨的话怎么办？安先生就回不去了啊，所以我就在公司里等你了！"何穆穆笑着走到了安若灏身边。

安若灏突然觉得有点感动，他低下头去："你怎么知道今天会下雨？"

"啊？"何穆穆的脸瞬间就抽了几下，特别尴尬地说道，"那个……其实我会占卜！"

当然是骗人的，其实是准备拿放在玄关鞋柜上的水壶时，错拿成了雨伞，当然何穆穆是绝对不会把这么丢人的事说出来的。

"原来如此，你等了我那么久，辛苦你了。"安若灏伸出手将自己的手掌压在了何穆穆的脑袋上。

何穆穆直接就羞得脸通红，原来如此，这就是传说中的摸头杀吧！真是让人不好意思。

第二十八章　不够资格的选择题

　　折伞有些小，再加上安若灏的个子很高，两个人撑还是有些勉强，不过还好只需要把安若灏送到地铁站就行了，其实何穆穆自己也是要去地铁站。

　　何穆穆非常努力地把伞撑得很高，安若灏抓住了她的手，让她吓了一跳，然后安若灏直接拿过了那把伞："还是我来吧。"

　　安若灏将伞偏向了何穆穆，自己的半边身子都被淋湿了，即使如此何穆穆的衣服也被打湿了。

　　两个人走出没多远，何穆穆就停下了脚步，撑着伞的安若灏自然也不能不停下来，他不满地看着何穆穆："干吗？"

　　何穆穆摇了摇头，她看到了在不远处站着一个男人，没有打伞，整个人直接淋在雨中，早已成为落汤鸡，在路灯的照耀下，男人的表情看上去特别悲伤，眼中没有丝毫生气，脸上的液体早已不知是雨水还是泪水了，男人的怀中还抱着一束鲜花，但是花瓣早已被雨水冲走，只留下了凄凄凉凉的花梗。

　　"……程骏峰。"何穆穆缓缓吐出这两个字。

　　"哈？你认识那个人？"安若灏问道。

　　程骏峰的身体早已冰凉，他站在这里已经有五个小时了，淋着雨也有五个小时了，他勉强扯出一个笑容来："抱歉……穆穆，我从电视台的那些人口中得知你现在在这里工作了，我本来是想给你一个惊喜的，所以就一直站在这里等着你。"

一直？一直是多久？何穆穆捂住了自己的嘴。

"但是没想到会看到这种冲击性的画面啊。"程骏峰突然就笑了起来，笑完之后直接转身就跑。

在大脑考虑到要不要追上去之前，何穆穆的身体就不由追上去了。

"喂！"安若灏抓住了何穆穆的手腕，"你在干吗？知不知道现在的雨很大？"

"但是……但是！程骏峰他……"何穆穆虽然在对安若灏说话，但是目光却一直跟着程骏峰。

这样的情况，即使不去问，安若灏也能够猜到是什么情况，一定是男朋友吧，他的目光渐渐黯淡下去，抓住了何穆穆的手，将雨伞塞进她手中："这个给你，去追他，还是送我去地铁站，你只能选择一个。"

何穆穆愣住了，看了看自己手中的伞，如果自己去追程骏峰的话，安若灏就得站在这里淋雨了，但如果自己送安若灏去地铁站的话……程骏峰该怎么办？她就这样站在原地愣了很久。

"抱歉，安先生，我……我先走了，明天见。"何穆穆丢下了这句话之后就撑着伞跑去追程骏峰了。

下一秒，安若灏从头到脚都湿透了，而且也很冷，他真的呆掉了，低下头去自我嘲讽一般地笑了起来，真是太愚蠢了，既然对方是她的男朋友，自己凭什么要她做那种选择题？

刚才……气氛明明那么好，为什么会这样呢？果然，爱情什么的，自己不应该去拥有、也不应该去相信吗？有雨水刺痛了安若灏的眼睛，他伸手去擦掉了那些水渍。

为什么，天空会那么暗？因为……自己的太阳不见了吗？

另一方面，何穆穆终于在附近的小巷子里找到了程骏峰，程骏峰正蜷缩在一边靠在墙壁上，何穆穆将伞举了过去，以为是雨停了的程骏峰抬起头来，看到的是一把伞，然后顺着撑伞的那只手，终于看到了何穆穆。

"怎么了？为什么要来找我？那个人比较重要吧？"程骏峰低下头去有些闹别扭地说道。

"什么和什么啊？你为什么要出现在这里？谁允许你出现在这里了？"将伞撑在了程骏峰上方而自己在淋雨的何穆穆冷冷地说道。

"因为喜欢你啊，"程骏峰用双手捂住了自己的脸，"我已经不知道该用什么方法才能让你原谅我了，我知道我对你做了很过分的事。"

现在这种时候还在说喜欢不喜欢的，当初背叛自己的时候，怎么不想这个问题呢？何穆穆叹了口气："别闹了，你快回家去吧，我也要回家了，很累。"

"呐，穆穆，如果……我向你求婚的话，你会答应我吗？"程骏峰抓住了何穆穆的手腕，用特别真诚的目光看着何穆穆。

"你简直有病！"何穆穆甩开了程骏峰的手。

"啊嚏！"程骏峰打了个喷嚏，然后吸了吸鼻子，"抱歉，我是认真的，我这辈子已经不可能再一次遇到像你这样的人了，即使遇到了也不会像喜欢你一样喜欢对方了。"

这些话何穆穆真的不想再听了，她好不容易快把那两个人给她带来的伤害给遗忘了，为什么偏偏又要出现在她面前呢？！

"我和你恋爱那么多年，好像就只有过一次争吵……"程骏峰低下头去，笑了起来，"那次差点分手，也是在这样的雨夜，你还记得吗？"

何穆穆怎么可能不记得呢？那天她哭着跑出了程骏峰家，原因是程骏峰的父母并不喜欢她，觉得学过功夫的女孩子比较野蛮，不适合做妻子，明明是到了谈婚论嫁的地步了，明明带着媳妇儿见公婆了，结果却是这样的。

而程骏峰虽然不至于到愚孝的地步，但对自己父母的意见也是相当注重的，所以他并没有直接告诉父母不管怎样都要和何穆穆在一起，而是直接模棱两可地回答道："以后考虑看看吧。"

这样的回答让何穆穆觉得很心塞，也就是说如果能找到更好的女人，程骏峰会选择放弃何穆穆？

何穆穆连晚饭也没有吃饭，就慌慌张张地跑出了程骏峰家，那会儿正下着好大的雨，而且还是深秋，冷得不得了，何穆穆也管不了那么多,只是一个人往前奔跑着,她不知道自己的目的地是哪,也不知道自己还能去哪。

但是没过多久程骏峰就追了出来,死死地抓住了何穆穆的手腕,两个人都倒在地上,程骏峰将何穆穆拥入自己的怀中。

"傻瓜,我绝对……绝对不可能会和你分开的啊。"程骏峰当时是这么说的,"但我也不能就那么直接告诉我妈吧?只能以后一点点劝他们啊,你这个人怎么能那么直,稍微圆滑一点也没事吗?不过……我就是喜欢这样的你。"

何穆穆大哭着,拍打着程骏峰的肩膀和胸口,两个人在雨中亲吻在一起。

"穆穆,你还记得的吧?"程骏峰的声音将何穆穆从回忆中拉了回来,他给出了一张快要哭出来的笑脸,"我现在啊,终于劝好父母了,因为,我用自己的性命去交换了自己所爱的人。"

何穆穆没有听懂,程骏峰伸出了自己的手来,手腕上有着一道明显的疤痕:"我啊,说,如果不让我和穆穆结婚的话,我就死在你们面前,从小那么乖巧的儿子居然会做出那么过激的事,他们真的被我吓到了,但勉强也答应了我。"

程骏峰他,为了自己割腕了?!何穆穆倒抽一口冷气。

第二十九章　程骏峰的求婚

　　最终何穆穆还是把程骏峰带回了自己家去，她没有办法看着雨中的程骏峰完全不管，但程骏峰又不肯回家，说不要从何穆穆身边离开，因为电话也打不通。

　　雨似乎完全没有要停下来的迹象，而且天气又好冷，再这样下去何穆穆怕程骏峰会冻死在街头。

　　话说回来，安若灏现在怎样了呢？有没有顺利回家呢？希望不要感冒才好，何穆穆叹了口气。

　　在走进何穆穆家之后，程骏峰一直看上去很悲伤的脸才渐渐放松下来："穆穆，你家真是一点都没有变化……还是那么温暖的感觉。"

　　何穆穆是真无奈，自己为什么非要把前男友带回家来？但是……又没办法放下对方不去管他，这种性格什么时候能改一下就好了。

　　"所以说，我告诉你，我们之间是没可能的，我最讨厌的事就是被人背叛了，你背叛过我，我就不可能再回到你身边了！"何穆穆一边拿着干毛巾用力地给程骏峰擦着头发一边没好气地说道。

　　"啊！疼疼疼！穆穆你轻点！"程骏峰被毛巾擦得头皮都发麻了。

　　"既然疼就给我滚出去。"何穆穆冷冷地说道。

　　结果对方就不说话了。

　　虽然程骏峰的衣服也都湿透了，但是何穆穆这里没有他能穿的衣服，所以他只能浑身湿漉漉地就这么站在玄关了。

　　"我说，你该回家去了吧，好好洗个澡，不然会生病。"何穆穆将毛巾从程骏峰的头发上拿开了。

听到这句话之后程骏峰直接就抓住了何穆穆的双手:"不要!我好不容易才能和你见面的,如果这样就回去的话什么时候能再见到你还不知……啊嚏!"

何穆穆满头黑线:"你干吗?!不要对着我打喷嚏!脏死了!"

两个人就这样僵持在玄关中,何穆穆一直被抓着手,觉得特不爽,最主要的是她自己的衣服也湿掉了,对方不离开的话自己根本没办法去换,她无奈地看了程骏峰一眼:"所以说,你到底要怎样啊?现在已经很晚了!我要休息了啊!"

"我……我要你成为我的妻子。"程骏峰低下头去声音很轻,"我知道你还爱我的,我们已经交往那么多年了,就算是对宠物也有很深厚的感情了吧?"

何穆穆皱起了眉头,他既然知道这些,为什么还要背叛自己呢?

"我知道,是我错在先,只要能让你原谅我,愿意回到我身边,无论要我做什么都可以。"程骏峰抬起头来死死地抱住了何穆穆。

对方湿掉的衣服贴在了何穆穆的衣服上,让何穆穆觉得一阵冰冷,她用力推开了程骏峰:"你有病啊?!都说了不可能了!赶紧给我滚回去!不然我就把你揍回去!"

程骏峰听到何穆穆这么说,特别无奈地笑了起来:"是吗……无论如何也不会和我在一起了吗?"

何穆穆坚定地点了点头,程骏峰看到这一幕捂住了自己的脸,发出了凄惨的笑声,然后往厨房的方向走去,何穆穆还在想他要做什么的时候,程骏峰拿着菜刀走了出来。

何穆穆倒抽一口冷气,这是要同归于尽的节奏啊!但是程骏峰并没有朝何穆穆走来,而是将菜刀抵住了自己的脖子:"我是真心爱你,对你是认真的,我会证明给你看的,一定。"

"你疯了!"何穆穆大喊道。

程骏峰低下头去,轻笑起来:"没疯啊,因为,如果失去了你,那我活下去的意义也没有了啊!我是真的爱你……如果世界毁灭的话,只剩下你一个人，你也无法活下去的吧？"

眼看着菜刀的刀锋离程骏峰的脖子越来越近了，何穆穆已经吓尿了，她知道自己这个时候说什么程骏峰也不可能听进去的，她只有大声叫喊起来："我知道了！你想怎样我都答应你！你不要做傻事！"

程骏峰睁大了眼睛，眼泪不停地往下掉落。

"原谅我也可以？"

"可以。"

"嫁给我呢？"

嫁给他吗？何穆穆低下头去，为什么听到这种话一点也没有觉得开心呢？她一直以来不就是希望能嫁给程骏峰的吗？那么应该兴奋到哭才对啊，为什么现在会觉得那么的……失落呢？

反而，安若灏的脸在何穆穆的脑海中越来越清晰了，何穆穆吓了一跳，捂住了自己的脸，没关系，反正，女人活着就是这么一回事，无论自身多强大，最终还是要嫁给男人的，程骏峰是自己交往多年的人，对自己非常了解，作为结婚对象，他再适合不过了。

"可以。"

程骏峰哭得更大声了，松开了双手，菜刀直接掉在了地上，大概是因为寒冷，他整个人不停地颤抖着："谢谢你，穆穆，我一定会好好珍惜你的。"

珍惜……吗？这样的台词,好像在很久很久以前，程骏峰也有说过，那个时候明明还是高中生的程骏峰就知道捧着鲜花跪在地上求何穆穆做他的女朋友了。

"如果是这样的话，明天就去领证好吗？在我们经常去的街心花园碰头，可以吗？"

现在不管程骏峰说什么，何穆穆都只知道答应了，反正人生就是这么回事儿呗，在得到了满意的答复之后，程骏峰终于肯回家去了，送走了程骏峰之后，何穆穆洗了个澡就钻进被窝里去了。

好奇怪的感觉，在自己做好了结婚的心理准备时，却被对方的父母给委婉拒绝并且被对方给背叛了，但当她准备接受新生活的时候，却又要结婚了，这一回，何穆穆真的没有心理准备了。

总觉得心情很糟糕啊，这就要出嫁了吗？要和程骏峰共度一生？何穆穆叹了口气。

如果要结婚的话，是不是得先通知亲朋好友？虽然程骏峰说要领证，但没有说要办酒席，也没拍婚纱照啊，自己怎么就稀里糊涂地答应了呢？不过也没有办法，如果不答应的话，不知道对方会做些什么。

要通知谁呢？父母吗？之前母亲已经知道自己和程骏峰分手的事了，现在如果告诉她的话，不知道她会不会答应，还是暂时不要说了吧。

翻遍了手机通讯录，何穆穆都没找到能够说的对象，她不希望被别人知道自己要结婚的事，不过，在看到安若灏的名字之后，她觉得心里一颤。

其实并不是想把自己的事告诉安若灏，何穆穆只是想要听听安若灏的声音而已，而且她也很担心安若灏有没有顺利到家。

何穆穆深呼吸了一下，然后还是按下了拨打键。

"什么事？"因为安若灏也有保存何穆穆的手机号码，所以自然知道是何穆穆打来的。

"那个……安先生，你还好吧？"何穆穆开口第一句话就是这个，她只觉得自己傻了，开场白不应该这样的才对。

"嗯，很好，就是淋了雨心情有些不爽。"安若灏是认真的，因为何穆穆直接抛弃了他所以让他很不爽。

第三十章　想听的声音

　　何穆穆笑了起来，但是笑着笑着，不知道为什么眼眶却红了起来："抱歉，本来拿着伞就是为了等你的，想要很帅气地出现在你面前把你送回家的，哈哈，是不是很愚蠢？但是偏偏遇上了这种事。"

　　"你是白痴啊？还帅气地把我送回家呢，你是女的吧？"安若灏无奈地叹了口气，但是他总觉得何穆穆的声音听上去有些不对劲，和平时不太一样。

　　何穆穆低下头去，擦去了自己眼角的泪珠："那个啊……安先生，再多说几句话吧，我很想听你的声音。"

　　安若灏有点愣住了，果然不对劲，何穆穆的声音在颤抖啊，好像哭了一样，那之后发生什么事了？话说回来，想哭的那个人是安若灏才对吧？

　　"动车，那个，是你的男朋友吗？"

　　何穆穆睁大了眼睛，抓着手机的手颤抖起来："嗯……是哦，不过，从明天开始就不是了，会变成……丈夫。"

　　安若灏不说话了，他坐在沙发上一动也不动，拿在手中的矿泉水差点就翻在地上，过了很久之后，才缓缓说道："你要结婚了？"

　　"嗯，我要……结婚了，明天就结婚。"明明是在说着一件喜事，但何穆穆的声音听上去却异常的悲伤。

　　"就为了来告诉我这件事？"安若灏皱起了眉头，面部表情相当可怕，手中的塑料水瓶几乎要被捏得变形了。

何穆穆着急地摇了摇头,即使她知道对方是看不到的:"不是的,我只是……为了要听听你的声音,不知道为什么,就是很想听。"

想听声音吗?安若灏自我嘲讽一般地笑了起来,这算什么?

"你……为什么不早点告诉我呢?有男朋友的事。"

"其实我们之前已经分手了,因为有了第三者,所以今天看到他我也很吃惊。"何穆穆的指尖发凉,她真的觉得很奇怪很诡异。

安若灏听到这个的时候,觉得还是挺惊讶的,想起了自己和何穆穆第一次相遇的情形了,搞不好就是在那天分手的也说不定,于是捂住了自己的额头,好一会儿才回过神来:"你是笨蛋吗?他已经背叛过你了,现在说要结婚,你就真的嫁给他了?"

何穆穆笑了起来:"搞不好真的是笨蛋也说不定,就连我自己也觉得自己很愚蠢。"

"还没领证吧?那现在应该还来得及,去拒绝他吧,他曾经背叛过你,现在直接出现在你面前就求婚,不觉得奇怪吗?"安若灏说完就站起身来。

事实上,安若灏会这么说还是让何穆穆觉得有点开心,至于是为什么开心她也不知道,大概因为劝她的人是安若灏吧,大概只是她单方面地认为安若灏不希望她嫁给别人:"安先生你……不希望我结婚吗?"

安若灏先是没搞懂对方的意思,然后坐回了沙发上,何穆穆该不是因为希望自己能阻止她才打电话来的吧?就好像辞职的时候,自己阻止了她之后她好像就很开心的样子。

越是往这方面深入地去想,安若灏就越觉得难过,因为何穆穆那种颤抖着的声音并不是装出来的,是真的要结婚了,如果自己阻止的话,她就会拒绝对方吗?

"……如果我说是的话,你……就会拒绝掉那个人吗?"

何穆穆躺在床上看着雪白的天花板,然后自嘲地笑了起来,用一只手捂住了自己的眼睛,是啊,自己到底是在干吗?在期待些什么?

"抱歉,是我的错,我没有办法拒绝他,已经答应了的事我就觉不会反悔的,安先生,谢谢你,能够和你这样说话,听到你的声音,我已经很满足了,安先生真的是一个……很温柔很有趣也很好亲近的人。"

何穆穆笑了起来,这样的形容词用来形容安若灏对别人来说大概是难以置信的事吧?但是,对她来说真的就是这样,能够那么耐心地听她说这种找不到重点的话的,除了安若灏也许没有第二个人了。

"你……喜欢他吗?"安若灏低声说道。

其实,何穆穆现在也不知道自己到底喜不喜欢程骏峰了,大概在不久之前还喜欢着的吧。

"我也不知道呢,不过,虽然不知道是不是喜欢他,他却是很适合与我共度一生的人,我们两个人比任何人都更了解彼此。"

两个人都沉默下来了,何穆穆只能听到电话那头安若灏淡淡的呼吸声。

"不要和他在一起,虽然我并不认识他,也没资格那么说,这只是我的个人意愿而已。"安若灏闭上了眼睛,"你觉得,我和他……哪个更重要?"

一瞬间,时间似乎凝固了一样,何穆穆睁大了眼睛,甚至是从床上坐了起来:"安先生你……刚才说了什么吗?"

安若灏深吸了一口气,然后缓缓说道:"不,没什么,提前祝你新婚愉快吧。"

这句新婚愉快搞得何穆穆直接哭出来了,为什么会像现在那么难受她也不知道,为什么会在这个时候想要听到安若灏的声音她更不知道了。

强忍着眼泪,咬住了自己的下唇,何穆穆用尽量平静的声音说道:"谢谢你……安先生,听了你的声音之后,我觉得好像又有勇气继续面对现实了。"

"你的人生是你自己的事,不该因为别人就改变了自己想过的生活,就这样,我累了,晚安。"

安若灏说完这些就挂断了电话,然后坐在沙发上抬着头,奇怪了,人家要结婚了，自己干吗那么难过啊？结婚是件好事，应该要替她高兴才对啊，像何穆穆那种又粗鲁又愚蠢又是平胸的女人，能嫁出去也太不容易了吧。

安若灏就只觉得有什么滚烫的液体从眼角涌出，然后顺着脸颊滴落在沙发上，想起了很久以前被另一个女人抛弃的感觉了，安若灏觉得很可怕，可怕的是他根本就没想过自己对何穆穆居然会有这样的感情。

虽然早就觉得自己对何穆穆的感情超过了对普通朋友的，和她在一起的时候，心情明显会变得好很多，但是从没想过会和爱情沾上边。

"所以早就说过爱情什么的，最烦人了。"安若灏用一只手捂住了自己的眼睛，露出了凄凄惨惨的笑容。

另一边的何穆穆抱着枕头大哭起来，为什么明明是要结婚却和要上刑场一样，她根本就搞不懂自己到底是怎么想的，因为和安若灏聊了一会儿，反而觉得更难过了，以后，自己还能继续和安若灏这样聊天吗？以后还能一起吃午饭吗？

以后，安若灏还会那样温柔地对待自己吗？还会让自己去总裁办公室帮忙吗？

为什么明天就要和程骏峰领证了，自己的脑袋中想着的却都是安若灏呢？何穆穆翻过身来，将枕头放在了自己的脸上。

自己到底是怎么了？

第三十一章　残忍的骗局

　　第二天一早，何穆穆看着镜子中自己哭红的眼睛，觉得很无奈，于是用冷水扑了扑眼皮，希望能快点消肿，她到现在还没有什么实感，也就是说，一会儿自己就成为人妻了？难以置信。

　　为什么一点也不兴奋呢？心情很糟糕、很烦躁,这种感觉挥之不去，但何穆穆还是精心打扮了一番，不管怎么说程骏峰也是快成为自己另一半的人。

　　自己，真的非要和程骏峰结婚吗？这样的心情越来越强烈了，何穆穆咬住了自己的下唇。

　　程骏峰曾经背叛过自己，在结婚后，如果遇到了更大的诱惑，自己会不会再次被背叛呢？何穆穆低下头去，看了看时间，离约定的时间也没久了，她深呼吸了几下，拍拍自己的脸颊就走出了家门，因为时间不多了，她没吃东西就出门了。

　　因为是周末的关系，街心花园里有很多人，大部分都是带着小孩子来玩耍的，也许，在不久的将来自己也会是其中一员吧，何穆穆看着那些天真无邪的孩子的笑脸，自己也忍不住笑了起来，自己和程骏峰的孩子一定很可爱吧，她有些不好意思地挠了挠脸颊。

　　既然已经决定好了，就不要再去想其他事了，接受这样的现实，日子还是要过下去的，何穆穆这么想着打起了精神。

　　只不过到了约定的时间，程骏峰并没有出现，因为何穆穆已经删除了他的手机号，所以也没有办法再打电话给他了。

一直到了吃午饭的时间，程骏峰还是没出现，何穆穆觉得自己大概应该是上当了，但是普通人会这样吗？在雨中等待那么久，只是为了欺骗别人？何穆穆苦笑了一下，不会的，程骏峰再怎样也不会做出这种事来的。

何穆穆很想到附近去吃个饭什么的，但是又怕程骏峰来了以后找不到人，所以，她一直坐在长椅上等待着，肚子饿得咕咕叫，心情又变得糟糕了。

花园里的人已经换了一拨又一波，只有何穆穆还坐在原处，脸上的失落感也越来越明显了。

在天空的一边被染成了橘红色的时候，手机铃声响了起来，是一个陌生的号码，何穆穆还是接了起来。

"难以置信，你真的在这里等了一整天？"

听到这个声音，何穆穆下意识睁大了自己的双眼，这个声音她再熟悉不过了，是好友的声音，那个自己和程骏峰之间的第三者！

"还打扮得那么漂亮，真的准备去领结婚证书吗？"

何穆穆倒抽一口冷气，好友就在这附近！她能看到自己！想到这里何穆穆站起身来环视着四周，但是人太多了，根本就找不到对方。

"程骏峰说得果然没错，只要用这个方法就能让你受伤害了。"

对方的声音听上去冷冰冰的，但又有些暗爽的情绪，这让何穆穆怒火中烧，双手死死地握成了拳。

"你在哪里？你们这样到底是有什么目的？！看着我在这里等了一天你们就那么开心吗？为了伤害我就这样不择手段吗？！"何穆穆尽量压低嗓音，不想让这附近的人听到。

"因为啊，我上次把我家达令的话给你听了以后你一点也没有生气或是受伤的表情，让我觉得很不爽啊，所以这一次才捉弄你一下嘛。"好友轻飘飘地说道，然后还传来了细小的笑声。

简直难以置信，何穆穆咬住自己的下唇"你还真是够无聊的！昨晚让他淋雨就只为了这个？"

"那是当然的，想要成功，用一些苦肉计是必须的，本来以为你会准时下班回家呢,没想到你那么晚才回家,据说你也勾搭上了小白脸……哈哈!昨晚有没有直接甩了你的小白脸?"

何穆穆不说话了,她轻轻地叹了口气,坐回了长椅上,脸上居然露出了淡淡的笑容:"那个手腕上的伤疤,是画出来的吧?"

"当然了,你不会真的以为我家达令会为了你这种女人自杀吧?笑死人了嗳!而且他父母对我都很满意,所以其实今天是我们领证的日子。"

好友甜腻腻的声音一字一句刺进了何穆穆的心中,好友继续说道:"我们早晨经过这里的时候,就看到你了,当时还说没想到你真的来了呢,但是更没有想到的是……居然在我们领完了证吃过了浪漫的下午茶之后回家路上还能再看到你,哈哈……你怎么那么痴情啊?"

"并不是痴情,只是不想欠别人什么。"何穆穆整个人都放松下来了,其实她本来也没有做好心理准备要去结婚,这样对她来说反而更轻松了,虽然,的确是受到了不小的伤害,"想到他为了伤害我而淋雨,总觉得好像亏欠了些什么,这样被你们伤害到了之后,我就什么都不欠他了。"

"死鸭子嘴硬!你就继续说好了,好像全世界就你最强似的!达令他啊,就是讨厌这样的你!"好友的语气听上去有些不同了,"不过这样也好,不然我也不可能和我家达令在一起了!拜拜了,白痴怪力女!"

挂掉电话之后,何穆穆笑了起来,笑得很大声,这让四周的人都朝她这边看了过来。

虽然昨晚就觉得很奇怪,但是还真的没想到会被这样欺骗呢,在这里像傻子一样地等了一整天,结果就换来了这样的一通电话,满满的恶意让何穆穆心塞到不行。

何穆穆无力地站起身来,无论如何,现在要回家去才行,她摇摇晃晃地走出了几步之后,只觉得一阵天旋地转,然后整个人向前冲去,眼看着就要倒在地上的时候,有一个人将她抱在了怀中。

"你怎么回事啊?"

何穆穆抬起头来，看到的是安若灏的那张脸，有那么一瞬间，她觉得自己大概是在做梦，但是安若灏的体温渐渐传递给她，真实而又温暖，意识到一切都是真的，她抓住了安若灏的衣服大哭起来。

"喂，没事吧？今天不是领证的日子吗？干吗一脸憔悴地坐在这儿啊？"

安若灏搞不懂了，其实他只不过是办完了公事偶尔路过这里的，没想到就看到一个人坐在长椅上的何穆穆，他是想去打招呼的，结果何穆穆直接倒了下来，安若灏想都没想就去接住了对方。

大概是因为一整天没有进食的关系，现在的何穆穆觉得头很晕，还有些犯恶心，她只能勉强笑了出来："不好意思，安先生……麻烦你送我去医院……"

话还没说完，何穆穆就觉得眼前一黑，然后失去了意识。

安若灏皱起了眉头，这到底是怎么了？不是说要领证说要结婚的吗？何穆穆的男朋友去哪了？

安若灏咂了咂嘴，在众人的注目下直接横抱起何穆穆来，附近有的年轻女性脸都红了。

第三十二章　不是孤单一人

在走出街心花园的时候,安若灏看到了何穆穆的男朋友,虽然只是昨晚见过一面,但对方的脸他很清楚地记住了。

安若灏本来想喊住对方的,毕竟何穆穆现在晕倒了。但就在他张口的同时,看到了对方身边的女人,一个看上去无比妖娆的女人,正勾着对方的胳膊,两个人看上去非常甜蜜。

看到这里,不管是谁都该猜到是怎么回事了,安若灏这么聪明的人又怎么可能不懂呢?何穆穆大概是又一次被人欺骗了吧。

何穆穆的家应该就在这附近,当时何穆穆面试的时候,安若灏有看过简历,上边写着地址,安若灏闭上了眼睛回忆起来,不行,果然还是想不起来,安若灏嘴角抽搐,这下该怎么办?

最后,安若灏还是回到了街心花园,将何穆穆放回到了长椅上,然后打了个电话给陈秘书,让她把何穆穆的简历拿出来,把地址说给他听。

在记下了对方的地址之后,安若灏再次抱起了何穆穆,怀中的何穆穆开始轻轻颤抖起来了,安若灏低头,就看到眼泪从何穆穆的眼睛里掉了下来。

"别哭了,有我在这里,我会送你回家的。"安若灏叹了口气,柔声说道。

即使曾经被伤害过,最终还是选择了去相信吗?安若灏看着怀中的何穆穆,总觉得有点心疼,虽然不喜欢愚蠢的人,但是何穆穆总是和其他人不太一样，至少在他心中是这样的。

来到了何穆穆家门口，安若灏自己跪坐在地上，让何穆穆的脑袋枕在自己身上，然后开始翻起了何穆穆的包，找到钥匙之后再次抱起何穆穆走了进去，这个时候天已经渐渐暗下来了，他将何穆穆放在了沙发上去开灯。

何穆穆脸色那么难看，不知道是疲劳过度还是营养不良，不管怎样先给她做点吃的吧，安若灏这么想着就拉开了冰箱门，结果看到里头放满了果冻和可乐，安若灏嘴角抽搐。

在何穆穆终于渐渐恢复意识的时候，看到的是洁白的天花板，她抬起头来张望起来，这里是她的家，为什么自己会在家呢？刚才不是在街心花园吗？

自己是怎么回到家的，遇到了安若灏之后发生了什么事，何穆穆现在已经没有力气去想了，只能躺着闭上了眼睛。

"醒了的话就出声好吗？"

何穆穆猛地睁开眼睛，看到的是穿着围裙的安若灏！她吓了一大跳，为什么安若灏会在自己家？！她赶紧坐起身来，结果整个世界都在旋转，她整个人往前一冲差点从沙发上摔下去。

安若灏赶紧抓住何穆穆，把她给抱回了沙发上："别随便乱动，我估计你是低血糖了，要么就是体力不支，反正你先躺着歇会儿，我在给你煮东西呢。"

"安先生你在给我煮东西？"何穆穆惊讶到嘴都合不拢了，慢着，安若灏会煮饭？他不是自己的上司吗？为什么会出现在自家里穿着围裙而且还在煮东西？也对啊，如果不是煮东西的话，穿围裙不就成一种特殊癖好了吗？

安若灏直接握拳敲了敲何穆穆的脑袋没好气地说道："表情那么诡异，在胡思乱想些什么？！"

"呃，没什么。"何穆穆尴尬地笑了起来，当然是不能让对方知道自己刚才想的是什么了。

"这个给你。"安若灏从自己的口袋中掏出了一包草莓味的

POCKY。

"POCKY！啊！我最喜欢了！安先生怎么会知道要买这个呢？"何穆穆好像很开心的样子，将POCKY抱在自己怀中。

"这个嘛，我在买东西的时候看到的，想大概女孩子都会喜欢吧。"安若灏别过头去，其实不是这样的，因为他曾经在公司里看到过何穆穆吃这个，而且好像还超级开心的样子，猜想她应该是喜欢的，"总之你等一下，我现在就去给你弄吃的。"

何穆穆就这样躺在沙发上，说起来，自己好像已经很久没有被人这样照顾了啊，想到这里她笑了起来，不知道为什么，有安若灏在身边就是觉得好安心。

安若灏给何穆穆煮了什锦粥，味道他已经尝过了，口味偏清淡，但是对于何穆穆这样刚刚才昏迷过的人来说正好。

安若灏将粥端给了何穆穆，何穆穆开心地大口大口吃了起来，看上去心情好像很好的样子，和刚才在街心花园里简直判若两人了，安若灏挠了挠自己的头发："你今天是怎么回事？不是要结婚的吗？"

何穆穆的动作僵住了，然后继续吃道："是啊，不过被甩了。"

"领证当天被甩？"

"是啊……"何穆穆抬头看着安若灏，表情看上去很凄惨，但她尽量挤出了一个笑容来，"其实一切都是骗局啦，昨晚的苦肉计也好，今天的领证也好，只是因为上次我们分手的时候，我并没有受到打击的样子，所以他们才这样来欺骗我的。"

居然还有这种人吗？安若灏觉得有些不可思议，他想何穆穆和那个男人之间不可能有什么深仇大恨，有必要做到这种程度吗？

"你该不会是今天一整天都在那里等他，没吃东西，所以才会昏过去吧？"安若灏睁大眼睛看着何穆穆。

何穆穆苦笑起来："如果我说是的话，你会不会觉得我很愚蠢啊？早晨因为害怕迟到，所以没吃东西就出去了呢，真的挺难过的，原来饿肚子是这种感觉啊……"

有什么液体滴落进了什锦粥里，何穆穆睁大了眼睛，然后用手擦去自己的眼泪:"我真的很愚蠢,明明已经被伤害了一次,居然还会自己冲上前去,被人伤害了第二次……他们只是为了能看到我伤心难过的表情,这种事从一开始就能猜到了。"

安若灏不知道该怎么安慰何穆穆,只能伸手去压住了何穆穆的脑袋。

"像我这样的人,就连自己也讨厌……我讨厌这么愚蠢的人……讨厌!结果,又变成了自己一个人……"何穆穆闭起眼睛大哭起来。

"我不讨厌你哦,还很喜欢这样的你,无论被伤害多少次还是会去选择相信的心情。"安若灏柔声说着,然后将何穆穆拉进自己怀中,轻轻地抚摸着何穆穆的头发,"你没有错,你也并不是一个人的,我会陪在你身边的,你还有我,不管是在公司,还是在私下。"

何穆穆感受着安若灏的体温,眼泪更加汹涌了,这样的话语即使只是在安慰也没关系,让她觉得很开心。

安若灏捧住了何穆穆的脸颊,用自己的额头抵住了何穆穆的额头,这让何穆穆觉得自己的脸很烫,然后,安若灏一点一点接近着何穆穆,鼻梁与鼻梁触碰到了一起,最终,终于连嘴唇也触碰到一起了。

可能因为刚刚哭泣过的关系,何穆穆的双唇有些湿润,上面都是咸咸的眼泪味道,这样的何穆穆,安若灏也不讨厌。

第三十三章　安若灏的陪伴

楼下大概是有人喝醉酒了，传来了阵阵笑声，然后四周变得很安静，从窗外吹来的凉爽的风让人觉得很舒服，两个人就这样亲吻在一起，何穆穆睁大了眼睛看着安若灏，眼眶中还残留着的眼泪轻轻滑落下来。

如果上一次是为了故意让公司里的人看到的话，那么这次又是为什么？！刚才安若灏还说了些奇怪的话吧？比如什么会一直陪伴在何穆穆身边这样的话。

这样就像是表白一样的话真的没问题吗？何穆穆觉得自己有些僵硬，不……如果只是说这种话也只能证明两个人之间是纯洁的友情而已，但关键是说完那些话安若灏居然吻了他，这样一来就糟糕了啊。

何穆穆在自己的大脑中飞快地想出了好多种可能，比如今天的安若灏发烧了，烧得神志不清，又或是受到了威胁之类的，但最终她都推翻了。

不对！现在可不是想这种无聊事的时候了！何穆穆狠狠地推开了安若灏，然后伸出手去。

就像是空气中什么炸裂的声音一般，安若灏的右脸颊渐渐变红了，他伸手捂住了自己的脸颊，两只眼睛里满是不悦的目光："你做什么啊？！难得气氛那么好。"

什……什么？！何穆穆难以置信地盯着安若灏看，脸红的和猴子屁股似的："什么气氛好不好？变态！"

"啧。"安若灏不爽地别过头去。

结果安若灏还是没回家去，而是陪伴在何穆穆身边，两个人就这样并排坐在沙发上看着电视，何穆穆嘴里叼着POCKY，而安若灏嘴里叼着鱿鱼丝。

"我说……你那么瘦，为什么力气却那么大？"安若灏想起刚才自己把何穆穆抱回来时的那种重量了，真的很轻。

"啊？我并没有特别瘦啊，因为练过武功嘛，所以力气当然会比较大。"何穆穆睁着大眼睛茫然地看着安若灏。

安若灏哑了哑嘴扭过头："白痴吗？"

"什么啊？"何穆穆皱起了眉头。

"所以说，我的意思是让你多吃点东西啊，那么瘦，好像一出门就会被风给吹倒似的。"安若灏说这话的时候，一脸别扭的表情，而且用一只手撑着自己的下巴。

何穆穆先是睁大了眼睛看着他，然后脸越来越红了："安先生你该不会是，喜欢我吧？"

安若灏瞬间就僵住了，脸都红了回过头来狠狠地吼道："白痴！谁喜欢你啊？我再怎样也不会喜欢你这种干巴巴的小丫头好吗？！"

"谁是干巴巴的小丫头啊？！什么嘛，你不都是成年人了吗？怎么还那么幼稚啊？总是欺负喜欢的人的这种傲娇性格真是可笑。"何穆穆无奈地摊了摊手。

"谁傲娇啊？你才傲娇呢！像你这种白痴我最讨厌了！"

"所以说这就是傲娇啊！"

何穆穆总觉得有些不可思议，像是这样，和安若灏好像家人一般地坐在了一起，安若灏就像是个普通的上班族一样，穿着白衬衫，袖口还挽了起来，嘴里叼着鱿鱼丝一咬一咬地看着电视。

如果把这样的画面告诉别人的话，一定不会有人相信吧？毕竟安若灏给人的印象就是西装革履冷静沉着冰冷严格的总裁。

但是，这样的安若灏看上去特别好亲近的样子，何穆穆一点也不讨厌。

"从刚才开始，就一直盯着我看，你怎么了？"安若灏回头看着何穆穆，嘴角还叼着鱿鱼丝。

"呃，没有啊。"何穆穆不好意思地低下头去了。

安若灏看了何穆穆一会儿低下头去，脸上还带着淡淡的笑容，然后伸手摸了摸何穆穆的头发："你看上去情绪好多了，这下我也放心了。"

何穆穆看着安若灏站起身来，难道说他一直在这里是因为担心自己吗？何穆穆也跟着站了起来。

"谢谢你，安先生。"何穆穆拿起了安若灏的包塞到安若灏手中。

"客气什么？周一我要看到一个和以前一样有精神的你，知道了吗？"安若灏说完之后就离开了，然后在打开大门的时候，又回头看了看何穆穆，"以后有什么事可以找我，不管是好事还是坏事，不用一个人憋着。"

何穆穆真的很感动，虽然遭受了程骏峰那种恶意的欺骗，但现在她已经不难过了，大概，已经真的不喜欢程骏峰了吧，相信总有一天可以完全忘记这一切的。

"啊？什么？今天有工作？但是工作表上写着的是周三……"何穆穆掏出了自己包中的那份表格。

吴心抓住了何穆穆的胳膊就往造型部外跑："和那个已经没关系了，是节目组临时决定的，总之跟我走。"

事实上彩无夜原本应该在周三有一个超人气的综艺节目要录制，只不过那个节目的录制似乎换了时间，直接换到了周一，而录制的地点对何穆穆来说是再熟悉不过了，正是 N.S 电视台。

对何穆穆来说还是有些困扰的，虽然她很想见一见自己以前的同事，但今天本来说好要去安若灏那边帮忙的，这一下自然是去不了了。

因为很想感谢安若灏在周六一直陪着自己，还给自己做好吃的，如果没有他的话，何穆穆肯定不会像现在一样恢复得那么快，一定会伤心很久吧。

上了车之后，何穆穆给安若灏发了短信，坐在她身边的彩无夜看着何穆穆的手机屏幕："给谁发短信？"

"哦……朋友。"何穆穆下意识将手机屏幕转向了自己，不知为什么，有点不想让彩无夜知道关于她和安若灏的事。

因为是经纪人的关系，需要联系节目组，所以吴心坐在了前排，而身为化妆师的何穆穆和彩无夜则坐在了后排。

"穆穆，总觉得最近和你有些疏远了。"彩无夜有些无奈地笑了起来。

"呃……嗯，那是因为最近化妆方面的工作太少了，所以我一直在总裁办公室帮忙。"何穆穆挠了挠头笑起来。

有那么一瞬间，彩无夜眨大了自己的眼睛，似乎是没想到何穆穆会这么回答。不过说实话，他之前也在餐厅外看到过何穆穆和安若灏在一起吃午饭，而且很愉快的样子，于是他皱着眉头低下头去："穆穆，你和别人的感觉不太一样，我最初是这么觉得的。"

"嗯？"何穆穆不懂彩无夜的意思，于是歪着头看彩无夜。

彩无夜靠在了座位上，给出了一个笑容来："和在这个圈子混久了的女人不太一样，是一个像是泉水一样干净的人，不会因为对方有权有势就去巴结对方。"

第三十四章　彩无夜的过去

吴心听到这个话的时候，稍稍愣了一会儿，然后回过头来用特别心疼的目光看着彩无夜，其实她很早以前就知道彩无夜这个人比较偏激，喜欢用自己的臆想去猜测别人的生活，所以和这样的人，她总是保持着距离的。

"那个……那么现在呢？我变成彩无夜先生讨厌的类型了？"何穆穆有些紧张地看着彩无夜。

彩无夜抓住了何穆穆的肩膀，用有些可怕的目光盯着何穆穆看，就像是要将何穆穆看出一个洞来："说实话，你是为了钱吗？"

何穆穆眨了眨圆圆的大眼睛："什么？"

"所以说，你和安先生在一起，是为了钱吗？"彩无夜的声音更大了。

这一下，连司机都听到了，似乎是抓住了什么八卦新闻似的，司机简直就是要竖起了耳朵。

何穆穆听到在一起三个字之后吓坏了，整张脸瞬间变得通红，因为太过惊讶连双唇都开始颤抖起来了："你在说什么？我才没和他在一起……我们只不过是朋友而已！"

"真的吗？！"听到何穆穆的话之后，原本脸色很难看的彩无夜终于渐渐笑了起来，抓着何穆穆的手也渐渐松开了。

吴心清了清嗓子："那个，彩无夜先生，还是先来说说关于今天节目的流程吧，或者您自己看台本？"

彩无夜的心思显然是还没回来，于是他稍稍有些不耐烦地说道："那就给我台本吧。"

离电视台越近，何穆穆的心情就越来越紧张了，因为要见到以前的同事了，这段日子一直没见到他们，说实话还真的很想念，尤其是部长，自己之前给他添了那么多麻烦。

只不过……何穆穆并没能见到大家，因为已经快到开始录制的时间了，所以一进电视台她就和彩无夜一起被送进了休息室里，而吴心则是去跟节目组核对各种事项了。

"请快一点开始化妆吧，时间已经来不及了。"节目组的人指了指自己手腕上的表。

"嗯，我知道了。"何穆穆看着节目组的人离开之后松了口气，然后开始给彩无夜上妆了。

虽然已经为彩无夜化妆过很多次了，但何穆穆还是有些紧张，和彩无夜在一起的时候，就是这样。因为彩无夜这个人在想些什么她总是不太清楚，但和安若灏在一起的时候，就不一样了，总觉得很轻松很安心。

"穆穆，你知道我为什么从最初就对你特别好吗？"彩无夜闭着双眼缓缓说道。

这个何穆穆还真是不知道，因为两个人第一次见面的时候，彩无夜就对她非常亲切，虽然觉得大概彩无夜本身就是这种性格，但似乎不是这样的，在面对别人的时候，彩无夜几乎都不怎么说话。

而且在那之后，彩无夜还给自己介绍了工作，并且让何穆穆成为了他的专用化妆师，最近何穆穆刚知道这种专用化妆师其实是需要多年的经验才可以做的，所以之前何穆穆也因此被造型部的人给误会了。

"不知道呢，也有些好奇。"何穆穆非常坦率地说了出来。

彩无夜叹了口气苦笑起来："因为啊，你长得很像我母亲……不是，不光是长相，就连气质、笑容也很像，我的母亲是个很可爱的女人。"

何穆穆听到这个睁大了眼睛，说不清到底是诡异还是什么，总之就是觉得浑身不大舒服了："是吗？"

"嗯,我的母亲有着四分之一国外贵族的血统,家中也很有钱。"彩无夜说到这里稍稍笑了起来,"不过,像她这样的人却爱上了我父亲那种一无是处的男人。"

一无是处?何穆穆挠了挠自己的头发尴尬地笑了起来:"呃……我有些不太懂这种千金小姐和普通人的爱情。"

彩无夜告诉何穆穆,自己的父亲彩无生是一个空有梦想但完全不顾现实的落魄画家,即使穷到连饭都吃不起了,还是背着画板满世界地跑,他总是相信着有一天自己的梦想能够实现,在此之前吃点苦也完全没什么。

彩无生遇到了那个少女,拥有着天真无邪的笑容的少女,少女看到街边正在画画的彩无生之后走到对方的身边,请彩无生给她画一幅肖像画。

彩无生答应了,画完之后将画卷交给了少女,少女在看到画卷之后各种惊叹,认定了对方就是一个天才,只不过还没有遇到机会而已,并且给了彩无生一笔钱买下了那幅画,有了这样的鼓励之后,彩无生更努力地画画了。

因为彩无生经常会到那个地方来画画,那是 座天桥,下面就是这个繁忙的城市,而少女也经常路过这里,一来二去,两个人就相爱了。

少女希望能和彩无生结婚,但少女的父母自然是不可能答应的,那样一个什么都不会,只会画画的家伙,不可能继承他们的家业,他们的女儿将来必须嫁给一个真正有作为的商人。

无论求了自己的父母几次,都没有结果,少女最终只能和彩无生私奔了,从没经历过这种事的彩无生其实不想离开这座城市,但是为了爱情还是带着少女走了。

在少女被他父母找到的时候,腹中已经怀上了彩无生的孩子,并且已经8个多月,自然也不能抹杀掉这个孩子了。

父母答应让这个孩子来到这个世上,但作为交换,孩子不能归少女所有,并且要少女以后再也不能见彩无生了,否则他们会让孩子和彩无生一起从这个世界上消灭掉。

有权有势的人所说的话自然是办得到的，少女只能答应了。

就像是从未经历过爱上落魄画家一样，少女的人生重新开始了，一段记忆被完全磨灭掉了。

那个孩子正是彩无夜，从出生起就一直待在了自己父亲身边，在他的印象中，自己的父亲并不爱说话，但是却很温柔，从未打过他一次。

只不过这个家也很平穷，房子非常小，让人觉得翻身都有困难，好像快要透不过气来了，窗户也被打碎了，到了冬天躲在被子里还是冷得发抖。

彩无夜就是在这样的环境中一点一点长大的。

但是，比贫穷更可怕的，是人类的语言，就像是利刃一般。小学的时候，班上的同学都会笑话彩无夜，因为彩无夜穿的衣服总是破破旧旧的，而且大家也都知道彩无夜没有妈妈。

这样家庭畸形又贫穷的人，总是最好欺负的，在很久之后，彩无夜才知道那个叫作歧视。

但是没关系，生活可以继续下去就好，能够和自己的父亲在一起就好，小小的彩无夜真的是这样想的。

十岁生日当天，在彩无夜去学校之前，父亲摸着他的头发说今天晚上一定会给他一个惊喜，彩无夜那一整天都在期待着。

回到家后，彩无夜看到的是一个被放在了桌子上的大蛋糕，真的是很大的一个惊喜，但是，父亲却不见了，他想父亲可能在工作，于是就坐在桌子前趴在桌面上看着那个大蛋糕，想着等父亲回家之后一起吃。

第三十五章　又见金毛

彩无生死了，在彩无夜的十岁生日当天，从大厦的天台上以鸟儿的姿势一跃而下，离开了这个世界，他在生前欠下的债务都必须由他那年仅十岁的儿子来偿还。

当时彩无夜是未成年人，根本就不具备还债的能力，而且他没有其他亲人了，那个时候，是福利院的某个工作人员将他推荐去了少年宫，长得非常可爱的彩无夜很快就被看中拍戏了，从此之后就成为了艺人。

"就是这样，说完了，我从没见过我的母亲，只是看过她和我父亲在一起时的照片，那样的笑容实在是太温暖了，就像阳光一样，最初，看到你的时候，你给我的感觉就是这样的。"彩无夜抬起头来苦笑着看何穆穆，然后他愣住了，因为何穆穆早已泪眼婆娑了。

"呜……没想到彩无夜先生有这样的过去，真的很抱歉，我什么都不知道……"何穆穆哭得稀里哗啦的，用手背擦去了眼泪。

失去父亲的时候，彩无夜才十岁吧？那么小的他就要面对这么绝望的事，实在是太可怜了，何穆穆想到这里就觉得很悲伤。

虽然彩无夜的脸上还带着笑容，但是不知何时眼眶也红了起来，他缓缓说道："果然是很像，我想，我的母亲应该也是这样的人吧，我口渴了，可以去帮我买水吗？"

"嗯！没问题！"何穆穆擦掉眼泪就跑出了休息室。

在休息室的门被带上的那一瞬间，彩无夜的眼泪也从眼眶中涌了出来，他虽然没见过自己的母亲，但是经常从父亲的口中听到关于母亲的事。

　　第一次看到何穆穆的时候，彩无夜还以为何穆穆就是他母亲的孩子，如果是那样的话，何穆穆就是他的妹妹了，但经过调查之后才知道并不是这样的，何穆穆出生在一个普通的家庭，所以，他开始从何穆穆的身上寻找自己母亲的影子了。

　　虽然知道这样不对，也很奇怪，但彩无夜却无法控制自己的心情，并不是什么恋母情结，只是，他希望能找到一个完全可以信任的人，可以一直陪伴在他身边的人。

　　何穆穆跑到了自动贩卖机前，大口大口地喘着气，原来如此，难怪自己总是觉得彩无夜这个人有点奇怪，就是因为他长久以来缺乏安全感，但是说实话，她又不知道自己该怎样去帮助彩无夜。

　　因为一直在想着别的事，所以何穆穆多按了几下，而且塞进去的又是纸币，直接就买了17瓶矿泉水，她嘴角抽搐地看着矿泉水不停地从出货区滚出来，只能一瓶一瓶去捡。

　　就在何穆穆怀中抱着一堆矿泉水还在追着一瓶不停地滚向远处的矿泉水时，她撞到了什么东西。

　　抬起头一看，一头熟悉的金毛出现在何穆穆的视野中，这家伙不就是害自己丢了这份工作的罪魁祸首吗？！真是冤家路窄！何穆穆咬牙切齿地想道。

　　金毛捡起了自己脚边的那瓶水，然后看着何穆穆那张生气的脸不禁笑出声来了："我记得我已经把你给赶出这里了，你怎么又出现了？"

　　不行，今天来是给彩无夜化妆的，自己不能再得罪这家伙了，否则会给彩无夜甚至是安若灏添麻烦的，于是何穆穆抱着矿泉水就转身准备回休息室去。

　　"嗳，别走啊，你的水还要不要了？"金毛在何穆穆身后喊了起来。

　　何穆穆就当作没听到，但是很快就听到了急促的脚步声，紧接着，何穆穆的手腕被抓住了，好多瓶矿泉水直接掉在地上滚了一地。

　　"你干吗？！"何穆穆想抽回自己的手，但是对方似乎用了很大的力气。

"哎哟,上次只顾着看你的同事了,仔细看看的话,你也长得挺可爱的。"金毛突然笑了起来,那个笑容要多猥琐就有多猥琐,何穆穆皱起了眉头推开金毛。

"话说回来……"金毛扬起了眉毛,笑了起来,"上一次你为了保护你的同事而被开除了,不过你知道吗?后来你那个同事成为我的床伴了,不过前些天发现她太贪财了,所以我踹了她。"

听到这里,何穆穆的眼睛睁得老大,不会吧……慧慧她怎么可能会……

"而且啊,她被我踹了之后还妄想把我找床伴的事卖给杂志社的人呢,哈哈……她居然还拍了照,不过她没想到杂志社的人也是我朋友,直接把我的照片还给了我,结果她现在以欺诈的罪名被拘留了,这个你不知道吧?"

金毛哈哈大笑起来,笑得整个人都直不起腰来了。

何穆穆双手握拳,难以置信地看着金毛,这怎么可能呢?慧慧那样单纯的女孩子,怎么可能做出这种事来?

"真是可怜呢,你虽然竭尽全力地保护了她,甚至为了她丢掉了工作,但她似乎并不是你想象中的那种好女人,只不过是一个贪财的贱人而已。"金毛继续说着刺激何穆穆的话,并且一步一步逼近还愣在原地的何穆穆。

何穆穆真的受到了很大的打击,在还没回过神来的时候,就被金毛给抓住了下巴。

"刚好,把她给踹了之后,我还没找到玩物呢,你倒是长得挺可爱的……"说到这里,金毛下意识舔了舔自己的下唇,"要不要做我的玩物?放心,钱是不会少给你的。"

"麻烦你嘴放干净点,真是恶心。"何穆穆冷冷地说道,抓住了金毛的手腕,脸上露出了灿烂的笑容,"上次,手腕差点被我捏断的事你还记着吧?如果不想命根子也被我踹断的话,现在就滚远点儿!"

金毛非但没有像上次那样大吼大叫,反而吹了声口哨:"还真是个辣到不行的女人,我喜欢!哈哈哈哈!"

真是变态！何穆穆咬着自己的下唇，她其实真的很想狠狠地揍这个家伙一顿，但是她必须成熟起来，还有很多其他方法可以解决的，一定……

"你在说什么？要对穆穆做什么？"彩无夜的声音从何穆穆身后传了过来。

何穆穆还没来得及扭头去看，金毛已经被一拳打倒在地上了。

金毛捂着自己早已红肿起来的脸颊，而且嘴角开始渗出了鲜血："你又是什么东西……我靠！这不是彩无夜么！"

彩无夜将何穆穆拉到自己身后，用自己的身子护在何穆穆身前："没错，那又怎样？"

金毛站起身来，露出了一个无比挑衅的笑容："我还想是谁呢，原来是个过气艺人啊？像你这种没了人气的家伙，大概除了暴力其他也不会了吧。"

第三十六章　浓重的杀意

"什么？"彩无夜双手握拳。

"对了，那个女人你那么喜欢拿去就是了，不过她看着也不怎么好吃，你看，只有一张脸，身材那么干巴巴的……啧，白送我我还不要呢。"金毛擦去了自己嘴角的鲜血就准备离开了，虽然他说得那么难听，但他自己最清楚彩无夜是得罪不起的。

何穆穆突然感觉到了一阵异常浓重的杀意，而且正是来自自己面前的这个人，她愣住了，只见彩无夜朝着金毛走了过去，她很想拉住彩无夜，但已经来不及了。

彩无夜抓住了金毛的胳膊，一拳打在了金毛的眼睛上，这次金毛真的被弄疼了也火了起来，两个人扭打在一起，彩无夜虽然很瘦弱，但不知为什么却占了上风，整个人骑坐在金毛身上，一拳又一拳打在金毛的脸上。

何穆穆已经忘记要去阻止了，只听到金毛的求饶声，而彩无夜的眼中都是血丝，似乎是真的想要杀了这个人一样。

在何穆穆反过来应该要去阻止的时候，附近已经来了很多人，两个人被拉开的时候，金毛的脸上早已血肉模糊，而彩无夜也挂彩了，嘴角在淌着鲜血。

何穆穆眼前一黑，觉得这下真的糟糕了，而且刚才那样的彩无夜真的很可怕，即使是何穆穆也觉得害怕起来了。

看到何穆穆在轻轻地颤抖着，彩无夜走了过去，用还沾着鲜血的手轻轻拍了拍何穆穆的肩膀:"已经没事了,抱歉,好像让你看到不好的画面了。"

这样温柔的彩无夜和刚才的那一个简直判若两人。

金毛的经纪人冲彩无夜和何穆穆大吼起来:"我不管你是什么人!不管你是名声多好的艺人!总之我一定要你身败名裂!"

彩无夜只是耸了耸肩膀:"随你。"

啪!

安若灏的手掌很大力地砸在了办公桌的桌面上,看得出,他很是愤怒,整张脸都气得红了起来,但是,下一秒他小幅度地甩了甩手:"嘶……"

何穆穆嘴角抽搐,她指着安若灏那红起来的手掌心:"刚才那一下一定很疼吧?"

"怎么可能,一点不疼!"安若灏疼得连眼泪都快出来了,但还是死鸭子嘴硬逞强,"而且现在不是说废话的时候,你们到底干什么了?是去录节目的,为什么会把人打得进医院了?而且自己脸上也带上伤了!到底是怎么了?!"

"……这个嘛,说来话长的!"何穆穆尴尬地笑了起来。

"什么话长话短的!给我长话短说了!"安若灏冲何穆穆吼了起来。

何穆穆觉得无比委屈,其实打人的并不是她,是彩无夜呀,她可是忍耐着不出手呢,结果彩无夜居然就这么出手了,不过说实话,对方也的确是为了她。

"其实,是有个金毛欺负我,然后彩无夜就出手了。"何穆穆低下头去,小声说道。

听到这个,安若灏也不知怎么的心情就不爽了,他冷笑起来:"呵!你还会被欺负?你不是一拳就能把人给打飞的吗?为什么要一个公众人物来为你出手打人?你该不是为了要被他保护,所以才忍着不出手吧?"

一边把这些话都听在耳中的陈秘书捂住了自己的额头,这真的是个笨蛋吗?也太好懂了。

何穆穆满头黑线:"不是这样啦!因为我之所以会被电视台开除,就是因为揍了那个家伙,我想这次再出手的话大概会给你们添麻烦的。"

听到这种话,自然也是不可能再发火了,安若灏舒出一口气,一屁股坐到了自己的座位上去,双手插到了胸前:"先去开个记者招待会,吴心,你去联系所有能联络到的记者朋友们,然后!给我好好道歉!知道了吗?彩无夜!"

彩无夜还是觉得很不甘心,那种语言轻佻还想要欺负何穆穆的家伙……

"听到了吗?"安若灏不耐烦地皱起了眉头来。

"我知道了。"彩无夜过了很久才缓缓回答道。

何穆穆拿出了自己的手机,放在了安若灏的办公桌上:"有点东西想给你听。"

因为之前何穆穆买水的时候,刚好收到了短消息,所以一边想着彩无夜真的很可怜的她一边随便滑动着手机屏幕,不知道是什么时候按到了录音的应用,那之后的对话,全部都录了下来。

在安若灏听到了那些对话之后,直接掰断了刚才拿在手中的那支笔,咬牙切齿地吼道:"那个混蛋说了些啥?!居然想要老子的人做他的床伴?!问过老子没?想死不成?!"

办公室里一瞬间就像是凝固了一样安静。

何穆穆的面部肌肉明显抽了几下,然后那张脸红得和西红柿一样,刚才安若灏说了吧?"老子的人",糟糕了,这四个字实在是太……让人害羞了!说实话,对方这样稍微有点强硬蛮横的感觉,她倒是不讨厌。

何穆穆身边的彩无夜目光越发暗淡。

陈秘书在一边捂着自己的嘴憋笑都快憋出内伤来了,最近的安若灏真的是越来越有趣了,以前明明不是这种话风的。

整个办公室里,只有吴心还很淡定,她平静地说道:"总裁先生,现在似乎不是您发脾气的时候，您的人永远是您的，现在的情况是，要不要把这个录音直接曝光在记者招待会上？"

安若灏"哇"的一声大吼起来，然后跑到三个人面前解释起来："不对！把我刚才说的话都给忘了！"

对面三个人，一个脸红，一个生无可恋的样子，还有一个面无表情，但最可怕的是陈秘书，她的笑容诡异到不行，安若灏想挖个洞钻进去，刚才愤怒居然打破了他的理智，真是太可怕了。

因为觉得心虚，所以安若灏的语气瞬间就温和下来了"咳……我知道了，就算的确是他的不对，彩无夜，你是个艺人，你的名声一直很好，是个超级优质的偶像，这样动手打人实在是有点野蛮了，简直和某人一样了，所以一会儿记者招待会上可得好好道歉。"

彩无夜点了点头。

何穆穆抗议起来："什么和某人一样！是我吗？！"

"至于这段录音嘛……"安若灏直接无视掉了何穆穆，用特别认真的表情看着对面的三个人，"还是不要公开了吧，对方的父亲也是有来头的，现在儿子都被打进医院了不知道会不会破相，他一定够愤怒的了，不要再火上浇油了，否则对方可能会做出伤害你们的事来。"

"可是……"何穆穆撅起了嘴，她总觉得这样很不公平，"他本来就不是什么好人啊，为什么不让大家知道这一点，很多女孩子还超级喜欢他的。"

"这个世界就是如此，本来就不是公平的，这玩意儿你可以保留着以后再公开，不过记得要先经过我的同意，而且要把你的声音给处理了才行。"安若灏说完之后摆了摆手，"快去联系记者吧，开完记者招待会记得再回来我这儿，我还没宣布怎么处罚你们呢。"

第三十七章　记者招待会

　　还要处罚吗？果然遇上那个金毛就没好事，上一次直接被开除了，这次又要开什么记者招待会，虽然记者招待会应该是不需要化妆师了，但何穆穆好歹也是当事者之一，所以她还是跟着一起去了。

　　在开记者招待会的时候，何穆穆自然是在会场外偷看着，说实话，看到那么多记者，相机的闪光灯乱闪的情景，让她觉得很不舒服，看得出面对着这些的彩无夜也很不舒服，皱起了眉头，稍稍挡住了自己的眼睛。

　　但是，虽然彩无夜心情的确很糟糕，也讨厌面对这种场面，但他还是表现得很冷静。

　　所幸的是，金毛的伤似乎也不怎么严重，不会破相，也没有骨折什么的，而金毛的父亲联系到记者的时候，离记者招待会开场也就只有那么几分钟了，所以这次算安若灏这边先发制人了。

　　"关于今天的事，我感到很抱歉。"彩无夜站起身来对着记者们鞠了一躬。

　　引来的是一阵阵的快门声，其中也有一些记者开始提问了。

　　"彩无夜先生，现在对方表示虽然伤没有大碍，但表示一定会让你接受法律的制裁再也当不了艺人。"

　　彩无夜先是稍稍愣了一下，然后低下头去轻笑起来："接受法律制裁是一定的，我大概需要赔偿医药费吧，不过嘛……做不做艺人这种事，是由我自己来决定的。"

何穆穆睁大了眼睛看着台上异常冷静的彩无夜。

"说起来,有这样一个有权有势的父亲就是好呢,和我这样的孤儿完全不同,只需要一句话,对方的饭碗就会被搞丢,我有一个朋友就是这样丢了饭碗的,虽然她只是做了自己该做的事,但是,因为对方父亲的一句话就直接被赶出了公司。"

彩无夜说到这里,低下头去整了整自己的头发:"我的话,其实也只是做了自己该做的事,我会在这里道歉,并不是因为我打了他,而是给大家添麻烦了。"

这下大家都搞不懂了,何穆穆歪着头靠在门上,什么情况?

"有很多事,是不能这么直接说出来的,会牵连到很多人,也会伤害到很多人,但我并没有觉得当时自己的决定是错的。"彩无夜朝着台下深深地举了一躬,是的,如果能再来一次的话,他还是会把那个金毛给打趴下的。

在彩无夜低头的时候,一个身影渐渐逼近他身边,然后伸手按住了他的头不让他抬起头来。

那个人正是安若灏,他一脸严肃地压着彩无夜的后脑勺,使他保持着鞠躬的姿势。

在安若灏出现的时候,按快门的声音明显又多了起来。

"Y.M的总裁都来了!真是件大事!"

"真的!这个人平时不是特别低调的吗,会参加这种记者招待会真是不多见。"

"赶紧多拍几张!"

何穆穆愣在原处,为什么安若灏会出现在这里?刚才他明明没有一起出来啊,只是说要在办公室里整理东西的啊。

"很抱歉,今天让大家来,我想说的是,做错了事就是做错了事,不管理由是什么,用这样暴力的手段去伤害他人都是错的,我们一定会好好惩罚彩无夜的,接下来的一周彩无夜将面临自肃的处罚,这一周将不会再有任何工作了。"

安若灏说完之后自己也朝着台下鞠了一躬:"这一次给各位添了

麻烦,给被打的金晓晨带去了伤害,真的很抱歉,若以后再犯,我会考虑更重的处罚的,请各位不用担心。"

彩无夜被这么压着浑身都在颤抖着,似乎是想到了小时候被同学欺负的经历,他的双手死死握成了拳。但是,他还保持着理智,至少知道安若灏这么做是为了他好。

台下的记者好像都有些愣住了,因为两个人所说的话完全不同,正在会场外看着的何穆穆下意识转过身去,自己就站在这里,如果安若灏从外面进来的话一定会经过这里的吧?为什么刚才没看到他?!

"而且,彩无夜已经出道那么多年了,他一向是一个零绯闻零丑闻的优质偶像,总是尽自己的努力做到最好,不是那种会故意伤害别人的类型,这个大家应该都知道吧?"安若灏冲着记者们说道。

台下的人都纷纷点头,就是因为彩无夜从来也没有任何绯闻或是丑闻,所以自然也没有炒作的意义,他的人气会渐渐下滑和他的低调也不是没有关系的。

"那个,请问到底是发生了什么事呢?是不是金晓晨先生对你们做了什么?"有一个记者这么问道。

直到这个时候,安若灏才松开了手,彩无夜终于能够直起身子来了,安若灏看上去似乎是有些为难的样子,但事实上心里是在暗爽,因为终于有人提到重点了。

"这个嘛……事实上,是因为之前我们有位员工在那之前是在N。S电视台工作的。"安若灏缓缓说道,然后看了看台下那些记者兴趣满满的表情,摇了摇头,"算了,那些事还是不说了吧,刚才彩无夜已经说过了,会给伤者造成更大的伤害。"

安若灏耸了耸肩膀低下头去轻笑起来。

这个时候台下完全沸腾了,记者们都很不满的样子。

"安先生,麻烦您能不要说话说一半吊人胃口吗?"

"就是啊,到底什么情况倒是说说看啊!"

安若灏看着台下的那些记者,用一只手抵住了自己的眉心:"好吧,其实我是真的不想说的,但是大家这样我也不能不说了,我这里有段录音，只要听了这个相信大家就都知道了。"

说到这里，安若灏从上衣口袋中掏出了手机，何穆穆在场外已经完全看傻了，因为虽然距离很远，但她看得很清楚，那个手机是她的！手机壳上有着满满的美乐蒂！

何穆穆掏出了自己包来，翻来翻去也没找到自己的手机！果然在安若灏那里，但是手机到底是什么时候到他那儿去的？

安若灏看了看会场外低着脑袋的何穆穆，然后轻笑了一下就开始播那段录音，会场内瞬间寂静到只有录音的声响了，但是让何穆穆没想到的是音频已经被处理过了，她的声音都被变声了，而金毛的声音倒是他本尊的。

那些拿着长麦的记者连监听耳机都要掉下来了，一个个都睁大了眼睛难以置信地看着安若灏。

"所以就是这么回事。"安若灏将手机放回了自己的口袋里，"金晓晨先生先是调戏了某个女生，被我公司的员工阻止之后，为了报复动用关系将我公司的那位员工从电视台开除了，然后这一次见到了我的员工之后又一次用语言调戏，所以彩无夜才会动手的。"

"原来是这样……"记者们都发出了感叹。

然后安若灏捂住了自己的眼睛，声音有些颤抖了："要说我们彩无夜，就是如此疼爱下属的人啊，之前还为了保护他的经纪人差点被两个恶霸给打伤了呢，还为了闪了腰的清洁工阿姨而自己洗厕所，真的是个大好人，所以，见到自己的下属被人那样调戏，他怎么可能袖手旁观呢？"

第三十八章　自肃处罚

当然，这是骗人的，彩无夜面无表情地看着安若灏。

何穆穆在场外嘴角抽搐，即使是她也知道这肯定是假的了。

"总之，就是这样吧，希望大家能够理解彩无夜，当然，并不是在给他找借口，处罚是一定会执行的，若还有下次，考虑与他解约。"安若灏说完之后给出了一个商业的笑容，就离开了，消失在记者群中。

而留在台上的彩无夜整个人都惊呆了，睁大了双眼。

在记者招待会结束之后，安若灏早已经不见了，因为之前他说过结束之后还要回到他那里去，所以一行人又回到了公司。

"请把我的手机还给我！"何穆穆看到安若灏之后就说出了这句话。

安若灏瞥了她一眼："还真是没良心啊，为了给你的声音做处理你知道我在办公室待了多久吗？真是的。"

说到这里何穆穆反而觉得生气起来了："之前不是你说不要公开的吗？为什么……"

"由我来公开的话，对方会与我的公司为敌，这个我不怕，公司足够强大就不会出问题，但如果是你们公开的话，他会与你们个人为敌，你们势单力薄，就不怕被暗杀吗？"安若灏耸了耸肩膀将手机还给了何穆穆。

何穆穆接过手机，其实她是知道的，从安若灏出现在会场的时候，她就猜到了，安若灏是为了要转移大家的视线才会自己出现在那里，这样彩无夜就不是那么受关注了。

但就是这样保护他们的安若灏才让何穆穆觉得有些不开心,为什么完全没有商量一下呢?

"好了,也没什么事了,刚才在记者招待会上的那些话都是真的,彩无夜和吴心两个人,你们回家自肃一礼拜吧。"安若灏说完之后就摆了摆手。

"啊?为什么要自肃呢?彩无夜先生每天都会来公司的啊,你现在要他在家吗?每天到公司里来总可以吧?他只是为了保护我,并没有做错什么啊。"何穆穆凑到了办公桌前。

看到何穆穆如此维护彩无夜,安若灏的脸又黑了"自肃的意思你懂吗?在家里好好反省自己的错,虽然我在那里给他找了这样那样的理由,但我也说过了,暴力事件本来就是他的不对!"

彩无夜在一边轻轻推了推何穆穆:"别说了,的确是我的错,自肃什么的无所谓。"

何穆穆咬了咬自己的下唇,然后继续反驳道:"可是吴心并没有打人,她不需要自肃吧?"

"她作为经济人,不好好看着自己的艺人,让自己的艺人这样打人,平时也不好好交流,你觉得这样没有错吗?"安若灏捂住了自己的额头。

"不要说了何穆穆,你的心意我领了,其实我也觉得是我不好,那个时候没有在你们身边。"吴心轻轻拍了拍何穆穆的背脊。

"那个时候她是在和节目组洽谈啊,所以……"

"经纪人不管什么时候都该待在艺人身边,不管是怎样的理由,为了洽谈工作直接把艺人丢在休息室里?那个时候台本看完了吗?节目流程介绍好了吗?"安若灏直接打断了何穆穆的话。

何穆穆还是觉得不甘心,至于是哪里不甘心她也不知道,在记者招待会上的时候,她有感觉到,安若灏从头到尾都在帮着彩无夜,而且非常聪明机智,一切都好像是他安排好的一般。

"你现在会帮他们说话,真的是因为你觉得他们没有错吗?"安若灏双手交叉着撑住了自己的下巴,抬头用冰冷的目光看着何穆穆,"恐怕不是吧?只是因为被打的那个人是金晓晨而已,因为你们本来就有过节。"

何穆穆睁大了眼睛,她摇了摇头:"并不是这样的……"

"因为闹过矛盾,而且他又害你丢了工作,但最主要的恐怕不是这个……是他毁掉了你心目中那个女孩子的美好形象吧?"安若灏轻轻一笑,"所以,你自己心中也早已经希望能有个人替你收拾他,结果这个时候彩无夜就出现了。"

"不是这样的!"何穆穆大声反驳起来,双手颤抖着抓住了自己的衣角,"没错,你前半句都没说错!因为他把我心中的慧慧给毁掉了!虽然慧慧是怎样的人都不妨碍她是我最好的朋友,但我并没有希望有人替我去收拾他。"

"不是吗?既希望他能够被谁狠狠揍一顿,又不希望自己再次被卷进任何奇怪的事件中去,没关系,就算你坦率地承认了也没关系的,因为这就是成年人的世界。"

安若灏的笑容越来越灿烂,脸上还带着一丝妖娆,这样的笑容就像是毒药一样渗透进何穆穆的心中。

自己是这样自私的人吗?何穆穆低下头去,不过大概也有道理啊,自己已经经历过太多奇怪的事件了,讨厌被别人用一样的态度对待……所以,那个时候自己是期待能把金毛给揍一顿的同时又不脏了自己的手吗?

"安先生,并不是这样的,我能够理解穆穆的心情,一定是为了不给你添麻烦,所以才忍耐着的。"一直没怎么说话的彩无夜终于开口了,"穆穆已经得罪过他一次了,上一次也只是被开除而已并没有被卷进什么事件中去,这一次,会忍着不动手,是怕给Y.M带来麻烦吧。"

安若灏只是不置可否地耸了耸肩而已,其实他自己最清楚何穆穆是怎样的人,会么说只不过是因为何穆穆那么帮着彩无夜而他有些嫉妒而已。

"那么,既然你那么心疼被自肃的彩无夜和吴心,讲义气的你也和他们一起自肃吧,反正你是彩无夜的化妆师,他自肃你也没什么工作了不是吗?"安若灏扬起嘴角,"就到我的办公室里来打杂好啦。"

何穆穆嘴角抽搐,这算哪门子的自肃啊?而且她平时就基本都在这里打杂了啊!

"慢着!内容不一样啊,难道我的自肃不是在家歇……不对,是在家反省一星期吗?"

安若灏挑起眉毛:"你刚才说了吧?'歇'这个字,所以让你在家反省就等于是给你放大假呢,你当我傻子?"

何穆穆不甘心地扭过头去,为什么刚才自己会露出来那个字?

"就这样决定了,你们可以回家去了,除了何穆穆,留下来给我打扫办公室。"安若灏说着就整理了下桌上的那些文件。

好家伙,连清洁工的工作都丢给自己了,何穆穆咬牙切齿地想道。

在临走前,吴心将自己的手机交给了何穆穆,何穆穆一时还没搞懂是什么意思,对方只是对着她轻轻地笑了一下,说实话,吴心的笑容何穆穆真的是第一次见到,所以她睁大了眼睛看着吴心。

第三十九章　给何穆穆的处罚

"因为一个星期不能见面,所以把你的手机号码给我吧,作为朋友,一周不能见面的话很寂寞的。"

最初何穆穆还没反应过来,但是很快就睁大了眼睛笑了起来,对方的意思是要和自己做朋友啊!她赶紧把自己的手机号码输了进去。

不管怎么说,能交上朋友也应该算是件好事吧?不过何穆穆还是有点担心彩无夜,因为彩无夜平时每天都会到公司里来的,即使只是在发呆也一定要来,她总觉得彩无夜并不是有多喜欢 Y.M 公司,只是单纯地不想一个人在家而已。

不过现在的何穆穆也帮不上别人了,因为她自己已经成为了打杂人员。

在彩无夜和吴心离开之后,安若灏把何穆穆从办公室里拖了出去,何穆穆看着陈秘书那无比诡异的笑容,觉得心里一颤。

两个人走出去完全离开了陈秘书的视线范围之后,安若灏直接啪的一声把手撑在了何穆穆身后的墙壁上,就这样将何穆穆封锁在了墙壁和他的身体之间。

这样由上而下的视线给了何穆穆好大的压迫感,就连平时那个天不怕地不怕的她都开始轻微颤抖起来了,而且安若灏的目光冷冰冰的,有点吓人。

安若灏被何穆穆那种无辜的可怜兮兮的目光弄得愣住了,而且还在颤抖,简直就像是受到了惊吓的小动物一样,他本来是想用霸气总裁的口气说一句"你知不知道自己是谁的东西？"结果生生改口成了"你知不知道自己是谁的员工？拿的是谁给你的工资？"

何穆穆又不傻，她当然知道，于是小声说道："你的。"

"很好。"虽然问题是差了十万八千里，但好歹答案都是一样的，安若灏觉得很满意，"那你就应该站在我这边，万一我以后和彩无夜发生了意见上的分歧或是成了仇人，难道你要帮着他不成？"

"我觉得，我一个都不帮可以吗？"何穆穆尴尬地笑了起来，"反正，你们会发生分歧的事肯定和我无关啦，仇人就更不可能了吧？"

"笨蛋！我就是举个例子而已！"安若灏的脸凑到何穆穆面前，"我让他自肃，你干吗要替他求情？"

何穆穆总觉得安若灏不太对劲，她挠了挠自己的头发："求情……也不算是求情啦，只不过是因为他是为了我才会动手的，所以多少有点过意不去，不过对不起哦，我刚才的口气的确不太好。"

"嗯？"这句话安若灏倒是没想到，"什么意思？"

"我刚才的口气好像太不给你面子了，所以你才会这么生气吧？才会那样说我，其实我只是因为觉得和你在一起很安心，好像对你说怎样的话你都不会生我的气，也不会不理我，所以刚才的说话口气有些没大没小了。"

何穆穆也觉得自己的口气有些强势了，在彩无夜和无心面前，安若灏肯定是觉得很丢面子吧？所以根本不可能撤回自肃的处罚，而且还会那样说何穆穆，其实安若灏大概只是生气了。

"对不起，我没考虑到你的心情，只是想着，他们是为了我才被处罚的，所以希望你能再考虑一下。"何穆穆说着说着低下头去。

安若灏愣了一下，慢着，这什么情况？好像还是第一次看到那么软萌的何穆穆，平时不是这画风啊。

"咳咳……我不是因为那个生气的，而且我也没生气，只是有点不爽而已。"安若灏这么想着也缩回了自己的手，只不过是吃醋而已，他当然是没好意思说出口来，"不过，你喜欢彩无夜吗？"

"嗯！喜欢啊。"何穆穆根本没往别处想，特别诚实地就直接说了出来,"如果不是他的话我也不会在这里工作了,而且他对我也很温柔。"

虽然对别人的态度有些冷淡,但是在面对何穆穆的时候,彩无夜总是很温柔很亲切。

安若灏嘴角抽搐,他现在才知道,眼前的这家伙压根没懂自己是在吃醋,这么坦率地说出了彩无夜的优点反而让他更生气了,简直就要恼羞成怒了:"我说你现在就给我去扫厕所!"

"啊?!"何穆穆震惊了,她缩了缩肩膀,"扫厕所?!刚才不是说打扫办公室的吗?怎么变成扫厕所了?我不要啊……"

"管你要不要!给我快去!"安若灏说着就抓着何穆穆的胳膊往厕所走去。

"男厕所总不需要打扫吧?我是女人啊。"虽然这里的洗手间真的很干净了,但是厕所两个字就是给人又丑又脏的感觉,何穆穆真的不想去。

安若灏面无表情地说道:"放心吧,这一层的男厕所只有我在用,所以没关系的。"

何穆穆抱着头大声喊道:"我不要啊……扫厕所这种事,我从小就没干过!我要告你虐待员工!"

安若灏摊了摊手:"随你啊,总之在告我之前先去把厕所给洗了吧。"

"不……"

那天回到家之后,何穆穆觉得自己无比憔悴,真是没想到啊,自己居然扫了厕所,而且最讨厌的是在那之后安若灏还一脸装X的样子走了进来东看西看,用手指摸了摸墙壁说还有灰尘,让何穆穆继续打扫。

何穆穆想直接睡觉,但想到自己在男厕所待过又没洗澡,就觉得有点反胃,只能先去洗个澡了。

那之后的一星期里,安若灏每天都让何穆穆干这干那的,什么打印 100 份文件,什么去买 50 桶桶装水,何穆穆就搬着桶装水在公司里奔跑。

"报告……安先生,桶装水已经全都分发到每个部门了。"何穆穆上气不接下气无力地在安若灏办公桌前说道。

安若灏看了看何穆穆,然后用笔指了指何穆穆的脑袋:"嗯,话说回来,策划部今天中午有一个会议,他们定了齐华轩的高级便当,那个也由你去给拿回来吧。"

"啊?!齐华轩不就在那个矿泉水店的隔壁吗!你刚才怎么不说啊?!"何穆穆真的是快晕了。

"啊?就算我说了,你有力气把那些水和便当一起带回来吗?没力气吧?"安若灏揉了揉自己的太阳穴缓缓说道,"所以说,分开两次拿对你来说比较好。"

何穆穆气得直磨牙,太过分了,这个人简直就是!她气呼呼地离开了办公室,简直就不是打杂而是苦力了!刚才那50桶水也是她自己踩着三轮车才搬到公司里来的,安若灏还说怕别人手脚不干净,一定要她亲自搬回来。

辞职!不干了!有这力气何穆穆宁可去工地搬砖了!安若灏真的太过分了!越想越气。

不过……彩无夜可是为了自己动手打人了啊,如果自己辞职的话,他会不会觉得很难过呢?何穆穆低下头去。

第四十章　有所改观

另一边，在办公室里的安若灏正在偷笑，谁让何穆穆那么笨什么都不知道，所以只能这么惩罚一下她了。

"我说安总，您这样是不是有点过分了？"过来交表格的陈秘书轻叹了口气，"虽然我知道您是在吃醋，不过何小姐可不知道啊，她真的会生气的哦。"

"喊，我还生气呢……不对！谁在吃醋了？"安若灏一下就炸毛了站起身来红着脸吼道，"我不是因为吃醋才这么做的！说到底，彩无夜会打人都是因为她，这点不能否认吧？作为罪魁祸首的她受到最重的处罚难道不对吗？"

"但是啊……"陈秘书毕竟也是比安若灏年长，她苦口婆心地解释起来，"虽然何小姐似乎很强悍的样子，但再怎么说也是个女孩子，女孩子心思都比较纤细，您这样对她恐怕真的会被讨厌的。"

"真的？"安若灏这才有点不安起来了。

"嗯，绝对没错。"陈秘书用力地点了点头。

"啧……那还是让她打印文件好了。"安若灏用一只手撑住了下巴，看上去有些别扭的样子。

陈秘书看到这里忍不住笑了起来："嗯，这样应该比较好，工作量轻，又能一直看到她，是最适合您的了。"

安若灏脸又红了："我又没说我想一直看到她！"

那之后，何穆穆提着十多份便当来到了会议室，一份一份分发到了桌上。真累，这大概是她进 Y.M 公司之后最累的一天了，她回到了办公室之后就看到了站在门口的安若灏。

"安先生你站这里干吗？想吓死人啊？"

"咳！累坏了吧？抱歉，我之前没考虑到你的性别……"安若灏突然就这么柔声说着。

何穆穆嘴角抽搐，这个人到底是什么情况？怎么说变脸就变脸的？

"所以说，你从现在开始只要负责打印扫描就可以了，不用跑腿了，还有，你泡的咖啡很难喝，所以那个也让陈秘书来好了。"

"你这到底是什么意思？有那么难喝吗？"何穆穆真的很不爽，本来就很生气了。

那种疲劳感加上愤怒，何穆穆觉得自己就要爆发了，但是对方是安若灏，她不能爆发，如果把安若灏揍一顿的话自己可真的完了，而且她也不忍心揍安若灏，毕竟她还是很喜欢安若灏的，想到之前安若灏会那么温柔地煮东西给她吃，还一直陪伴着她。

但是，这也是第一次让何穆穆觉得，自己和安若灏之间的距离真的很远，安若灏的一句话就能决定别人该做些什么，能做些什么，而长久以来她一直都把自己和安若灏当作是平等的两个人，其实根本就不一样啊。

那之后的几天，何穆穆就一直待在安若灏身边，两个人还是和之前一样，一起吃午饭，不过安若灏觉得何穆穆有些不对劲了，大概是情绪问题。

"喂，你是不是在生我的气？"安若灏喝了口茶缓缓说道。

"啊？并不是……"何穆穆低下头去，这身份差了那么多的两个人在一起吃饭真的没问题吗？

"那你怎么了？情绪很低落。"安若灏皱起了眉头，"我不是说过不喜欢看到这样的你吗？"

何穆穆咬着自己的下唇，她很想把自己的想法说出来，但最终还是放弃了。

"不……我觉得安先生是一个好人，而且是一个温柔的人，所以我也很喜欢安先生，但是我觉得自己大概是搞错了什么。"何穆穆的表情就像是快哭出来一样，"你肯和我做朋友真的是太感谢你了，是我自己太没大没小了。"

"慢着，这都什么和什么啊？我可从没把你当朋友啊，什么没大没小？你到底在说什么？"安若灏实在是搞不懂何穆穆的脑回路了。

何穆穆在听到这句话之后下意识缩了缩肩膀，果然吗？对方没有把自己当作朋友呢，那么为什么要对自己那么好呢？

"没什么，我就是觉得有点不甘心，抱歉，说了那么多奇怪的话。"何穆穆硬是挤出一个笑容来。

安若灏只觉得一阵不爽，何穆穆这是怎么了？当然是不可能把她当作朋友看待的，谁能把自己所爱的女人当作是朋友看待？

慢着，爱吗？为什么自己会想到这个字了？安若灏低下头去，有些脱力，他明明已经决定这辈子再也不会对某个特定的人产生任何特殊的情感了。

在何穆穆去餐厅还那些餐具的时候，造型部的艾姐喊住了她。

"那个，何穆穆，你今晚有空没？"艾姐似乎很为难才说出了这句话。

因为今天是周五，已经是打杂自肃的最后一天了，何穆穆点点头："有空。"

"咳，"艾姐的嗓音显然变小了，凑到何穆穆耳边说道，"我知道你是安先生的人，不过呢，只是找你帮个忙而已，今天联谊还差了一个人，我年纪大了去也不合适，你能跟她们一起去吗？"

听到第一句话的时候，何穆穆觉得有些刺耳，然后才反应过来是邀请她去联谊的，然后她回头看了看，几个造型部的女员工都用乞求的目光看着她。

"是没问题啦，不过我去真的没问题吗……"说到这里何穆穆也压低了嗓音，"她们不是很讨厌我的吗？"

"啊？"艾姐有些不好意思地挠了挠脸颊说道，"不是啦，之前她们看到你扛着桶装水和一箱便当跑来跑去的时候，已经对你改观了。"

何穆穆稍稍有些懵了。

"她们说像这样吃得起苦的女孩子应该不会做出那种勾引男人的事来,应该是误会你了。"

何穆穆看着那些女同事,不知道为什么觉得有些感动。

在去约定的餐厅一路上何穆穆都在和那些女同事聊着天,这次参加联谊一共有五个人,何穆穆已经很久没有这样和同龄人一起聊过了。

"啊?你也喜欢吗?那个人唱歌真的很好听啊,特别深情特别认真。"

"嗯嗯!超爱的!他写的歌词也很感人!"

何穆穆很喜欢和大家打成一片的感觉,之前被大家用那种态度对待的时候,真的是很痛苦呢。

在到达餐厅之后,大家坐成了一排,一般来说都是男性先到的,结果这次对方一个都还没到,大家只好等着了。

何穆穆坐在了最靠外边的座位,她是一个挺缺乏安全感的人,所以一直都是这样的。

在等待的过程中,大家又聊开了,何穆穆自然也聊得很开心,不过期间她去了一次洗手间,就在经过某个座位的时候,她愣住了,因为坐在那里的居然就是安若灏。

安若灏显然是没发现何穆穆,正在看着自己的表,而正在那里等着联谊的那几个同事也没发现安若灏,何穆穆自然是不想被安若灏发现,于是她赶紧跑开了,但还是一直在关注着对方。

安若灏似乎是在等人一样,时不时地看着手腕上的表,然后有些不耐烦地用食指敲击着桌子。

是约会吗?何穆穆突然觉得异常好奇。

第四十一章　联谊

在何穆穆走出洗手间的时候，安若灏的对面已经坐着一个漂亮的女人了，那个女人有着一头微微卷曲的长发，长得非常漂亮，浑身上下都散发着妩媚的女人味。

虽然何穆穆觉得心里很不是滋味，但是这样的女人和安若灏真的很般配，两个人面对面坐在一起就像是一幅画一样。

何穆穆尽量避开那两个人的视线回到了自己的座位上，因为靠得很近，所以对方所说的话她都能听到，自然她说的话对方也能听得很清楚。

这个时候对面的五个男性也到了，都特别不好意思地在那道歉，说是半路上车坏了，所以耽误了些时间。

在大家做自我介绍的时候，何穆穆的声音小得要命，她就怕被坐在她身后没多远的安若灏听到了自己的声音。

"穆穆，你干吗那么小声啊？"一边的女同事不解地看着何穆穆。

"嘘！"何穆穆用食指放在自己的嘴边，"别那么大声啦，我只是来撑场子的，万一被人发现就糟了。"

那个女同事秒懂了，她以为是安若灏一直紧盯着何穆穆，然后派人来跟踪她，所以现在这餐厅中也有安若灏的人，所以何穆穆才紧张兮兮，估计是看到那个跟踪她的人了。

"我知道了，我们不喊你的名字就是了！"女同事表示理解地拍了拍何穆穆的肩膀，"不过啊，和那种人交往也挺累的吧？"

"啊？交往？"何穆穆起先没搞懂对方的意思，然后干笑起来，"呵呵，是啊……"

在大家的认知中，何穆穆就是安若灏的女朋友，毕竟是安若灏当着那么多人自己宣布的嘛，何穆穆嘴角抽搐着，不过这样也好，至少这次勉强过关了，希望自己身后的安若灏不要发现自己才好。

"我的兴趣是足球！每个周末都会去踢球的，希望能找个女朋友陪我一起去！"

坐在何穆穆对面的男人开始自我介绍起来了，那是一个看上去就很阳光的男人，估计也是刚毕业没多久吧，眼中还带着一丝稚气。

"足球啊？真不错，我也挺喜欢的，前些日子每天都熬夜看世界杯呢！"

"真的吗？！你最喜欢那支球队？"

"阿根廷！"

虽然这里讨论足球讨论得很热烈，但是何穆穆的心思完全不在他们身上。

从身后，传来了一个娇滴滴的女性声音："我突然约你，你一定觉得很吃惊吧，若灏。"

何穆穆听到了这句话心都提起来了，而安若灏没有回答，何穆穆下意识回过头去，安若灏是背对着她的，所以看不到安若灏的表情，但是安若灏低着头，心情可能也好不到哪儿去。

"当初拿了你的钱就从你视线中消失了，一定伤到你了吧？呵呵。"女人说完这句话之后笑了笑，拿起桌上的葡萄酒就优雅地喝了起来。

"你当初为什么要那么做？我有哪里做得不够好吗？"安若灏的声音听上去似乎有些颤抖，何穆穆看着他的背影都觉得难受了。

现在这到底是什么情况？那个女的是谁？是安若灏的前女友吗？何穆穆真的很想知道一切的真相。

"为什么？哈哈……"女人放下了酒杯捂住嘴不停地笑着，"你该不会真的以为我是喜欢你才和你在一起的吧？"

安若灏愣住了，完全动弹不了了，只能傻傻地看着对方，而女人笑得更得意了。

果然是前女友？何穆穆皱起了眉头，虽然面对着联谊的那些人，但是注意力完全摆在了身后那两个人身上。

"你还记得吧？你念大学的时候，超级冷高的，对谁都没兴趣。"女人说到这里的时候，又喝了一口葡萄酒，"我一闺蜜打赌说'就算是你肯定也追不到安若灏的'，结果我就燃起了斗志嘛，没想到才三天就把你给追到手了。"

何穆穆愣住了，这都什么和什么啊？那个女人到底什么情况啊？

而安若灏更是睁大了双眼，难以置信地看着自己对面的那个女人，那可是他的初恋情人，是他曾经付出了自己所有的情感去爱着的女人啊。

"本来想直接就甩了你的，但你也对我太好了，不管我要什么你都给我，所以我就不舍得了嘛。"女人笑了起来，"抱歉哦，骗够了钱就去国外混了，伤害了你幼小的心灵，据说我离开之后你再也没恋爱过？这可都快过了五年了耶，哈哈……你好纯情哦。"

好过分！何穆穆双手握拳，女人几句话就让她差不多了解了事情的真相，也就是说在安若灏念大学的时候，这个女人欺骗了安若灏，然后把安若灏给甩了去国外了？受到伤害的安若灏之后就一直没有再恋爱了。

"不过你也真够厉害的了，我一约你，你就出来了，不怕再被我骗吗？你该不会从头到尾都不知道我是在骗你吧？该不会到现在还喜欢我吧？"女人的声音越来越亢奋了，"我真是没想到你这种大少爷居然这么单纯。"

"不……我会来，只是为了和你彻底分手的。"安若灏低下头小声说道。

"哈哈哈哈！你真的太可爱了！因为我当时什么都没说就离开了，你该不会是以为我有什么苦衷才离开你的吧？"女人的笑声很是尖锐。

安若灏不说话，因为对方猜的基本都是正确的，他的确以为对方是真的爱着他的，而且关于对方的消失，他给对方想过了各种各样的理由，这么多年来，他一直觉得对方并不是这样的人，所以在找到对方之前，他绝对不会爱上别人的。

虽然这些年来安若灏自己也很清楚，初恋情人是不会再回到自己身边了。

"你什么东西啊？在这里乱七八糟说些什么呢？！"

何穆穆的声音将安若灏的思绪拉了回来，回头一看，何穆穆正一脸怒气地站在他身边："你怎么在这……"

"什么玩意儿啊！这样欺骗了别人，玩弄了别人的感情！你还真有脸在这里大放厥词！有种来战！"何穆穆摆出了要打架的POSE来。

刚才这个女人的话让何穆穆想到了程骏峰，虽然那可能性质完全不同，但是只要想到安若灏和自己一样曾经被某个人欺骗过、背叛过，她就觉得很难受，而且这个女人的态度实在是让何穆穆忍无可忍了。

来参加联谊的那几个人都愣住了，只能直勾勾地看着何穆穆，连话都说不出来了。

为什么安若灏也在这里？！她们也是刚刚才注意到的。

那个女人盯着何穆穆看了一会儿之后"扑哧"一声笑了出来，然后凑到了安若灏面前："她该不会是你的新女朋友吧？看上去好愚蠢哦，你不像是会喜欢这种类型的人啊。"

第四十二章　安若灏的初恋

　　这个女人真是太过分了，何穆穆这么想着冲女人吼起来："像你这种玩弄别人感情！又骗走别人钱财的家伙有什么资格对其他人指手画脚的！"

　　越想越生气，越想越愤怒，何穆穆巴不得一拳揍过去，但她还是克制着自己，毕竟她学武功并不是为了随时随地都能打自己讨厌的人的。

　　"切，你又是谁啊？想靠这种方法上位吗？"女人无奈地耸了耸肩，然后从口袋里掏出一支烟来，不过这里是禁止吸烟的，所以她又放了下来，"你这种小丫头懂什么啊？只会想着有白马王子出现吧？看清现实吧，而且我和若灏的事和你没啥关系吧。"

　　何穆穆咬牙切齿地看着这个女人："不管和我有没有关系！你这样伤害了别人还一脸小人得志表情的家伙已经有够恶心的了！这样伤害刺激安先生你就那么开心吗？！"

　　女人看着何穆穆，脸上的笑容终于都消失了："你也帮帮忙搞清楚哦，有我这样的女朋友给他带来多少面子？大学的时候，有多少人想追我还追不到呢，你知不知道大家有多羡慕若灏？过着让人羡慕的生活，付点钱有什么了不起的。"

　　安若灏在听到这个话的时候，下意识颤抖了一下，原来在对方的眼中，这一切只不过是一场交易，在交易的金额达到了她心中的水平之后，就结束了这场交易离开了？

"你的意思是，安先生花钱买爱情吗？"何穆穆皱着眉头说道，"像你这种人真是可怜。"

"我可怜？"女人突然大笑起来，"可怜的是若灏吧？你以为他会那么受欢迎是大家都喜欢他的关系吗？还不是都和我一样只是喜欢钱而已，如果能做他的女朋友就能有花不完的钱了，你会这么帮着他说话也是因为他很有钱吧？"

"才不是这样！"何穆穆气得直磨牙，"安先生是一个好人！只不过你们都不知道而已！他非常温柔！我最喜欢这样的安先生了！"

一瞬间，整个餐厅就这样安静下来了，所有人都齐刷刷地看着何穆穆，何穆穆也清醒过来，刚才理智稍微有点被感性给冲走了，这会儿她的整张脸都红到不行，一方面因为尴尬，一方面因为害羞。

安若灏捂着自己的额头，虽然何穆穆的表白让他觉得有点开心，但现在变得好丢人啊，于是他抓住了何穆穆的胳膊直接往外走。

走出餐厅之后，安若灏面无表情地看着何穆穆："原来如此，你对我的用情我已经感受到了，不过不知道你的小伙伴们会怎么想。"

何穆穆的脸更红了，她赶紧解释起来："你不要误会……我只不过是觉得那个人有点气人而已，而且我所谓的喜欢，就像是和喜欢老爸老妈一样！"

"喔？是吗？"安若灏整个人靠在墙面上，然后点燃了一支烟。

烟草味瞬间弥漫开，何穆穆就这样静静地站在安若灏身边，因为她不知道自己还能做些什么，曾经在自己最难过的时候，就是安若灏陪伴在自己身边的。

"陪我去喝一杯好吗？"安若灏扭过头来缓缓说道。

"嗯！好的！"

两个人来到了酒吧，这个酒吧何穆穆还记得，就是当初她失恋了之后来借酒消愁的地方，安若灏也记得，勾起了他不怎么好的回忆了，虽然他的确是在这里和何穆穆第一次相遇的。

当初的那个酒保在看到了这两个人之后脸色都变了，一个在这儿打了架，另一个吐得满地都是，如果可以的话，希望他们能现在就出去。

不过何穆穆显然没发现酒保微妙的心情，因为喝醉之后的事她早已不记得了。

两个人坐在了靠角落的位置，那里是几张双人沙发，安若灏挑最贵的酒，一杯接着一杯往肚子里灌，何穆穆嘴角抽搐，心想不愧是有钱人，她那会儿都只敢挑便宜的灌。

酒保看到这里就觉得有种不祥的预感，上次是那个女的吐得满地都是，这次该不会要换男的了吧？

"其实……"安若灏放下了酒杯，缓缓说道，"她是我的初恋。"

何穆穆正在吃着配酒的薯片和POCKY，听到安若灏的声音立刻叼着食物回过头去。

"虽然那个时候的确有很多人想和我产生特殊的关系，恋人或是朋友，但我都知道的，他们是因为钱才这么做的。"

安若灏低下头去，露出了一个自我嘲讽般的笑容："钱真的很好用，什么都能买到呢，包括朋友，但我不喜欢这样的情感，佳鸾她……嗯，刚才的那个女人叫作诺佳鸾，她是第一个在我生病时给我去买药的人。"

何穆穆的表情也变得有些伤感了，安若灏继续说道："那个时候大家都觉得我很难相处，所以也没有谁来接近我，佳鸾看我脸色很不好，就给我去买药了，还一直照顾着我，所以我才会觉得，她大概是真的喜欢我。"

听着安若灏的这些话，看着安若灏此刻自嘲般的表情，何穆穆的心情很是复杂，安若灏拿起了酒杯往嘴里灌了一口："因为，没有人是真心喜欢我的，所以不管对方是谁，只要喜欢我，我也会去试着喜欢对方。"

这样的安若灏让何穆穆觉得有些心疼，她大概也能理解这种感觉，在一个人极度缺乏爱的时候，大概就会有这种想法了，虽然很傻，但能够接受。

尤其是安若灏这样的有钱人，因为身份特殊，大概也很难交到真心为他着想的朋友吧？再加上他的性格可能有些冷淡，所以大家就更不可能接近他了，在这种时候，如果出现了一个对他特别好的人，他大概真的会就这样陷进去的。

"因为难得有了真心喜欢我的人……所以我很怕失去她,不管她想要什么我都会给她的,以为用物质就能将她一直留在自己身边了,呵呵,是不是很奇怪?"安若灏说完之后抬起头来看着何穆穆,一脸悲伤。

"并不奇怪。"何穆穆低下头去缓缓说道,"我能够理解这种感受,因为喜欢一个人,不就是可以为对方付出一切吗?安先生不知道自己能够付出什么,所以就尽量给对方物质上的需求,这个很正常啊。"

安若灏趴在了酒吧冰凉的桌子上,就以那样的姿势看着何穆穆"你真好,第一次有人会为我买来午餐,也是第一次有人为了我在下雨天特意留在公司中,只为了能把我送进地铁站,还会这么安慰我。"

"这些都没什么啊,只不过是朋友之间……"何穆穆说到这里的时候,想起了安若灏说过的,根本没有把她当作朋友的话,于是低下头去,对啊,并不是朋友,两个人之间的距离不是一点半点的,即使是想做朋友自己可能还没有资格。

第四十三章　我爱你

　　话说回来两个人身份相差悬殊，自己这样接近他，安若灏会不会把自己当作也只看重利益的人呢？
　　"我很开心，你能对我那么好。"安若灏朝着何穆穆这边扑了过来，死死地抱住了何穆穆，炙热的呼吸都洒在了何穆穆的耳朵上。
　　何穆穆的脸瞬间通红，怎么办？这种情况该怎么办才好？对方好像喝醉了，现在又死死抱住了自己，要把他送回家去吗？但是他家住在哪儿自己可完全不知道啊，越来越茫然越来越着急的何穆穆两只眼睛都变红了。
　　"你喜欢我的对吧？如果是的话……那就做我的女朋友吧，只要你喜欢我，我也会试着喜欢你的。"安若灏在何穆穆耳边低声说道。
　　"啊？"
　　何穆穆红彤彤的眼睛里似乎蓄满了眼泪，但是眼泪却没有掉落下来，不知道为什么，听到这句话之后心情非常奇怪，是开心吗？还是悲伤？她自己也不知道，但是这种心脏扑通扑通疯狂跳动着似乎要飞出体外的感觉她却记忆犹新。
　　在学生时代程骏峰向何穆穆表白的时候，何穆穆就是这样的感觉。
　　何穆穆伸手反抱住了安若灏的腰部，张开了自己的嘴，嘴唇在轻轻地颤抖着，我爱你三个字一直卡在喉咙口怎么也出不来。
　　不可能在一起的，安若灏是安氏财团的继承人，自己只是个普通家庭出生的女人而已，怎么可能和他在一起呢？但是，安若灏明明身为大少爷，为什么会说出刚才那种话来呢？

刚才那个女人的话在何穆穆耳中回荡着，何穆穆并不是因为钱财或是其他什么才爱上安若灏的，即使安若灏只是个普通人，只是个穷人，她也一样会喜欢上安若灏。

但若真的是那样反而更轻松了，现实是两个人并不是同一个世界的人，而且，安若灏也不是真的喜欢她才会这么说的，只是因为刚才彻底被那个女人伤透了心而已，这一点何穆穆还是知道的。

不过，现在安若灏醉了，所以，自己就算是说些什么，他也不会知道的吧？想到这里，何穆穆闭起了双眼，眼泪从眼角滑落下来。

"安先生……我爱你，不管将来会发展成什么样子，不管将来你是否会和一个门当户对的女人组成家庭，我现在对你的这种感情，都不会变的。"何穆穆小声说道。

结局会是怎样已经不重要了，重要的是此刻自己的心情，何穆穆这么告诉自己。

而安若灏没有给出回答，因为他已经喝醉睡着了，何穆穆抱着他，轻轻地抚摸着他柔软的发丝，记忆中安若灏也曾这样抚摸过何穆穆的头发。

"安先生，我现在好像有点懂了，之前你说没有把我当作朋友看待，是因为喜欢我对吗？"何穆穆明知道安若灏听不到，却还是说了出来，就好像是说给自己听的一样，"大概会让我做那种累得要命的事，也是因为吃醋吧？"

何穆穆不知道这些是不是真的，又或是一切都只是她自己的猜测而已，但她愿意这么去想，反正安若灏睡着了也听不到，就像是说给自己听的一样，如果一切真的是这样那就好了，但即使是两情相悦又怎样。

何穆穆打了电话给陈秘书，因为她完全不了解安若灏，不知道安若灏家的联系方式，所以只能求助于陈秘书了。

"啊？醉倒在酒吧？不好意思哦，我儿子发高烧，我把他家的联系方式给你，你能帮忙联系一下吗？"陈秘书的声音听上去似乎真的很困扰。

"嗯……好的,麻烦你了。"何穆穆点了点头。

那之后,何穆穆联系了安家,对方表示让何穆穆再陪安若灏一会儿,很快就会来接安若灏的。

挂了电话之后何穆穆虽然觉得松了口气,但也有些失落,真的是不一样呢,这样的大少爷和自己,虽然不能说是羡慕安若灏,但何穆穆觉得在这种环境下长大的人真的很幸福。

没过多久之后几个西装笔挺的人就来到了酒吧接安若灏,似乎都是安家的管家和下人。

"这位小姐,非常感谢你照顾我们家少爷,这是给你的谢礼。"其中一个拿出了一个纸盒来。

何穆穆接过了那个盒子,就看着安若灏被那几个人给抬走了,只留下她一个人坐在酒吧里,拆开了那个纸盒一看,是一盒高级巧克力,虽然她很喜欢吃巧克力,但是这种情况下怎么也高兴不起来。

简直就像是在交易着些什么。

周一早晨何穆穆一走进公司就看到了黑着脸的安若灏,何穆穆吓了一跳,想要偷偷摸摸地从对方眼皮底下溜走,但是安若灏一把抓住了何穆穆的后衣领。

"我有点事要问你。"

何穆穆还没回过神来的时候,就被安若灏给拖走了。

大厅里的那些人看上去似乎有些不满。

"什么嘛,安总还真的爱上她了吗?明明就是只会勾引男人的贱人,到底哪里好了?"

"哈哈,没办法啊,谁让人家勾引男人的技能点满了呢?"

大家都说着些恶意伤害人的话,就像是在发泄什么不满的情绪一般。

造型部的几个人听到这种话有些不爽了,其中一个走上前去推了那两个女人一把。

"你们胡说什么呢?穆穆和安总是一对情侣,她从没勾引过什么人,和彩无夜还有安德莱只是朋友关系。"

"哈哈!这年头居然还有人为她抱不平了,她给你多少好处啊?"

一楼大厅瞬间就变得无比嘈杂,吵架的吵架抓对方头发的抓对方头发,这一切何穆穆自然是不知道,如果她知道的话大概会感动到哭吧。

此刻的何穆穆正在安若灏的办公室里,安若灏看上去心情很糟:"我周五晚上喝醉了?"

何穆穆下意识缩了缩肩膀,然后点点头,她觉得安若灏应该是不会想起来她说过的那些话吧?因为那时候安若灏都睡着了嘛。

"是你打电话到我家去的?"

何穆穆又点了点头。

"我对你说了什么奇怪的话没?"安若灏的脸色越来越难看了,整个人凑到了何穆穆面前。

何穆穆一愣,然后特僵硬地摇了摇头:"你什么也没说!你只是说'啊,酒真好喝啊!'"

"骗人!"安若灏抓住了何穆穆的肩膀,"我跟你说了我和诺佳鸾的事吧?"

原来他还记得!何穆穆紧张起来了,那么之后的事呢?应该不记得了吧?于是她小声问道:"嗯……这个的确没错,不过那之后你还说了些什么,你自己还记得吗?"

安若灏盯着何穆穆看了起来大声说道:"我如果还记得的话就不用问你了不是吗?但我总觉得应该是一件很重要的事,你知道的吧?快点告诉我!"

何穆穆尴尬地笑了起来:"有的事还是忘了比较好,啊哈哈哈……"

第四十四章　偶遇

"什么？！我到底说了什么！你倒是给我说出来！"安若灏不停地前后摇晃着何穆穆的肩膀。

"我说！我说就是了……"何穆穆低下头去，总之说"做女朋友"的那部分是绝对不能告诉他的，于是何穆穆的笑容变得诡异起来，缓缓说道，"你说的是'我直到7岁还在尿床哦'，这句。"

"什么？！"安若灏大吼起来，"不可能！我最多只尿床到3岁！给我把真相吐出来！"

搞了半天他一直尿床到3岁？何穆穆嘴角抽搐。

不过要吐出真相是不可能的事，何穆穆只能别过头去然后摊开双手一脸无奈的样子："是不是我真的不知道，反正你昨晚真的是这么说的。"

安若灏咬牙切齿地看着何穆穆，他知道绝不是这种话，但他的确想不起来自己说过什么了，总之是类似告白一样的话，何穆穆这么一脸淡定他也不好再说什么了，反正以后应该可以想起来的。

"算了，你回去工作吧，今天彩无夜有杂志拍摄的工作，快跟着去吧。"安若灏叹了口气。

何穆穆稍稍愣了一下，然后轻笑起来："什么都不记得真的太好了，那我走了。"

虽然何穆穆在笑，但不知为什么安若灏总觉得她似乎有点不开心，但是这个时候陈秘书已经来了，安若灏也不好说什么了。

要说到今天的杂志拍摄,是彩无夜自肃之后的第一份工作,所以安若灏也很重视,多次嘱咐彩无夜一定要考虑清楚再回答那些编辑提出的问题,千万不要再被抓到什么小辫子,一定要怒刷好感。

彩无夜只能点头了。

来到拍摄现场之后何穆穆就开始给安若灏上妆了。

"彩无夜先生,你这一周都在做什么?"何穆穆突然对这个有些好奇。

"我?一直都在家看电视……找不到什么可以做的事。"彩无夜诚实地回答。

"啊?不过这样悠闲地度过一周其实也不错啦,我还挺羡慕你的。"何穆穆苦笑起来,想到搬桶装水,那简直就是噩梦啊,"我这一周一直都在打杂,最初超级累的。"

"是吗?在安先生的身边?"彩无夜的脸色渐渐变得不怎么好看了。

"嗯,他超级会使唤人,我总觉得他是故意整我的。"何穆穆想到这鼓起了脸颊。

彩无夜不说话了,果然在自己不在的日子里何穆穆和安若灏之间走得更近了。

因为气氛变得尴尬了,何穆穆只能改变话题了:"那么吴心呢?"

吴心正在一边看着杂志社的编辑给她的文案,里头有着各种给彩无夜的提问,听到有人叫她才抬起头来,用淡定的目光看着何穆穆:"我?我去欧洲旅游了。"

"啊?!"何穆穆睁大了双眼,这回就连彩无夜都有些惊讶了。

吴心一边翻着文案一边轻笑起来:"不然呢?这种放大假的日子可是不多啊,平时每天都要到公司报道,说实话我也厌倦了,难得有这样的机会,怎么能不出去走走呢?"

何穆穆尴尬地笑起来:"不愧是吴心,好厉害。"

"你去旅游怎么也不和我说一声?你不是我的经纪人吗?"彩无夜有些不满地冲着吴心说道。

吴心什么话也没说，虽然她的确是彩无夜的经纪人，但是说实话两个人除了工作上的事之外从没有过什么交流，她也觉得这样就很好，毕竟本来就是工作关系，而且彩无夜这个人也是她最不爱对付的那一类型。

拍摄开始之后，何穆穆就完全没事儿干了，而拍摄的地方刚好是某个大型绿地，附近的环境还不错，所以她决定四处走走。

"安德莱！给我过来！"

一个男人的声音引起了何穆穆的注意，她寻找着声音的源头，发现安德莱居然也在这儿，她还想去打招呼的，但是看到安德莱一脸凝重的表情。

"你说说！人家让你去亲女主，你为什么不肯亲？！"

正在对安德莱说话的那个男人何穆穆知道，是安德莱的经纪人徐先生，而现在徐先生的表情看上去有些狰狞。

"我不是早跟你说过做明星不是那么容易的吗？不要再搬出那一套有洁癖所以不想接吻的歪理来！"徐先生指着安德莱的鼻子说道。

"我知道了。"安德莱低下头去，看上去情绪失落。

何穆穆皱起眉头来，觉得有些同情安德莱，不过这个圈子就是这样没错，毕竟所谓的艺人就是给别人带去梦的人，所以有时即使是自己不喜欢的事也要去做，拍吻戏这种事大概所有的演员都有做过吧，所以也没办法。

"还有五分钟休息时间，你自己好好反省吧！"徐先生说完之后就走了，只留安德莱一个人在原地站着。

这个人的态度真的太差了，何穆穆以前就这么觉得了，难怪安德莱会患上过呼吸症，都是因为压力太大了，如果经纪人的态度能稍微好一点的话，可能安德莱也不会那么严重了。

原本还叹了口气看上去心情特别糟糕的安德莱好像是看到了何穆穆，一张脸瞬间变了，睁大了眼睛好惊喜的样子："穆穆小姐！"

何穆穆也只好和对方打招呼了："啊哈哈……安德莱！"

还没等何穆穆回过神来，安德莱就直勾勾地扑了过来，何穆穆瞬间僵住了,慢着,在这种地方一定有很多记者吧?他这么乱来没事吗?

"穆穆小姐是专程来看我的吗?我在拍歌曲的 MV,大概还要五六个小时!"安德莱的声音甜腻腻的。

"呃……很抱歉,我是陪彩无夜先生来的,他是来接受杂志采访的。"何穆穆苦笑起来。

"啊?不是来看我的吗?"安德莱看上去特别委屈,两只大眼睛里亮晶晶的。

真的是太可爱了!是约克夏吗?还是博美?或者是吉娃娃?!

"不过没关系啦,最近穆穆小姐似乎是很忙的样子,稍微有点寂寞。"安德莱笑了起来,然后往后退了几步,"要是能每天见到穆穆小姐就好了。"

何穆穆稍稍愣了一下,安德莱看上去似乎的确是不怎么开心的样子。

"发生什么事了吗?"何穆穆歪过头去看安德莱。

安德莱摇了摇头:"最近一直在工作,有点累了,好想好好休息一下……已经不知道活着到底有什么意义了。"

听到这里,何穆穆愣住了,面部表情变得很严肃,安德莱抬头看到这样的何穆穆笑了:"没事啦,我只是说说的,能见到穆穆小姐就很开心了!"

何穆穆轻轻拍了拍安德莱的头:"那加油吧!"

"嗯!"安德莱笑了笑,就跑向了片场。

果然做艺人也不容易呢,大概每个女孩子小时候都有些憧憬能够站在镁光灯下穿得漂漂亮亮的,但是在接触了这一行之后才知道了这一行的不易,何穆穆看着安德莱的背影,明明还是个高中生,而且据说还是高三,应该很辛苦吧?

第四十五章　安德莱入院

"态度很差啊？"安若灏一边吃着冷面一边看着文件。

"就是很差！比你还凶呢！安德莱差点都哭了！"何穆穆一边往嘴里塞咖喱饭一边愤愤地说道。

安若灏嘴角抽搐："比我还凶是什么意思？"

说到这里安若灏想起来有一次的确看到过徐先生训斥安德莱，明明是个经纪人，却把安德莱训到差点哭出来，如果不是安若灏上前劝阻的话还不知道会发生怎样的事。

"安德莱真可怜，明明还是个小孩子，却要承受那么大的压力。"对于安德莱何穆穆那是相当的同情，她本身就很喜欢小孩子，冉加上安德莱又那么可爱。

但是这种纯洁的情感在安若灏那里却变味了，总觉得何穆穆是不是对安德莱关心过度了？

"其实，也不是什么小孩子了。"安若灏别过头去有些不爽地说道。

"啊？但是我17岁的时候，还经常和我妈睡一起呢……啊哈哈，因为南方潮湿，那会儿夏天经常会看到非常恐怖的虫子，我胆子又小。"回忆起自己的黑历史，何穆穆都忍不住想要嘲笑自己了，"所以安德莱真的挺了不起了。"

安若灏轻叹了口气，看上去有些不爽了："不，我不是这个意思……算了，没什么，我还有事，你赶紧吃吧，吃完了来帮我。"

何穆穆看了看安若灏，什么嘛，总是用这种命令的口气，以前就一直是这样，何穆穆露出了一个诡异的笑容："我拒绝，打杂自肃已经结束了，我现在又恢复化妆师的身份了，干吗非要帮你啊？"

"你！"安若灏一时也不能反驳，"哈？！你不是被造型部排挤的吗？除了我这儿，还有哪里能收留你吗？"

"我和造型部的各位早已成为朋友了，不需要再麻烦你！"何穆穆别过头去。

"……"安若灏冷冷地看着何穆穆，总觉得好像有什么不对劲，那个时候自己劝她留下来的时候，好像和现在完全不同。

原来如此，安若灏笑了起来，何穆穆属于吃软不吃硬的类型吗？

"不过我这里的确需要第二个秘书了，毕竟陈秘书一个人也忙不过来，但是，"安若灏突然用特别真诚的目光看着何穆穆，"在这个公司中，除了你以外，我已经想不到第二个可以信任的人了，所以还是希望你能帮忙。"

何穆穆一口咖喱呛在喉咙口，她抬头看了看安若灏，如此真诚的目光还是第一次看到，她低下头去挠了挠脸颊："我知道了，帮你就是了。"

真是好骗，安若灏在心底偷笑起来，原来只要装装可怜就行了："嗯，没错，所以除了彩无夜有工作的时候，你都要在这里帮我，知道吗？否则我真的很困扰，只能一个人在公司待到很晚了。"

虽然觉得哪里怪怪的，但何穆穆还是答应了安若灏。

之后的几天还是很平静，何穆穆除了给彩无夜化妆之外基本就都待在安若灏身边了。

她也渐渐地对文员的工作熟悉起来了，虽然有时候还是挺想自我吐槽的，自己到底是到这儿来做化妆师还是来做秘书的，但因为爱着安若灏的关系，所以这样也觉得很快乐。

只不过，在安若灏身边待得越久，那种身份悬殊的感觉也就越强烈了，何穆穆对于两个人之间的发展更是绝望了，因为只要安若灏的一句话，就能让一个当红艺人就这样被公司解约。

这一切都让何穆穆想到了那种古装剧里的皇帝，而自己只不过是小小的员工而已,虽然现在都说人人平等,但事实上并非如此。

虽然何穆穆也知道,安若灏现在的一切都是通过自己的努力得来的,因为安若灏几乎没有一天是准时下班的,一般都会在公司里留下来继续处理各种工作。

本来平静的生活将会就这样持续下去的,直到某一天安德莱住院了。

"因为疲劳过度营养不良所以在片场昏倒了?"何穆穆捂住了自己的嘴难以置信地看着安若灏。

"嗯,医生说他的情况算是很严重了,所以需要在医院里住上一段日子。"安若灏站起身来,"不打算去医院看看他吗?我觉得如果他见到你的话,应该会很开心的,在第十人民医院。"

何穆穆点了点头,虽然不知道为什么,但是安德莱似乎是真的挺喜欢她的,每次看到她都会很开心的样子。

"安先生你不去吗?"

安若灏顿了顿,缓缓说道:"我的话,还有其他事需要处理。"

"啊?是吗……那我先去了!"何穆穆这么说完之后就准备离开,但是还没跑出总裁办公室就停了下来,翻了翻自己的工作表,今天下午彩无夜还有工作,不过现在去医院稍稍在那儿待一会儿的话可能没什么问题。

安若灏看着何穆穆的背影,脸上的表情渐渐变得凝重起来,虽然艺人对于他来说的确就像是商品一样,但是,保持那个商品的健康以及心情愉悦事实上也是他的工作。

"陈秘书,麻烦你马上联系安德莱的经纪人,让他马上来见我。"

"是!"

另一方面,何穆穆刚跑到一楼大厅就看到彩无夜朝着这里走来,脸上满是笑容:"嗨,早上好啊穆穆。"

何穆穆就保持着原地跑的姿势冲着彩无夜打招呼:"早,彩无夜先生,其实我现在正要去看望住院的安德莱,你要一起去吗?"

"啊?那孩子住院了?"彩无夜稍稍愣了一下,"明明是个超级有精神的孩子啊。"

这个时候，吴心也从外面走了进来，脸上还是和平时一样淡定的表情："因为经纪人会对他使用暴力吧。"

"啊？！"何穆穆彻底惊了，虽然她知道徐先生对安德莱一直都挺凶的，但是使用暴力什么的也太难以置信了吧？

"真的假的？！"

吴心似乎反而是最惊讶的那一个了："嗯？难道不是被经纪人打进医院的吗？"

"不是啊，说是压力太大了，还有疲劳过度之类的……不过你说的那个是真的吗？"何穆穆凑到吴心身边小声问道，毕竟这种事被别人听去了不太好。

吴心深吸了一口气才说道："是真的，是我亲眼看到的，在拍摄现场的走廊里，经纪人狠狠地揍了安德莱一顿，不过都是些看不到的地方，像是背部或是腹部。"

居然有这种事，何穆穆双手握拳整个人气得发抖："这种事！我要告诉安先生去，像这种混蛋一定要开除了才行。"

何穆穆这么说着就要往电梯口走，但是被吴心抓住了手腕："劝你还是不要去了，没用的，我已经告诉过他了，但是他却说这是不可能的，因为经纪人在这之前也是经过了严格培训的。"

第四十六章　使用暴力

"啊？但是，这样下去安德莱太可怜了不是吗？"何穆穆觉得非常不甘心。

"因为没有证据，只有去找安德莱本人问清楚了，如果是他说出来的话，安先生应该会相信的。"吴心小声说道。

"因为暴力所以才会有那么大的压力，然后就吃不好也睡不好了吗？"彩无夜在一边若有所思地说着。

三个人决定一起去医院看望安德莱，顺便将这件事问个清楚。

在这三个人到达医院的时候，安德莱正躺在洁白的病床上，看上去很是憔悴的样子，开门声都没有吵醒他，大概是真的很疲惫了。

"我们还是先出去好了。"彩无夜压低音量，然后准备把何穆穆和吴心一起拖出去。

就在这个时候，安德莱长长的睫毛微微颤抖起来，然后睁开了双眼，就看到了眼前的三个人，然后明显就很开心的样子，直接就坐起身来了："啊！前辈……穆穆小姐……吴心小姐！你们怎么来了？"

看着安德莱一脸惊喜的表情三个人心里都不是滋味，明明被那么残忍地对待了为什么还能露出这样灿烂的笑容来呢？

"嗯……我们是来看看你的，听说你营养不良疲劳过度住院了，虽然你还年轻，但是不好好休息可不行啊！"何穆穆勉强挤出了笑容来。

"是吗？不过我没事啦，只不过是这些天一直在拍戏的关系。"安德莱轻描淡写地说着。

三个人你看看我，我看看你，何穆穆凑到吴心面前，用只有吴心和彩无夜才能听到的音量说道："还要问他吗？"

"当然要问了，这样才能让他的经纪人受到处罚啊！"吴心用特别坚定的目光看着何穆穆。

"但是，他这样好像也很难说出口。"彩无夜瞄了一眼安德莱。

"怎么了？你们在讨论什么？"安德莱歪过头去看着三个人。

"啊哈哈哈……"何穆穆非常尴尬地笑了，然后从塑胶袋里拿出了刚才在路上买的各种零食，"因为听说你营养不良，我也不知道该买什么给你才好，只能买我自己最喜欢吃的那些了。"

吴心非常无奈地叹了口气："那个啊，我在超市里的时候，就说了，全部都是垃圾食品，根本没有营养，可她就是不听，还说吃了这些安德莱就能打起精神来了。"

"不要说出来嘛！"

安德莱看着对面的三个人，笑了起来："真好，病房里变得那么热闹，昨晚开始只有我一个人，总觉得很寂寞呢。"

"你的家人呢？没有来陪你吗？"何穆穆只是顺口就把话给问出来了。

安德莱原本还在微笑着的脸瞬间就变得失落起来，何穆穆知道自己说错话了，于是赶紧清了清嗓子："啊！对了！我推荐这个奶油口味的饼干，超好吃的！安德莱你现在要吃嘛？！"

"可是，医生说我现在得吃清淡的东西，不能吃零食。"安德莱低下头去。

这和平时的安德莱还真的很不一样，彩无夜所知道的那个安德莱本来就是一个特别阳光的少年，好像从没见过他不开心的样子。

"呐，安德莱，我有个问题很想问你。"彩无夜有些为难地开口了。

这一下何穆穆和吴心都不说话了，特别安静地盯着彩无夜看，其实她们也很想问，但是看到安德莱刚才那么开心的样子实在是不想毁他的心情。

"嗯？前辈有什么问题要问我？"安德莱笑着看彩无夜。

彩无夜看到这个笑容之后回头看了看吴心和何穆穆,那两个人都在表情上给了他鼓励,于是他点了点头冲安德莱说道:"你的经纪人,对你还好吗?"

听到经纪人三个字,安德莱的表情瞬间就变了,两只眼睛睁得很大,整个人轻轻颤抖起来,好像在惧怕着什么一样,但是过了很久,他还是点了点头:"很、很好啊,虽然有些严厉,但我知道这是为了我好。"

不对,他在撒谎!何穆穆皱起了眉头,这种明显的僵硬表情以及口吻,一眼就能看出来了,但是为什么要撒谎呢?

"什么?安总,你刚才说了什么吗?"在Y.M公司总裁办公室,安德莱的经纪人徐先生正用有些僵硬的笑容看着安若灏。

安若灏坐在办公桌前两只手插在胸前,用冰冷的目光看着徐先生:"我是问,你有没有对安德莱使用过暴力?"

"怎么可能啊,我作为一个经纪人怎么可能对艺人使用暴力?除非我是不想混了,对吧?"徐先生哈哈大笑起来,但是却很心虚。

安若灏的表情变得越发冰冷:"不要骗人了,我刚才联系过医院了,虽然很淡,但是他身上的确是有瘀青,而且有好几处,很显然并不是不小心造成的。"

"那也不一定就是我弄的吧?"徐先生摊了摊手耸耸肩膀,一脸和我无关的表情,"安总你也知道他父母就是那种人,和我没关系的,一定是他父母弄的。"

"就是因为他的父母是会对他使用暴力的人,所以你才更应该对他温柔一些不是吗?为什么还要继续伤害他呢?"安若灏用食指轻轻敲着办公桌的桌面,面部表情很是严厉。

徐先生的面部表情有一瞬间变得很狰狞,但是很快又恢复了,嬉皮笑脸地说着:"安先生,你就饶了我吧,我都说了不是我干的,而且那家伙明明是个艺人,却总是不听话,我稍微训斥一下也不是不可以的吧?"

安若灏皱起了眉头,用无比凌厉的目光盯着对面的那个人看了起来："如果下次再被我或别人看到你训斥他或是对他使用暴力的话，请你立刻回家去吧，我们这里不需要你这样的经纪人。"

徐先生整个人往后退了好几步，不知道该说什么才好了，对于他来说，那么做并没有什么错，什么叫棍棒底下出孝子？他只不过是把安德莱当作小孩子一样教育，有什么错？但他当然是不敢这样反驳安若灏的。

"我知道了。"

"安德莱他患有过呼吸症，这个你应该知道吧？对待他不能太残暴了。"安若灏说着说着，找出了一个文件夹交给徐先生，"这里是有关过呼吸症的资料，你自己好好看看吧，安德莱也是一个有血有肉有情感的人类，麻烦你好好记住。"

徐先生不说话了，只是点了点头就离开了总裁办公室。

安若灏松了口气，然后掏出手机又给何穆穆打了个电话，要她在工作结束之后直接去陪安德莱，安若灏还是害怕徐先生会因为刚才的事把怒气发泄到安德莱身上，安德莱住的是单人病房，考虑到能够让他不受打扰，但这样也反而没有人能够保护他了。

虽然刚才对徐先生说了那些话，但是Y.M公司起步并不算太久，所以还是缺少经验丰富的经纪人，而徐先生已经在这行做了很多年了，经验方面是毋庸置疑的。

第四十七章　可怕的头条

不过安若灏在聘用他之前也有听说这个人比较严厉，只是没想到会使用暴力，那个时候吴心告诉安若灏的时候，安若灏还真的不敢相信，现在联想起安德莱的状态，八成应该是真的。

何穆穆的工作结束就直奔医院了，那个时候天空已经渐渐变暗了，在何穆穆抱着一堆营养品来到安德莱病房的时候，徐先生已经站在安德莱的病床前了。

在听到开门声之后，徐先生下意识回过头来，看到了何穆穆的时候，很显然愣了一下，然后连招呼也没打就直接离开了，在经过的时候，还撞了何穆穆一下。

何穆穆捂着自己被撞疼的肩膀盯着离开的徐先生看了一会儿："什么嘛，真没礼貌。"

刚想要进去和安德莱打招呼的，何穆穆愣住了，安德莱脸色铁青地坐在床上，胸口不停地上下起伏着，似乎是喘不过气一样，何穆穆惊了，赶紧把塑胶袋里的东西都倒了出来捂住安德莱的口鼻。

过了好一会儿，安德莱才恢复了平稳的呼吸，他捂住了自己的胸口，虚弱地笑了起来："穆穆小姐第二次救了我的命呢。"

"那家伙对你做了什么对吗？！"何穆穆咬牙切齿地问道。

安德莱沉默了，低下头去轻轻摇了摇头。

何穆穆知道这种情况下自己再怎么问他大概也不会说的，而且一味地逼问可能会让他再次过呼吸，何穆穆只能放弃了。

"那个啊,是安先生让我来看你的,他自己实在是太忙了过不来,这次是他让我买的这些营养品,说对你很好,我一会儿会去问医生这些你能不能吃的。"何穆穆说着将地上的那些东西都捡了起来。

"谢谢你,穆穆小姐,不过如果你累的话可以先回家去了,我一个人没问题的,这里的护士都很温柔。"安德莱笑着说道。

何穆穆虽然也的确是想回家,主要并不是因为累了或是什么,是因为医院里特有的消毒水气味让她很受不了,不过现在回去应该是不行的,安若灏让自己在这里陪安德莱估计也是怕那个徐先生会在医院里对安德莱使用暴力吧?

"不了,我在这里陪你一会儿好了。"至少等到安德莱的父母来,不管怎样,他的父母一定会保护他的。

只不过,安德莱的父母迟迟都没有出现,直到天空彻底暗了下来,四周一片寂静,这种时节早晚温差很大,白天穿着单薄服装的何穆穆此时已经觉得有些冷了。

"穆穆小姐,如果你再不回去的话,恐怕就要错过地铁末班车了哦。"安德莱看了看时间,已经快11点了。

"我这个时候回家怕遇到色狼,能不能就在这里陪你一晚上?啊哈哈……我睡那里就好!"何穆穆说着指了指病床角落的小沙发。

"呃,我是没意见啦,不过真的没问题吗?还是回家休息比较好吧?"安德莱有些不太懂何穆穆为什么一定要在这里陪着他,虽然他的确是因为这个很开心。

"不用不用,我这人有个优点就是随时随地都能睡着!"何穆穆不好意思地挠起了头来。

应该是因为身体不适的关系,安德莱很快就睡着了,而且睡得很沉,看到他睡着何穆穆也松了口气,她走到病房外给安若灏打了个电话。

"喂,怎样?"对方的声音听上去似乎是挺急的。

"他睡着了,安先生,我始终都没等到他家人来,所以我也没敢回家,这样真的没问题吗?"何穆穆觉得有些困扰。

"没问题,抱歉,今天我没想周到,明天我会派我家的保镖陪他的。"安若灏说到这里的时候，居然很小声地打了个哈欠，"总之，今天先委屈你了，明天你不来公司也没事，反正明天你也没工作吧？可以回家补个眠之类的。"

"那个……"何穆穆听着那边安若灏有气无力的声音，"你难道还在公司吗？"

"嗯，今天参加了个应酬，所以耽误了工作的进度，现在来补一下，你也休息吧。"

其实何穆穆是想和安若灏聊聊天的，因为这样夜晚的医院实在是让她觉得背后毛毛的，不过既然安若灏还在工作的话，就不要打扰他了吧。

"我知道了，晚安了，安先生。"

其实何穆穆骗了安德莱，她这个人真的很认床，只要换了环境就绝对睡不着了，所以这么躺在沙发上也只能看着天花板发呆，四周实在是太安静了，让她更不安了。

结果这一晚上何穆穆基本没合眼，直到天快亮了才稍稍睡着了一会儿。

天还没大亮病房的门就被从外推开了，何穆穆下意识以为是有人要来搞偷袭的，于是半梦半醒中的她直接从沙发上跳了下来。

"来者何人？！"

推门进来的两个人赶紧捂住了她的嘴："嘘，我们是大少爷派来保护安德莱先生的。"

何穆穆揉了揉眼睛，看清了这两个人的脸，安若灏喝醉的那次何穆穆曾经在酒吧见过他们。

"啊哈哈，原来是你们啊，不好意思，那我先回家去了。"看到安若灏的人来了何穆穆就放心了，一放心本来就没睡醒的她就更困了。

"何小姐，大少爷吩咐说请你今天一定要在家好好休息一下。"男人缓缓说道。

何穆穆简直就是求之不得，于是她用力地点了点头就离开了。

应该不会有事了，有安若灏的人在医院陪着安德莱，安德莱一定是安全的，不过这样看来安若灏和徐先生大概也已经说开了吧，不知道以后安德莱的经纪人会不会换人。

何穆穆困得不行，回到家之后洗了个澡将医院的味道洗尽之后就直接睡觉了。

只不过，这一觉睡得并不太安稳，何穆穆是被手机铃声给吵醒的，她揉着惺忪的眼睛接起了电话。

"喂，哪位？"

"穆穆？你在睡觉吗？"电话那头是吴心的声音，平时总是很淡定的吴心此刻声音听上去也有些焦急，"糟糕了啊，今早的各大杂志以及娱乐新闻报上的头条都是安德莱。"

何穆穆打了个哈欠缓缓说道："这有什么不对劲的吗？安德莱是超人气偶像，现在住院了，的确是很有报道的价值嘛。"

"如果只是说住院的那部分就好了，上面写安德莱的本名很土，然后谎报年龄，不是17岁而是19岁，还有啊，说他家……"

"啊？"吴心说到一半何穆穆基本上就清醒了，她眨了眨眼睛，"什么意思？"

"总之那个报纸你看了就知道了，我现在拍下来发给你！"吴心这么说完就挂断了电话。

大概3分钟之后，何穆穆收到了来自吴心的微信，把图片放大之后，上面安德莱的照片和文字都能看得很清楚。

第四十八章　安德莱的过去

人气巨星安德莱，其实是人造巨星？！一切都是虚假的，到底有哪些还是真实的？！

这就是头条新闻的标题，而配的照片则是一个小孩子的照片，从五官能看出来这就是安德莱，不过到底是怎么回事？印象中安德莱过去的照片从来也没有被曝光过，何穆穆继续开始看那篇报道的内容。

"最近红遍全国的超级新星安德莱其实并不叫安德莱，真名是土到不行陆曙光，与这个洋气的艺名相比简直就是讽刺至极！

当然，安德莱的年龄也并不是17岁，更不是高中生，事实上是个19岁的落榜生，两年前没有考上大学。

但若亲爱的读者们你们觉得这就是真正的安德莱就大错特错了，安德莱目前为止的设定全部都是骗人的，父母并不是什么公务员，而是靠低保生活的无业人士！他本人也并不是为了什么与所有美女们恋爱才进入演艺圈的，只是因为贫穷而已！

那个设定中活泼可爱的高中小王子安德莱居然是这样一个穷到没钱吃饭的19岁落榜生！"

何穆穆看到这里的时候，已经气得快要把手机给捏碎了，到底是谁那么缺德在这里造谣啊？！安德莱他明显就是个高中生啊，脸上还带着学生应有的一丝稚气与青涩。

何穆穆给安若灏打了电话，播了好几次才打通，那边的安若灏显然是忙到不行："什么事赶紧说。"

"安先生！请你一定要去告这家杂志社！居然这样扭曲真相！实在是太过分了！"何穆穆义愤填膺地说道。

安若灏沉默了一会儿之后缓缓说道："我说动车，所谓的真相，大概还是需要你自己去寻找的。"

"嗯？什么意思？"何穆穆不懂了，这篇报道不是通篇都在乱说的吗？什么叫自己寻找真相？

"什么意思嘛……我觉得你去问他本人比较好，我还有事要忙，今天电话已经被打爆了，你是大人了，自己解决。"安若灏说完之后就挂断了电话。

何穆穆看着自己的手机，实在没搞懂安若灏的意思，于是果断又打了个电话过去，这一回不管再怎样都打不通了。

安若灏要何穆穆去问安德莱本人吗？这是什么意思？难道说这篇报道上的内容都是真的？！何穆穆倒抽一口冷气，她赶紧换了衣服又去了一次医院。

在何穆穆赶到医院的时候，安家那两个穿着西装的男人正在门口守着，何穆穆赶紧推开病房的门跑了进去，安德莱的表情相当沉重，正在看着自己的手机，看到何穆穆的时候，安德莱的脸色更差了。

"那个……哈哈，安德莱，我又来看你了。"何穆穆硬生生挤出了一个笑容来。

"穆穆小姐，你也看到了？"安若灏的声音非常虚弱并且不停地颤抖着。

何穆穆皱起了眉头，难道说安德莱自己已经知道了？只见安德莱把脸埋进了雪白的被子中。

"我刚才想要发个微博告诉大家我没事，但是看到了好多评论，都在叫我大骗子，我才稍微搜索了一下……"安德莱说着说着，眼睛睁得很大看着自己的双手。

"那个，都是骗人的对吧？你只要在自己的微博上澄清就好了啊。"何穆穆安慰道。

"我已经欺骗了大家一次，不能再欺骗大家第二次了。"说到这里，安德莱抬起头来，用非常无力的眼神看着何穆穆，"我就知道，所谓的谎言，总是会有被拆穿的一天的。"

何穆穆觉得背脊发凉，这话的意思，是报道上所写的那一切都是真的？！

安德莱将所有的真相都告诉了何穆穆，那篇报道上写的都是真的，安德莱的确是19岁，因为长着一张娃娃脸，所以谎报了年龄。

事实上，安德莱出生在一个普通的家庭中，家里本来收入就挺低的，因为在安德莱之前已经有了一个姐姐，所以安德莱是超生的孩子，被罚了钱的父母觉得安德莱是多余的，巴不得他从这个世界上消失掉。

安德莱从小就是被父母使唤的对象，刚上幼儿园的时候，就已经开始自己洗衣服了，他从小就很乖巧，但是那样乖巧的他却连饭都吃不饱，甚至，在父母心情不好的时候，还会用他来出气。

这是惩罚，因为你的出生我们家损失了那么多钱，所以我们要惩罚你！

这是安德莱的亲生母亲所说的话，小小的安德莱总觉得自己是欠了父母的，所以他也从不抱怨，吃不饱也没关系，只要还有吃的就可以了。

在这个家中，大概只有姐姐是真心疼爱安德莱的，在母亲不给安德莱吃饭的日子中姐姐总是会偷偷给安德莱一些食物，姐姐经常摸着安德莱的头说道："抱歉，都是我的错才会让你在这里受苦的，如果我从这个世界消失的话就好了。"

年幼的安德莱总是摇着头告诉姐姐，姐姐并没有错，因为姐姐比较早来到这个世界。

姐姐看到这样的安德莱总是会将他抱在怀中，不停地抚摸着他的头发。

两年前，在安德莱上高三的时候，姐姐真的离开了这个世界，因为父母阻止了姐姐的恋爱，非要将她嫁给一个富商，而那个富商已经四十多岁了，甚至连对方的钱都已经收下了。

姐姐觉得活在这个世界上太痛苦了，所以就这样自我了断了，当时的安德莱觉得整个世界都要崩塌了，因为世界上唯一还爱着他的人就这样彻底消失了。

姐姐的遗书只写给了安德莱一个人，在看到遗书的那一天，大概是安德莱活了 17 年以来哭得最伤心的一次。

安德莱的学习成绩很好，但是却没参加高考，只因为他的父母不愿负担他上大学，父母宁可现在家中靠低保生活，也不愿意好好工作过正常人的生活，而这样的最大受害者则是安德莱。

不仅如此，安德莱的父母还擅自将安德莱的简历寄到了 Y.M 公司，长相阳光俊美的安德莱自然是被选中了。

两年的培训之后，以 17 岁的高中生这个身份出道了，因为这样的设定更受年轻女性的欢迎。

安德莱虽然最初也觉得这样并不好，但根本不可能去反抗，出道后虽然生活充实起来，面对父母的时间变少了，但是大部分的钱都交给了父母，安德莱完全没有自己支配的那部分，也因为得到了钱财，父母对安德莱的态度变得好了一些。

回忆到这里，安德莱低下头去，双手抓住了被子："除了落榜生那一点，其他都是真的，我的父母就是因为贫穷才把我的推进了演艺圈，而徐先生最讨厌这种骗人的套路了，所以当他知道我的年龄和名字都是骗人的时候，对我的态度就越来越差了。"

何穆穆觉得心情异常复杂，但她觉得这也太奇怪了："他对你使用了暴力，对不对？为什么你不反抗呢？为什么还要替他瞒着大家呢？"

第四十九章　软弱的人

安德莱低下头去，硬挤出一个笑容来："其实我并不是替他瞒着，只不过，即使是说出来也不会有人相信的，就像小时候被父母殴打一样，不管报警几次也没有用，反而会招来一顿更狠的毒打。"

何穆穆睁大了双眼，慢着，他刚才说了什么？！

"所以，昨天徐先生来找我，问我是不是我把他打我的事告诉安先生的时候，我真的很害怕，还好穆穆小姐及时出现了！"安德莱说到这里的时候，面部表情轻松了一些，"穆穆小姐很像我的姐姐，绝对不会对我使用暴力的，而且还很照顾我。"

什么叫很照顾？何穆穆总觉得自己什么也没做过啊，只不过是在第一次见面，安德莱过呼吸的时候，救过他一次而已。

何穆穆不知道该怎么做才好，想到了自己心情不好时安若灏总是伸手压在自己的脑袋上的，那个时候就会觉得很开心，所以何穆穆也伸出手去，压在了安德莱的脑袋上。

"这些都是不对的，不管是你的父母还是安先生，对你使用暴力都是不对的，以后再遇到这样的事一定要反抗，然后把所有的事都说出来……不，以后一定不会遇到这种事了，绝对。"何穆穆柔声说道。

以后，姐姐一定会保护你的，绝对不会再发生这种事了。

这是在安德莱被吊起来打之后姐姐所说的话，他睁大了眼睛，感受着来自何穆穆手心的体温，然后掉下了眼泪。

安德莱睡着之后，何穆穆回到了公司，此时的安若灏已经忙完了，正准备去医院看望安德莱，何穆穆就被一起拖走了。

安若灏在车上看上去特别生气："已经查出来了，是他的经纪人把消息放出去的！"

"啊？"何穆穆一时没反应过来，然后也气得咬牙切齿，"什么玩意儿？！他干吗非要把这些都说出来？！"

安若灏思考了一会儿，缓缓说道："应该是因为我昨天告诉他，如果再发生暴力事件或是看到他训斥安德莱的话，就把他开除，这是报复。"

原来，安若灏也是很关心安德莱的啊，何穆穆觉得有点感动，但也正因为如此才让安德莱以这种方式上了头条。

"这样没问题吗？可不可以去告那个家伙？"何穆穆小声问道，"要他赔偿精神损失费。"

安若灏瞥了何穆穆一眼，然后很无奈地叹了口气："你没学过法律吗？他说的都是真事，告不了，而且既然我昨天说出那些话，其实也做好心理准备了，安德莱不是因为这些事很困扰吗？全部说出来对他来说也许反而是种解脱，至少，以后都不用继续撒谎了，不是吗？"

何穆穆盯着安若灏看了很久很久，然后低下头去轻笑起来："安先生真的是个很温柔的人呢，虽然最初觉得你对安德莱有些冷淡，但其实一直都为他着想吧。"

安若灏一下愣住了，然后特别别扭地回过头去看着车窗外的景色："你说什么呢？谁会为他着想啊？"

"不过，这样真的没问题吗？安德莱的人气也会因此下滑的吧？"何穆穆完全无视了安若灏的傲娇，直接问了起来。

"这个嘛，不用担心，我也已经考虑过了，把所有的事说出来就行了，虽然也许安德莱不会答应的，他如果什么都不说的话，也许以后只能做一个普通人做不了艺人了，他和彩无夜不同，在圈子里没有多年的经验，也没有地位。"安若灏说到这里低下头去。

安若灏觉得，事情会发展到今天的这一步，基本上都是他的错，最初要安德莱谎报年龄的人正是他，要安德莱隐瞒家境到处撒谎的也是他。

因为那个时候公司刚起步还不久,急需要一个超人气的艺人,虽然安德莱原本的身世可能会引起大家的同情,但那只是一时的,如果是充满活力的高中生,一定会有更多人喜欢他。

虽然在这个圈子里谎言已经够多的了,即使是说个谎也不会造成任何损失。但是,安德莱却不擅长这么做,他经常会找安若灏说不想继续这样下去了。

如果那个时候,能够在媒体前澄清的话就好了,当时出道才一个多月,安德莱还不是特别红,当时说出来影响一定不会像现在这么大的。

"什么?要我把一切都说出来吗?"安德莱脸色苍白地躺在病床上。

安若灏嘴里叼着烟,但因为这里是禁烟区,所以没有点燃,他一脸的不悦:"没错,全部的全部,都说出来,包括你受到父母的虐待,还有被经纪人殴打的事。"

"不可能的。"安德莱低下头去。

"没什么不可能,你的经纪人已经卷走了你的报酬,有些电台会直接将通告费以现金的方式交给艺人,而他却没有第一时间将钱交给你,而是自己存起来,到了月底才给你,而且自己还拿其中的一部分抽成,这一次,他把你将近一个月的报酬都拿走了。"

安若灏知道这一点的时候,也很愤怒,徐先生的做法并不是为了替安德莱保存或是什么的,只是想着安德莱惹他生气的时候,就抽走属于安德莱的钱,昨天不禁把安德莱的事全部都吐了出来,还直接把他的钱都给卷走了。

何穆穆见气氛有些尴尬,于是就走到安德莱身边柔声说道:"你想,如果你说出来的话,大家一定会觉得你是情有可原的,会原谅你的,你就能重新开始了,但如果你不说出来的话,也许会有些年轻女孩继续支持你,但等她们长大以后就……"

安德莱直接打断了何穆穆的话:"我不会说的。"

安若灏沉默了一会儿,皱起眉头看着安德莱:"你到底是想保护什么？你的父母？抑或是你的经纪人？他们都不值得你去保护啊。"

"是我自己。"安德莱笑了起来，但是笑容并不怎么灿烂，而是凄凄惨惨的，他缓缓抬起头来看着安若灏和何穆穆。

"安先生您……虽然是个好人，我也很感谢您，但是请站在我的立场为我考虑一下吧，我怎么可能把自己最凄惨的过去告诉大家呢？这样真的很痛苦，不过安先生是不会懂的吧？在那样优越的环境中长大，从小就不需要烦恼些什么，未来的路早已经被父母给铺好了，真的好幸福。"

安德莱说着说着，用手擦去了眼角的泪水。

"哈！"安若灏大声笑了起来，笑声非常恐怖诡异，"只有像你这种软弱的家伙才会把一切都归结于命运呢！你可以改变命运的机会有那么多，是你自己没有好好把握住而已！"

第五十章　掌握在自己手中的命运

何穆穆已经不知道要说什么才好了，先是看了看安若灏，又看了看安德莱，只见安德莱抬起头来，两只眼睛红红的，就这样盯着安若灏看。

安若灏伸出手去，压住了安德莱的脑袋："你的命运就掌握在你自己手中，就算是我再怎么劝，也许你也有不愿意做的事，这都是你的自由，继续做一个艺人，又或是回到父母残忍的怀抱中，选择权在于你，你这样的学历想要找一份让他们满意的工作应该是很难了。"

安若灏看了看手腕上的表，然后耸了耸肩："时间差不多了，我该回公司了，下午还有个会议呢。"

何穆穆还看着安若灏发呆的时候，就被安若灏一把抓住了手往外拖了。

"我说！"

安德莱的声音回荡在病房中，安若灏和何穆穆缓缓回过头去，就看到了安德莱满脸泪水，双手死死地抓住了被子："我会把一切都说出来的，我还是想继续做艺人。"

最初觉得这是一份非常可怕的工作，明明很痛苦的时候，还是要装作非常快乐的样子，不管粉丝长成什么样，都要对她们微笑，甚至是飞吻，但最主要的是，要把真实的自己给隐藏起来。

但是，渐渐的安德莱就不讨厌这份工作了，因为不管在什么时候，都有为他加油的人在，大家并不是想得到利益或是什么，只是发自内心地喜欢着他，这样被人支持的感觉，安德莱真的很喜欢。

想要继续为了那些人努力下去，虽然把过去的事说出来需要勇气。

"很好，你先休息几天，这几天一定要把身体养好了，等你出院就开记者招待会。"安若灏轻笑起来，然后一只手搂住了何穆穆的肩膀，"至于经纪人嘛，不用担心，我已经给你找到了最佳人选。"

不管是何穆穆还是安德莱都一脸惊讶的表情，何穆穆看着安若灏问道："谁？谁？！"

"你啊，从现在开始你就是安德莱的经纪人兼化妆师了。"安若灏挑起眉毛从上而下地看着何穆穆。

何穆穆和安德莱两个人异口同声道："啊？！什么？！"

安若灏一早也想了很久，觉得何穆穆是最合适的人选。首先，安德莱这个人是很没有安全感的，而他却很亲近何穆穆，所以如果何穆穆能做他的经纪人，一定会让他的心情放松不少。

而且现在公司里的经纪人紧缺，有不少新晋的艺人根本就没有经纪人或是好几个人共用一个经纪人，所以要再给安若灏去找一个也不现实，既然如此，那就只能由何穆穆来了。

何穆穆抓着安若灏走出了病房，嘴角抽搐："那个，安先生？您还记得我当初来应聘的是什么职位吗？"

"不要在意这些细节。"走出病房之后安若灏终于可以吸烟了，于是直接把烟给点燃了然后深深吸了一口，"大不了，我给你三份工资就是了，化妆师一份，经纪人一份，还有我的秘书，第三份。"

"不是这个问题啦！"何穆穆双手握拳凑到安若灏面前，"经纪人什么的，我根本没学过啊，要做些什么我都不知道啊！"

安若灏朝着何穆穆吐了一口烟圈，何穆穆立刻咳嗽起来，他缓缓说道："吴心不是你朋友吗？请教请教她就是了呗，谁都不可能天生就会做某件事的，学习学习。"

这都什么和什么啊？何穆穆只觉得一阵晕头转向："可是啊……"

"没什么可是，这是来自我的命令，给我好好做。"

安若灏说完就走了，只剩何穆穆一个人还站在原地气得直磨牙，这个家伙有时候真的很蛮横不讲理。

而另一方面，当天下午刚好有工作的彩无夜发现何穆穆没有跟着一起来，而是另一个化妆师跟来了，问了吴心之后才知道何穆穆已经不再是他的专属化妆师了，彩无夜双手握拳睁大了眼睛看着地面。

当天晚上工作结束后彩无夜就回公司找到了安若灏。

"为什么？为什么要这么做？穆穆是我的化妆师啊，为什么要把她安排给安德莱呢？"彩无夜看上去是真的很愤怒。

安若灏只是一边翻着资料一边冷冷地答道："这件事说来话长，因为安德莱的经纪人被开除了，而我们公司急缺经纪人，所以何穆穆就被调去做安德莱的经纪人了，安德莱一向比较忙，所以可能顾及不到你了。"

"这算什么理由？穆穆她是化妆师并不是经纪人，当初不是说过要以我的专属化妆师的身份聘请她的吗？现在这算什么？和约定的不一样不是吗？"彩无夜双手拍到了安若灏的办公桌上。

安若灏放下了手都的东西站起身来："你看上去很烦躁的样子，到底是怎么了？化妆师的话，大家都差不多不是吗？你和何穆穆是朋友的话，即使不是你的化妆师，私下也能有很多见面的机会吧？"

彩无夜咬着下唇不甘心地看着安若灏："不是这个意思！她本来就该属于我的。"

听到这话安若灏也火了："什么和什么？我刚开始就被你骗了，说得好像她是你女朋友似的，其实完全不是这回事嘛。"

"不是女朋友那么肤浅的东西。"彩无夜往后退了几步，"总之她就该是属于我的，请将她还给我。"

安若灏嘴角抽搐，他觉得自己越来越搞不懂彩无夜了："你到底在说什么啊？她只不过是变成了安德莱的经纪人而已，什么还不还的。"

"所以说！"

"够了，现在公司里的情况比较特殊，还是说你要让完全没有经验的何穆穆来做你的经纪人，然后吴心去做安德莱的经纪人？"安若灏皱起了眉头，他已经渐渐没有耐心了。

彩无夜不说话了，的确吴心是一个经验丰富并且很优秀的经纪人，而自己对这份工作早已没有什么热情了，如果换作是热血的何穆穆来做自己的经纪人可能的确很不合适，也许两个人会频繁与他人发生争执也说不定。

"安先生，我一直对你都挺尊重的，但是没想到你会这么不守信。"彩无夜失望地说道。

"都说了这是特殊情况，等过了这段日子我会让她恢复化妆师的身份的，你用不着这么纠结。"安若灏实在无奈，捂住了自己的额头。

"对于我来说！穆穆是特别的！"是的，从第一次见面开始彩无夜就知道了，那个时候何穆穆的笑容让他永远都无法遗忘。

"好了，我知道了，我会尽快安排的好吗？至少这段日子先忍耐一下，话说回来你最近情绪似乎不太对劲啊。"安若灏是真的有点担心了，虽然彩无夜这个人本来也就很难相处，但似乎没有这么偏执。

"我知道了，我的情绪没什么问题。"彩无夜说完之后就离开了。

第五十一章　重生

　　安若灏松了口气，不过彩无夜看来是真的挺喜欢何穆穆的，他眯起了眼睛大概从最初就知道了吧，说什么："如果不能让她做我的化妆师就请不要聘请她了"，当时安若灏就觉得彩无夜这人很怪。

　　不过算了，再怎么古怪也和自己无关了，反正彩无夜留在这里的用处也越来越小了，自从上一次暴力事件之后他的人气越发下滑，恐怕再过不了多久，在这一行就混不下去了吧，虽然觉得有些可惜，但因为彩无夜本人就不怎么听话，所以安若灏也没有救他的办法。

　　三天后，安德莱顺利出院，因为休息了几天，整个人气色好了很多，但是刚出院的第一件事并不是回家，而是直接去往了记者招待会的会场。

　　虽然对于记者招待会安德莱本人很紧张，但很显然还有一个人比他更紧张，那就是何穆穆。

　　"糟糕了啊，作为经济人的我到底要做些什么呀？这些天的工作安排也好乱，完全不懂啊！"何穆穆翻着自己用来记录安德莱行程的笔记本，上面写着安德莱之后几天的工作安排，但是她真的越来越混乱了。

　　坐在何穆穆身边的安德莱尴尬地笑了起来："穆穆小姐，不用那么紧张，关于工作安排我自己很清楚啦，我通知你就行了。"

　　"啊？！可是以后怎么办？我要怎么记录？！"何穆穆整个人都头昏脑涨的，虽然这三天都在接受培训，但是她还是什么都不懂，突然就从化妆师变成了经纪人对她来说压力也太大了。

"以后？以后很简单啊，会有人来联系你申请让我参加什么什么节目，你只要查一查我在那一天的那个时间段有没有空就可以了，如果可以的话就记录下来，如果不行的话就拒绝掉，然后再把行程档期都告诉我就是了。"安德莱一点一点地解释起来。

这些在培训的时候，何穆穆都已经听过了，但实际做起来就很难了，这些天她收到很多邮件和电话，都是希望能让安德莱上访谈节目之类的，但是她到后来都记乱了，也不知道哪一天有空哪一天没空了，所以档期都乱了，有的节目只能延后了，更有的需要支付赔偿金。

当然，关于支付赔偿金这一点，安若灏并没有责怪何穆穆，毕竟何穆穆也是个新人，做不好也是情有可原的，只不过安若灏一直要她冷静下来。

冷静这种话旁观者当然会说，但是当事者就做不到了好吗？何穆穆真的很头疼，再这样下去恐怕她就要因为压力过大而脱发了。

在到达会场之后，何穆穆先给安德莱上了妆，然后两个人就坐在后台等着了。

安德莱两只手放在膝盖上，盯着自己的双手看了起来："我总觉得，很不真实，就要把自己所有的事都说出来了吗？这样会不会反而更让人讨厌呢？我的父母知道了以后会有什么样的反应呢？"

何穆穆叹了口气："就不要管你的父母了，你住院这些天他们一次也没有出现过，不觉得很过分吗？"

"不过分啊，她们一直都是这样的，我已经习惯了。"安德莱抬起头来对着何穆穆笑了笑。

"安德莱先生，记者招待会差不多要开始了，请你上台吧。"门外响起了这样的声音。

"嗯……"安德莱深深地吸了口气，"那，我去了！"

"加油。"何穆穆轻轻拍了拍安德莱的背部。

安德莱刚走进会场之后就被台下的闪光灯闪得睁不开眼睛了。

自己的命运，要靠自己来改变吗？安德莱闭上眼睛深呼吸了几下之后，缓缓开口了。

"其实……我有一个大我5岁的姐姐，所以，我是超生儿，父母为了这个支付了不少钱呢，所以他们觉得我就是欠他们的。"

那之后，安德莱把自己的一切都说了出来，包括自己小时候被父母虐待殴打的事，在底下听着的记者们都已经愣住了，几乎都要忘了按快门。

不过，安德莱并没有把前任经纪人对他使用暴力的事说出来，因为怕这样会影响到Y.M。很意外的，在诉说的过程中他异常冷静，似乎并没有想象中的那么难受。

何穆穆在一边偷看着的时候，都觉得心快跳出嗓子眼了。

"就是这样，虚报年龄欺骗大家真的很抱歉，尤其是对那些一直信任着我，支持着我的人，我不知道要怎样才能表达自己的歉意了。"安德莱说到这里的时候，站起身来深深地鞠了一躬。

"但是，即使如此，我还是想继续在这一行做下去。"安德莱抬起头来，脸上居然露出了笑容，"那些曾经说过看到我的笑容会觉得很治愈的人，我希望以后能够用我的笑容，继续给你们带去欢乐。"

这个时候，台下的记者开始交头接耳地小声讨论起了什么，但是并没有直接向安德莱提问。

安德莱自嘲般地笑了起来："大家肯定觉得很奇怪吧，一个明明欺骗了别人的家伙居然还想给别人带去欢乐，我也觉得自己的脸皮真的很厚，但我真的还想要继续做下去，希望大家能原谅我，给我一次机会，我想要，靠自己的双手来改变自己的命运！"

现场瞬间就安静下来，什么声音也没有，只是，从不远处传来了鼓掌声。

何穆穆顺着声音往外看去，看到了安若灏，她嘴角抽搐，不是吧？又来了？她怎么觉得这场景那么熟悉？

只见安若灏一边鼓着掌一边朝台上走来，这个时候闪光灯又此起彼伏地闪烁起来，一边的安德莱很惊讶地看着安若灏，然后赶紧往一边挪了挪给安若灏让出一个空位来。

安若灏露出了一个无比商业的笑容:"各位,我想请问大家,安德莱谎报年龄伤害到你们了吗?并没有吧?反而给你们带去了更多的欢乐以及梦想不是吗?"

这下记者都开始不满了,纷纷反驳起来。

"话可不能这么说啊,不管怎样都是骗人啊。"

"就是啊,安家大少,你用这种歪理来给自家艺人洗白也太低端了吧?"

"我并没有给他洗白哦。"安若灏耸了耸肩,从西装上衣口袋中掏出一支烟来塞进嘴里,点燃了,会场瞬间就烟雾弥漫。

"这里是禁烟区啊安家大少!"

"哦,抱歉抱歉,"虽然说着抱歉,但安若灏并没有把烟给熄了,他只是面带着微笑缓缓说道,"年龄的问题,并不是在欺骗大家,而是在欺骗安德莱本人。"

安若灏将自己的手压在了安德莱的脑袋上:"这家伙在17岁的时候,失去了唯一疼爱他的姐姐,事实上,是可以直接在17岁就出道的,但是当时的他整个人都沉浸在悲伤之中,所以才培训了整整两年,话虽如此,但也并非是培训,其实是治疗。"

台下一片哗然,包括何穆穆也张大了自己的嘴巴。

第五十二章　即将出国

"从小就受到了父母凶残的对待,那个时候的安德莱非常消沉,以这样的姿态出现在大家面前的话,也不会给大家带去任何快乐的。"安若灏吐了一口烟圈,"在两年之后,渐渐恢复开朗的安德莱已经调整好了状态,可以出道了,之所以会让他以高中生的身份出道,也并不是光是因为这样会更受欢迎,也因为希望他能重生。"

重生吗?何穆穆目不转睛地盯着安若灏看了起来,觉得这个男人真的很帅气。

听到重生两个字之后,安德莱也稍稍颤抖了一下,然后眼眶有些红。

"哦,对了,还有一件事想要告诉大家。"安若灏用食指和中指夹住了烟,然后冲着台下眨了眨眼,"刚才说到安德莱并没有给大家带去伤害,那么大家知道他其实是骗人了的时候,是不是受打击了?会让大家受到这种打击的,并不是安德莱啊,而是他的前任经纪人。"

安若灏吸了口烟继续说道:"安德莱的前任经纪人对他使用暴力,并且总是恶言相向,导致安德莱压力过大患上过呼吸症,因为不允许Y.M娱乐传媒有限公司出现这样的经纪人,所以我就将他给开除了,结果他为了报复才把安德莱的信息都卖给了杂志社,知道了一切真相觉得大受打击的各位,难道不是应该去责怪前任经纪人吗?"

场下就要沸腾了,有人觉得安若灏说得挺有道理的,但大部分还是持反对意见。

"好吧,不管大家是怎么想的,我只想说,安德莱本人并没有错,他只不过是一个艺人,一切的一切都要听从我们,是的,错的那个人是我,但我的本意绝不是伤害或是欺骗大家,请大家原谅我们公司的安德莱。"安若灏也鞠了一躬。

何穆穆茫然地盯着台上看了一会儿之后,嘴角抽搐。

原来如此,安若灏果然是高智商啊,他这么做,让别人觉得好像是经纪公司的错,而且好像是他三观不正,但事实上只是从侧面表现出Y.M对艺人的保护而已,所以不管怎么说还是在宣传自己的公司啊。

不管怎样,记者招待会是结束了,但安德莱的心情似乎变沉重了。

"大概大家还是会觉得我是个骗子吧?不过本来也就是这样没错,我想过了,以后做不了艺人也没关系,我会一边打工一边继续上学的,今天谢谢你们了,安先生,穆穆小姐。"安德莱下了台之后对安若灏和何穆穆鞠了一躬。

"嗯,你能那么想很好,其实在你住院的时候,我已经帮你报名了夜校,从下个月开始,你就要白天工作晚上上学了。"安若灏靠在墙边,露出了一个无比帅气的笑容。

"安先生……"安德莱双手合十用崇拜的目光看着安若灏。

"什么?!这种话你从来没对我说过啊!"何穆穆大声吼道,"下个月的晚上有不少工作啊!安德莱下个月还有一部新戏啊!"

"啊?你接了电视剧为什么不通知我?"安若灏咬牙切齿地抓住了何穆穆的衣领。

"不是你说的只要档期没有问题都可以接的吗?!"何穆穆也抓住了安若灏的衣领。

"啊啊啊——现在都给我去推掉!"

安德莱在一边看着吵着架的两个人,其实,只要不去念那个夜校的话就没问题了,但安若灏却没这么做,真的是很为艺人着想的人。

"对了,还有件事。"安若灏将烟头扔进了一边的垃圾桶里,"安德莱,我之所以会让你养好身体,因为这个月你必须出国一趟,所以没有多余的时间让你继续休息了。"

安德莱歪过头去:"出国?"

"嗯。"安若灏给出了一个神秘的笑容,"是N国的巡回演唱会,要去吗?"

何穆穆睁大了双眼,难怪安若灏再三吩咐她这个月内千万不要让安德莱接任何工作,原来是要去开巡演吗?!

"巡回演唱会……N国?"安德莱已经傻掉了,他本来以为因为这些事会影响到他的工作,甚至是再也不能参加演唱会或是上电视剧了,但是没想到,安若灏给了他那么多的惊喜。

"嗯,你在N国也特别有人气,至于国内的事不用担心,时间会冲淡一切的,相信很快大家就能重新接受你了,而且嘛,这种事本来也没多大,有不少艺人都会谎报年龄的,只不过是两年的差距,根本没什么问题的。"安若灏拍了拍安德莱的肩膀。

"嗯!"安德莱的眼眶有些红,眼角正溢出点点泪光。

"当然,作为安德莱的经纪人兼化妆师,动车你也必须一起去,至于我嘛,作为你们俩的监护人,也勉为其难一起去好了。"安若灏揉了揉自己的刘海缓缓说道。

"哈?监护人?安先生你什么时候变成我们的监护人了?"何穆穆皱起了眉头踮起脚尖冲着安若灏说道,"我看你只是单纯想去旅游吧?"

"嚯?"安若灏扬起眉毛看着何穆穆,"你确定?你能保证你一个人可以照顾好安德莱?就你们俩小鬼?"

何穆穆自然是无法反驳了,她的确是没这个信心。

不过不管怎样,能出国还是很开心的,何穆穆长这么大也没去过N国,据说景色很好,而且因为是靠海的国家,所以空气特别新鲜。

"真的没问题吗?"安德莱还是觉得有些不安,也许演唱会根本就不会有人来看也说不定。

何穆穆看着安德莱,以前的他超级有精神的,总是露出让人觉得很可爱的笑容,这一次大概主要是因为有人在他的微博里说他是骗子这一点给他带来了打击。

这么想着,何穆穆掏出了手机,点开了安德莱的微博,可能今晚记者招待会的内容就会被播出吧，不知道大家会有什么样的反应呢？

安德莱最后一次更新微博还是在3天前，只写着对不起三个字。

第二天一早，何穆穆就和平时一样来到了公司，结果就在等电梯的时候，被彩无夜给拉走了，何穆穆就这么被彩无夜一路拖出了公司。

什么情况？

"穆穆，辞职吧。"彩无夜是这么说的。

何穆穆实在是搞不清状况，于是歪过头去看着彩无夜："怎么了吗？"

"你不是我的化妆师吗？现在变成了这样一定觉得很不爽吧？"彩无夜抓着何穆穆的肩膀一脸认真的表情。

"我有些搞不懂彩无夜先生你的话是什么意思？"何穆穆是真的不懂。

"所以我的意思是，你应该是我的专属化妆师啊，那样悠闲的日子不是很好吗？现在这样一定很忙吧？"彩无夜的表情很认真。

何穆穆先是吓了一跳，总觉得最近的彩无夜有些不对劲，和最初差了太多，她尴尬地笑了笑："现在虽然很忙，但也很充实，不过彩无夜先生你放心，安先生已经在找合适的经纪人了，所以我大概很快就能再次成为你的化妆师的。"

第五十三章　冷淡的安若灏

真是太狡猾了啊，安若灏这个人，彩无夜这么想着，出生在这样的家庭中，拥有着父母给予的爱，拥有着金钱，无忧无虑地生长着，一切自己想拥有的，他都拥有了，现在还要抢走何穆穆。

彩无夜都知道的，何穆穆也许真的对自己没有爱情，但即使每天只有很短的时间，能够见到她就已经满足了。

"彩无夜先生？你还好吗？"何穆穆歪着头看彩无夜。

"穆穆你啊，把我当作是什么人呢？"彩无夜终于双唇颤抖地问出了这样的问题。

"嗯？还有问吗？当然是……"何穆穆本来是很想回答的，但此刻却有些不好意思，"你是我儿时的偶像，不过，现在擅自把你当作朋友可以吗？"

彩无夜稍稍愣了一下，低下头去轻笑起来："当然可以。"

另一方面，安德莱正从远处跑向了这边，看到何穆穆之后直接扑了过来死死地抱住了她："穆穆小姐，太好了！大家说原谅我了，还说感谢我给他们带去的快乐与感动，我现在真的好开心，以后为了大家我也要好好活下去才行！"

何穆穆摸了摸安德莱的头发："真是太好了呢。"

彩无夜在一边看着安德莱，觉得心情很复杂。

当天下午一行人就坐上了飞往 N 国的飞机，何穆穆就坐在安若灏的身边，原本她还觉得有点不好意思，两个人那么近距离，不过安若灏从上飞机以后就没有说话了，只是戴上了耳塞在那睡觉而已。

何穆穆瞄了安若灏一眼，已经完全睡着了，她嘴角抽搐，本来还想聊个天什么的，不过近距离看的话，安若灏真的长得非常精致，睫毛也很长，伴随着安若灏身上淡淡的烟草香味，何穆穆就这样盯着他发呆。

"穆穆小姐，你为什么一直盯着安先生看？"坐在何穆穆对面的安德莱小声问道。

因为被吓了一大跳，何穆穆尖叫起来。

本来睡得很香甜的安若灏就这么醒了过来，他黑着脸看何穆穆："你吼什么？会打扰到别人的知道吗？"

"啊……抱歉！"何穆穆不说话了，回过头去看了看安德莱。

安德莱也是一脸抱歉："不好意思哦，不是故意吓你的。"

何穆穆叹了口气，总觉得今天的安若灏好像有些不太一样，早晨何穆穆跟他打招呼他也完全不理睬何穆穆，而且脸上总是特别严肃的表情，好像是心情很差的样子。

说到N国，国土面积很小，但是N国的人都很热情友善，这一次的巡演只去四个城市，大概要花差不多半个月的时间，安若灏之所以把第一次的国外巡演定在N国，主要是为了能让安德莱习惯这种模式，另一方面也因为N国人比较好相处。

下了飞机一行人就忙开了，先是到预定好的旅馆去把行李都安置好，然后安德莱和何穆穆去到演出的会场核对各种事项，安若灏则是去找各个商家来做宣传。

因为演唱会之前要不停地排练，所以何穆穆每天都陪着安德莱，只不过安若灏不知在忙些什么，即使是晚上回到旅馆，何穆穆还是见不到他，再加上之前他心情看上去很糟的样子，何穆穆渐渐开始担心起来了。

事实上即使安若灏不来N国，演唱会也可以顺利地进行，只要与各种工作人员配合好、核对好就没有任何问题了，宣传也进行得非常顺利，大街小巷都贴满了安德莱的海报，何穆穆自然也忙得不可开交。

演唱会举办得还算顺利，上座率基本到达了80%以上，最后一场则达到了97%的上座率。

当然在这期间大家也非常辛苦，尤其是安德莱，毕竟他才出院没多久，不过因为粉丝们的支持以及鼓励，让他觉得浑身上下都充满了力量。

就在大家都心情大好地开着庆功宴的时候，何穆穆却觉得非常失落，之前她好不容易在旅馆一楼见到了安若灏，虽然笑着和对方打招呼了，但是对方却好像无视了她一般直接与她擦身而过。

我是不是做了什么惹到安若灏了？何穆穆不禁这么想着，但是安若灏对她的态度转变刚好是发生在到这儿来的那一天，从那一天早晨开始安若灏的态度就很差，总之从在飞机上被何穆穆吵醒之后，安若灏就再也没和何穆穆说过一句话了。

何穆穆嘴角抽搐，该不会就是因为自己把安若灏给吵醒了，所以他才生气的吧？

就在大家特别开心地吃着东西的时候，何穆穆看了一眼人群中正笑得天真烂漫的安德莱，溜出了饭店。

已经是秋天了，夜晚的丝丝凉风让何穆穆不禁拉起了衣领，因为之前一心投入了工作，所以也没空消沉了，而现在一切都圆满结束了，她满脑袋都是安若灏。

在何穆穆的记忆中，安若灏从没有对她这么冷淡过，像是看到她就当作没看到直接离开这种事一次也没有过，但事实上，安若灏平时对别人就是如此冷淡的。

因为长久以来，何穆穆一直得到着安若灏的温柔，所以下意识觉得这些都是理所当然的，现在才了解到并不是如此，何穆穆无意识地往未知的方向走着，在她回过神来的时候，已经来到了完全不认识的地方。

何穆穆一向都没什么方向感，每次到了没怎么去过的地方都会迷路，所以这次出国她基本也一直跟着大部队，从没掉过队，没想到在巡演结束后居然迷路了，她明明只是想出来吹吹风而已的。

这下糟糕了，该怎么回去呢？何穆穆翻起了口袋，她捂住额头，刚才出来的时候，什么都没带，手机也好房卡也好钱包也好，都在那个小包里，而那个小包正静静地躺在饭店里。

似乎遇到了最大的危机，自己就要被这样困在国外了吗？何穆穆觉得非常恐惧，以后会怎样？被人卖掉吗？还是一辈子流落街头？

不，这种时候要冷静下来，首先，找到这附近的警察局，然后……慢着，话说回来警察局在哪？何穆穆直接就跪倒在了地上，一阵冷风吹来，无比凄凉。

不过，安德莱一定会发现自己不见了，然后大家会来找自己的，何穆穆这么想着，心情稍稍轻松了一些，毕竟自己是经纪人嘛，一般来说经纪人不见了还是会引起大家注意的。

只是现实似乎和何穆穆所想的完全不同，此时饭店里的那帮人已经完全喝醉了，因为所有的演唱会就到此为止了，人一松懈下来就会想要喝点酒什么的。

第五十四章　迷路

而安德莱此时也已经醉的东南西北都分不清了,但他还保持着一丝清醒,看到了何穆穆的小包之后将小包放进了自己的包中,避免何穆穆的东西被偷,但至于何穆穆不见了这种事,他居然都没有发现。

何穆穆在原地徘徊着,一般来说迷路的人还是站在原地不要动比较好,这样比较好被别人找到,不知道安德莱他们有没有发现自己不见了呢?

夜晚的风让何穆穆觉得好冷,这就是所谓的自作孽吗?在饭店里好好的自己为什么要溜出来呢?而且还没有和任何人打招呼,不然至少还会有人发现自己很久都没回去。

何穆穆双手抱着胳膊正在轻轻颤抖着,因为现在已经很晚了,附近的店都已经打烊了,在这附近好像也没有24小时便利店的样子。

就在何穆穆有些绝望的时候,一个熟悉的身影从她眼前一晃而过,是安若灏!正走在马路对面的一个小巷子里,何穆穆见状赶紧追了上去。

这简直就是抓住了救命稻草啊!何穆穆双手合十,默默地想道:上帝佛祖真神,不管是哪一位,感谢你们了!

虽然何穆穆很想开口喊住安若灏,但又怕安若灏不理她,而且安若灏这么晚了要去哪儿也让她很好奇,于是她悄悄地跟了上去。

在路灯的照耀下,何穆穆能看清安若灏脸上的表情,很是凝重,因为小巷子里很是狭窄,一不小心就会被安若灏发现,所以何穆穆也异常小心，蹑手蹑脚地往前走，学过武功的她几乎都能将自己的气息隐藏起来，所以安若灏并没发现她。

走出巷子之后，安若灏就不再移动了，而是靠在了一边的墙壁上，脸色非常难看，从西装上衣口袋中掏出了一支烟塞进嘴里，紧接着何穆穆就听到了用打火机的声音，并且闻到了熟悉的烟草味。

何穆穆从小巷子里探出脑袋看着安若灏，安若灏居然完全没有发现，只是自顾自地吸着烟。

对方似乎是有心事的模样，想到这里，何穆穆皱起了眉头，不知道又发生了什么事，不会是那个叫作诺佳鸾的女人又去找过安若灏了吧？想到这里，何穆穆觉得自己的心情有些沉重。

爱情虽然的确与外界的因素毫无关系，但爱情的结局却不同，有太多东西会影响到结局，像自己这样普通的人，即使是和安若灏相爱的话，也不可能在一起的，不过现在也只是自己单恋而已，何穆穆苦笑起来。

不知道现在出去让安若灏带自己回饭店的话，他会不会答应，何穆穆挠着头，刚想走出去，一脚踩在了一个枯树枝上发出了声响。

原本在吸烟的安若灏瞬间回过头来："谁？！"

"呃……"何穆穆挠着自己的头发走了出去，一脸尴尬的笑容，"抱歉，安先生，我迷路了。"

"哈？"安若灏用像是在看怪物一般的目光看着何穆穆，"迷路？慢着，你们不是应该在开庆功宴吗？这时候你说迷路，你这是在逗我？"

安若灏虽然态度不太好，但好歹也在对何穆穆说话，这让何穆穆稍稍安心下来了："不是啦，因为人太多了，里头好热，所以想要出来透透风的，没想到就这样迷路了，安先生，你能不能送我回去？"

"啧，真是麻烦。"安若灏不耐烦地咂了咂嘴，就是这样的举动让何穆穆觉得心脏一沉，"我打电话给安德莱，让他来接你。"

为什么呢？何穆穆低下头去，觉得很难过，已经这么晚了，而且安若灏只是在这里吸烟而已，似乎并没有什么重要的事啊，他是讨厌自己了吗？何穆穆双手握拳。

"算了，不用了。"何穆穆颤抖着说道，然后转身就跑。

"喂，你不是迷路了吗？！"安若灏眼看着何穆穆就钻进小巷子里了，赶紧把烟给丢到地上熄灭了追上前去。

因为何穆穆爱着安若灏，所以特别在乎安若灏对她的看法，如果安若灏对她温柔，她就会很安心，而若安若灏对她不耐烦甚至是冷淡到不行，她就会不安起来，觉得是不是对方讨厌自己了？如果自己不在乎对方的话，自然也不会去在意这些了。

被自己爱着的人讨厌，是一件多可怕的事。

何穆穆一直在自己的脑海中搜索着自己到底是做了什么可能让安若灏讨厌的事，无论怎么想也想不出来，这让何穆穆越来越烦躁了，而且心情真的很糟，甚至都想哭了。

何穆穆不愧是练过的人，跑步的速度飞快，安若灏黑着脸在后面追，他简直就是一头雾水，何穆穆这是怎么了？不是说迷路吗？干吗还跑啊，不是应该待在他身边的吗？

安若灏好不容易才追上了何穆穆，死死地抓住了她的手腕，因为惯性的关系，两个人直接都倒在了地上，安若灏将何穆穆压在了地下，借着路灯，他看到了何穆穆脸上的眼泪，愣住了。

安若灏扬起眉毛，冷冷地说道："你什么情况啊？干吗哭啊？莫名其妙。"

这样冰冷的语气以及用词让何穆穆更伤心了，于是哭得更凶了，而一边的安若灏本来心情就不怎么好，这一下更不爽了，一下粗鲁地捂住了何穆穆的嘴。

"你好烦啊，这么矫情真的好麻烦，你以为自己是狗血电视剧的女主角吗？哭着跑走真难看。"安若灏一边说着一边用力地抓着何穆穆的手腕。

听到这种话何穆穆不停地颤抖着，小口小口抽泣，太过分了啊，还不准人伤心吗？

其实只要何穆穆愿意，可以一脚就踹飞安若灏的，但她当然是不可能这么做的，那个温柔的安若灏到底哪儿去了？

就在两个人以非常让人误会的姿势倒在地上的时候，听到了一声从不远处传来的枪声，于是两个人都愣住了，何穆穆睁大眼睛赶紧推开安若灏。

"刚才的声音是什么？"何穆穆红着眼就问安若灏。

"你问我我问谁去啊？"安若灏不耐烦地答道，然后回头看向了枪声传来的地方，"不过反正也和我无关就是，我现在要回旅馆了，你回不回去？"

何穆穆虽然很想和安若灏一起走，但是刚才的那声枪声实在是让她在意得不得了，就在这个时候，又响起了枪声，何穆穆一惊，赶紧站起身来擦掉眼泪就朝着枪声的方向跑去。

"喂！我说你啊！不要去管闲事！"安若灏在后面叫喊着，但是何穆穆却完全没有理他，他叹了口气，觉得很无奈，但是现在又不可能就这样丢下何穆穆不管，只好跟上去了。

第五十五章　卷入危险事件

　　两个人跑到了一个废弃工厂里，何穆穆朝着身后的安若灏摆出了安静的姿势，然后自己往里走去。

　　何穆穆可以完全不发出脚步声，但安若灏却做不到，他不甘心地跟在何穆穆身后蹑手蹑脚地走着，这算什么？

　　走到了走廊拐角处，两个人都吓了一跳，因为那里有一个人倒在了血泊之中，何穆穆捂住了自己的嘴，而安若灏则是皱起了眉头，没想到还真的遇到大事件了，所以说不要管闲事比较好啊。

　　安若灏上前去蹲了下来伸出食指去探了探那个人的鼻息，他发现那个人还有微弱的呼吸！并没有死！想到这里，他站起身来凑到何穆穆身边："他还没死，我们要赶紧报警才行。"

　　何穆穆用力点了点头。

　　就在两个人准备转身出去打电话报警的时候，何穆穆却只觉得后脑部一阵钝痛，整个世界天旋地转起来，视野一片模糊。

　　有什么温热的液体从自己的后脑勺溢了出来，何穆穆能感受到，紧接着，是一阵急促的脚步声，再接下来，她看到了安若灏极度惊讶的脸，两只眼睛睁到了极限。

　　"何穆穆——"

　　伴随着安若灏的叫声，何穆穆重重地倒在了地上，失去了意识。

　　此时的安德莱回到了旅馆，洗了个澡之后整个人稍微清醒了一点，整理东西的时候，发现了何穆穆的小包，其实他已经不记得是自己把这个包放进来的，这么想起来，好像没见到何穆穆啊。

对哦，庆功宴结束的时候，自己就直接跟着大家一起回旅馆了，在车上也没有数人数，自然也没发现少了人，何穆穆去哪儿了？不祥的预感瞬间窜了上来，安德莱整个人愣住了，瞬间清醒。

安德莱拿起手机拨打了何穆穆的手机，但是铃声却从那个小包里传了出来，他倒抽一口冷气，然后跑到了何穆穆的房间门口大力地敲着门。

和何穆穆同屋的是一个刚进公司没多久的女工作人员，她摇摇晃晃地走过来开门了，看到安德莱之后明显有些失望的样子。

"怎么不是何穆穆回来了？"

"穆穆小姐没有和你一起回来吗？！"安德莱颤抖着问道。

女人摇了摇头："我一直以为她出去买东西了呢，不过现在回忆起来好像上了车就没见到她了。"

安德莱站在原处动弹不得，那么何穆穆去哪了？他像是想起了什么一样，将每个工作人员的房门都敲开了，结果还是没能找到何穆穆。

在和大家商量了一下之后，安德莱决定去报警了，何穆穆在国外人生地不熟的，而且又是在晚上不见了，怎么想都觉得太危险了。

"不光是何穆穆，就连安总也不见了嗳。"一个工作人员这么说道。

刚刚报完警的安德莱赶紧给安若灏打了电话，虽然电话有拨通，但是根本没有人来接听。

原本都醉醺醺的一行人这会儿也都清醒过来，意识到事情似乎有些不对劲了，安德莱问了一个工作人员才知道安若灏今天并没有什么工作上的预定。

——滴答。

有什么冰冷的液体低落到了何穆穆的脸上，让她渐渐睁开了眼睛，四周一片漆黑，只有一个很小的窗户外洒进了一点光线，四周弥漫着淡淡的霉味，令人作呕。

怎么回事？自己这是在哪儿？

"你醒了吗？"安若灏低沉的声音从一边传了过来，还带了点回音，似乎是被关在了类似大型仓库的地方。

何穆穆皱着眉头，很想要伸手揉眼睛，但是却发现自己被五花大绑着，双手被绑在了身后，腿也被绑起来了，她难受地扭动着身子。

"安先生……我们这是……"

"被关起来了。"安若灏冷冷地说道。

"这个不用你说我也知道啊，就是问为什么会被关起来？"何穆穆好不容易才用力坐起身来，原本倒在地上的姿势让她的肩膀很疼。

安若灏叹了口气，特别无奈地说道："好像是有什么组织在进行着非法交易，刚好被我们瞧见了，对方本来要杀我们灭口的，但是似乎是急着要处理刚才那个倒在那里的人的尸体，就暂时把我们关进来了。"

何穆穆吸了吸鼻子，原来是这样，安若灏继续说道："这里就是刚才那个废弃工厂的仓库。"

这么说来，刚才那个倒在血泊中的人果然还是没救了吗？明明还有微弱的呼吸，生命真的是好脆弱啊，而且因为自己的关系，把安若灏也给连累进来了，想到这里，何穆穆低下头去咬住了自己的下唇。

"安先生……抱歉。"

安若灏呼出一口气来："啊？什么事？"

"如果我不管闲事的话，就不会让你也被关在这里了。"何穆穆的声音越来越小，而且还在轻轻颤抖着，就像是要哭出来了一样。

安若灏本来是挺生气的，很想说"就是啊你这笨蛋自己要犯病干吗非要把我也给拖下水？！"

但是听到了何穆穆这样委屈兮兮的声音，他只能认输了："没什么啦，本来也是我自己跟着你的。"

然后，两个人都不说话了，何穆穆就这样靠着墙壁坐在那里想着该怎么办才好，如果只是普通的麻绳自己应该一用力就能挣断的，但问题是这绳子绑得也太紧了，而且绑了好几层，让她根本使不出劲来。

"你，刚才干吗突然就闹别扭了？"安若灏憋了很久最终还是把这个问题给问了出来，他刚才一个人在这儿也想了很久，该不会是每个月总有那几天,所以何穆穆才会那么古怪吧?

"啊?"听到这个问题之后,何穆穆的脸红了,她总不能说是因为安若灏对她太冷淡了才不开心的吧?

于是何穆穆噘起了嘴,小声嘟囔道:"没什么啦!"

"啊,是吗?"

那之后两个人都不说话了,在这样空气非常浑浊的地方何穆穆很不舒服,总觉得分分钟能把晚饭给吐出来,如果这个时候门被打开能让新鲜空气流通进来就好了。

下一秒,响起了非常刺耳的金属摩擦声,何穆穆下意识闭上了双眼,安若灏则是冷静地皱起了眉头。

仓库的大门被缓缓打开了,走进来一个穿着黑西装戴墨镜的男人,他的手中还拿着一把枪,一看就不是什么善类。

安若灏冷冷地看着那些人,然后用英文问了对方是谁。

不过那个站在中间的男人似乎懂得中文,于是缓缓说道:"我们是谁不重要,重要的是你们即将离开这个世界了。"

听到这句话,何穆穆倒吸一口气,现在到底是什么情况?这一切发生得也太突然了吧?突然就被人给打晕了,突然就被抓进仓库了,然后还没能回过神来就被人用枪瞄准了说就要离开这个世界了!信息量也太大了点吧?

"慢着,即使是要死也得让我们知道为什么吧?"安若灏皱起眉头缓缓说道。

第五十六章　告白

黑衣男子耸了耸肩膀："没办法，谁让你们突然就出现在这里了？在不能确认你们看没看到我的脸的情况下，宁可错杀也不能漏杀，要怪，只能怪你们自己倒霉吧。"

男人说完这句话就走向了何穆穆，缓缓将枪举了起来抵在何穆穆的额头上。

何穆穆只觉得自己眼前一黑，这大概是她出生至今第一次遇到这么危险的事吧？一点实感也没有，自己这是快被干掉了吗？不知为什么，刚才明明还觉得有些不安甚至是害怕，这个时候反而没有这样的感觉了。

"慢着！别动她！她刚才一下就被你给打晕了根本没看到你的脸！"安若灏有些着急地说道，"不过我可是看到了你的脸，看得清清楚楚，所以杀了我吧，把她给放了。"

男人稍稍愣了一下，然后缓缓扬起嘴角："原来如此，说到底男人就是这种生物啊，为了保护心爱的女人献出生命吗？还真是感天动地。"

何穆穆眼看这男人朝着安若灏那边走去，她吓得大喊出声来："不对！看到你的脸的是我！和他没关系！别过去！"

"笨蛋！你胡说什么！"安若灏咬牙切齿，巴不得冲过去抽何穆穆的脑袋。

"哈哈哈哈，你们两个还真有意思啊，不过没关系的，都会去见阎王的，只不过是一个先一个后而已，我的动作很快的，不会让你们其中一个等太久的。"男人的笑声回荡在仓库中听着非常刺耳。

男人走到了安若灏面前："还是先干掉你吧，虽然说女士优先，不过让她在黄泉路上等你恐怕她会害怕吧，所以你先去吧，记得等你的女人，哈哈哈哈！"

简直太可怕了，何穆穆咬住了自己的下唇，死死地盯着男人看，不敢相信着一切是真的，都是自己的错，如果自己没有闹别扭就好了，那样安若灏就不会追上来，两个人也不会听到刚才的枪声了。

就在男人露出了残忍的笑容缓缓扣动扳机的时候，男人的手机震动起来，他咂了咂嘴，掏出手机："喂！啊？什么？！居然有这种事！我这就来！你给我原地等着！"

说完之后男人将手机放回口袋中回头看了安若灏和何穆穆一眼："算你们运气好！再让你们活一会儿。"

这么说完之后，男人就离开了仓库，甚至连仓库门都没有关严实留下了一条小缝，皎洁的月光透过那条小缝洒了进来。

"安先生，抱歉……"何穆穆终于流下了眼泪，"是我的错，是我惹来了杀身之祸，对不起！是我连累了你！"

一切都只是因为自己的意气用事而已，负面情感让何穆穆闹了别扭，才会遇上这种事的。

"笨蛋，哭什么？"安若灏深深吸了一口气，"这大概就是命运吧，不过也不要放弃啦，现在放弃还早，你看，他没把仓库的门给锁起来，只要我们能挣脱麻绳就能逃出去，你不是练过的吗？赶紧挣脱吧！"

何穆穆抽泣着说道："不可能的，我虽然是练过，但是绳子绑了太多圈，最主要的是大拇指被绑在了一起，双手无法握拳，根本就使不上力气。"

听到这里，安若灏觉得有些绝望，的确是这样没错，他的大拇指也被绑在了一起，不过他总觉得他们俩不该就这样死在这里的，总有其他办法的。

"安先生，生命已经快结束了呢，所以我也没有什么好不好意思的了。"何穆穆突然就笑了起来,但是,笑着笑着眼泪却流淌得更凶涌了,"安先生我啊……是因为安先生对我那么冷淡,甚至是无视我,所以才会闹别扭的。"

安若灏愣住了,回过头去看着何穆穆。

"刚才,安先生说要让安德莱来接我的时候,我觉得好绝望。"何穆穆回头看了安若灏一眼,然后低下头去,"我想我大概是被安先生讨厌了,自从来到了这里之后,安先生就没再跟我说过话了。"

"我说啊,你是不是误会了什么?"安若灏无奈地抬起头闭上眼睛,"我可没有讨厌你啊,与其说不讨厌,不如说是喜欢吧。"

何穆穆觉得心脏飞快地跳了起来,她睁大眼睛看向了安若灏。

而安若灏只是自我嘲讽地笑了起来:"不不是喜欢,是爱啊,我爱你,何穆穆。"

何穆穆只觉得自己的脸烫得要命,然后因为太激动,眼泪又掉了下来:"为什么……我还以为,安先生讨厌我了呢,世界上哪有这么美好的事,喜欢的人也喜欢着自己这种事……"

"好啦,不要哭了,快说你也爱我啊。"安若灏轻笑起来。

何穆穆吸了吸鼻涕,小声说道:"安先生,我也爱你,是真的!"

"其实,我也想起来了。"安若灏不停地笑着,肩膀都有些颤抖,"在酒吧的事,我对你说了吧,如果你喜欢我就做我的女朋友,只要你喜欢我,我也会试着喜欢你的。"

"啊?!"何穆穆怔住了,"你想起来多少?"

"嗯……"安若灏低下头去思考起来,然后露出了一个特别欠扁的笑容,"包括你之后说'安先生我爱你,不管以后会怎样'之类的,也想起来了。"

何穆穆倒抽一口冷气,觉得浑身的血液都冲向了脑袋,整个人都要不好了,她结结巴巴地说道:"你那时候不是都睡着了吗?!"

"是啊,不过还是能想起来。"安若灏低下头去轻笑着。

何穆穆不说话了,整张脸通红地看向了别处。

"如果,我只是说如果,能活着回去的话,做我的女朋友好吗?"

安若灏低声说道，慵懒的声音捎带着些鼻音。

"不要！因为这些天安先生对我那么冷淡！"何穆穆别扭地说着。

"我不是对你冷淡，我只是心情不好而已。"安若灏嘴角抽搐着，脸色又变难看了，"有件事，我只告诉你一个人，你不准说出去，知道吗？其实，我有恐高症，所以坐飞机对我来说简直就是炼狱……如果不是为了要谈公事的话我根本就不想到这儿来。"

"啊？"

"所以，只要一想到回去的时候，还要坐一次飞机我就觉得快吐了，根本就没办法保持冷静，所以也无法集中注意力，不管身边有谁我都很难发现啦，所以不是无视你或是对你冷淡，而是我根本没发现你。"

安若灏说完之后脸有些红了，扭头看着何穆穆："我先告诉你，你敢说出去的话，我就宰了你！"

何穆穆面部肌肉抽了抽，然后"扑哧"一声笑了出来："原来如此，安先生你还真是胆小呢……"

"混蛋！你就没有怕的东西吗？！"

"嗯？至少不怕高呗。"何穆穆大笑起来。

"啧，不是，你先回答我之前的问题啊混蛋！"安若灏恼羞成怒地吼了起来，"难得我刚才那么认真，快点说！愿不愿意做我女朋友！"

第五十七章 最大的危机

听到这里,何穆穆沉默了,过了好一会儿之后,才笑了起来:"还是不行……因为我们两个根本不是同一个世界的人嘛,安先生你是公司总裁,也是大财团的继承人,而我只不过是一个普通人,你应该找一个更般配的女人在一起才行。"

听到何穆穆这样的话之后,安若灏沉默了,整个人向后靠去,靠在了仓库的墙壁上抬起头:"果然,是不一样呢,普通来说,不是正因为如此,才更想削尖了脑袋和我成为恋人的吗?"

安若灏缓缓回过头来,借着那一点点的光线看着何穆穆,就像是看不够似的,用力看着:"就是因为这样,我才喜欢你啊,穆穆。"

何穆穆觉得鼻子一酸,眼泪又擅自掉了下来,今天到底是怎么了?为什么自己的泪腺会如此发达?

"不能和爱着的人在一起是一件很痛苦的事,但我的父母啊,并不是你所想象的那样,他们对门当户对这种事看得并不是那么重,只希望我能和一个真心爱着我的人共度一生,你懂了吗?"安若灏温柔地笑着。

"啊?"何穆穆睁大了眼睛看着安若灏。

"从刚才的那些话中,也能听出来,你是真的爱着我的呢,并不是因为我的身份,或是别的什么。"安若灏低下头去,"如果可以活着离开这里就好了,我的父母肯定也会喜欢你的。"

就这样,废弃仓库中突然安静了下来,何穆穆正睁大了眼睛傻乎乎地盯着安若灏看，安若灏嘴角抽搐，于是别过头去，有些不好意思地吼道："笨蛋！所以我问你！愿不愿意做我的恋人！反正我家人是不会反对的！"

何穆穆有些愣住了，她一时还没有办法把安若灏的话都消化掉，过了很久之后，她同红着脸缓缓吐出了一句："我总觉得，从刚才起，一切都好像是在做梦一样啊。"

安若灏叹了口气，有些无奈，何穆穆为什么就是不肯回答他呢？到了这种时候就瞎扯别的话题："如果真的是梦就好了，现在被绑成这样连求救也做不到，估计我们很快就要长眠了。"

何穆穆这才回过神来，的确，虽然刚才两个人正在说着那些爱来爱去的事，而且还又羞又喜的，但现实是他俩现在正被五花大绑地禁锢在了这个废弃仓库中。

何穆穆虽然想要挣脱绳子，但双手必须握拳才能使出全部的力量，而现在根本没法做到这一点，该怎么办才好呢？难道生命真的就到这里停止了吗？何穆穆觉得很不甘心，明明那么努力地练功，为什么最后居然派不上用场呢？

"算了，想说的能说的全都说了，反正我的人生也没什么遗憾了。"安若灏耸了耸肩，特别淡定地吸了口气缓缓吐出。

凌乱的脚步声由远而近，然后仓库大门又被打开了，刺耳的声音让何穆穆皱起了眉头，刚才的那个黑衣男子又回来了，他跑到仓库之后大口大口喘着气，然后举起枪跑到了安若灏面前。

"到底是谁报的警！为什么这附近会有警车！"男子的面部表情很是狰狞，将枪口抵住了安若灏的额头，"是不是你们两个？"

刚才安若灏的确是想要报警的，只不过还没来得及就被带到这儿来了，但是说实话，城市中会出现警车是再平常不过的事了，只有做过坏事的人才会紧张起来吧？

于是安若灏特别淡定地说道："没错，是我报的警，我可跟你说，我的手机定位系统一直开着，我的小伙伴很快就能找到我了，所以你还是趁着现在赶紧逃吧。"

男人咬着牙看安若灏，而安若灏则是继续说道："顺带说一句，你可能不认识我，不过我在我们国家可是很有名的，到时候事情闹大了，你想逃都没得逃了。"

这话说完之后男人似乎有些紧张了："可恶，你是在威胁我吗？"

安若灏不置可否地耸耸肩膀："这是事实，如果聪明的话现在放了我们，事实上我们谁也没看到你的脸，只不过是你自己心虚而已，在那么暗的地方，什么也看不清。"

"不可能放了你们的！谁知道你们是不是骗人的！"男人的呼吸越来越急促了，"反正被你们撞上了我杀人！如果不杀了你们以后全世界都会知道的！"

男人的精神状况似乎不太对劲，和刚才冷静的模样完全不同了，刚才男人出去之后到底发生了什么呢？何穆穆这么想着，只不过，她看到男人的手指越发用力，似乎子弹就要从枪口射出一样，她咬着牙浑身用力。

"再见吧！去见阎王吧！"男人这么说着，狞笑起来，手指渐渐扣动扳机。

不行，不能就这样让安若灏死了，不甘心、懊悔、愤怒，各种各样的情绪盘旋在何穆穆的脑海中，她还没有回答安若灏自己愿意做他的恋人，怎么能就这样不明不白地死去了呢？

伴随着轻微的"刺啦刺啦"声，麻绳一点一点地变细，然后终于完全断裂。

就在安若灏闭上了双眼准备接受这一枪的时候，从身边不远处传来了一声巨响，只见何穆穆终于将绳子给撑断了，她红着眼抓起了附近的一个铁桶就往男人身上砸去。

男人完全惊呆了，这不可能的，他明明将那个女人绑成那个样子了，怎么可能挣脱出来呢？！简直就是怪物！男人赶紧往后退了几步举起枪瞄准了何穆穆。

"混蛋！我让你把我们关在这里！我让你把我绑成这个样子！去死吧！"何穆穆已经完全暴走了，将身后的铁桶一个一个往男人身上砸去。

此刻被绑得动弹不得的安若灏也只能看着何穆穆暴走了，简直就难以置信，那些铁桶虽然是空的，但应该很重吧。

见男人吓得往外跑了，何穆穆压了压手指，歪了歪脑袋，指尖和脖子的骨骼发出了嘎达嘎达的声响，似乎是在表达着何穆穆的怒气，她噌地一下就跑了过去，速度快到安若灏只觉得自己身边一阵风呼啸而过。

而那个黑衣男人眼看着就要跑出仓库了，却被身后飞速跑过来的何穆穆给一脚踹翻在地上，何穆穆跳起身来一个飞腿，将倒在地上的男人又踹飞了。

在一声巨响之后，甚至地面都稍稍颤抖了一下，男人重重地摔在了地上。

安若灏的情绪从原本惊恐和绝望渐渐转变成了"囧"，他已经无语了，甚至觉得那个男人稍微有点可怜，完全就是被何穆穆当球踢嘛。

男人欲哭无泪，手中的枪早就被何穆穆给踢走了，而此刻的何穆穆将软趴趴地倒在地上的男人给拽了起来，抓着对方的衣领吼道："喂！给我起来！这里开始才是胜负！刚才你不是很了不起的样子吗！"

男人早已经没力气说话了，何穆穆直接给了他一记连环巴掌："给我起来！我要继续揍你！"

第五十八章　成为恋人

安若灏嘴角抽搐，语言已经不足以表达他此刻的心情了，于是他只能尽量用温柔的语气说道："那个，穆穆，你现在是不是应该先把我的绳子给解开才对？"

何穆穆这才意识到安若灏还被绑着呢，她看了看那个眼睛已经呈现螺旋状完全失去意识的黑衣男人，虽然很可惜，还想再揍他一顿，但还是算了，救安若灏比较重要。

绳子被解开之后安若灏松了口气，不过，刚才的何穆穆还真是有点可怕，虽然以前就知道何穆穆身手了得力气超大的，但还是第一次见到她这么揍人，安若灏瞄了何穆穆一眼，此刻的何穆穆已经恢复正常了。

只见何穆穆有些委屈地低着头，然后两只圆溜溜的大眼睛盯着安若灏看："那个，安先生……我……"

"咳！"安若灏抖了抖，现在何穆穆这种可爱的模样和刚才揍人的样子可真是判若两人，"太好了，托你的福，我们都还活着。"

何穆穆点了点头。

那之后，两个人将黑衣男子给绑了起来，因为不知道这个男人是不是还有其他同伙，所以他们也不敢轻举妄动，只是待在仓库里不停地往外张望着，确定外面有没有人。

没过多久，从远处传来了警车的声音，然后声音越来越近，安若灏和何穆穆对视了一眼，赶紧跑了出去。

警车停下之后，除了警察以外，还有安德莱也跳了下来，他看到安若灏和何穆穆之后，哭着跑了过来死死地抱住了两个人的脖子。

"呜呜呜——你们没事真是太好了，吓死我了，还以为你们出事了。"安若灏的眼泪全部都掉在安若灏和何穆穆的衣领上。

"嗯，的确是出事了，不过现在已经安全了。"安若灏指了指仓库里被绑得和粽子一样正躺在那里一动不动的黑衣男人。

安德莱是用手机定位系统和警方一起找到了安若灏和何穆穆。

警方以故意杀人罪以及非法禁锢罪带走了那个男人，而何穆穆等人则是先录了口供，然后直接回旅馆了。

何穆穆对自己大难不死这件事感到很感动，于是在附近便利店里买了好几包POCKY准备带回旅馆吃。

在一边看着的安若灏清了清嗓子，在一边缓缓说道："啊呀，好像很好吃的样子。"

"嗯？安先生要吗？给你一包也可以。"何穆穆付完钱之后挑了一包原味的给安若灏。

安若灏对于何穆穆的迟钝很是不爽，于是直接拿过了那包POCKY拆开就吃了起来，然后丝丝甜味充斥在口中，不一会儿，安若灏的脸就黑了，把POCKY还给了何穆穆。

这个人最讨厌吃甜食了。

何穆穆嘴里叼着一根POCKY就走出了便利店，总觉得安若灏好奇怪啊，自从录完口供之后就一脸别扭的样子了，是发生什么事了吗？还是说刚才自己没让他揍那个黑衣男子一拳所以他的怒气没消掉？

何穆穆嘴里叼着POCKY，含含糊糊地开口了："我说安先生，你……"

"就是这个！"安若灏抓住了何穆穆的肩膀，然后觉得那根POCKY很碍事，于是咬住了POCKY的一头一路上咔嚓咔嚓咬了过去，何穆穆已经惊呆了，就看着安若灏的脸离自己越来越近。

就这样，两个人站在便利店门口共吃着一根POCKY，里头的店员都凑过来看热闹了，安若灏只顾着看何穆穆的脸了，至于POCKY

的甜味，早已被他给忽视了。

何穆穆下意识紧张滴闭上了双眼，安若灏直接吻了上去。

咚！

便利店里的两个店员因为看得太专注了，都摔倒在地上了。

何穆穆回过神来赶紧推开了安若灏："安先生你干什么啊？！"

安若灏扬起了眉毛，很是不爽的样子，回头瞪了便利店两个店员一眼，那两个店员立刻站起来转过身去背对着何穆穆和安若灏。

"我是说，之前的问题你还没回答我！而且你这样总是叫我安先生安先生的让我很不爽！"

之前的问题？何穆穆想了想之后意识到安若灏的意思是"恋人"那件事，于是脸红得和西红柿一样，说话都变结巴了："啊？那个啊？其实我……我吧……啊呀！都这么晚了！回去睡觉了！明天还要赶飞机！"

安若灏眯起眼睛来，这家伙又来了，每次说到正事就会岔开话题，这回可不会那么简单地放过你了！这么想着安若灏抓住了何穆穆的后衣领。

何穆穆虽然一直在往前跑，但整个人都被拎了起来。

"别给我扯开话题，今天你不回答我的话我是绝对不会松手的！"

看着安若灏那么认真的表情，何穆穆尴尬地笑了起来，怎么办？要在这里说吗？总觉得很不好意思啊。

"我……我知道了啦，我最爱你了，愿意做你的恋人，安先生。"何穆穆说完之后用手捂住了自己的脸，太丢人了，太丢人了！

听到这里，安若灏算是稍微舒服点了，于是点了点头，但他还是不满足，于是继续说道："给你三个选择，第一，以后叫我若灏，第二，以后叫我亲爱的，第三，以后叫我相公，自己选择。"

何穆穆嘴角抽搐，是不是有什么奇怪的东西混进去了？所谓的相公到底是怎么回事啊？安若灏原来比较喜欢古代的那种称呼吗？！

"可是，我总觉得，你是我上司嘛，而且岁数又比我大，所以必须要对你用敬语啦，安先生……"何穆穆很没底气地说道。

何穆穆还没回过神来，安若灏就死死地吻住了她，她倒抽一口冷气，虽然这大半夜没什么人出现在这里，但怎么说这也是附近一带唯一的24小时便利店，随时都可能有人出现的，她已经晕了。

安若灏松开了何穆穆，然后缓缓说道："嗯哼？以后听到你叫我一声安先生，我就亲你一次，怎样？"

何穆穆觉得自己都快站不稳了，实在是太无力了，这个人也有点太霸道了吧？她只能红着脸小声说道："若……若灏……"

这一下，安若灏终于满足了，双手插在胸前满意地点了点头："很好。"

何穆穆欲哭无泪，她已经不知道该怎样形容此刻的心情，虽然能够和爱的人在一起的确是很幸福，但总觉得自己已经处于弱势了啊。

第二天。

"若灏，不要怕，我在这里保护你呢，所以你好好睡一觉，很快就会到目的地了哦。"何穆穆正一脸温柔的笑容轻轻抚摸着安若灏的头发。

安若灏的额头冒起了青筋，让这家伙知道了自己的弱点，而且从上飞机以后她就用那种和小孩子说话的口气对自己说话了，总觉得好不爽。

"若灏乖乖的，嘿嘿……"何穆穆越来越入戏，轻轻捏了捏安若灏的脸颊。

安若灏终于忍不住爆发了，双手抓住了何穆穆的脸颊用无比低沉的声音说道："你这家伙，不要给我得意忘形了！"

第五十九章　突袭

"啊?"何穆穆抓着安若灏的手,茫然地看着他,"不是你让我叫你若灏的吗?"

安若灏挑了挑眉毛,一手拍在何穆穆的额头上:"我的意思是,不要用这种和小孩子说话的口气对我说话!"

"啊……原来如此。"何穆穆先稍稍愣了一下,然后很快便轻笑起来,脸还红彤彤的,"但是啊,一想到安先……若灏会恐高,就让我觉得好可爱啊,根本停不下来。"

"你这家伙……"安若灏面对那张笑得很是甜美的脸,根本发不了火,于是特别无奈地捂住了自己的额头,真的是输给何穆穆了,但最主要的是,被何穆穆说可爱居然一点也不会觉得不舒服。

回国之后,一切似乎都平静下来,在N国发生的一切好像是一场梦一样,在那个梦中有着非常热情的尖叫声,有着危险的经历,也有着甜蜜的爱情。

何穆穆回到家之后开始整理起行李来,有许多衣物需要洗,刚好是周末,所以可以好好整理那些东西。

说实话,这二十多天一直都是在陌生的环境中,能够回到熟悉的国度真的是太开心了,何穆穆躺在床上一动不动,深深吸了口气,闻着属于自己家中的味道,有着淡淡的橘子清香。

何穆穆闭上双眼,觉得只是靠那些气息就能让她非常安心。

就在何穆穆快要睡着的时候,门铃声突然响了起来,而且非常急促,然后直接变成了敲门声,何穆穆跳下床伸了个懒腰就去开门。

在大门被打开之后,一脸委屈眼泪汪汪的安德莱出现在何穆穆面前,然后直接一个飞扑抱住了何穆穆的脖子。

"呜呜呜……穆穆小姐,我没地方去了,请收留我!"

何穆穆嘴角抽搐,这家伙刚才说了什么?

最终,何穆穆还是让安德莱先进来了,安德莱背着一个好大的包,然后还大包小包地拎着。

事实上,因为安若灏擅自给安德莱报名了夜校,用安德莱的报酬支付了学费,并且安德莱在记者招待会上将父母曾经虐待他的事都说出来了。

所以父母将安德莱给赶了出来,甚至连一分钱也没给他,只是把他的行李都扔了出来,说是行李,值钱的东西一件也没有给他,只是一些衣物而已。

"呜,他们真的太过分了,连我的笔记本电脑和手机也没给我,我有好多资料还存在里头呢,怎么办?"安德莱坐在沙发上一把眼泪一把鼻涕地诉说着。

何穆穆也觉得安德莱的父母真的很过分,就好像对于他们来说,安德莱只不过是用来赚钱的工具而已。

"你就没有其他亲戚朋友了吗?"何穆穆皱着眉头问道。

安德莱低下头去,小声说道:"其他亲戚吗?在他们眼中我一向都是不孝顺的孩子,至于朋友们,似乎都不方便,不是房子太小就是有了同居的对象,所以没法收留我,想来想去就只有穆穆小姐了。"

何穆穆挠了挠头发,说实话,她家的确是可以再住一个人,因为还有间客房,但是该怎么说呢,不管怎样安德莱都是男人啊,一男一女住在同一屋檐下总觉得很奇怪啊。

"穆穆小姐,可以收留我吗?"安德莱可怜兮兮地看着何穆穆,两只眼睛里亮晶晶湿漉漉的。

太狡猾了,何穆穆嘴角抽搐,安德莱现在这个样子就像是一直被抛弃的可怜狗狗,不管是谁也不可能把持住的啊,于是何穆穆低下头去认输了:"我知道了,可以让你住在这里。"

"真的?!"安德莱瞬间睁大了眼睛一脸惊喜,直接飞扑过去。

何穆穆一把抓住了安德莱的手推开了他:"只不过一点,这种飞扑从今天开始禁止。"

"啊?"安德莱吸了吸鼻子,一脸委屈。

"毕竟我们男女有别,还是要避嫌的。"何穆穆一脸正经地说道。

"好吧。"安德莱撇了撇嘴。

这件事,绝对不能让安若灏知道,虽然何穆穆不知道对方是不是会吃醋,但是谁也不会把自己和另一个异性住在一起的事告诉自己的男朋友的。

只不过,没过多久何穆穆的手机就响了起来,来电话的刚好是安若灏。

"呃,有什么事吗?"还真是说曹操曹操到啊,何穆穆有些底气不足地开口了。

"我现在在你家楼下,你是喜欢吃草莓慕斯蛋糕呢,还是冰淇淋蛋糕?"安若灏的声音听上去心情还不错的样子。

"什么?!"何穆穆倒吸了一口气,楼下?!

"干吗?那么一惊一乍的?想吓死人啊?所以说我正在你家楼下的甜品屋里,快说要吃什么!"安若灏渐渐有些不耐烦了。

何穆穆整个人都弹跳起来了,来回跑动着,现在该怎么办才好?!

"那个,今天就不要来了吧!我已经累了!"两行宽泪从何穆穆的眼眶里冒了出来,其实她多想吃冰淇淋蛋糕啊,而且也好想见安若灏。

稍稍沉默了一会儿,安若灏说道:"我知道了,我给你送了蛋糕就走,你先说你要吃什么?"

听到安若灏的声音渐渐变得强硬起来了,何穆穆只好小声答道:"我要吃冰淇淋蛋糕。"

"原来如此,等着我,我很快就来。"

"不用那么快也没事!慢慢走!"何穆穆吓得一身冷汗。

只不过此刻什么也不知道的安德莱正悠闲地吃着零食,何穆穆巴不得抽他。

挂断电话之后，何穆穆直接就抓住了安德莱的衣领，将他拖进了客房里，顺带将他的那些行李和刚才脱下的鞋子也扔了进去。

"听着，不准出来知道吗？！"何穆穆一脸严肃地看着安德莱。

安德莱手中还抓着一包薯片，然后歪过头去："嗯……是安先生要来吗？"

何穆穆嘴角抽搐，为什么他会知道："反正，不准出来！只有等我开门之后才能出来，知道吗？！"

安德莱乖巧地点了点头，直接敬礼表示了解，然后笑了出来："我知道的！不会破坏你和安先生的关系的！因为你们都是我最喜欢的人了！"

何穆穆还想说些什么，结果门铃响了起来，她赶紧把客房的门给关上，出去开门了。

安若灏一手提着蛋糕，面无表情地走了进来，他盯着何穆穆看了半天，然后缓缓说道："你怎么满脸都是汗啊？天气明明那么冷。"

何穆穆立刻大笑起来："啊哈哈……因为我刚才在锻炼身体，所以满身都是汗！谢谢你，若灏，给我带了蛋糕来！"

"嗯……"安若灏站在玄关内往里看去，"你刚刚锻炼好身体，也不可能一下就睡吧？真的不让我进去坐会儿吗？"

何穆穆低下头去，自己如果直接赶走安若灏的话的确是有些太过分了，而且现在安德莱在客房里，应该不会有问题的，想到这里，她笑了起来："嗯！请进！"

本来何穆穆是想给安若灏泡杯咖啡的，不过这里可没有现磨的咖啡豆，她只能就倒了一杯水给安若灏。

第六十章　吃醋

回到客厅的时候，安若灏已经拆开了蛋糕的纸盒，并且用店里送的塑料刀切了一小块蛋糕："要吃吗？"

"嗯！"何穆穆用力地点了点头就去厨房拿盘子了。

之后两个人并排坐在沙发上，一个吃着蛋糕，另一个叼着鱿鱼丝。

"话说，在Ｎ国的时候，谢谢你了，如果没有你的话我大概已经死了。"安若灏缓缓说道，然后喝了口水，"其实我回到家之后已经和父母说了关于你的事。"

何穆穆白皙的脸颊染上了一层淡淡的红晕，也觉得有些心跳加速："那他们是怎么说的？"

"他们啊？要我带你去见他们。"安若灏说到这里也有点不好意思了，"所以，你看看什么时候有空，方便去一趟我家。"

慢着，这是见公婆的节奏？何穆穆想到这里羞得连头都抬不起来了："见他们？可是，我还没做好心理准备啊。"

安若灏用手轻轻低压住了何穆穆的脑袋："不是你想的那样，他们只是因为知道你救了我，想要请你吃个饭感谢你而已，虽然没反对我们交往，但是结婚大概还很遥远吧。"

"这样啊？我什么时候都有空啊！你说了算"何穆穆挠了挠头。

"那么就下个星期……"

"啊啊啊……"

安若灏的话还没说完，就被安德莱的声音给打断了，安德莱打开了客房的门跑了出来，看样子是很急，眼泪都要出来了。

"抱歉，穆穆小姐，我不是故意要这个时候出来的，只是因为我真的憋不住了，你们家厕所在哪？！"

一瞬间，空气好像凝固了一样，何穆穆整个人都变白了，指了指洗手间的方向，安德莱直接就跑了过去。

安若灏的脸直接就变黑了，用双手抓住了何穆穆的衣领："这是什么情况？他为什么会在这里？"

何穆穆尴尬地笑了起来，但是眼泪都要掉下来了："那个，这是个误会，你听我慢慢解释。"

虽然何穆穆将安德莱的事全部说给安若灏听了，但是安若灏特别不爽地吼道："不行，怎么可以让他一个单身男性住在你家？！孤男寡女的成何体统？！"

安德莱在一边一脸抱歉地看着何穆穆。

"但是，他没有地方可以去啊，而且钱都被父母给拿走了，你说要他怎么办嘛？"何穆穆也觉得有点委屈了，"要不让他住在你家吧，反正你家肯定很大。"

住在安若灏家时不现实的，安若灏家虽然很大，但是下人也多，突然要住一个陌生人很难安排："让他租房子去，我可以借钱给他。"

安德莱睁大了眼睛："真的吗？我可以租这附近的房子吗？"

"住哪是你的自由。"安若灏双手插在胸前面无表情地说道。

安德莱看了看安若灏，然后坏笑起来："那么，我就住在这里好了，反正这里有两间卧室，留着也浪费，不如一间租给我，我会付房租的。"

"不行！"安若灏抓住了安德莱，双手握拳蹭着安德莱的太阳穴。

安德莱疼得哇哇直叫，眼泪都掉下来了，何穆穆见到这一幕跑上前去轻推开安若灏："干吗欺负小孩子啦？"

安若灏嘴角抽搐，这家伙又来了！干吗总是帮着别人啊？而且安德莱根本就不是小孩子。

"我还没说你呢！你一个单身女人干吗同意他住进来？你是寂寞

了不成?"安若灏挑着眉毛用特别不爽的目光看着何穆穆。

"哈?你才寂寞呢!根本不是这么回事!只不过他没地方去的确很可怜嘛!"何穆穆皱起眉头来没好气地回答道。

"哈哈!可怜?这种外表装得可怜又可爱的家伙一般切开都是黑的你到底懂不懂?我看你哪天被生吞了都不会知道的笨蛋!"安若灏双手插在胸前扭过头去。

"真过分!什么切开是黑的!你说安德莱腹黑吗?但他本来就很可怜啊,遇上了那种父母,像你这种有钱人家的大少爷温室里的小花又怎么会懂那种感受啊?"何穆穆抓住了安德莱的手这么说道。

"给我松开!男女授受不亲!"安若灏拉开了两个人的手。

何穆穆愣了一会儿之后,觉得好像有哪里不对劲,然后看着安若灏无比愤怒的表情:"那个……你是在吃醋吗?"

家中直接就安静下来,一点声音也没有,只见安若灏的脸越来越红,然后终于爆发出来了:"笨蛋!谁会吃醋啊?!"

那天下午,安若灏把安德莱给带走了,带着他去租了房子,有点不放心的何穆穆还是跟在了两个人身后。

安若灏看着身后的何穆穆总觉得一阵烦躁:"你就那么怕我虐待他吗?"

"啊?我没这么说啊,我只是好奇嘛。"何穆穆别过头去。

结果安德莱就在这附近租了可以直接拎包入住的房子,因为这一带的房租还是比较便宜的,在帮安德莱搬完家之后,安若灏抓着何穆穆的手就离开了安德莱家,其实安德莱本来还想请他们吃饭来着。

何穆穆就这样被安若灏拽到了安德莱家的楼下,因为安若灏走得太快了,害何穆穆差点摔倒。

"你到底是怎么了啊?"在走出公寓楼之后何穆穆揉了揉自己快被抓红的手腕。

"我刚才想了想,你大概就是这样的性格,这并不是你的错。"安若灏这么说着,然后回过头来看着何穆穆,"但是你这样亲切的性格会给人带去伤害,你知道吗?"

何穆穆真的不懂安若灏的意思，于是她歪着头看安若灏。

"啧，比如说吧，如果我带了一个女人回家的话，你会觉得不爽吧？"安若灏咂了咂嘴，有些不耐烦地说道。

何穆穆抬起头来想了想："不会啊。"

"你！"安若灏无奈地扶了扶自己的额头，"你要知道，安德莱那家伙一看就是特别喜欢你的样子，每次见到你都直接抱着你的脖子在那撒娇，知不知道我看着很不爽？"

果然是在吃醋吧，何穆穆无奈地笑了："没关系啦，安德莱只不过是把我当作大姐姐而已，而且我也只是把他当成可爱的宠物，绝对犯不着为了这个吃醋的。"

"都说了我不是在吃醋！"安若灏又炸毛了，然后缓缓说道，"那换作别人呢？你对别人也是这样的吧？比如彩无夜，就一直有说有笑的。"

"彩无夜先生不一样啊，他是我的朋友嘛，而且经常帮助我，如果不是他的话我不可能进 Y.M 工作的。"何穆穆冷静地解释道。

"所以说，就是你对异性的这种态度让我觉得不舒服啊！"安若灏闭上了眼睛皱着眉头缓缓说道，"对异性应该要冷淡一些才行。"

"是吗……"何穆穆低头稍稍思考了一会儿，毕竟安若灏是她所爱的人，所以她愿意稍微做点改变，"我知道了。"

第六十一章　参加酒会

在何穆穆回到家之后，靠在门上深深地叹了口气，她想到了程骏峰，正是因为自己不愿意改变，所以和程骏峰才会那样结束的，这一次无论如何也要吸取教训，好不容易又爱上了某个人，一定要好好珍惜才行。

但是……这样真的好吗？为了所谓的爱情去改变自己，何穆穆低下头去，恋爱真是一件麻烦的事呢，虽然以前就已经知道了。

门铃声响起，何穆穆吓了一跳，特意从门上的猫眼往外看去，门外站着的是一个男人，这个男人何穆穆没见过。

何穆穆小心翼翼地打开了门："请问你是哪位？"

"哦，不好意思，我是昨天刚搬到这儿来的，我的名字叫作杨宇华。"男人笑了起来，笑容很阳光，让何穆穆也稍稍松了口气，"事实上我家的盐用完了，不知道能不能借我一点？"

"啊？盐哦，等一下……"何穆穆刚准备进厨房去拿，就觉得不太对劲，这年头还真有来借盐的人啊？楼下就有便利店啊，下去就能直接买到，还用得着借吗？

就在何穆穆保持着转身进厨房的动作时，叫作杨宇华的男人则收起了笑容，眯着眼睛打量起何穆穆来。

何穆穆感觉到来自身后的视线，然后转过身去，给出了一个笑容："哈哈……不好意思，我这就去拿。"

说完之后何穆穆把门给关上了才去厨房拿盐，虽然她不怕色狼或是强盗,但如果是小偷的话就麻烦了,她找出了一袋还没开封的盐就跑出去,打开门的瞬间,杨宇华露出了笑容来。

"真是太感谢你了,请问你贵姓大名?"

"何穆穆,如果没事的话,我要休息了,不好意思。"何穆穆说完之后就直接关上了门。

而门外的男人看着手中的那袋盐,果然没错,这个女人就是何穆穆,也就是委托人要他好好调查的那个何穆穆,男人从口袋中掏出手机,一边走进了自己家。

"喂,诺小姐吗?嗯,我已经搬到她家隔壁了,一定会好好调查这个人的,你放心吧……哈哈,那种犯法的事我是不做的,很抱歉,如果你不满意可以找别人。"杨宇华说着说着就笑了起来。

挂断了电话之后,杨宇华叹了口气,看了看自己手中还拿着的那袋盐,随手就扔进了垃圾桶里。

"酒会?"何穆穆一边吃着咖喱饭一边看着坐在对面的安若灏。

和平时一样,今天两个人也在安若灏的办公室里一起吃午饭,安若灏一边看着手机一边吃着三明治:"没错,今晚华菱大厦顶楼有一个酒会,你要不要一起去?反正安德莱最近晚上都要念书,也没工作。"

何穆穆长这么大还真的没去过什么酒会呢,听上去就很高级的样子,而且还是在华菱大厦的顶楼,景色肯定很不错,只不过嘛……

"我这样去没问题吗?我家可没有什么适合穿去酒会的衣服呀。"何穆穆尴尬地笑了起来。

"公司附近就有一家洋装店,我可以给你买。"安若灏不以为然地按着手机。

酒会吗?何穆穆小的时候,的确也很向往这种听上去就很高级的酒会,毕竟电视剧中的酒会都有着大把大把的帅哥美女,而且这次邀请她的人是安若灏,她自然也就答应了。

"咳,那个,之前跟你发火了,不好意思。"安若灏一只手握拳放在嘴边,小声说道。

"嗯?"何穆穆没有理解到那个发火的意思。

安若灏有些恼羞成怒地说道："就是说，安德莱的事啦，你原本不是打算收留他的吗？那个时候对你发火了啊。"

这会儿何穆穆才回过神来，然后笑了起来："没事啦。"

"不过，我可以收回之前的话吗？"安若灏低下头去，手中捏着三明治，缓缓道，"其实，你很好，你一点错也没有，你什么也不需要改变，不对劲的人是我，我明知道你爱的人是我，但还是会觉得很不爽。"

何穆穆听到这话之后下意识脸红了，有些不好意思地挠了挠头："若灏，其实没关系啦，我也想过了，有了男朋友的女人的确不该和其他异性再经常来往了。"

安若灏不说话了，没几口就把三明治给吃完了，然后回到办公桌前去工作了，何穆穆总觉得两个人之间的气氛很奇怪，和以前那种轻松自在的感觉不一样了。

一般来说安若灏是不会准时下班的，但是这一天他早早地就离开了办公室，带着何穆穆去挑选参加酒会的礼服了。

何穆穆的皮肤很白，而且个子娇小，所以色彩鲜艳的短裙礼服最适合她了，安若灏挑了一件橙色的小礼服，裙子长度大概到膝盖上面一点，然后给何穆穆选了一双同色系的高跟鞋以及项链。

原本穿着休闲服装的何穆穆瞬间就变得高端大气上档次了，可爱活泼又不失优雅，她在镜子前走来走去，有些难以置信，这个真的是自己吗？

安若灏在一边看着何穆穆，然后摸了摸自己的下巴："衣服的确不错，不过头发和衣服似乎不是特别搭配。"

何穆穆歪过头去看这安若灏，她平时都是顶着一头棕色的长发，额前还有这齐眉的刘海，再加上休闲装，所以总是让人误认为她还是个学生。

安若灏带着何穆穆去了隔壁的美发店，将一头棕色长发给烫了一下，然后盘了起来，这样一来，何穆穆看上去就成熟了不少，和之前那个像高中生一样的造型已经完全不同了。

虽然何穆穆是化妆师，但却很少用心来装扮自己，她低头看着自己的这一身行头，喜欢得不得了。

"谢谢你，若灏。"

天色也差不多渐渐暗了下来，安若灏带着何穆穆往华菱大厦去了，何穆穆坐的是安若灏家的车，这让她有些坐立难安，因为是第一次坐安若灏家的车。

"你看上去很紧张的样子。"安若灏回头来看着何穆穆。

"啊？没有啦，啊哈哈……"

因为那种酒会一次也没去过，对于未知充满不满，所以何穆穆真的很紧张，两只手抓着裙摆不停地用力揉着。

虽然华菱大厦何穆穆以前也有去过，但是顶楼是超高级的西餐厅，所以她自然是没上去过，跟在安若灏身后走出电梯的那一瞬间，何穆穆听到了各种嘈杂的声音。

"啊呀，安氏财团的大少也终于来了，我们刚刚还在说关于你的事呢。"一个穿得无比妖艳的女人朝着这边走了过来。

"上一次都不肯陪人家跳舞，下次再有舞会的话可一定要陪人家跳个够！"

渐渐的，安若灏的身边围上了一群女性，何穆穆则被挤在人群外呆呆地站在原处，完全不知道该怎么办才好。

第六十二章　挡酒

说实话，这样陌生的环境，豪华的餐厅，以及穿着高贵的人们，让何穆穆觉得很不真实，就好像并不是自己所生活的那个世界一样，慢着，难道这就是安若灏的世界和自己的世界的区别？何穆穆倒吸一口气。

来参加酒会的人有不少何穆穆都在电视上见过，基本都是商界有头有脸的人，不管再怎么看这就是一个上流人士的聚会嘛，何穆穆双手握拳有些颤抖。

"抱歉，今天我把女朋友也给带来了，你们这样围着我，我会很困扰。"安若灏冷冷地说道，然后轻轻地挤出了人群。

安若灏看到何穆穆的时候，何穆穆已经不知所措地东张西望起来，看到这里，安若灏有些心疼地搂住了她的肩膀。

"各位，她就是我的女朋友，叫作何穆穆。"安若灏这么说着。

何穆穆不知道该怎么办才好，于是只能稍稍鞠了一躬："那个……各位初次见面，请多关照。"

那些原本一直围着安若灏的女人纷纷朝着何穆穆这里看来，都是用不怎么友好的目光。

"不会吧？若灏你居然和这个小丫头在一起了？"

有些熟悉的声音从不远处传来，一个穿着银白色长裙的女人从人群中缓缓走了过来，脸上还带着妖娆的笑容。

是诺佳鸢！何穆穆睁大了双眼，虽然只在餐厅里见过她一次，但何穆穆却将她的脸记得清清楚楚,一来是因为她很漂亮,二来是因为她伤害过安若灏。

但是为什么诺佳鸾会在这里?何穆穆扭头看向了安若灏,他显然也没有想到会在这里看到诺佳鸾。

"佳鸾,你为什么?"安若灏缓缓说道。

"今天我是和我干爹一起来的!"诺佳鸾这么说完就挽起了一个中年男性的胳膊,然后娇嗔地冲着中年男性说道,"干爹,没想到会在这里遇到以前的男朋友,人家觉得好伤感哦,没想到物是人非,他已经有了新的女朋友。"

中年男性笑得很是豪爽:"哈哈哈,没关系,佳鸾,像你这么漂亮的女人想要找个男朋友还不是分分钟的事儿?干爹回去以后就给你物色物色。"

诺佳鸾的声音实在是太嗲了,让何穆穆不禁起了鸡皮疙瘩,她下意识往后退了几步躲到安若灏身后去。

"干爹,你好坏啊,那么人家的终身大事全靠你了!"诺佳鸾说着说着,将脸凑到了中年男人的脸上蹭了蹭。

安若灏趁着大家的注意力都集中在诺佳鸾身上的时候,搂着何穆穆就离开了那块地方,来到了自助餐区。

这里本来就是高级西餐厅,所以食物都非常可口,而且有些高级料理何穆穆是见都没见过,于是她拿起盘子就开始吃起东西来。

"所谓的酒会,就是这样的?"何穆穆一边吃着食物一边看了一眼身边的安若灏。

"嗯,基本上是这样,其实我本来是不想来的,不过据说这一次会遇到生意上的伙伴,不过说实话,我最不擅长在这种人多的地方待着了。"安若灏说完之后叹了口气,拿起一杯香槟就喝了起来。

本来自助餐区这边没什么人,但是不知什么时候就有几个穿着西装的男人走了过来,这些人都是商界的大人物,安若灏赶紧跟他们打招呼。

"听说那位可爱的小姐是你的女朋友啊,安家大少爷。"其中一个这么说着。

正在往嘴里塞着冰淇淋蛋糕的何穆穆明显被呛了一口,回过头去,就只看到好几个人盯着她看,她尴尬得赶紧放下盘子。

"呵呵……初次见面,请多指教。"何穆穆尽量用温柔的声音这么说着。

"原来如此,果然是很可爱呢,来,我敬你一杯!"刚才那个男人拿起了一杯葡萄酒就递给了何穆穆。

何穆穆抓着高脚杯愣住了,她已经发誓过不再喝酒了的,而且听到酒这个字就浑身痒痒,虽然最初喝醉之后和安若灏之间所发生的一切都是一场误会,不过她的体内还是下意识地排斥着酒精。

话说回来,这种上流人士的酒会也流行这种灌酒吗?

"呃,不好意思,我不会喝酒。"何穆穆特别尴尬地笑了起来。

"这怎么行呢,明摆着不给我们面子不是?"那个男人笑着拍了拍何穆穆的肩膀。

何穆穆朝一边看去,那些原本围着安若灏的女人正特别得意地看向了何穆穆,那之中当然也站着诺佳鸾。

原来如此,是她们把这几个男人给喊来特意给自己灌酒的吧?这样的场合,如果自己没有配合的话,估计会给安若灏带去负面影响吧?何穆穆这么想着,认命般地叹了口气就准备把酒往肚子里灌。

只不过在酒杯碰到嘴唇的时候,安若灏一把夺了过去,将满满一杯的葡萄酒都喝完了,然后笑着对那些男人说道:"不好意思,各位,她不会喝酒,我来代替她。"

"看男人喝酒哪有意思啊?"对面的几个男人开始起哄,"不会喝酒的年轻小姑娘才比较有看头嘛。"

安若灏不置可否地笑了笑:"那么,我多喝几杯可否?她是真的不会喝酒,只要喝一口就会睡着,所以也没有那么有意思的。"

最终那些人给何穆穆的酒还是全部进了安若灏的腹中,其实诺佳鸾本来是打算看何穆穆的笑话的,没想到安若灏会替她挡酒。

诺佳鸾扬起了嘴角,果然安若灏还是那样,一点也没变,对于自己心爱的人就是这样温柔,虽然她对安若灏一点感情也没有,但回忆起和安若灏交往的那段日子,还是很幸福的,那种幸福现在就要被一个小丫头给抢走了吗?

而何穆穆急得要命,唯一庆幸的就是这里没有白酒,相较来说葡萄酒已经算是温和的了,但即使是葡萄酒灌了那么多下去也很危险了,而且安若灏的脸颊很明显变红了,看上去是快要醉了。

"不好意思,各位,我今天的状态似乎不是很好,那么就此告辞了。"安若灏也觉得自己快醉了,在这种面对自己的人是敌是友都不清楚的地方,他可不能就这么倒下,谁知道危机会不会就这样来临呢。

"这就走了?还没喝够呢吧?"

"就是,安家大少爷你也太不给力了吧?"

安若灏一脸抱歉的笑容,朝着那些人鞠了一躬:"若有下次酒会,我一定陪各位喝个尽兴。"

说实话,这种酒会本就不是这样喝酒的场合,应该是让上流人士交流以及认识新合作伙伴的场合,这样故意给人灌酒的,绝对是有问题。

不过刚才那些人里头大部分应该都是在起哄的而已,毕竟安若灏有了女朋友,他们稍稍起哄灌点酒也是正常的,问题就是量不正常,那么到底谁才是元凶呢?

安若灏已经没有力气去思考这些了,他整个人都晕晕乎乎的,赶紧拖着何穆穆就往电梯跑去,走进电梯之后,只剩下他们两个人他才缓了口气。

第六十三章　突如其来的危机

"若灏，你还好吧？"何穆穆但心地扶住了安若灏的肩膀，然后有些愧疚地低下了头，"抱歉，都是因为我太没用了。"

安若灏靠在了电梯里的墙面上，闭上双眼稍事休息之后缓缓说道："刚才很明显就是有人想要灌我酒，虽然他们最初是让你喝的，但我就在你身边，他们知道我一定不会眼看着你一杯接着一杯不停地喝的，所以……"

说到这里，安若灏顿了顿，似乎是真的喝得太多了胃部有着强烈的灼烧感："所以说，就算你没有跟着我一起来，结果还是和现在一样。"

安若灏的话何穆穆想了好一会儿，之后才反应过来是什么情况，也就是借着让何穆穆喝酒的名义来灌安若灏？果然上层社会是很复杂的，如果可以的话她不想再去接触了。

"结果，还是没有人是什么商界的伙伴，还被灌了酒，亏了，早知道就不来了。"安若灏皱起眉头，似乎很疲惫，用手指轻轻挤压着双眼中间的穴位。

何穆穆低下头去，说实话，也并没有怎样美好的回忆，和想象中的差了好多，虽然大家都穿得很是华丽，但说实话也没有什么帅哥美女，大部分都是中年男性，最主要的是安若灏还被灌酒了。

何穆穆对于上流人士酒会的美好幻想就这样破灭了。

电梯直接停在了地下一层的停车场，何穆穆扶着有些跌跌撞撞的安若灏走了出去，安若灏只觉得很晕，得快点回家去才行啊，找到了自家的车之后，他才想起来，让司机趁着这个时候去吃饭了，估计还没回来呢。

不过即使如此，车门并没有被锁住，安若灏直接坐进了车里，何穆穆看着安若灏靠在了椅背上之后才放心地跑到了另一边去准备开车门坐进去。

就在这个时候，原本完全没有人而且很安静的停车场里响起了异常突然的脚步声，脚步声越来越近也越来越大声，但节奏却非常的平稳，不紧不慢，何穆穆下意识绷紧了神经，将安若灏这边的车门给关上了。

何穆穆能够感受到来自自己身后的杀意，有人站在那里。

车里的安若灏并没有发现异常，只是歪着头闭上了双眼，真的喝太多了，虽然不知道有没有醉，但是神智渐渐不怎么清晰了，这样的安若灏没过多久就进入了睡眠状态。

而何穆穆站在原地一动不动，她觉得如果现在自己回头的话，肯定会被对方给杀了的。

整个停车场中非常安静，何穆穆只能听到自己浓重的呼吸声，因为太过紧张，所以冷汗渐渐冒了出来，顺着脸颊直接滴落在了地上。

伴随着轻微的"啪嗒"声，站在何穆穆身后的那个人终于开始移动了，脚步声猛地响了起来。

何穆穆在听到对方的脚步声之后也立刻转过身去摆出了防备的姿势，只见站在她面前的是一个穿着黑衣服戴墨镜的男子，但是，情况要比她想象中的更棘手，因为对方手中拿着的是一把枪。

如果是刀或是棍子的话，何穆穆一定三两下就能摆平对方，但是如果是枪就麻烦了，自己的速度再快也不可能快过子弹的，何穆穆皱起了眉头。

"你是谁？"何穆穆尽量压低声音问道。

男人没有说话，只是直接冲着何穆穆开了一枪，何穆穆吓了一跳，赶紧往一边跑去，虽然她的速度很快，但最终子弹还是擦到了她的发丝，好不容易盘好的头发这会儿已经有些凌乱了。

这个人到底是谁？或者说，是谁派来的？这个时候应该要报警才对，但是自己的手机放在手提包里了，那个包刚才被安若灏带进了车中。

而此刻的安若灏早已睡着，根本就没有发现车外所发生的一切，何穆穆咬着自己的下唇看着男人，现在要大声尖叫把人引来吗？不，也许在自己尖叫的同时男人就会干掉自己的。

不过男人的目标似乎不是何穆穆，而是车中的安若灏，因为男人看到何穆穆躲开那一枪之后眼睛都没有眨，而是朝着车子走了过去，并且用枪瞄准了车窗。

糟糕了！何穆穆这么想着扑上前去抓住了男人的手腕企图将他的枪给夺下，男人没料到何穆穆会扑过来，于是直接被扑倒在地上，两个人扭打在一起。

这样真的很危险，男人的枪就这样拿在手中，而且手指已经放在了扳机上，只要扣动扳机何穆穆随时都可能被子弹打中，但何穆穆还是死死地抓着男人的手腕。

在扭打的过程中，男人稍稍一用力，一不小心就扣动了扳机，但好在子弹并没有朝着何穆穆的体内飞去，而是往空中飞去了，射进了停车场的天花板上。

"快松手！"男人终于忍不住吼出了声来。

男人的个子很高，何穆穆虽然很想努力抢过枪来，但男人举着手她也没办法抢过枪来，虽然可以松开男人的手腕去拿枪，但现在这是她唯一克制住对方的方法了，只要松开男人的手腕男人可能就会朝她开枪。

原本迷迷糊糊的安若灏就觉得外面好像有什么声响，但此刻何穆穆和男人正倒在地上扭打在一起，所以他偏头看了看窗外什么也没有，心想何穆穆可能是出去买东西或是打电话了，于是又睡了过去。

此刻的何穆穆正咬着牙，男人的力气也很大，她很快就没法克制了，男人弓起双腿，用膝盖狠狠地顶在了何穆穆的胃部，让何穆穆一阵眩晕。

大概是因为刚才吃过东西了，何穆穆只觉得一阵反胃，差点就吐了出来，整个人的力气也丢了一大半，男人趁着这个档口在何穆穆的腹部踹了一脚。

何穆穆睁大了双眼，因为巨大的冲击力整个人往后倒去，就在她想要爬起身来的时候，男人也站了起来，一把枪就这样瞄准了何穆穆的脑袋，男人的脸上渐渐浮现出笑容来。

"既然你那么想死的话，我就成全你好了。"男人的声音很小，但何穆穆每一个字都听得清清楚楚。

男人一步一步朝着何穆穆走来，何穆穆完全动弹不得，她知道如果这个时候自己逃的话，男人会直接扣动扳机，那么到时候注意力没有集中的自己肯定会直接被打中的。

所以现在何穆穆能做的就是盯着那把枪看，如果男人扣动了扳机，她还有机会逃开，但即使如此也够呛，估计自己逃开之后男人会直接冲着车里的安若灏开枪。

也就是说，在没有人来停车场的情况下，自己和安若灏，只有一个人能平安无事了？何穆穆咬住了自己的下唇双手握拳轻轻颤抖着。

第六十四章　被保护

怎么回事？好像外面有点吵，因为酒精的关系使得安若灏头疼欲裂，他捂着自己的额头往车窗外看去，然后整个人清醒了一大半。

安若灏只看到车外站着一个黑衣男子，手中居然还举着枪，何穆穆呢？！他坐起身来往外看去，只见何穆穆正倒在地上，两只眼睛死死地盯着男人看，安若灏只觉得自己的背后发毛。

现在应该要报警的！安若灏想着就从口袋中掏出手机来，现在有短信报警，用这个方法比较好，不会惊动那个男子。

何穆穆只觉得自己的背后都是冷汗，就在男人渐渐扣下扳机的时候，她已经做好了要逃跑的准备。

但是，就在子弹被射出枪口的那一瞬间，安若灏从车中跑了出来，挡在了何穆穆的面前，子弹就这样直勾勾地打中了安若灏的肩膀。

鲜血就这样从安若灏的肩膀上喷洒出来，何穆穆的脸上也被溅到了鲜血，腥甜的气息温暖的触感让她一脸惊愕。

男人也稍稍愣住了一会儿，但很快回过神来，他还想要继续开枪，但是何穆穆已经冲了过去跳了起来一脚踹在男人的脸上，直接将男人给踹飞了，男人重重地倒在地上失去了意识，枪也滑进了车子底下。

何穆穆现在非常愤怒，但是安若灏的情况让她很担心，于是她赶紧跑到安若灏身边，此刻安若灏右手捂着自己的左边的肩膀，从指缝中正溢出鲜血来。

"若灏！若灏？"何穆穆的眼中充满了眼泪，让她的视线都变模糊了。

　　大概是因为疼痛的关系,安若灏双目紧闭,面部表情很是凝重,脸色异常苍白,而他的肩膀正不停地冒着鲜血,何穆穆只觉得就连自己的瞳孔都染上了那种鲜红色,她已经愣在原处不知该怎么办才好了。

　　不……冷静点,安若灏还活着,被射中的是肩膀,应该没有生命危险,何穆穆赶紧跑回车中拿出自己的小包,里面有着一块挺大的手帕,她赶紧用手帕死死地捂住了安若灏的伤口,并且拿出手机报了警叫了救护车。

　　那之后的事何穆穆已经没有了记忆,她只知道自己死死地压着安若灏的伤口,而安若灏则昏迷过去了,然后是谁将他们送去医院的她就不知道了,只知道在回过神来的时候,自己已经坐在了医院走道里的长椅上。

　　在何穆穆身边不远处就是手术室,灯亮着,说明手术还在进行着,安若灏不会有事的吧?

　　没过几分钟,就有几个人往这边跑来了,其中一个中年女性看着手术室的大门,然后低头看到了一脸呆然目光暗淡的何穆穆。

　　"是你送我们家若灏来的吗?"中年女性这么问着。

　　何穆穆意识到中年女性是在对自己说话,然后点了点头:"是。"

　　"谢谢你救了我们家若灏,他现在情况怎么样?"中年女性看上去很是着急的样子。

　　这位应该是安若灏的母亲吧?何穆穆这么想着,轻轻地摇了摇头:"我也不知道……"

　　"什么叫不知道啊?我们家大少爷到底怎么了?你说说清楚!"旁边的一个穿着女仆装的年轻女性用尖锐的声音吼道。

　　"我真的不知道……"何穆穆呆愣愣地看着地面,她的衣服上也沾上了鲜血,不停地颤抖着。

　　中年女性抓着年轻女人的手腕,摇了摇头:"小葵,别这样失礼。"

　　在这个时候,手术室的门被打开了,医生从里面走了进来:"安若灏的家属在不在?"

中年女性立刻迎上前去答道："我就是，我是他母亲。"

医生拉下了口罩快速说道："现在伤者的情况不是很好，失血过多，急需输血，不过他的那个血型，我们医院血库里急缺，现在调不出来，需要你们相同血型的来输血。"

安若灏的母亲听到这话直接挽起了自己的衣袖："没关系！抽我的血好了！我是 A 型的。"

医生稍稍愣了一下，然后摇了摇头："不对，伤者是 O 型血。"

何穆穆听到 O 型血三个字之后下意识缩了缩肩膀，而安若灏的母亲则是沉默了，过了好一会儿才回过神来："这不可能吧？我和他父亲都是 A 型的，他怎么会是 O 型血呢？是不是你们搞错了？"

医生摆了摆手："这是不可能的，赶紧的，你们这些人里头谁是 O 型血的？赶紧救急啊！不然会有生命危险的。"

安若灏的母亲还是一脸惊讶的表情，然后若有所思起来，但最终还是什么都没说，而跟着她一起来的那些人也都小声议论起什么来，但这之中似乎没有 O 型血的人。

何穆穆噌地一下就站起身来："我是 O 型血！抽我的！"

"赶紧来！"医生带着何穆穆离开了走廊。

事实上，何穆穆因为从小习武的关系，并不是特别害怕疼痛，只不过打针这种事和大家不同，那种尖锐的疼痛感让何穆穆想想就汗毛倒竖，不过现在为了安若灏，也无所谓了。

何穆穆闭上了双眼，感受到一阵剧烈的刺痛，针头插进了她的体内，那种刺痛感一直持续着，让她几乎要掉下眼泪来，但是不要紧，刚才安若灏为了救她而被子弹打中了，那种疼痛一定要比现在的更剧烈，所以何穆穆还能够忍受。

在抽完血之后，何穆穆觉得稍稍有些眩晕，医生告诉她回家之后要好好休息，喝点牛奶之类的，很快就会恢复过来的，毕竟她还很年轻，何穆穆点头表示了解了。

在回到手术室门口的时候，何穆穆发现那里已经围了一大群人，大概都是安若灏的家人吧。

那群人看到医生走过来了赶紧一拥而上问安若灏的情况，医生表示已经有人献血了，所以应该不会有生命危险了。

听到这些话之后，何穆穆一颗悬着的心终于也放松下来，神智也终于渐渐清醒过来了。

自己待在这里好像没什么意义，在这里的大概都是安若灏的家人，有一个穿着西装看上去很稳重的中年男性，这位大概是安若灏的父亲。

何穆穆低下头去，没想到第一次的见面居然会是在这种情况下，她该以怎样的立场继续待在这里呢？反正，安若灏大概也不会有事了，她叹了口气就离开了医院。

回到家之后何穆穆直接就洗了个澡，看到衣服上的血迹时，她还是颤抖了起来，这是安若灏送给她的衣服，第一次穿就成这样了，总觉得好难过。

看着镜子中的自己，脸色苍白，脸颊上、鼻尖上和额头上还沾着早已干涸的丝丝血迹，何穆穆揉了揉自己的眼睛，觉得好疲惫。

说到底，还是自己太无能了，安若灏不仅替自己挡了酒，还替自己挡了子弹，而自己却什么也没能做到，没有早一些制伏那个黑衣人，何穆穆觉得好不甘心，要是自己能再强大一点就好了。

那一天晚上何穆穆失眠了，盯着白花花的天花板看了一晚上，满脑袋都在想着安若灏的事。

第六十五章　看望

第二天一早，何穆穆心情沉重地来到了公司，不知道安若灏现在怎样了，因为怕打扰到他，所以一直都没敢打电话。

"穆穆小姐！"安德莱朝着何穆穆的方向跑了过来，一脸担心的表情，抓住了何穆穆的肩膀，"你知不知道，安先生住院了！"

何穆穆面无表情地点了点头："知道，因为把他送进医院里的人正是我。"

安德莱倒抽一口冷气："那么穆穆小姐怎么没在医院里陪着安先生呢？"

这话刚好戳到了何穆穆的痛处，说实话，昨晚医院里挤了那么多人，大家都是安若灏的家人或是亲友，而何穆穆就像是多余的一样。

"因为……没有立场啊。"何穆穆挠了挠头发勉强挤出了一个笑容来。

那之后两个人一起走进了公司一楼大厅，安德莱的表情看上去也有些沉重，他似乎可以懂得何穆穆的感受，然后轻拍了何穆穆的肩膀笑了起来："怎么会没立场呢？你是安先生的恋人呀！一会儿我们一起去医院看望他吧。"

何穆穆看到安德莱那样鼓励般的笑容，轻轻点点头。

只不过，何穆穆没有看到拐角处脸色苍白正浑身不住颤抖的彩无夜，刚才安德莱所说的话他都听到了，恋人？

何穆穆是安若灏的恋人？！彩无夜双手渐渐握成拳状，回忆起来的话，女人好像都是这样的生物，喜欢跟着有钱或是有势力的人走，在高富帅和普通人之间，一定会选择高富帅的，那些女人的眼中都会透露着金钱欲。

但是，何穆穆不一样，第一次见面的时候，彩无夜就知道了，何穆穆的眼中很清澈，一点欲望的光彩也没有，就像是照片中的母亲一样，所以彩无夜从见到何穆穆的第一眼就认定了这个人值得自己去信任。

因为彩无夜从小就没有尝过母爱是怎样的滋味，所以他经常也会将自己对母爱的渴望与对女性的追求重叠在一起，那种情感让他非常迷茫，他不知道自己对何穆穆到底是什么情感，可能是爱情，但大概也不光是爱情。

从某种意义上来说，何穆穆大概算是彩无夜的精神支柱，可是现在何穆穆居然成为了安若灏的恋人，果然女人都是这样的生物吗？说到底还是喜欢有钱有身份的男人。

那个明明什么都拥有了的男人根本就不缺女人啊，为什么偏偏选中了何穆穆呢？彩无夜咬牙切齿地想道。

从小到大，彩无夜所遭受到的一切都那么凄惨，从小被人看不起被人欺负，不仅一出生就没有了母亲，结果就连自己的父亲也早早地抛弃了自己离开这个世界，他活着到底是为了什么呢？

彩无夜觉得自己简直就是这个世界上最凄惨的人了，而安若灏则是这个世界上最幸福的人，他突然觉得很痛恨安若灏，如果安若灏从这个世界上消失就好了，这样的想法最初让彩无夜吓了一跳，但很快就冷静下来了。

事实就是这样，如果安若灏从这个世界上消失的话，何穆穆就不会来到这个公司，不会爱上安若灏，那么很有可能成为自己的恋人，彩无夜这么想着，低下头去。

"彩无夜先生，差不多是时候去片场了。"吴心走了过来，看到彩无夜脸色苍白，稍稍顿了顿，"请问，发生什么事了吗？"

彩无夜这才回过神来，看了吴心一眼之后摇了摇头："没什么，我们这就走吧。"

虽然彩无夜表面上装作没事,但坐在车上的时候,他一直用手机在查着关于安若灏的一切信息,以前根本没有注意过的情报现在都让他很在意,比如安若灏和他是同一天生日,并且是同年同月同日,这一点就让他觉得很不爽。

但不爽也只是一时的,很快彩无夜查到了安若灏出生的那家医院,居然和他也是同一家,因为生产是彩无夜母亲家所负责的,所以选择了全市最好的医院。

慢着,同年同月同日生,再加上同一家医院,为什么总觉得有点不对劲?彩无夜抓着手机的手指越发用力,有一种可怕的可能性在他的心中渐渐扩散开,但他极力否认着。

而当天下午结束了工作的安德莱和何穆穆一同去了医院,自从换了经纪人之后,安德莱明显轻松了很多,因为何穆穆开始给他选择性地接了工作,不再像以前那样每天连睡觉的时间都没有了。

安德莱刚想要推开病房的门,何穆穆抓住了他的手腕:"先等一下。"

紧接着,安德莱就看到何穆穆在病房门口做着深呼吸,好像是很紧张的样子,然后一脸斗志燃烧的笑容:"好了,走吧。"

安德莱尴尬地笑了起来,这可不是去打架呀。

在病房里,有一个男性和一个女性就守在病床边,两个人听到开门声之后都扭头看了过来,而安若灏正静静地躺在床上。

温暖的阳光透过玻璃窗洒在了安若灏的脸上,安若灏睡得很平稳,就好像在做着什么美好的梦一般。

"呃……那个,不好意思,我是Y.M旗下的艺人,是来看望安先生。"安德莱尽量压低了音量。

那一男一女这才恍然大悟地点了点头,何穆穆将买来的水果放在了病床边的桌上,没想到安若灏正在休息,来得真不是时候,她挠了挠自己的头发。

没过多久,病房的门再一次被推开,这一次走进来的人是安若灏的母亲何穆穆昨晚刚见过。

她见到何穆穆之后赶紧走了过来轻声说道:"你就是何穆穆吧?昨晚场面太混乱了,所以没能对你道谢,真是感谢你把我们家若灏送来了医院并且献了血给他。"

何穆穆只觉得很惭愧,事实上根本不该让安若灏的母亲向自己道谢的,因为安若灏本来就是为了救她才会变成现在这样的,想到这里,何穆穆赶紧朝着对方鞠了一躬:"抱歉,事实上并不是这样的……其实是安先生他……"

"咳。"带着鼻音的慵懒声音从病床上传了过来,安若灏不知在什么时候已经醒了过来,两只眼睛正盯着何穆穆看,目光中有着许多复杂的情绪让她完全读不懂。

"安先生不好意思,我们把你吵醒了。"安德莱有些抱歉地看着安若灏。

"没关系,其实我刚才也没睡着,只不过是在晒太阳而已。"安若灏这么说着,从枕头底下掏出了一支烟塞进嘴里,但是被他的母亲一把夺过。

"你是伤者,医生不是说了在痊愈之前是不能吸烟的吗?"安若灏的母亲看上去似乎很生气的样子,但声音还是挺温柔的,"真是的,都多大的人了怎么还和小孩子一样,居然把烟藏在枕头下面!"

安若灏沉默了一会儿之后咂了咂嘴:"啧,不吸烟比死还痛苦。"

"不准你乱说话!"

第六十六章 "我就在你身边"

何穆穆在一边看着安若灏和他母亲的对话，觉得这样的安若灏是他没见过的，有点新鲜，但也很陌生，让她傻傻地站在原处不知道要做什么才好了。

安若灏注意到了站在一边尴尬不已的何穆穆，于是闭上眼睛缓缓说道"那个，你们先出去一下吧，我有些话要对她说。"

安若灏的母亲先看了看安若灏，又看了看何穆穆，然后低下头去无奈地笑了起来："知道了。"

何穆穆看着大家都走出了病房，反而觉得更尴尬了，整个人坐立不安的，就连手要放在哪也不知道了，看到了刚才带来的水果，于是特别僵硬地问了句："要吃苹果吗？"

安若灏的目光始终集中在何穆穆身上，稍稍点了点头："好啊。"

终于有事做了，何穆穆就像是被解救了一般赶紧拿起一个苹果和水果刀开始削苹果了。

"为什么昨晚醒来之后没有见到你呢？"安若灏平静慵懒的声音响了起来。

何穆穆下意识缩了缩肩膀，手中的动作也停了下来，她抬头看着安若灏的脸，没有丝毫的不满，只是在问这样一个问题而已。

"抱歉……因为，我看到你的家人之后，不知道自己该以什么样的立场留下来，觉得自己被陌生感包围了，一切的一切都是以前没有见到过的。"何穆穆这么说着低下头去，不知道安若灏会不会懂得这样的感受。

"笨蛋。"安若灏小声说着,然后抬起头来看向了窗外的景色,"自然是以恋人的立场……不过我也了解你的心情,因为我还没有带你见过我的家人,所以大家也都不认识你,那种四周都是陌生人的感觉我懂。"

因为安若灏这样的理解,让何穆穆低下头去死死地咬住了自己的下唇,差一点就哭了出来:"我觉得自己离安先生好遥远,安先生所在的世界是我从未见识过的,所以我……"

"啧,又叫我安先生了啊,欺负我现在躺着动不了不能亲你吗?"安若灏皱起了眉头,然后叹了口气缓缓说道,"并不遥远哦,我就在你身边,你不用走进我的世界,我也在你身边,所以,没什么好不安的,知道吗?"

安若灏这么说着,伸出手去摸了摸坐在病床边的何穆穆的脑袋。

何穆穆颤抖着放下了手中的水果刀和苹果,扑进了安若灏怀中,当然,她避开了安若灏受伤的部位,而安若灏也用那只没有受伤的手回抱住了何穆穆。

"听说昨晚是你献血给我的?那我的体内不就有你的血液了吗?好神奇的感觉。"安若灏说着说着闭上了眼睛。

何穆穆抬起头来,看到的是闭着眼睛微笑着的安若灏,她想起了昨晚的经历,因为安若灏的血型和他父母不同,所以才会由自己来献血给安若灏的,这一点让她稍稍有些介意。

一般来说,两个 A 型血的人会生出 O 型血的孩子吗?这一点何穆穆并不清楚,她准备回去之后查一查。

"怎么了?看上去好像有心事的样子。"

安若灏的声音让何穆穆回过神来,她笑着摇了摇头,然后又抱住了安若灏的脖子:"我果然最爱你了,能够和你在一起真的太好了。"

"对了,让我母亲他们进来吧,本来只是看你脸色不太好想问问你是怎么了的,一直让他们待在外面也不好。"安若灏这才想了起来。

何穆穆点了点头就跑出了病房,不过,病房外只站着两个年轻女子,看上去应该都是安家的下人，在何穆穆出来的时候，两个女子正在小声议论着什么。

"据说是不同的。"

"真的假的？血型不同也就是说不是亲生的？是夫人给老爷戴绿帽子了？"

"谁知道呢？不过也就这种可能性了。"

"呜哇，真是可怕啊。"

何穆穆听到这里就知道那两个女子是在谈论安若灏的血型问题，她皱起了眉头走上前去大声说道："请问安夫人和安德莱哪去了？"

那两个谈论八卦谈论得无比入神的女子听到何穆穆的声音之后都吓了一跳，然后吞吞吐吐地说道："说是给少爷买午饭去了！"

"原来如此。"何穆穆双手插在胸前，冷言说道，"东西可以多吃，但是话不能多说，小心咬到自己的舌根。"

那两个女子瞬间就不说话了，何穆穆赶紧回头看了看病房中的安若灏，他又闭上眼睛了，看来应该是睡着了，刚才果然是被吵醒了吗？他应该挺累的吧，想到这里何穆穆就没有再进病房了，而是下楼去了。

因为医院食堂里还是很拥挤的，何穆穆放弃寻找安德莱了，而是一个人走出了医院，坐在医院门外的石阶上。

此时的天气已经很冷了，何穆穆下意识裹了裹身上的衣服，她掏出手机搜索起血型来，在了解到两个A型血的人也可能生出O型血之后，何穆穆才算是安心了下来。

好奇怪，这件事明明和自己无关，为什么刚才会那么在意呢？何穆穆笑了起来。

那之后的一个半月，安若灏都住在医院中，事实上的确是能出院，但枪伤还是很难痊愈的，所以为了保险起见，他的家人一定要他待在医院中。

而公司则像是沸腾了一般，乱的不行，倒不是因为工作上的问题，而是因为安若灏的身份问题，安若灏的血型与父母不同的事不知是什么时候就传到了公司里来，何穆穆觉得很火大，但她又不能见一个人就解释一次关于血型的事。

关于血型的事全公司的人几乎都知道了，那之中当然也包括彩无夜。

出生年月日完全相同，出生在同一家医院，安若灏的血型与他的父母不同，彩无夜觉得这一切都太诡异了。

慢着，安若灏的父母都是A型血吧？彩无夜捂住了自己的心口，他也是A型血……不会吧？一切应该不会这么巧吧？不……再怎么说自己的父亲一定是彩无生没错，自己现在的性格和他以前很像。

但是，如果彩无生真的是自己的父亲，会就这样丢下自己离开这个世界吗？

彩无夜已经觉得越来越茫然了，不过现在这样对于他来说应该是一个机会，不管是不是真的，反正他和安若灏出生时间和地点都是相同的，而自己的血型刚好和安若灏的父母一样，自己完全可以去毁掉现在安若灏的生活。

这么想着彩无夜渐渐露出了一丝残忍的笑容。

虽然彩无夜知道，自己曾经经历过的一切都和安若灏无关，错根本不在安若灏，但无论如何，安若灏将何穆穆给夺走了，这一点是令彩无夜最无法忍受的。

第六十七章　私家侦探

"彩无夜先生,你在这种地方做什么?"何穆穆的声音从彩无夜身后传了过来。

彩无夜吓了一大跳,转过身去,看到的是红着脸看上去很是羞涩的何穆穆:"啊?这种地方?"

"就是……你自己看嘛。"何穆穆指了指彩无夜的头顶上。

彩无夜缓缓抬起头,看到的是女厕所的标志,他赶紧往一边跑去,直到离厕所很远才停下了脚步,何穆穆笑着走了过来:"你似乎很少这样走神啊,是发生了什么事吗?"

"不,没什么。"彩无夜自然不可能将自己所想的一切说出口的,他怕何穆穆会讨厌他,"最近都没见到你啊,在忙些什么?"

"哦……因为安先生住院了,所以工作完之后我都会直接去医院,最近都没有怎么回公司呢。"何穆穆的脸有些红,她每天都会去医院,在她去医院的时候,安若灏都会支开下人,一般都是两个人在病房中独处,那种气氛总是让人觉得很不好意思。

"是这样吗,你真的那么喜欢他吗?"彩无夜低下头去,目光渐渐黯淡了。

"啊?什么呀,彩无夜先生不要说些奇怪的话!"何穆穆这么说着就一掌拍在了彩无夜的后背上。

彩无夜不说话了,而是抓住了何穆穆的手,目不转睛地盯着何穆穆看:"穆穆,我问你……如果我说,我从第一次见到你的时候,就爱上你了，你会不会选择我？"

何穆穆彻底愣住了，她怎么也不可能想到彩无夜会说出这种话来的，然后特尴尬地笑了起来："啊哈哈……讨厌，彩无夜先生，又来开玩笑了，今天又不是愚人节。"

"我是认真的。"彩无夜这样说着低下头去，唇瓣离何穆穆的越来越近。

何穆穆简直就要吓尿了，直接抽回手推开了彩无夜往后退了好几步，用双手捂住自己的嘴："你做什么啊？"

彩无夜在一边静静地看着何穆穆，然后低下头去笑了起来："好吧，我已经知道你的答案了。"

对啊，是一个能够陪伴自己一生的伴侣，从小就是一个人的彩无夜一直都在寻找的就是这样一个人，而何穆穆的出现让他觉得是最佳人选，但是这个人现在却被安若灏给抢走了，真是不公平。

何穆穆看着彩无夜的背影，觉得他简直就是莫名其妙，说些有的没的，真的太奇怪了。

这一天下午，安若灏终于出院了，虽然还需要继续养伤，但是已经没什么大碍可以回公司继续工作了，何穆穆实在是太兴奋了，她已经好久没有和安若灏一起吃午饭了，最近都是一个人在餐厅里吃的，还是觉得挺寂寞的。

当天晚上因为安德莱有一个节目要录制，所以何穆穆也很晚才回到了家。虽然工作辛苦，心情却很不错，总之安若灏能平安归来就好，那样躺在病床上看上去虚弱的安若灏真的让何穆穆觉得很揪心。

叮咚。

突如其来的门铃声让何穆穆从美好的思绪中回到了现实，奇怪，现在都已经是晚上 11 点了，是谁在这种时候按她家的门铃？

何穆穆下意识觉得不太对劲，于是从猫眼往外看去，结果看到的是杨宇华。

说到杨宇华这个人真的是很奇怪，他搬到这儿来也有一个多月了，基本隔三岔五就会来找何穆穆一次，每次都是不同的借口，有时候来借盐,有时候来借醋,有时候来借酱油,柴米油盐酱醋茶几乎都要借了个遍。

杨宇华似乎很想进到何穆穆家来,但是何穆穆总是保持着警惕将他留在门外。

反正已经这么晚了,干脆就装作不在家好了,何穆穆这么想着就朝客厅走去。

"何小姐,你在家吧?麻烦开一下门好吗?"

何穆穆就当作是没听到,直接将包放在了沙发上就准备换衣服了。

"何小姐,十万火急啊,真的只有你能救我了,求快开门啊!"

杨宇华的声音听上去似乎是真的很急,何穆穆手中的动作稍稍停顿了一下开始动摇起来,真的出事了吗?这种深秋的夜晚应该不会没事站在楼道里吧?

最终何穆穆还是去开了门,看到的是穿着单薄衣物的杨宇华,杨宇华双手抱着自己的肩膀看上去好像很冷。

"抱歉啊,何小姐,我刚才下楼去倒垃圾,结果居然没带钥匙,快冻死了,能不能让我进去坐一会儿?"杨宇华这么说着。

事实上并不是这样,杨宇华其实是个私人侦探,受诺佳鸾之托要好好调查何穆穆这个人,最好能在她平时起居方面查出些什么来,但这个何穆穆警惕心真的很高,让他搬到这一个多月都没有机会接近对方。

而刚才杨宇华听到了隔壁的开门声,于是赶紧冲了出来,没想到真的忘记带钥匙了,刚好也抓住了这个机会。

何穆穆从上而下地打量着杨宇华,看到杨宇华真的是在轻轻地颤抖着的时候,她叹了口气,缓缓说道:"好吧,那你进来吧。"

"非常感谢!"杨宇华激动得眼泪都要掉下来了,不管怎样工作终于有进展了。

杨宇华用何穆穆家的电话联系了房东,房东表示今天太晚了,已经没有地铁和公车了,所以只能明早再把备用钥匙送来了,听到这话之后杨宇华都要石化了,果然是玩脱了。

"怎么样？什么时候送钥匙来？"何穆穆给杨宇华倒了一杯开水。

"这个嘛……"杨宇华挠了挠头尴尬地笑了笑，"她说明早才能送来。"

"啊？！"何穆穆吓得差点把开水给泼在杨宇华身上，"不是吧？那今晚该怎么办？"

"啊哈哈哈……就是嘛！"杨宇华笑了很久，然后双手合十看着何穆穆，"求你了，让我在这里睡一晚上！我绝对不是什么可疑人士，而且你看，我穿着睡衣又住在隔壁，肯定也偷不了东西的！"

何穆穆双手插在胸前看着杨宇华，然后发现了杨宇华的手背上有着一条细细的伤痕，鲜血还在往外冒着："哇，你流血了！"

杨宇华这才发现自己受伤了，大概是刚才跑得太急被什么东西给刮伤的吧："哦，没事，这种小伤口。"

何穆穆在想了很久之后还是拿出了创可贴给杨宇华贴上："我知道了，你就在我家客房里睡一晚上吧，反正你就住在隔壁，不过我话说在前头，如果我家丢了什么东西的话我一定会踹你家门的。"

"哈哈，都说了不是什么可疑人士了！"杨宇华心想这个女人警惕心也太高了吧？

第六十八章 安若灏的回归

在关上了客房的门之后,杨宇华赶紧掏出了放在睡衣口袋里的窃听器,要粘在哪里好呢?好不容易才混进来一次,客厅还是卧室呢?卧室的话恐怕是进不去,那只有客厅了?

好吧,一会儿等何穆穆睡着了,自己就去粘窃听器。

在抓着窃听器的时候,杨宇华看到了自己手背上的那个创可贴,其实何穆穆应该是个好人吧?不过这就是工作,也没办法。

当然,对这一切毫无所知的何穆穆当晚睡得很是香甜,因为明天安若灏就会回来了嘛,第二天在她醒来的时候,杨宇华已经离开了,并且留了一张字条说是谢谢何穆穆。

何穆穆也不在意这些,梳洗了一下吃完早餐就往公司去了。

安若灏一般都很早就到公司了,所以何穆穆出门也比较早,一路上想着今天能在公司里见到安若灏了,她就觉得好兴奋。

只不过,来到公司之后,一切与何穆穆所想象的似乎不太一样,安若灏的确已经坐在办公室里了,但是却一直在看着资料,听到何穆穆打招呼的声音以后连头都没有抬。

"那个,若灏,不是说要好好休养的吗?你一大早就工作没问题吗?"

"没问题,已经一个多月没有工作了,都快到冬天了,各种各样的年末演唱会和综艺节目在等着我安排。"安若灏虽然这么说,但是完全没有在看何穆穆,两只眼睛始终盯着文件看。

何穆穆也不好打扰安若灏工作，就坐在离他比较近的座位上一只手撑着脸颊歪头看着他。

工作中的安若灏果然也很帅气，只不过脸色还是有些差。

"话说……"安若灏终于抬起头来了，脸上不带着任何表情，"这一次出院回到家之后，总觉得气氛有些不太对劲。"

"嗯？"何穆穆没搞懂安若灏的意思。

"家里人看我的表情很奇怪，尤其是那些下人，经常小声议论着什么，但是看到我的时候，又马上闭嘴了。"安若灏这么说着，放下了文件只是交叉撑着自己的下巴，"你知道发生什么事了吗？"

何穆穆愣了一下，一定是血型不同的事，还是不要告诉安若灏比较好。

"真的是很奇怪，我的父母平时不是这样的，今天早晨我跟他们说早安他们都没回答我。"安若灏这么说着，低下头去。

"因为血型不同吧，不知道这件事的可能只有安总你自己了。"

彩无夜的声音从门外传了过来，安若灏和何穆穆都回头看着他，何穆穆下意识皱起眉头来，想要去阻止彩无夜的，但已经太晚了。

彩无夜推开门走进办公室来，脸上还带着笑容："抱歉，本来是找安总有些事的，不小心听到了你们的对话。"

安若灏冷冷地问道："所谓的血型不同是什么意思？"

何穆穆赶紧跑上前去抓住了彩无夜的胳膊："啊哈哈，没什么事，彩无夜先生，吴心应该在公司门口等着你，你快去看看吧。"

"不会，今天我没工作。"这么说完之后彩无夜挣脱开何穆穆的手走到彩无夜面前，"安总，事实上你和你的父母血型不同，你的父母都是A型血，而你是O型血，最近大家都在讨论这个，大概，你的家人会对你态度有所改变也是因为这个吧。"

何穆穆和安若灏两个人都愣住了，何穆穆咬牙切齿地看着彩无夜，为什么要把这种话说出来啊？！

"原来如此，血型不同吗？简直就像是电视剧的情节一样。"安若灏面无表情地继续低头看起文件来，"话说回来，彩无夜，最近你似乎是推掉不少电视剧,你不觉得现在还有人找你拍电视剧是很难得的机会吗?为什么要推掉?"

可能是没想到安若灏会如此冷静,彩无夜稍稍沉默了一会儿之后才缓缓说道:"我觉得那些剧本并不适合我。"

"不过那些都是吴心接下的,她觉得很适合你,你们两个人这样一个接下工作一个又去推掉工作,会给公司带来多少损失你想过吗?"安若灏拿起一支烟缓缓说道。

"我知道了,以后我会和吴心好好沟通的,那我先走了。"彩无夜说完之后就离开了办公室。

过了一会儿,安若灏叼着烟不爽地说道:"他来到底是干什么的?"

应该只是来让安若灏受打击的吧,何穆穆这么想着,之前彩无夜的态度就很奇怪了,何穆穆凑到安若灏面前用无比认真的表情说道:"若灏,你不用担心的,我已经查过了,即使是两个A型血的人也可能生出O型血的孩子来!"

安若灏盯着何穆穆看了很久,然后低下头去笑了起来:"你还真的去查了吗?其实没必要,退一万步来说,即使我不是他们的亲生儿子,任何改变都不会有的,因为他们没有第二个孩子了。"

说起来好像的确是这样没错,就算安若灏并不是安氏财团的大少爷,但他现在是唯一的继承人,所以所有的一切都不会有变化的。

话虽如此,但大家对安若灏的态度开始有了变化。

这天中午安若灏和何穆穆一起去了餐厅,结果一群本来在讨论着什么的女人看到了安若灏之后都不说话了,只是用特别诡异的目光一直盯着安若灏看,在安若灏经过了她们之后才继续开始议论起来。

"嗳,你看,说曹操曹操到啊!"

"难道不是他妈妈有过外遇才会生出一个血型完全不一样的孩子来吗?"

"哇,贵圈真乱,不过那种阔太太一年到头待在家里果然是很空虚吧。"

这些话全部都被安若灏和何穆穆听得清清楚楚,安若灏并没有什么反应,该怎样还是怎样,而何穆穆则觉得非常愤怒,她自己刚进公司的时候,也经常被这些人议论八卦,真是没想到现在轮到安若灏了。

安若灏和何穆穆面对面坐着,因为刚出院只能吃些清淡的东西,所以他点了冷面,看着何穆穆一口饭也不吃,他皱起了眉头。

"你怎么了?该吃东西的时候,就好好吃,不要老想着别的事儿,会影响消化的。"

为什么这个人可以这样无所谓呢?何穆穆咬着自己的下唇:"但是!那些人说得也太过分了……"

安若灏放下筷子,看了看刚才在议论着她的那些女人:"嗯?你也觉得那些是真的吗?"

"当然不可能了!"何穆穆大声地否认了。

这一声让附近的人都往这边看了过来,安若灏则低下头去,脸上带着淡淡的笑容:"那不就结了?既然你觉得不可能,那么就没必要像现在一样在意这些事,爱嚼舌根的人无论到哪里都有,我们也管不了他们,你现在的这种态度就好像是连你都相信了他们所说的那些事一样。"

这话让刚才在议论着这件事的女人们都没话说了。

何穆穆在思考了很久之后,还是点了点头:"我知道了,你说的没错。"

"嗯,那就乖乖吃饭。"安若灏说着从西装口袋中掏出烟塞进嘴里。

何穆穆直接就站起身来抢过了安若灏口中还没来得及点燃的烟:"这里是公共场所,而且你不是还需要休养吗?吸烟对你的身体不好!"

"哈?喂,把烟还给我!你这口气怎么和我家老妈似的。"

"真失礼啊!"

第六十九章　失踪

之后的一段时间，公司里还算平静，虽然都在背后议论着安若灏，或者说其实是在议论安若灏的母亲，而安若灏住院的一段时间内工作累积了很多，所以他也没空去理睬那些人。

而何穆穆也一直都在外奔波跟着安德莱去各种各样的工作地点，几乎没有时间见安若灏了，说实话，有点寂寞。

让何穆穆比较在意的是杨宇华依旧和以前一样几乎每天都会到她家来借东西，而且借的东西越来越奇葩了，什么洗发水、拖鞋之类的，何穆穆开始怀疑杨宇华这个人其实大概很穷，什么也买不起。

所以从那之后何穆穆经常会在做饭的时候，特意多做一份给杨宇华送去，有什么减价的物品也会多买一份给杨宇华，这种感觉简直就像是在养小猫小狗似的，于是两个人在不知不觉之中成为了朋友，杨宇华再次确定何穆穆是个好人。

在周五早晨何穆穆和平时一样走进公司的时候，就看到安若灏站在一楼大厅内，似乎是在等人，何穆穆笑着走上前去拍了拍安若灏的肩膀。

只见安若灏一脸不悦的表情，冷冷地说道："太慢了。"

"啊……因为今天难得是安德莱没有工作可以好好休息的日子，我就想着，我能不能晚点来公司。"何穆穆挠了挠头，"说实话，最近的工作太累人了。"

因为很久没有这样和安若灏见面了，所以何穆穆心情很好，也没有反驳什么。

"原来如此,那个……今晚有没有时间?"安若灏说到这里的时候,似乎是有些不好意思了,于是别过头去。

"有什么事吗?"何穆穆歪着头一脸茫然地看着安若灏。

因为大厅内总是人来人往,安若灏抓着何穆穆的手腕往一边的拐角处走去,在确定了四周没有人之后才小声说道:"之前不是说过要见我的父母吗?所以今晚想带你去我家。"

何穆穆先是呆愣愣地看着安若灏,过了一会儿反应过来是什么情况之后脸一下就变得通红:"啊?!今晚?但是……我还没有做好心理准备啊,连件像样的衣服都没有!"

安若灏嘴角抽搐:"说什么傻话,你在医院里不是见过我父母了吗?今天只不过是去吃个饭而已。"

"啊?但怎么说都是媳妇儿见未来公婆嘛,总觉得好紧张啊。"何穆穆用双手捧住了自己通红的脸,"我要买些什么去才好呢?你说父亲母亲大人喜欢吃什么呢?"

安若灏无奈地捂住了自己的额头:"什么也不用买,只要去吃个饭……"

"但是!你说我要不要去烫个头发?现在这样看上去好幼稚。"何穆穆这么说着从包里掏出了小镜子照啊照的。

安若灏终于忍无可忍了,低声说道:"你倒是去不去?"

"去!"何穆穆这才消停下来。

安若灏这才满意地点了点头:"很好,今晚6点我就下班了,你可以到我办公室等我。"

话虽如此,但何穆穆还是有点紧张,虽然在医院里已经见过了安若灏的父母,但是到安若灏家去又是另一回事了,就好像是在街上偶尔遇到和被邀请到对方家去一样。

这一次可是正式的场合啊,而且安若灏家那么大,肯定有很多人的,到时候可不要丢人才好,何穆穆这么想着。

这一天何穆穆本来也就没工作,心情非常复杂,一整天都在造型部里打扫着办公室。

总觉得很紧张，安若灏的母亲是很温柔的人，而他的父亲则有些冷冷的，面部表情也是一直很严肃，大概是因为那个时候安若灏在住院的关系吧。

"我说何穆穆，我已经说过了，造型部真的不用你来打扫的，你已经不是造型部的人了，你现在可是安德莱的经纪人呀。"艾姐看到何穆穆打扫屋子就觉得特紧张，毕竟何穆穆是安若灏的恋人啊，得罪不起。

"可是你不让我打扫的话，我没有办法排解心理的紧张感啊！"何穆穆死死地抓住了扫帚。

艾姐也没办法阻止何穆穆，只能装作是什么都没看到，然后一抬头就看到了悄无声息好似鬼魅般站在办公室门口的吴心，差点吓尿，过了好一会儿才回过神来："那个……你找哪位？"

吴心没有说话，只是伸手指着正在扫地的何穆穆。

"何穆穆！有人找！"

满脑袋想着下班后是不是要买些什么的何穆穆回过头来就看到了吴心："吴心，有什么事吗？"

吴心面无表情地看着何穆穆，然后稍稍低下头去，精致的眉毛微微揪在一起："那个……彩无夜先生不见了，他有来找过你吗？"

"不见了？"何穆穆不懂这个词的意思。

"嗯，找不到他，手机关机，他家也没有人，今天明明要录一个节目，不知道怎么办才好了。"吴心双手握拳，指甲将手心压得生疼。

何穆穆看着吴心的样子也有些担心，拿出手机来拨打了一次彩无夜的手机，果然是关机状态，因为之前彩无夜就有些不对劲，何穆穆突然觉得背后很冷，该不会是想不开了吧？

"这是失踪吧？！是得报警的吧？！"何穆穆这么说着就要拨打110了，却被吴心给阻止了。

"失踪48小时才能报案，现在即使是报警也不会被受理的。"吴心的声音很小，"我现在在想这件事要不要告诉安先生，最近彩无夜先生这样的行为越来越频繁了,好像已经对这份工作厌恶了一般,已经这样违约多次了。"

"那么,平时也会这样说不见就不见?"何穆穆想着这样的确是不能告诉安若灏了,不然安若灏可能会大发雷霆将彩无夜给开除的。

吴心看着造型部里往外看来的那些人,也不知道他们听到多少,最终还是艰难地点了点头:"但是,平时手机是开机状态,只是不肯接而已,他最近的心情可能很差,总是见他郁郁寡欢的样子。"

这可怎么办呢?还是不要告诉安若灏比较好,他最近工作也很忙,这样只会给他添麻烦而已,而且对彩无夜也没什么好处,何穆穆就这样站在造型部门口挠了半天的头才抓住了吴心的肩膀:"暂时还是别说了吧。"

虽然大家都知道这样一直违约下去总有一天会被安若灏知道的。

何穆穆抓着吴心的胳膊一起出去找彩无夜了,据吴心所说,彩无夜这个人平时很少出门,是个十足的宅男,所以他会去哪儿吴心完全不知道,两个人只能在公司附近和彩无夜家附近寻找了。

第七十章　不该出现的人

结果找了一下午也没能找到彩无夜,眼看着天渐渐暗了下来,已经快到和安若灏约定的时间了。

说实话,因为之前彩无夜对何穆穆说了很奇怪的话,所以让她觉得彩无夜的失踪该不会是因为她的关系吧?如果那个时候自己对彩无夜态度好一些,甚至是稍微欺骗一下对方,安慰一下对方,现在会不会不是这样?

何穆穆觉得很困扰,想起彩无夜曾说过他的父亲就是自杀去世的,何穆穆不禁浑身发毛,彩无夜应该不会也这样吧?但是现在已经快6点了,再不回公司的话就要迟到了,明明就已经是寒冷的深秋了,何穆穆的脸上却冒着冷汗。

"你没事吧?脸色很难看哦。"吴心从口袋中掏出手帕来给何穆穆擦了擦额前的汗水,"算了,还是不要找了,如果明天他还没有出现的话,就是这报警看看。"

"这样真的没事吗?"何穆穆还是有些担心,不管怎样也是事关人命啊。

"没事的,最初他不接电话的时候,我也很担心,怕他被人绑架之类的,但是第二天他就会出现的,我想应该没什么事。"吴心虽然是这么说的,但是她看上去却很担心彩无夜。

何穆穆觉得自己就这样走的话,可能会有些自私,但是没办法,毕竟在等着她的人是安若灏,于是她点了点头:"我知道了,那我还有急事,先走了,明天见。"

吴心看着何穆穆的背影,低下头去,整个人开始大幅度地颤抖起来,她又试着拨打了一次彩无夜的手机,但还是关机状态,希望彩无夜真的不要有事才好。

在何穆穆到达公司的时候,安若灏已经站在公司门口了,他正皱着眉头看自己的表,时不时地抬起头来看看四周的情况,那张英俊的脸上写满了愤怒。

何穆穆见状赶紧跑了过去:"抱歉,若灏,我迟到了,因为刚才有点急事要处理。"

安若灏在沉默了一会儿之后用慵懒的声音说道:"你已经迟到将近半小时了,到底去哪了?"

"呃……这个就不说了吧,我们赶紧走吧!"何穆穆当然是不会把彩无夜失踪的事告诉安若灏了。

原本是预定7点的晚餐,但从公司开车到安家至少也要一小时,不管怎么看都要迟到了,安若灏觉得无比心塞,有什么事比和他回家还重要呢?

而且何穆穆此刻看上去完全是另一个人了,脸色苍白,额前还有这细密的汗珠,这么冷的天她居然流汗了,而且头发也有些散乱,简直就像是在外面奔波了一整天一样。

不过安若灏也没问何穆穆到底是发生什么事了,既然她刚才不说的话,就说明是不想告诉自己的事,所以即使问了也没用。

在到达安家的时候,天已经彻底黑了,因为已经是深秋了,天黑得比较早,何穆穆特别抱歉地看着安若灏:"对不起,都是因为我的错……"

"没关系,他们可能还在等着,赶紧进去吧。"安若灏搂住了何穆穆的肩膀。

安家住在青州最大的别墅区,这种风景何穆穆是想都没想过的,虽然天黑了,但是道路两边的地面上躺着一排排的LED灯,将地面照成了青蓝色。

安若灏家的院子外还有着一扇大铁门，门外还站着几个保安，看到安若灏的车之后便朝着这边鞠躬了，然后铁门就缓缓朝两边挪去，院子大门就这样被打开了。

何穆穆觉得有点晕，这样的情景是她做梦也没想到过的，因为从小就住在普通的公寓楼内，这样的别墅真的是第一次见到。

"一会儿进去之后，我会给你介绍人的，你不要太紧张就好了。"安若灏轻轻拍了拍何穆穆的脑袋。

何穆穆用力点了点头。

门被打开之后，何穆穆看到的是一个穿着笔挺西装的中年男性。

"老冯，我们回来了，我爸妈他们还在等吗？"安若灏小声问道。

那个中年男性应该是这个家的管家，他面露难色，凑到了安若灏身边说道："少爷，其实是这样的，今天来了一个奇怪的客人。"

"奇怪的客人？"安若灏往家里看去，只见客厅的沙发上坐着一个男性背对着这里，所以也看不到他的脸，"今天是我带客人来的日子，这算什么？"

"这个嘛……少爷，其实……"

老冯的话还没说完，安氏财团的董事长就走了过来，表情很严肃，和在医院里的时候一样，这种表情给何穆穆带来了一丝压迫感，她赶紧低下头去："伯……伯父好！"

而坐在沙发上的人听到了何穆穆的声音之后先是一愣，便缓缓回过头来。

那个男人何穆穆和安若灏再熟悉不过了，这就是今天失踪了大半天的彩无夜。

"哇！为什么彩无夜先生会在这里？我和吴心找了你大半天啊！"何穆穆这么叫喊着，然后在下人们纷纷把头扭过来的时候，赶紧捂住了自己的嘴。

彩无夜也睁大了眼睛，看上去很惊讶的样子："我还想问你为什么会在这里……"

说到这里，彩无夜倒抽一口冷气："该不会，是来见家长的吧？"

听到这句话之后何穆穆立刻就羞得低下头去。

安若灏皱起了眉头,这到底怎么回事?为什么这个人会出现在这里?于是他扭头看向了自己的父亲:"爸,这到底是……"

董事长盯着安若灏看了很久,眼中的情绪很是复杂,他叹了口气:"你们先进来吧,不,今天似乎不适合招待客人,何小姐还是请回吧,若灏,你先进来。"

这样的话其实很失礼,安若灏完全搞不懂自己的父亲到底是怎么了,于是他抓住了何穆穆的胳膊:"爸,我今天要带她来的事你不是很早就知道了吗?现在把她赶回去不好吧?而且她家离这里很远,即使要回去也得我送她。"

而彩无夜看到这个情形则是露出了淡淡的笑容:"是啊,父亲,这样把人赶走果然有些失礼,还是让她进来吧,反正,她也是安若灏的恋人,有权利知道安若灏的事。"

这个人是怎么回事,这种说话口气,不对啊,他刚才叫董事长为父亲了?!何穆穆愣住了,两只眼睛睁得老大,连嘴都要合不拢了。

安若灏眯起眼睛抬头,瞥了彩无夜一眼:"说什么呢?你叫谁父亲?"

"若灏!你回来了啊!"安夫人从屋子里跑了过来,然后抱住了安若灏,看上去很伤心的样子,眼睛通红。

"这到底是怎么了?发生什么事了?!"安若灏越来越搞不懂情况了。

"总之你们先进来,说来话长。"董事长将安若灏和何穆穆都拉进屋子里去。

第七十一章　安若灏的真实身份

何穆穆和安若灏并排坐在一起,彩无夜就坐在他们对边,而董事长和安夫人则坐在三个人的侧方。

安若灏实在是觉得火大,为什么在今天这种日子彩无夜会在他家?而且还喊他的父亲为"父亲",简直让人觉得莫名其妙。

何穆穆知道彩无夜没事之后也算是松了口气,她准备一会儿发条短信给吴心。

彩无夜和平时总是没精神的样子完全不同,此时的他脸上正带着得意的笑容,还没等董事长开口,他就先开口了:"不好意思,今天我去医院调查了一下,原来我们两个人不仅是同年同月同日生,连医院也是同一家,而且,就连婴儿床的床位也离得很近。"

安若灏根本不知道彩无夜想说什么:"所以呢?挑重点!"

"重点就是,我是 A 型血。"彩无夜从口袋中拿出了体检报告。

"所以呢!你到底想说什么?"安若灏因为满腔的不悦,现在终于要爆发出来了,忍不住提高了音量。

"我想说的就是,董事长应该是我的父亲,而不是你的父亲,你懂了吗?"彩无夜的笑容越发明显。

安若灏突然就哈哈大笑起来,何穆穆都吓了一跳,只见安若灏捂住了自己的额头:"你是傻子吗?全世界和我同年同月同日生 A 型血的人多了去了,难道都是我爸的孩子不成?"

"的确是这样没错。"一直沉默着的董事长终于开口了,"所以,明天我们准备去做亲子鉴定，你也一起来。"

安若灏不说话了，只不过是一个同一天出生的人而已，犯得着做亲子鉴定吗？搞不好只不过是为了挤进安家来才说谎的也不一定。

安夫人的眼眶又红了起来，眼泪开始往下掉落："这种事怎么可能呢，若灏从小就那么聪明懂事，我不承认他不是我的孩子。"

董事长看了看一边的彩无夜，然后清了清嗓子："现在事情到底是怎样我们还不知道呢，你先闭嘴，而且如果若灏不是我的孩子，那么可能性还有一种，那就是……"

"不可能！"安夫人抓住了董事长的胳膊死命地摇着头："我怎么可能做背叛你的事呢？！"

安若灏觉得头好疼，这到底是什么情况？彩无夜才是自己父母的孩子？那么自己是谁？自己的父母又是谁？！

何穆穆看着彩无夜，觉得眼前的这个彩无夜好陌生。

而彩无夜注意到何穆穆的时候，突然露出了一个灿烂的笑容，这个笑容就像是两个人第一次相遇的时候，一样，何穆穆只觉得自己背后冷冷的。

结果周末的两天安若灏完全没有和何穆穆联系，即使何穆穆打电话他也不接，发短信他也不回，何穆穆虽然担心但也没办法，可能是亲子鉴定的结果出来了吧。

应该不可能的吧，如果彩无夜才是安家的孩子，那么安若灏呢？是医院的人抱错了吗？

安若灏说过因为安家没有第二个继承人，所以一切都不会有改变的，但如果证明彩无夜才是安家的孩子，而安若灏和安家完全没有血缘关系的话，那么现在的一切会和以前有所不同吗？

何穆穆倒抽一口冷气，该不会安若灏以后都不负责管理 Y.M 公司了吧？如果是这样那自己该怎么办？安若灏不会从自己的世界中消失吧？何穆穆虽然告诉自己不要胡思乱想，但还是忍不住担心起来了。

周一一大早何穆穆就来到了公司，她真的很担心总裁办公室里的安若灏会换成另一个人，在她跑到了办公室看到安若灏正叼着烟处理文件的时候,才算是松了口气,因为这样差点掉下了眼泪。

"你怎么了?那么慌慌张张的样子。"安若灏抬起头吐了口烟。

"若灏,你还在这里啊?"何穆穆擦了擦自己眼角的眼泪。

"废话,不然我该在哪?"安若灏说完又开始看起电脑屏幕了,"这个月新人还真是少,再加上那些短期签约的基本都不续约了,啧,真麻烦。"

看安若灏那么冷静的样子,就好像一切都没发生过一样。

"结果呢?"何穆穆咽了口口水小声问道。

"嗯,结果出来了,我不是安家的孩子,彩无夜才是。"安若灏淡定地说道,就像是在说别人的事一样。

"啊?!那么……"何穆穆又开始担心了,她跑到安若灏身边,"那以后该怎么办?你还会留在这里吗?!"

安若灏看了何穆穆一眼,叹了口气:"自然会留在这里,这是我的公司,只不过麻烦也出现了,因为彩无夜说想要这间公司。"

何穆穆听到这里皱起了眉头,觉得有些不爽:"什么啊,他凭什么想要这间公司啊?!这可是你辛苦的成果!"

"呵,"安若灏低下头去笑了起来,"你激动什么,我父亲没答应他,不过表示会让他再开另一家经纪公司,也就是说,现在他已经从我这里独立出去了。"

何穆穆愣住了,也就是说彩无夜自己去开经纪公司了?不做艺人了?!

"那么吴心呢?!"

"我昨天找过她了,她决定继续留在这里,不过她看上去似乎很受打击,所以一切都和以前一样,没有变化,只不过是彩无夜从这里离开了而已。"安若灏这么说着,又吐出了一口烟来。

"这样啊……那太好了……"何穆穆虽然嘴上说着太好了,心情却也有些沉重,因为不管怎样,她也无法讨厌彩无夜。而且,虽然安若灏表现得很平静,但是知道了一同生活27年的父母居然不是自己的真正父母,应该很受打击吧?

安若灏似乎想起了什么，目光渐渐黯淡下去，"只不过我的亲生父亲应该是彩无生，据说还是个落魄画家，我总觉得好像有点印象，不过已经去世了，这一点让我觉得有点难过，生父的面一次都没见过。"

关于彩无生的事，何穆穆曾经从彩无夜那里听说过："我之前听彩无夜先生说过，他的父亲在他还在念小学的时候，就去世了，是跳楼自杀的……"

安若灏睁大了眼睛看着何穆穆，一个瘦弱男人的脸出现在他脑海中。

在长大之前，一定不能打开看哦。

安若灏捂住了自己的脑袋，不会吧？

"你怎么了？"何穆穆跑过来扶住了安若灏的肩膀，"头疼吗？"

"喂，陪我去一个地方。"

何穆穆还没回过神来的时候，就被安若灏给拖走了，她都不知道安若灏想做什么，只是，安若灏并没有坐自己家的车，而是和何穆穆一起乘坐了地铁。

两个人来到的地方是离公司很远的一个街心公园，安若灏皱着眉头看着公园里的那些小孩子："啧，这里之前明明就是空地的，事情变麻烦了。"

"若灏，你到底想做什么？"何穆穆尴尬地笑了起来。

第七十二章 安若灏的回忆

然后,何穆穆就看着西装笔挺的安若灏跪坐在地上开始挖着一棵大树底下的泥土,何穆穆吓了一大跳,跑上前去阻止。

"若灏,你做什么啊?在这种地方……"何穆穆抬头看了看公园里那些人诧异的目光,"而且这种泥土里有超多小虫子的,不能用手挖啊。"

安若灏面无表情地看着满地的蚂蚁,冷静地说道:"也是。"

两个人问公园里的人借了铲子,表示有很重要的东西被埋在了里面,等取出来以后一定会把坑给填平,然后何穆穆就和安若灏一人拿一个铲子不停地挖坑,何穆穆真想自我吐槽这到底是在干吗。

挖了大概十分钟左右,何穆穆终于发现了一个铁质的月饼盒:"若灏,是这个吗?"

安若灏看到那个月饼盒之后很激动地点了点头,用双手拍去了盒子上的泥土,然后打开了那个盒子,那里头藏着很多小玩具。

何穆穆这才知道自己刚才挖了半天的是时空胶囊,所谓的时空胶囊就是将对自己有意义的东西放进一个密封的盒子中埋起来,多年之后再取出。

安若灏从那个盒子里找出了一个蓝色的信封。

"这个,到底是什么?"何穆穆凑上前去看着那个信封。

"这个,可能是我的亲生父亲写给我的信。"安若灏颤抖着拿着信和月饼盒坐到了公园的长椅上,"但是我希望不是。"

安若灏拆开了这个信封，并将里面的纸张拿了出来，和何穆穆两个人一同念着这封信。

"若灏，你好。

在你读到这封信的时候，就表示你已经长大了，既然已经是个大人了，那么有些事就有知道的权力了。

首先，有一件事一定要向你道歉，我欺骗了你，事实上，我是你的父亲，你一定会觉得难以置信吧，因为，我不想让你跟着我受苦，所以才会将你和安家的孩子调包，这样，你就能过上无忧无虑的生活了，至少，不会为了钱而烦恼。

能够再一次见到你，真的让我觉得自己是被上天眷顾着的，虽然只是短暂的相处，但能够与你谈心，我觉得很幸福。

写这封信的时候，我已经患了绝症，活不了多久了，看到你生活得那么好我就放心了。

你的父亲：彩无生。"

在信纸的后面还附带了一张画纸，上头有着安若灏的肖像画。

何穆穆倒吸一口气，当年，居然是彩无生将两个孩子给调包了？！并不是医院的人弄错了，而是人为的，故意的？！

虽然能够理解这种希望自己的孩子生活得更好的心情，但是这样卑劣的手段何穆穆实在是无法接受，即使那个人是安若灏的亲生父亲。

安若灏在反复读了这封信之后也觉得非常惊讶，急忙将纸张塞回了信封中："这个一定不能被第三个人知道。"

何穆穆点了点头，安若灏虽然知道这封信不该留着，但不管怎么说这也是他亲生父亲留给他唯一的遗物了，他是怎么也无法将这封信给销毁掉的，将信放回了盒子中，安若灏抬起头来，指着街心公园对面的百货公司。

"当年，我和他就是在这里相遇的。"安若灏缓缓说道，脸上浮现出了一丝笑容。

那个时候的安若灏还是个小学生，跟着母亲到百货公司来的时候，一个人溜到了天台。

也就是在天台,安若灏第一次见到了彩无生,那一天的阳光非常灿烂,而穿着白衬衫的彩无生则一脸苍白地坐在地面上,在阳光的衬托下看上去就像是快要消失一般不真实。

安若灏看着彩无生看呆了,因为整个场景就像是一幅画一样,他指着彩无生的脸大叫起来:"啊——天使!"

听到声音之后彩无生缓缓回过头来,然后冲着安若灏笑了笑:"我可不是什么天使哦。"

虽然彩无生这么说,但安若灏还是坐到了他身边,挨着他的身子:"我不信,你和漫画里的天使长得一模一样!明天一定要和水母他们炫耀!"

"水母?"

"嗯!是我的同桌!一个白白胖胖的家伙,我们都叫她水母!"安若灏这么说着笑了起来。

"原来是这样,你喜欢那个水母对不对?"彩无生看到安若灏笑,自己也笑了。

"才不是!只不过她还蛮有趣的!"

两个人这么并排坐在一起,安若灏很快就发现彩无生的身体似乎有些不对劲:"你的身体好冷啊,天使都是这样的对吗?"

"所以说了,我不是天使嘛。"彩无生苦笑起来。

没多久之后,安若灏的母亲就找到了天台来,抓着安若灏的耳朵:"坏孩子!竟然一个人跑到这里,知道妈妈找你找得多辛苦吗?!"

在看到安夫人的脸时,彩无生整个人都僵住了,露出了非常惊恐的表情,但是那个时候不管是安夫人还是安若灏都没有发现这一点。

安若灏很喜欢彩无生,虽然是陌生人,但却觉得很亲切,所以他几乎每天放学都会到百货公司的天台去,每次都能见到彩无生,两个人每天都会聊天,不知不觉中,彩无生成为了安若灏最好的朋友。

最后一次见到彩无生的时候,彩无生的脸色比之前更差了,就好像真的快消失了一样。

"你的脸色好难看,不去医院没事吗?"安若灏坐在彩无夜身边,似乎有些担心。

"没事,对了,我写了封信给你。"彩无生将那个蓝色的信封交到了安若灏手中。

"信?啊!天使叔叔是想和我做笔友吗?不过我今天还有作业,所以大概要到周日才能回信给你了。"安若灏天真地说道。

"傻孩子,不用回信,不过你要答应我一件事。"彩无生伸出手去,压住了安若灏的脑袋,"在长大之前,一定不能打开看哦,这是有魔法的信,但只给大人看,如果在长大之前就打开的话,里面的魔法就会消失的。"

安若灏完全相信了,因为在他的心中彩无生就是天使,天使会魔法没什么稀奇的,他把蓝色的信封塞进了书包里:"我知道了,天使叔叔。"

"真是个好孩子。"彩无生笑着说道。

这一天彩无生一直在咳嗽,好像很不舒服,虽然安若灏一直劝他去医院,但他一直都只是笑着看安若灏而已。

在夕阳西下的时候,安若灏只能回家去了,在离开之前,他还不忘说道:"天使叔叔,记得去医院,天国也有医院吧?"

彩无生露出了一个带着悲伤情绪的笑容:"嗯,我会去的,你快回家去吧。"

安若灏点了点头,推开了天台的门就打算离开,只不过在走了几步之后,想起来还没有向彩无生道谢,毕竟对方给了自己一封富有魔法的信,于是他又回到了天台。

但就在这个时候,彩无生已经站在了天台栏杆外的墙沿上,看着橘红色的天空,缓缓闭上了眼睛,脸上还带着淡淡的笑容,然后松开了抓着栏杆的双手,展开双臂,就像是要起飞的鸟儿一般。

第七十三章　公司空了

安若灏已经看呆了,他想着天使是要离开人间回天国去了吗?

下一秒,彩无生一跃而下,整个人向下坠落,在这个时候安若灏才意识到有些不对劲。

虽然安若灏想要去救彩无生,但在他跑到天台栏杆处的时候,彩无生已经坠落在了地面上,从身下渐渐溢出血液来。

对于当时还是小孩子的安若灏来说,这绝对是冲击性的一幕,但那个时候的他并不知道那个人就是他的父亲,那之后的一段日子里他几乎每晚都会做噩梦,梦到一个天使想要起飞,却重重地摔在地上失去了生命。

直到现在,安若灏才明白那种亲近感到底是怎么回事,明明是第一次见面的人却觉得一点也不陌生,这就是所谓的血缘吗?

回忆到这里,安若灏低下头去,用手捂住了自己的脸,整个人轻轻地颤抖起来,两只眼睛睁得好大一脸惊恐,盯着地面看:"我从没想过那个在我面前跳下楼去的人,居然是我的父亲……"

看到这样一直在不停地发抖的安若灏,何穆穆也觉得有些心疼,于是她用手扶住了安若灏的肩膀,柔声说道:"已经没事了,一切都过去了。"

何穆穆不知道要怎样去安慰安若灏才好,她根本就无法想象此刻安若灏的痛苦,能做的就只有在他身边陪伴着他了。

"糟了,一滴眼泪也掉不下来,而且天使的脸也已经很模糊了。"

安若灏突然就自我嘲讽般地笑了起来,"我真是个糟糕的家伙。"

何穆穆只是将自己的脑袋靠在了安若灏的肩膀上,什么都没说,两个人静静地在街心公园里待了大半天。

安若灏看着蔚蓝的天空,缓缓说道:"今天所发生的事就当作是我们两个人之间的一个秘密吧,关于天使的事,我也不准备说出去。"

"嗯,会好好保密的。"何穆穆用力点了点头。

"反正现在一切还没有改变,该做什么还是做什么去。"安若灏这么说着就站起身来,"是时候回公司了。"

虽然不管是安若灏还是何穆穆都认为现在的一切不会被改变,但事实并不是这样,一切都比安若灏和何穆穆想象得严重多了。

从这一天开始的一周,公司里的人陆陆续续都辞职了,就连签了约的艺人都开始要求解约,甚至非常爽快地就支付了违约金,就像是在背后有了金主一样,这让Y.M公司很快就空了下来。

安若灏觉得很是奇怪,所以就稍微调查了一下,最后发现那些辞职的人都去了最近刚刚起步的N.D经纪公司,而那家公司正是彩无夜所负责的。

这一下安若灏终于明白了,是彩无夜将自己公司中的人都给拉走了,甚至替他们支付了违约金,可能那些人也都知道了安若灏不是安家真正的长子,彩无夜才是,所以自然认为在安若灏手下没有前途。

这其实也挺符合常理的,人都是往高处爬的生物,所以安若灏也能理解那些离开的人。

仅仅一周的时间,整个公司中除了清洁工和餐厅里的那些工作人员之外,就只剩下五个人了,分别是安若灏、何穆穆、吴心、安德莱以及陈秘书。

安若灏深刻意识到留到最后的才是真爱,这五个人他以后一定要好好提拔才行,虽然不知道公司以后会变成什么样。

那天中午,在吃饭的时候,何穆穆一直盯着坐在她对面的安若灏看,安若灏被看得浑身不自在:"你看什么?"

"啊……我只是在想,公司变得好冷清啊……"何穆穆环视着四周。

普通情况下这样的公司是不可能继续运作下去了，因为就连人事部都没人了，不过也正因为如此，所以清洁工和餐厅里的工作人员工资都由陈秘书来结算了。

"这样不是挺好？难得么么清闲，我已经很久没有那么准时地吃午饭了，而且再也不用排队了。"安若灏冷冷地说道，话虽如此，但公司里一共也没几个人了，餐厅大概也该裁员了，除非能在短时间内再招聘到各种职位的员工。

"不过，这样下去，真的没为题吗？资金方面。"何穆穆总觉得还是很担心。

"放心吧，光是违约金就拿了不少，足够支撑下去了，但事实上彩无夜那些钱还不都是从父亲那里得来的，真搞不懂他为什么要这么做。"

安若灏说到这里难免有些愤怒，彩无夜现在的行为摆明就是损人不利己，只不过是在挥霍着财团董事长的金钱而已。

"彩无夜先生他到底为什么会变成这样呢……"吴心面无表情地端着拉面来到了两个人身边，然后坐在了何穆穆隔壁，"他以前虽然很难相处，但是人并不坏，更没想过要去故意伤害谁，但他现在这样的行为就好像只是为了伤害安先生一样。"

"这个嘛……大概是因为我和他是被抱错的孩子，所以他认为自己所有的一切都是我造成的。"安若灏这么说着，往嘴里塞了一口米饭。

"什么嘛！简直就是有病！他的不幸和安先生又没关系！"安德莱不知是什么时候也坐到了安若灏身边，脸上满是不悦的表情，脸颊都气鼓鼓的了。

安若灏发现就连平时一直都去公司外的餐厅吃午饭的陈秘书此刻也坐在餐厅里优雅地吃着东西了，他突然觉得有些温暖，因为大家在一起，所以也没有什么觉得不安的了。

只不过，吴心却低着头看着碗中的拉面，一副闷闷不乐的样子："可是，彩无夜先生一定也是很痛苦的，都是我的错，如果我能更亲近一些，倾听他的烦恼，也许就不会这样了。"

"吴心你没有错,你是经纪人,倾听彩无夜的烦恼并不在你的职业范围内,所以你不用太自责了,他现在所做的一切都是他自己的意愿。"安若灏平静地说道。

"可是他现在做出这种事来,不就等于是把Y.M公司给毁了吗?"吴心抓着筷子的手渐渐颤抖起来。

"没关系的,总能重新起步的,这个公司本来也是从零开始的,人是我一个一个找来的,所以只要我愿意,公司就可以再一次复活。"安若灏说着说着,低下头去笑了起来,"到时候,我一定不会亏待你们的,谢谢你们还留在这里。"

是啊,比起最初已经没什么困难的了,安若灏最初为了招人可是费了很大劲呢,现在再怎么说Y.M也算有些知名度了,而且还有安德莱在这里,所以一定会比以前轻松多了。

虽然即使什么也不做,自己也不用担心钱的问题,但人生这样轻松不就没意思了吗?况且彩无夜的那些行为从某些角度来说简直就是对安若灏的挑衅,安若灏此刻不好好振作起来怎么行呢?

第七十四章 不放弃

"没什么好谢的,如果非要说谢谢的话,反而应该是我向安先生道谢,如果不是安先生的话,我现在还在过着那种暗无天日的生活呢。"安德莱这么说着笑了起来,然后伸出了自己的拳头,"不管发生什么事,我都会站在安先生这一边!"

何穆穆也伸出了自己的拳头:"我也是!"

陈秘书在另一边看着这几个人笑了起来:"虽然我不会说那些热血的话,不过从以前到现在都把安总当作是我的弟弟来看待,所以我也会一直支持你的。"

就像是约定了什么一样,那五个人将手叠在了一起,如果是以前的安若灏一定会觉得这种行为很愚蠢,但不知为什么,现在的他越来越开始懂得团队的力量了。

Y.M公司虽然没什么人了,但还留在那里的大家都非常忙碌,安若灏和陈秘书负责发布各种招募信息,而安德莱的经纪人换成了比较有经验的吴心,何穆穆则是继续负责化妆师的工作,顺带兼职了星探的工作。

何穆穆还是觉得有些感慨,因为曾几何时造型部总是很热闹,大家都很忙,所以也很嘈杂,此刻造型部的办公室里就只剩下她一个人了,她自然是不可能在这里待下去了,基本上在公司的时候,都会去安若灏的办公室。

因为整个公司中就只剩下安德莱一个艺人了,所以他自然也要比平时忙，好像回到了刚出道的时候，无论是怎样的工作他都会接下，因为这是唯一能够宣传Y.M公司的方式了。

在公司陷入危机的时候，已经到了冬天，各大商城的年末活动也在如火如荼地举办着，所以不管走到哪儿都是人挤人的，而何穆穆则是看准了这个大好机会，每天都徘徊在各种商城中。

"我说，小姐，你看上去很像某个模特啊！长得好漂亮！"何穆穆对一个正在挑着皮包的女人这么说道。

那个女人稍稍停下了手中的动作抬头看了何穆穆一眼，看上去挺高兴的样子："其实我朋友都这么说。"

"是吧！皮肤又白个子高挑长相甜美，你这样的条件不做艺人实在是太可惜了。"何穆穆说着从自己的包中掏出了名片来，"其实我是个星探，如果你有兴趣的话可以来我们公司里试镜。"

"啊？星探？哈哈，我看电视剧里星探都是男人，原来也有女孩子做星探的啊。"那个女人似乎还是挺感兴趣的，于是接过了何穆穆手中的名片，"Y.M啊……我听说过！就是很红的安德莱所在的公司对不对？还有彩无夜，他俩我都很喜欢呢。"

"如果那么喜欢我的话，请到N.D经纪公司来，我已经不在Y.M了，我现在独立自己开公司了。"彩无夜从何穆穆身后走了出来，并且给出了自己的名片。

何穆穆吓了一跳，愣在原处动弹不得，她不知道为什么彩无夜会出现在这里，但最主要的是那个女人看到彩无夜之后脸都红了，整个人轻飘飘的都找不到北了。

"啊……彩无夜……是真人……"女人连话都说不清了。

"没错，我们公司的福利很好，如果你肯来的话就等于是可以每天与我见面了，有兴趣吗？"彩无夜对着那个女人眨了眨眼睛。

"有！什么时候能去试镜呢？"女人双手合十看着彩无夜。

何穆穆一把推开彩无夜："慢着！这个女的是我先看上的！你干吗和我抢人啊！小姐，安德莱在我们公司，你要是肯来Y.M的话也可以每天和安德莱见面的！"

"这话可不能这么说，现在又不是原始社会，谁先看上的人就拖回去交配，你说对吧？穆穆。"彩无夜对着何穆穆露出了一个冰冷的笑容。

何穆穆咬牙切齿地看着彩无夜："彩无夜先生你到底是怎么了？以前不是一个温柔的好人吗！为什么非要毁掉安先生的公司呢？"

彩无夜脸上的笑容渐渐消失了，用非常认真的目光看着何穆穆，然后一只手伸了出去，眼看着就要抚摸到何穆穆的脸颊时却被何穆穆给拍开了，然后他冷笑了一下："你真的是不懂吗？"

"什么懂不懂，和我无关！反正这位小姐是我先看上的！小姐你一定会到Y.M来的对吧？"何穆穆凑上前去看着那个女人。

女人似乎很困扰的样子，手中拿着两张名片不知所措："那个……我回家再考虑一下好了，抱歉，我还有事先走了。"

"啊，被吓走了，唉……"彩无夜事不关己地耸了耸肩膀。

何穆穆气得直磨牙，回过头去怒视着彩无夜，本来发展得很顺利，这个人干吗要半路冲出来破坏啊！

"彩无夜先生,你真的太过分了,不但把安先生公司的人都抢走了，还到这里来干扰我的工作！我们到底哪里对不起你了？！"何穆穆终于忍无可忍地说了出来。

"哪里对不起我？哈哈……"彩无夜笑了起来，"如果没有他的话我过去也不会有这么多悲惨的回忆了，公司原本就该是属于我的，我现在只不过是拿回属于我的东西而已。"

"才不是！公司是安先生自己奋斗努力的成果！你这样做实在是太卑鄙了！"何穆穆双手握拳大声说道，但是她的声音还是被四周的嘈杂给掩盖了。

"我卑鄙？"彩无夜面无表情地看着何穆穆，并且伸手抓住了何穆穆的下巴，"你也真可怜，现在已经沦落到跑到这种地方来当星探了吗？我告诉你，安若灏还会一点一点坠落下去的，很快就会坠到最底端，到时候他可就不是什么大少爷了，跟着他是没有前途的，不如投入我的怀抱吧。"

听到彩无夜这样的话何穆穆更愤怒了,她狠狠地推了彩无夜一把,使得彩无夜往后退了好几步撞倒了身后的好几个人:"你以为我是为了钱才和安先生在一起的吗?我讨厌你了!"

彩无夜听到这些话稍稍愣住了一会儿,只见何穆穆头也不回地就跑了,因为撞到人了,所以连脖子上围着的围巾都掉了,但何穆穆完全没发现。

什么嘛,那个人真是太差劲了,何穆穆这么想着跑出了百货商店,寒冷的空气让她禁不住打了个冷战,围巾不知道去哪儿了,但她也不想回去再找了,还是去下一个目的地吧,就是离这里不远的公园。

在这种圣诞前夕公园里约会的情侣一定也不少,看看有没有什么帅哥美女勾搭一下好了。何穆穆是不会放弃的,虽然现在 Y.M 的情况越来越糟糕了,但她依旧觉得在不久的将来 Y.M 还能恢复以前的状态。

只不过,何穆穆不知道在自己离开之后,彩无夜的脸却越来越黑了,看来不弄垮安若灏的话,何穆穆是不会离开他的,既然是这样的话,只能再另想方法了。

无论如何也要得到何穆穆,要把安若灏的一切都夺过来,不光是父母,对于安若灏来说,何穆穆也是最重要的人之一吧,想到这里彩无夜笑了起来。

第七十五章　被赶出家门

何穆穆回到公司的时候,天空已经被染成了橘红色,而安若灏正在处理着什么文件,看到何穆穆一脸疲惫地走进了办公室之后柔声问道:"怎么了?还顺利吗?"

何穆穆不好意思地笑了起来:"大概是因为我的魅力还不够……好像大家对于做艺人的兴趣都不太浓厚。"

安若灏只是笑了笑:"都是这样的,我准备圣诞节左右在市中心办一个选秀活动,希望这样能吸引更多年轻人。"

"嗯!"何穆穆也打起精神来了,"那么我到论坛上去发帖宣传好了!"

还有一件事让何穆穆非常在意,那就是上一次和彩无夜在三天前,然后这三天她几乎每天晚上都会收到彩无夜的短信,无非就是"一定会让你放弃他的"之类的内容。

但是,彩无夜应该知道何穆穆是绝对不会放弃安若灏的,所以这样的短信总是让何穆穆觉得很不对劲,有种不太好的预感,希望他不要再做出什么偏激的事来才好。

"你最近一直在外奔波,真的很辛苦,平安夜要不要一起吃个饭?"安若灏若无其事地看着窗外,就像是在对别人说话一样。

"好啊!"何穆穆凑到了安若灏面前。

"穆穆,谢谢你,真的……"安若灏低下头去小声说道。

可能,如果换做是别人的话,在这种情况下都会把自己给抛弃了,但是何穆穆却一直守在自己身边，安若灏再一次认定自己这辈子一定要和这个女人永远在一起。

当天晚上安若灏回到家中的时候，已经很晚了，只不过一楼客厅里的灯居然还是亮着的，他还好奇为什么家人这个时候还不睡觉的时候，董事长就从二楼走了下来。

"爸，这么晚还没睡吗？"虽然知道自己并不是董事长的亲生儿子，但是这个称呼安若灏一直都没有改过。

"若灏，到我书房里来，有些事要找你确认下。"董事长这么说完就上楼去了。

不明所以的安若灏也只能这么跟了上去，这是又发生什么事了？

来到了书房之后，安若灏把门给带上，只见董事长背对着他站在窗口，然后看着窗外的月亮缓缓说道："若灏，最近你有没有做什么不该做的事？"

"不该做的？"安若灏最近一直都在忙着给公司做宣传，似乎也没做别的事，"没有啊。"

"我们财团要代理某国外名车的事，你应该没有泄露出去吧？"说到这里，董事长终于回头了，用严肃的目光看着安若灏。

这样的目光安若灏曾经见识过，那是他小时候做错事又撒谎不肯承认时董事长经常露出的目光。

"那个，这件事不要说泄露了，我自己都不知道。"安若灏老实地回答道。

"这不可能吧？无夜说在几天前就告诉你了，所以我也没有特地通知你。"

安若灏站在原地思考了一会儿之后皱起了眉头："爸，我是真的不知道，彩无夜那个人和我有点误会，所以恐怕是他陷害我。"

董事长似乎知道了安若灏会这么回答，于是他打开了网页，上面是一封邮件，是他在敌对公司安排的线人发来的。

那封邮件是转发过来的，上面写着安氏财团准备代理某名车的计划已及各种资料，原发件人居然就是安若灏。

安若灏看到这封邮件也惊了,他核对了多次之后确认那个邮箱地址的确就是他的,但怎么可能呢?现在公司里只剩下他信任的那些人了,而家中他的房门都是锁上的,不可能有人能通过他的邮箱去发送邮件啊。

"而且,今天公司总部的电脑全部染上病毒使得网络瘫痪,导致公司资料全部遗失,已经查到了病毒的来源,正是你所发的邮件,你给某位高层人士发了邮件,对不对?"董事长的预期还算平静,他目前正保持着冷静的情绪。

"爸,你觉得我可能做这种事吗?"安若灏觉得莫名其妙,这些事他根本就不知道啊。

"我也觉得不可能,但证据都指向了你,如果你是我,你会怎么想?"董事长这么反驳道。

安若灏低下头去,他知道董事长说得也有道理,现在所有的证据都摆在这里了,虽然他的确是没做过,这些天为了自己的公司已经费尽全力了。

"爸,我想你大概很难相信,但这一切应该是彩无夜做的,他和我之间有点误会。"安若灏只能这么解释了。

"若灏,说实话,我本来是不想说的,但是,无夜他在我面前说了你很多好话,包括今天所发生的事,直到刚才为止他还说这一定是个误会,说你不可能干出这种事来的。"

董事长这么说着用力地叹了口气,"但你却在他背后这么说他,这让我很失望。"

"不是的啊,爸,你不能被那个人骗了,说实话……"

董事长打断了安若灏的话,缓缓说道:"因为他突然出现在这个家中,所以你觉得很不舒服对吗?因为我们不是真正的父子,但你可知道,27年来我对你的感情有多深吗?即使不是真正的父子,我也不会把你从这里赶出去的。"

"这些我都知道,所以我不可能会做出这种事来的啊,对我没有好处嘛!"安若灏忙着解释,不禁把音量也提高了。

"若灏,我想你不该再和我们生活在一起了。"董事长坐了下来,然后从抽屉里拿出了一叠支票,"Y.M 以后还是你的公司,我不会收回的,你依旧是最高负责人,只不过,我们的父子关系就到此为止吧,看在 27 年的父子情分上,我会给你一笔钱的,至于怎么花就看你自己了。"

安若灏愣在原处,完全不知道该怎样回答才好了,他看着董事长在支票上写了一千万,然后他笑了起来:"这算什么?断绝关系吗?果然还是亲生的儿子更重要对吗?"

"够了,你知道的,我会这么做并不是因为你不是亲生的,而是因为你做错了事之后却不肯承认,我甚至都想过,只要你认个错我就原谅你。"董事长撕下了那张支票就扔到安若灏面前。

安若灏双手握拳,现在摆明了就是将他从这个家中赶出去,他知道自己如果还有尊严的话就不该去捡这张支票,但想到了何穆穆他们的脸,他还是动摇了,现在正是公司需要钱的时候,他还有伙伴,所以最终还是蹲下身去捡起了支票。

"很好,你是个聪明的孩子,从小就是,这也是我喜欢你的地方,虽然以后不再是父子了,但还是希望你能越来越好。"董事长说完这句话之后就站起身离开了书房。

第七十六章　加深牵绊

　　安若灏低头看着自己手中的这张支票，一千万，即使是存在银行中拿利息的话，自己下半生可能也没有什么问题了，有了这一千万，公司应该可以渡过难关，这种时候应该觉得开心吗？

　　渐渐觉得自己越来越奇怪了，安若灏凄惨地笑了出来，从知道自己不是董事长的亲生孩子，到知道自己看着亲生父亲离开这个人世，到现在被赶出了安家，为什么都没有感觉到丝毫的悲伤感呢？

　　自己，已经变成这样的冷血动物了吗？明明就应该难受、伤感的，为什么自己却笑出来了？安若灏这么想着，睁大了眼睛，笑容越发凄惨，虽然心中就像是破了一个洞一样，却完全哭不出来，这才是最痛苦的。

　　同一时间，煮了咖喱的何穆穆给隔壁的杨宇华送去了一点，杨宇华一脸不好意思的笑容："真是太感谢了！何小姐你对我也太好了。"

　　"嗯，没事，这种感觉就和我小时候喂流浪猫差不多。"何穆穆坦率地笑了起来。

　　对方的笑容却僵在了脸上："流浪猫？我是流浪猫吗？"

　　"差不多吧，你不是经常来找我借东西吗？感觉上好像真的很缺钱，不过没关系，以后有啥需要可以再来找我的，我会帮助你的。"何穆穆这么说着就把装着咖喱的盘子端给了杨宇华。

　　"话说回来，外面的雨可真是大呢。"杨玉华看着走廊里的玻璃窗这么感叹道，因为雨很大，所以雨水打在玻璃上的声音真的很吵。

　　"是啊，这个时候要是有哪个无家可归的人来求助的话就是神作了。"何穆穆大笑起来。

但就在这个时候,手机却响了起来,何穆穆一看是安若灏的来电,赶紧接了起来。

"若灏,有什么事吗?"

电话那头并没有响起安若灏的声音,而是淅沥哗啦的雨声,何穆穆觉得有点担心,于是更大声地说道:"若灏?!"

"穆穆,今晚能不能让我住在你家?"安若灏的声音听上去有气无力。

何穆穆嘴角抽搐,这还真的有人来求助了?不过安若灏会无家可归吗?

"呃,可以是可以啦,你赶紧过来吧。"何穆穆柔声说道。

对方沉默了一会儿之后缓缓说道:"过不去了,我正在你家楼下的便利店里,雨实在太大了,而且还有行李……我实在是走不过去。"

何穆穆在原地愣了大概有5分钟,才回过神来:"我知道了,我这就下来接你。"

在何穆穆拿着伞赶到便利店的时候,安若灏正瑟瑟发抖地站在便利店里,两个店员正用无比嫌弃的目光看着他,安若灏身上的衣服已经湿透了,衣服边缘正在往下滴着水,也难怪店员会不爽了。

何穆穆赶紧跑上前去:"你怎么会搞成这样?算了,快点到我家去先擦一下。"

安若灏艰难地点了点头,他已经冷得身体僵硬了,跟着何穆穆来到家门口时,隔壁的杨宇华也打开门走了过来。

"呃,不好意思,我是来还盘子的。"杨宇华这么说着一直在盯着安若灏看,这个男人他知道,就是委托人诺佳鸢被抢走的"男朋友"嘛。

"哦,不好意思,我现在有急事,明天见。"何穆穆抢过盘子就把安若灏给推进了自己的家门。

随便将盘子放在了水槽里,何穆穆从浴室拿来了干净的毛巾给安若灏擦了起来,因为屋子里开着暖气,所以安若灏这才觉得自己稍微恢复了一些知觉。

"衣服都湿透了啊,这样穿着肯定会感冒的,你先去洗个澡吧。"何穆穆一边擦一遍这么说着。

"断绝父子关系了,我和我的父亲。"安若灏终于有力气把这件事给说出来了,"以后我再也不是什么财团大少爷了,只是一个普通人。"

何穆穆稍稍一愣,然后继续给安若灏擦头发,愤愤地说道:"反正肯定是彩无夜捣的鬼。"

"穆穆,这样的我,不会再有金钱和地位了,现在想要甩掉我的话还来得及。"安若灏用比蚊子大不了多少的音量说道。

"什么?!"何穆穆咬住了自己的下唇,终于停下了的手中的动作,安若灏的这种话让她非常伤心也很愤怒,最终还是抓住了对方的衣领,"不要小瞧我!我可不是为了那种东西才和你在一起的!"

安若灏低下头去,眼中的光彩渐渐黯淡下去:"我怕我会拖累你,跟着我不会有什么前途的,所以……"

下一秒,安若灏被扑倒在地毯上,何穆穆则一脸严肃地跨坐在他身上,并且开始脱他的大衣:"什么拖累不拖累的?你现在只不过是离开安家而已,又不是缺胳膊少腿的!"

在安若灏还没能回过神来的时候,何穆穆滚烫的唇瓣就吻上了他冰冷的唇,何穆穆的体温通过这种方式传达到了他的体内。

"若灏,不管你变成怎样我都爱你,想要一直一直和你在一起……"何穆穆这么说着,双手捧住了安若灏冰冷的脸颊,"而且,比起什么是不是有钱人,对你来说……被养了你27年来的父亲给抛弃了,才是更受打击的事吧?"

听到这句话,安若灏睁大了双眼,看着何穆穆,何穆穆只是微笑着继续说道:"但是我相信,时间可以证明一切,他们总有一天能看清彩无夜这个人,也能看清即使是没有血缘关系,27年来的感情是磨灭不掉的。"

安若灏闭上眼睛,就这样躺在地上,然后笑了起来:"是啊……不管怎么说,都已经做了27年的亲人了,怎么可能说结束就结束呢,但是我啊,却一点都没有觉得伤心,甚至是因为从父亲那里得到了一笔财富而感到幸运,这样公司就能度过危机了。"

何穆穆稍稍愣了一下,想要开口说些什么,但最终还是没有说,而安若灏则是伸出手捂住了自己的额头:"我真是冷血,知道自己不是他们的亲生孩子,知道自己的父亲跳楼自杀,知道被赶出家门,都没有掉眼泪呢。"

"这样,反而更难过吧?因为那种坏情绪发泄不出来,没关系的,若灏,在我的面前即使是哭泣也没关系,我不会嘲笑你的,我会安慰你的。"何穆穆这么说着吻上了安若灏的额头。

过了很久之后,安若灏笑了起来:"笨蛋,谁需要你的安慰,谁要在你面前哭泣了?"

虽然话是这么说,但安若灏却抱住了何穆穆,将自己的脸埋进了何穆穆的怀中,有什么液体,正从他的眼眶中滑落下来,然后消失在何穆穆的衣服中。

今后的路该怎么走安若灏已经不知道了,从小到大一直都在走着父母铺好的路,如果Y.M真的毁了的话,自己该做什么才好呢?其实对于这些他很不安,但又不敢在他人面前表达出来,那样就像是在示弱一样。

"穆穆……再加深一点和我的牵绊吧。"安若灏说着翻身将何穆穆压在自己的身下,脸上的是挂着泪水的绝美笑容,眼泪正不停地滴落在何穆穆的脸上。

何穆穆只是轻轻地点了点头。

两个人亲吻着,拥抱在一起,交换着彼此的温度。

第七十七章 选秀

第二天一早何穆穆睁开眼看到安若灏的笑脸时才确定了昨晚发生的一切都不是梦，于是她脸红了，把脑袋埋进了被窝中。

安若灏早就已经起床了，甚至连何穆穆的早餐都准备好了，虽说他长那么大还是第一次做早餐，但因为做的是三明治，所以没什么难度，只不过煎蛋的时候，烫到了手背。

"早啊，快起床吧，给你做了早餐，不过不知道你喜不喜欢。"安若灏的身上还围着围裙。

何穆穆红着脸点了点头，这样的感觉简直就像是新婚一样，何穆穆梳洗完之后来到了客厅，安若灏已经坐在餐桌前边看报纸边喝咖啡了。

何穆穆坐下吃了一口三明治，味道很不错，她不禁笑了起来，对面的安若灏看到这里有些不好意思地别过头去，虽然他用报纸挡住了自己的脸，但注意力基本还是在何穆穆身上的："味道怎样？"

何穆穆点了点头："非常好吃！"

又大力咬了几口三明治之后，何穆穆像是复活了一般："那么今天也要继续加油了！"

"你先等一下。"安若灏放下了手中的报纸，直勾勾地看着何穆穆，"我现在还在考虑这一行还要不要继续下去，让我考虑一下这一千万的去向，也需要开其他公司，不过我不会丢下你们的就是了。"

"啊？但你之前不是说圣诞节举办选秀的吗？"何穆穆盯着安若

灏看。

"嗯，是这样没错，但租用场地要花很多钱，昨天的娱乐新闻已经报道了彩无夜独立开公司的事，Y.M公司对新人的吸引力已经少了很多，如果来参加的人并不多的话，就等于那些钱打了水漂，现在改行还来得及，趁损失还不大的时候。"

安若灏又何尝不想让Y.M公司继续运作下去呢？这毕竟是他这些年来的心血，但现在公司里一共就只有五个人，怎么可能维持下去呢？即使是有艺人愿意到Y.M来，估计彩无夜也会想方设法把人给挖走的。

"但是宣传也花了不少钱吧？各大网站的广告费也很贵的吧？不能这样半途而废啊。"何穆穆站起身来走到了安若灏身边。

安若灏抬起头来看着何穆穆，然后苦笑起来："你觉得还有戏？"

何穆穆一脸认真地点了点头："为什么没有？若灏你之前不是在记者招待会上刷足了好感度吗？！虽然现在大家都离开了，但那也只是一时的，彩无夜他并没有经营公司的经验，只要再等等他就会放弃的！"

这些话说得非常有道理，安若灏愣住了，在过了很久之后才笑了起来："也对……你说的非常有道理，他最近基本一直处于亏本的状态中，虽然财团董事长会提供给他资金，但时间久了必然也不会再继续纵容下去。"

何穆穆非常激动地点了点头："没错！就是这个意思！"

"原来如此，没想到你还是挺聪明的，以前一直没看出来。"安若灏眯着眼睛摸了摸何穆穆的脑袋。

"什么啊？！我一直都是这么聪明的！"何穆穆气呼呼地别过了头。

因为何穆穆这样的鼓励，安若灏已经决定要正常举行选秀活动了，场地就租在了市中心的珍珠生活广场，只要是通过选拔的人可以当场签约做艺人，这样的活动对于做着明星梦的年轻人来说应该还是很有吸引力的。

在活动举办前的这段时间，公司也算是招到了一些经纪人和人事部的文员,而何穆穆非常努力地挖到了几个还算有潜力的新人,所以勉强还能维持下去,一切似乎渐渐进入正轨了。

平安夜当天,珍珠生活广场的选秀活动也如计划所举行了,评委正是留在 Y.M 公司的那五个人,他们已经决定只要是长相够的都签下了,反正即使不能走演员或是歌手的路线,至少还能当个偶像或是杂志模特。

只不过,在活动现场,彩无夜还是出现了,他本来是不想到这儿来的,只不过看到安若灏的公司进入正轨了,而且安若灏也完全恢复了斗志,觉得异常不爽,他的目的就是要让安若灏一直消沉下去,结果都没有如愿。

彩无夜跑上台去,无视了何穆穆一行人诧异的表情,直接对着正在排队的那些选手说道:"各位,到我的公司来吧,N.D 娱乐传媒有限公司,待遇一定会比 Y.M 好,而且对于艺人的包装和宣传力度也要强过 Y.M!"

不管是何穆穆一行人还是台下的那些选手都愣住了,何穆穆双手握拳,彩无夜怎么能变得那么讨人厌?!

台下的选手似乎都开始小声讨论起什么来了,何穆穆见状觉得可能今天的选秀又要被彩无夜给毁了,于是站起身来冲着彩无夜大声吼道:"你怎么能这样?在你最困难的时候,是安先生帮助了你,你怎么能在安先生最困难的时候,这样伤害他呢!"

原本安若灏是不想把事情搞大的,他想让这附近的保安把彩无夜给赶走的,但一边的安德莱听到何穆穆这么说也激动起来了。

"就是啊!安先生是好人!他帮助过大家!你为什么总是要来坏事!挖墙脚把大家都给拽走了支付那么多的违约金对你有什么好处!损人不利己的家伙!穆穆小姐快揍他!"安德莱大声吼道。

这让现场更是一阵骚乱,大家开始议论起什么来。

"话说回来,之前记者招待会我看了,Y.M 的负责人还真的是挺保护自己旗下的艺人的。"

"是啊,不过彩无夜开的公司吸引力也是挺大的。"

"好为难哦。"

"抱歉……"安若灏也终于站起身来,缓缓说道,"事实上今天是想要招募艺人的,但看来似乎又要被毁了,如果大家有兴趣的话,可以直接发邮件到我们公司,如果通过的话我们会通知大家来面试的。"

"哈!你为什么不说实话呢?"彩无夜在一边双手抱胸,"其实是你们公司快垮了,没什么人了才勉为其难办这种选秀活动的。"

安若灏看着彩无夜,大概能猜到他目前为止所做的那些事为的是什么,一定是因为想要夺走何穆穆吧?他笑了起来。

"嗯,他说的没错,各位,我们公司现在的确是走了很多人,即使是我想留,也留不住,但即使如此,我们公司还有人。"安若灏这么说着看向了自己身边的那几个人,"哪怕公司里只剩下一个人了,我还是会继续奋斗下去的。"

看着台下那些选手呆然的表情,安若灏苦笑了一下,看来是不行了吧,这一次的选秀,他已经放弃了,反正现在这样也能维持一段日子,不过就在这个时候。

"我们参加!"

安若灏惊讶地睁开眼睛,只见台下的那些选手都朝着这边吼道:"我们一定会参加的!有这么好的负责人!我们一定会参加的!请赶紧开始吧。"

第七十八章 诺佳鸾的嫉妒

该怎么说才好呢,安若灏觉得非常感动,不管彩无夜再怎样想破坏这个活动,见到这种场景也不可能再待下去了,选秀活动就这样和计划中的一样开始了,也因为这个活动,签到了不少艺人。

Y.M公司就这样渐渐复活了,虽然艺人的知名度不如彩无夜公司里的,但是维持运作没有问题,一切就像是回到了过去一样。

另一方面,因为被赶出了安家,安若灏一时也找不到合适的房子,所以就暂时住在了何穆穆家,这件事被杨宇华知道了,立马告知给诺佳鸾。

"看上去很幸福?"诺佳鸾搅拌着咖啡,抬起头来看着杨宇华。

"嗯,就是你前男朋友和何穆穆,两个人真的很幸福的样子,两个人在客厅里也经常是有说有笑的。"杨宇华喝了一口热牛奶缓缓说道,然后瞥了一眼诺佳鸾。

"这就是我所偷拍的照片。"杨宇华将这些日子所拍的照片都放在了桌上。

看完了那些照片之后,诺佳鸾用力捏着手中的银质调羹,说实话,从得知安若灏替何穆穆挡了子弹之后她就已经开始注意起何穆穆这个人了,没有想到安若灏真的会喜欢上那种普通的小女生。

但是,最让诺佳鸾生气的并不是这一点,她觉得自己的自尊心受挫了,因为安若灏看上去并没有受到什么打击,反而那么幸福的样子,安若灏那样的笑容她可从没见过啊,就好像她的魅力还不如那个小女生。

尽管现在安若灏已经不是什么财团继承人了，但始终是她扔掉的玩具，不管到什么时候都是属于她的，一定要夺回来才行，这么想着，她握起了双拳。

"你帮我绑架何穆穆吧，找一些流浪汉来侮辱她。"诺佳鸾冲着杨宇华冷冷地说道，面部表情有些狰狞，到时候如果自己拍些照片的话，何穆穆就算是毁了。

杨宇华面无表情地看着对面的诺佳鸾，说实话，经过这段日子的接触，他和何穆穆之间也算是建立了友情，何穆穆这个人和诺佳鸾描述的勾引男人的人完全不同，所以他已经打算要回绝掉诺佳鸾的委托了。

况且，什么绑架，找流浪汉羞辱一个弱女子，怎么想都太过分了。

"很抱歉，我拒绝。"杨宇华放下了手中的咖啡杯。

诺佳鸾睁大了眼睛看着杨宇华："你说什么？我可是委托人啊，你怎么能拒绝我的要求？！"

"虽然是委托人没错，但这种过分的要求我是不会接受的，我们之间的交易就到此为止吧。"杨宇华说完之后从口袋里掏出了咖啡钱就这样离去了。

诺佳鸾就这样看着杨宇华离去，整个人气得发抖，怎么回事？是被那个何穆穆灌了什么迷魂汤了？！为什么一个个都这样？！

果然那个女人不是什么好东西，看上去的确清纯可爱，但事实上一定非常放荡，把男人的魂都勾走了！诺佳鸾咬牙切齿地想道，既然如此，那就由自己来解决好了，一定要毁掉那个女人才行。

"我回来了。"和往日一样，在各大商场里物色完一圈之后，何穆穆回到了公司，只见她摇摇晃晃走进了办公室，然后一屁股坐到了办公桌前。

"哇，怎么了？怎么浑身都是灰尘？"陈秘书赶紧拿来了纸巾给何穆穆擦着脸上的尘土。

"别提了，今天不知道为什么超级倒霉。"何穆穆无力地叹了口气。

安若灏将视线从电脑上挪开,看向了何穆穆:"什么情况?"

何穆穆爬到了办公桌上,两只眼睛无神地看着地面:"其实刚才我准备回来的时候,某家店正在刷招牌,然后装油漆的桶就这么掉下来了,直接砸在我的脑袋上。"

安若灏和陈秘书都倒吸一口气,何穆穆皱着眉头继续说道:"还好桶是空的,但再怎么说也是铁皮制的,要不是我从小就练功的话估计这会儿都得送医院了,然后走了没几步觉得被什么东西绊了一下,直接摔了个狗吃屎,路上的行人都在笑话我呢,真的好丢人。"

"这样啊。"安若灏站起身来拍了拍何穆穆的脑袋。

"还不只这样!我还被几个熊孩子扔了石头!虽然没有受伤吧,但也好疼啊!"何穆穆捂着自己的脑袋委屈兮兮地看着安若灏。

安若灏赶紧收回了自己正在轻拍着何穆穆脑袋的手:"怎么回事?你今天是不是犯太岁?"

"呜呜呜……反正就是倒霉至极了!"何穆穆捂住了自己的脸。

虽说安若灏觉得运气这种东西是虚无缥缈的,不过偶尔也会有特别幸运或是特别倒霉的日子,他也不知道该怎么去安慰何穆穆

邮件提示音响了起来,刚才安若灏一直在等某家电影公司的回复,于是拍了拍何穆穆的肩膀就回到了办公桌前。

只不过这封邮件并不是来自电影公司的,而是一个陌生的邮箱地址,安若灏不明所以地点了进去,看到的是何穆穆的照片,而且刚好是何穆穆被油漆桶砸到、摔倒在地上,还有被小孩子扔石子时的样子。

安若灏下意识觉得自己的心脏猛地跳了几下,这是怎么回事?有人在跟踪何穆穆吗?他将邮件往下翻了翻,下面有着这样一句话。

赶紧和她分手,不然就杀了她!

安若灏稍稍愣了一会儿之后冷笑起来,真不知道是谁做出这么无聊的事,他顺手就将邮件给删除了。

不过那些照片还是让人有些在意,毕竟这种抓拍不是跟踪的话一般是拍不到的,但杀人之类的可能只是大话而已,目的很显然是为了让安若灏和何穆穆分手,一般来说会做出这种事来的人也就只有彩无

夜了。

　　安若灏很想找人去人肉搜索一下这个邮箱地址，但现在实在是有些忙，所以还是放弃了，而且他几乎每天都和何穆穆在一起，所以应该不会有问题的。

　　最近天气很冷，在下班之后，安若灏和何穆穆一起去吃了火锅，其实安若灏以前很讨厌火锅，不仅味道很大，而且总觉得有失身份，只有那种高级西餐才是他的挚爱。

　　不过自从和何穆穆一起来了之后，就渐渐喜欢上火锅了，冬天吃火锅总觉得非常温暖，并不是来自外界的暖气，而是发自体内的那种暖。

　　"我要宽粉条、宽粉条、宽粉条，若灏你呢？"何穆穆把菜单交到了服务员手中。

　　安若灏看着偷笑的服务员不禁嘴角抽搐："偏食可不是什么好习惯。"

　　"没事啦，反正吃火锅就是要一个劲吃自己喜欢的东西才开心嘛！"何穆穆歪着头笑了起来。

　　虽然知道有些事是不对的，但安若灏看到何穆穆的笑容之后还是无奈地叹了口气："那么，我要……"

　　磅！

第七十九章　何穆穆的绝境

就在安若灏准备点单的时候,从他们身边的那个一桌上发出了一声巨大的爆破音,安若灏和何穆穆下意识缩了缩肩膀,而服务员更是吓得连手中的笔都掉在了地上,三个人回头看去,隔壁桌正冒着滚滚浓烟。

火锅店里瞬间就嘈杂起来了,店长都被这声音给吓得跑出来看情况了,因为爆炸所引发的火势很小,所以很快就被扑灭了,何穆穆和安若灏两个人自然是从桌位上离开了。

因为隔壁桌是没有人的,所以是不可能发生燃气爆炸这样的事的,但是桌面已经被烧黑了,而且还有着浓浓的火药味往这里飘来。

安若灏睁大眼睛捂住了自己的嘴,有人故意在那里放了小型炸弹?!他想起了下午的那封邮件,那个发邮件的人该不会是认真的吧?

何穆穆看着漆黑的桌子似乎是有些后怕,声音有些颤抖地说道:"真可怕,就在我们身边啊,要是刚才我们坐在那儿的话现在是不是就出事了?"

安若灏先是看了看爆炸的桌子,又看了看正在那发抖向店长解释着刚才所发生的一切的店员,最后,视线锁定在皱着眉头看向他的何穆穆,下一秒,他抓住了何穆穆的手。

"我们快点离开这里。"安若灏这么说完就抓着何穆穆往外跑了。

何穆穆虽然不知道是什么情况,但还是跟在了对方身后:"若灏,怎么了?店里其他的地方没有受到影响啊,我们还是可以继续吃火锅的。"

"不行，太危险了。"可是有个人想要杀了你啊，安若灏这么想着，却没说出口。

是彩无夜吧！一定是彩无夜！没想到他居然会黑化成这个模样，想要杀掉何穆穆！安若灏咬牙切齿地想道。

在跑出去离火锅店有一定的距离之后，安若灏才渐渐停下脚步，刚才的那一下爆炸肯定是对方在告诉他"我是真的有办法杀掉何穆穆"吧，真是太可怕了。

何穆穆走在安若灏身边低下了头："真是的，到底是怎么回事嘛，害我火锅没吃成，回家做咖喱好了，若灏想吃咖喱吗？"

安若灏点了点头："吃什么都好，赶紧回家去吧。"

只有家才是最安全的，安若灏这么想到，在外头待着还是有危险。

何穆穆有些尴尬地笑了起来，摸了摸安若灏的头发："若灏……你怎么了？是被刚才的爆炸给吓到了吗？不过没关系的啦，那只是个意外而已，不要怕哦！"

"笨蛋！我不是怕，我只是……"

话还没说完，一阵冷风呼啸而过，安若灏就看到一辆摩托车朝着何穆穆驶了过来，他吓坏了，立刻将何穆穆拉进自己怀中。

何穆穆就这样靠在安若灏的怀里听着安若灏"扑通扑通"的心跳声，然后抬起头来："若灏，你心跳也太快了，到底是怎么了？"

安若灏的目光还锁定在那辆摩托车上，而此刻何穆穆也看向了摩托车："刚才的确是挺危险的呢，摩托车开得那么快……"

"快回家吧。"安若灏这么说完抓起了何穆穆的手。

何穆穆也开始渐渐觉得有些危机感了，于是点了点头。

只不过，在回家的路上必须经过一条宽马路，那里的车辆一向很多，安若灏看这来往的车辆，速度都很快，实在是不安全，他了看身边的何穆穆："走天桥吧。"

"但是，你不是恐高吗？"何穆穆皱起眉头看着安若灏。

"没事的，只不过是走一次天桥而已，我还没那么胆小。"安若灏说完就抓着何穆穆走上了天桥。

从天桥上往下看的话,夜景是非常美丽的,何穆穆以前最喜欢在天桥上看着马路上的景色了,虽然车水马龙又异常拥挤,但她并不讨厌这种感觉。

不过今天两个人都没有这个心情了,两个人的速度都很快,往天桥的另一边走去,就在往楼下走的时候,何穆穆突然觉得从自己的背部传来了一阵冲击力,让她整个人向前倾去。

有人从何穆穆的背后推了她一下,安若灏见状一手抓住了何穆穆的手腕,一手抓住了天桥的栏杆,硬生生地将何穆穆给拉了回来,然后死死抱在了自己的怀中,往身后看去。

有一个带着摩托车头盔的男人正往另一边跑去,安若灏气得浑身颤抖,这个男人就是刚才骑摩托车企图撞何穆穆的男人吧?!

"怎么回事?今天我果然是犯太岁吗?"何穆穆死死地抱住了安若灏的腰,不知是因为恐惧还是寒冷,她也在颤抖着。

不管怎么说何穆穆也是个女人,接二连三地遇到了这种事,况且还是越来越恐怖的,自然是会害怕起来的。

安若灏一只手抚摸上了何穆穆的脑袋,看来发那封奇怪邮件的人并不是开玩笑或是说大话,如果自己不和何穆穆分手的话何穆穆真的会有危险的。

真的会是彩无夜做的吗?虽然彩无夜这个人一直都很怪,但对何穆穆还是挺好的,他应该不会做出这种直接伤害到何穆穆的事来才对啊。

如果不是彩无夜的话,那还有谁呢?敌对公司吗?现在安若灏已经脱离安氏财团了,还会有什么敌对公司他实在是想不出了,但是,他想要保护何穆穆,现在唯一保护何穆穆的方式,大概就只有分手了。

不过,如果分手了的话,何穆穆一定也会受到伤害吧?安若灏越来越纠结了。

这一天早晨,何穆穆醒来之后没有发现安若灏,平时的安若灏总是一早就起床了,然后坐在餐桌前喝着咖啡看报纸,虽然她并不知道报纸是从哪儿来的,因为她家并没有订过报纸。

"若灏?"何穆穆打开了自己家每一间屋子的门,都没有看到安若灏,甚至连安若灏的行李都不见了。

简直就像是安若灏从没有在这里住过一样,虽然家中还残留着属于安若灏的气息。

何穆穆觉得好奇怪,安若灏难道是搬家了吗?不可能啊,为什么一声不响地就搬家了?而且昨晚明明还和平时一样的,是半夜搬走的吗?这到底是怎么回事啊?!

即使是想要打电话问情况也没有用,电话能拨通,但是却没有人接听,何穆穆气得差点把手机给掰断了,这算什么啊?突然就消失在这个家中了,难道安若灏不知道她会担心吗?!

结果何穆穆连早饭都没有吃就赶去了公司,安若灏就和往常一样坐在办公桌前,甚至听到何穆穆进办公室的声音之后连头都没抬一下。

"若灏!这到底怎么回事?你为什么突然就……"

"啊?"安若灏缓缓抬起头来,用冰冷的目光看着何穆穆,"哦,你说那个啊?我已经搬走了,昨晚搬的。"

"为什么都不和我说一声啊?我一大早快吓死了,你知不知道?!"何穆穆气愤地朝安若灏吼着。

第八十章 分手？！

"太吵了。"安若灏用慵懒的声音缓缓说道,"我好歹也是你的上司,你能不能不要那么没规矩？"

何穆穆直接愣在了原处,这是什么话？为什么安若灏会变得那么陌生？有一种不好的预感开始在她的心中扩散开,但她还是抱着最后一丝希望。

"你说上司……但我们也是恋人不是吗？刚才那些话并不是对上司说的,而是对我的恋人说的啊。"何穆穆的声音都有些颤抖了,就像是快要哭出来一样。

"呵,"安若灏从鼻腔中发出了一声嗤笑,然后冷冷地说道,"哦,不好意思,恋人游戏已经结束了。"

"游戏？"何穆穆连话都说不清了,只是难以置信地看着安若灏。

"是啊,游戏,不然你以为像我这样条件优秀的男人为什么会看上你这种发育不良干巴巴的女人？只不过是一个游戏而已,你懂的,山珍海味吃多了也会想吃吃普通的食物。"安若灏这么说着,将视线从何穆穆身上挪开。

"不过我已经腻了,和你生活在一起的日子真的很无聊,所以从今天开始就结束吧。"安若灏耸了耸肩,站起身来从何穆穆身边走过,经过的时候,还重重地用自己的肩膀推了何穆穆一下。

何穆穆已经说不出任何话来了,她只是就那样站在原地呆愣地看着前方,刚才安若灏说了什么？游戏？腻了？这么久以来,他一直都是在玩弄自己吗？

"慢着！"何穆穆跑上前去抓住了安若灏的衣服，"你说什么我完全不懂，什么叫游戏，什么叫腻了，这样都不像你了啊，我们已经认识那么久了，我才不信你是这样的人！"

"你还真是愚蠢啊，所以说我最讨厌愚蠢的人了。"安若灏甩开了何穆穆的手，"真是难缠，我告诉你，这么久以来，我一直都是在欺骗你，从没想过要和你这种女人玩很久，其实时间已经超过我预算的时间了，所以也算是便宜你了。"

这种话不管怎么想，都不像是从安若灏口中说出来的啊，何穆穆用快要哭出来的表情看着安若灏："若灏，今天并不是愚人节啊，我们之间发生了那么多的事，不会都是游戏，对不对？"

"是游戏啊，托你的福，我玩得很尽兴，以后请不要和我扯上关系了。"安若灏说完之后就离开了办公室。

因为时间还很早，总裁办公室里就只剩下何穆穆一个人了，她突然觉得就像是做了一个梦一样，不过她并不知道，到底是与安若灏相爱的那一部分是梦，还是那个说着伤人话语的安若灏是梦。

怎么会呢？自己和安若灏之间明明经历了那么多事，安若灏甚至还替自己挡了子弹，这些不可能是所谓的游戏啊，那为什么安若灏要这么做呢？

何穆穆真的不懂，她只是很伤心，伤心到连哭都哭不出来了。

因为受到了打击，这一天何穆穆都没有离开公司，而是待在了天台，她傻傻地看着蔚蓝的天空。

总觉得自己的世界一下就变空了呢，明明在很久以前自己的生命中并没有安若灏这个人的存在，现在只不过是回归原状而已，为什么会那么难过呢？何穆穆苦笑起来。

"你怎么那么消沉？发生什么事了吗？"吴心推开天台门走了进来，缓缓地坐到了何穆穆身边，"真难得呢，你居然会待在公司里。"

何穆穆扭头看向了吴心，她此刻真的很想要对某个人诉说自己心中的苦闷，而现在只有吴心在她身边。

"其实,我们分手了。"何穆穆低下头去,将自己的脸埋在了膝盖上。

"啊?你和安先生?"吴心睁大了眼睛,因为怎么也没想到这两个人还有分手的一天,最近他们俩的感情好到不行,简直和连体婴差不多了,"为什么?"

"我也不知道为什么。"就是因为不知道,所以何穆穆才心塞的,冷静下来想一想的话,什么游戏之类的肯定不是真话,即使她的确不怎么聪明,但是来自安若灏的真心她还是能感受到的。

问题就是发生了什么事使得安若灏会突然就要和她分手了呢?何穆穆实在是想不通,该不会是因为昨天的那些事吧?因为昨天自己发生了那么多危险的事,所以安若灏才和自己分手了?

但这也不可能啊,正是因为发生了这些事,才更不可能分手的啊,这样的话自己不就更危险了吗?何穆穆挠着自己的头发,安若灏到底是怎么想的呢?

"时间差不多了,去吃午饭吧?晚了的话又没位子了。"说完吴心就站起身来,顺便也把何穆穆给拉了起来。

其实何穆穆一点也不饿,可能是因为心情不好的缘故,来到餐厅之后也不知要点什么才好,一边的吴心看着双眼无神的何穆穆叹了口气。

"不好意思,两份蛋包饭。"

"好嘞!"

吴心用胳膊推了推何穆穆:"不管发生什么事,饭还是要吃的,不是吗?"

何穆穆轻轻点了点头,两个人端着盘子找空位的时候,安德莱朝着她们挥了挥手。

"好开心哦!已经好久没和穆穆小姐一起吃过午饭了!最近的午饭都是在片场吃的,还是公司的饭好吃呀!"安德莱这么说着大口大口吃着自己的炒饭。

何穆穆看着自己盘子中的蛋包饭,想起了曾经和安若灏一同在办公室里吃午饭的情形,觉得鼻子酸酸的,已经回不去了吧?自己再也不可能和安若灏一起吃饭，一起回家了吧？在一起打扑克，一起看电影都不可能了吧？

以前一切的一切，就像是破碎的肥皂泡一样，离自己远去了，美好的过去再也回不来了。

一想到这里，何穆穆终于掉下了眼泪，滚烫的眼泪滴在了蛋包饭上，对面往嘴里塞了一大口米饭的安德莱愣住了，眨了眨眼睛，差点把米饭给喷出来。

"穆穆小姐！你怎么了嘛？！"安德莱含糊地说道。

吴心无奈地咂了咂嘴，走到安德莱身边，小声地把何穆穆和安若灏分手的事说给安德莱听。

"啊？！"安德莱睁大了眼睛看着吴心，又看了看正在哭泣的何穆穆，"不会吧？！感情明明那么好！为什么会分手的？！"

何穆穆哭得更伤心了，已经分手了，安若灏的拥抱也好，亲吻也好，温柔也好，以后再也不属于自己了，再也不会用那么柔和的语气对自己说话了，她突然觉得很空虚很绝望。

"对不起，我说错话了，不过穆穆小姐你不要那么伤心嘛，肯定是有什么误会了吧？安先生他其实是个很专情的人啊，我进公司到现在还没见他对哪个女人那么好呢。"安德莱赶紧从口袋里掏出纸巾来安慰何穆穆。

第八十一章　自我麻痹

事实上，安德莱的话何穆穆都没有听清，她只觉得自己很不舒服，可能是因为哭泣的关系，有些耳鸣，她站起身来，只觉一阵眩晕，只能坐回座位上去了。

"穆穆，你没事吧？"吴心伸手摸了摸何穆穆的额头，"不烫啊……"

"啊，没事。"何穆穆晃了晃自己的脑袋，刚才那一瞬间是怎么了？

看着吴心和安德莱担心的目光，何穆穆笑了起来："别这样嘛，刚才哭了一下现在已经轻松多了，日子还是要过的，失恋这种事又不是第一次经历，我不会有事的。"

是啊，又不是第一次经历这种事了，上一次不也挺过来了吗？想起上一次，还是因为自己借酒消愁才在酒吧里遇到了安若灏。

想到这里何穆穆揉了揉眼睛，上一次失恋好歹还是有理由的，喜欢上了别人，但这一次呢？安若灏到底为什么要这么做呢？总觉得被判了死刑却不知道自己做过什么，何穆穆真的很不甘心。

但是安若灏那样的态度，何穆穆还从没有见识过，看来安若灏是真的铁了心要分手了。

算了，就当作一切都没有开始过吧，何穆穆这么想着就准备吃饭了，但是看到眼前的蛋包饭时，竟然觉得一阵反胃，看来心情会影响食欲是真的。

因为整个人都是昏昏沉沉的，所以那天下午何穆穆提前回家了，说实话，平时回家路上都是两个人一起的，现在只剩下她一个人了，多少还是觉得有些难过。

现在去想安若灏为什么要分手可能已经太晚了,对方肯定就是有自己的理由,何穆穆站在昨晚两个人还一起走过的天桥上看着蔚蓝的天空叹了口气。

总觉得,发生了很多事呢,那天本来是去安若灏家吃饭的,结果彩无夜出现了说自己是安家的孩子,然后公司差一点被毁了,然后安若灏被赶出了家门……最后,就分手了,最近信息量也有点太大了,何穆穆觉得自己都快理不清了。

就在何穆穆整个人趴在天桥栏杆上的时候,突然觉得一阵天旋地转,整个人几乎要从天桥上摔下去了,她吓得赶紧往后退了好几步一屁股坐在地上。

刚才是怎么回事?!看来今天是受到了太大的刺激而且太困了,何穆穆这么想着赶紧跑回家去。

打开门的瞬间,一阵寂寞感扑面而来,何穆穆咬住了自己的下唇。

以前自己也是一个人的啊,有什么了不起,没有了某个人又不会活不下去!不要这样,何穆穆,振作起来,虽然这么给自己打着气,但何穆穆就连吃晚饭的心情也没有了,直接洗了澡扑进了自己的床上呼呼大睡起来。

可能是因为这些天的工作的确太辛苦了,也可能是因为失恋的关系,何穆穆睡得好沉,直到第二天中午才醒了过来,就连闹钟的声音也没能听到。

即使是会飞,也迟到了吧,不过何穆穆平时会那么积极地去公司只是为了要见安若灏而已,而现在见到了只会更痛苦,所以不如就这样直接去各大商城好了,反正她现在的工作就是星探。

何穆穆决定要用工作来麻痹自己,只要没有时间,自然就不会去想安若灏的事了,只不过她的工作总是挤在人群里,这些人之中有不少都是情侣,反而让她更难过了。

每天回到家之后只有自己一个人,无比空虚的何穆穆总是早早地睡了,然后第二天早早出门,这样就没有太多时间去想安若灏了。

一周后，公司中还是和平日一样忙忙碌碌而又很有秩序，只不过在公司里已经看不到何穆穆了。

"最近，都没有见到穆穆小姐了。"安德莱一边吃着午饭一边小声抱怨着，"好不容易能在公司吃一次午饭，穆穆小姐居然不在。"

吴心正坐在安德莱对面："没办法啊，她最近为了不触景伤情，好像一直都在外面物色人选的样子，看来真的要变成星探了。"

"但是公司不是不缺人了吗？那么冷的天气绝对还是在办公室里比较幸福吧？即使是跟着我们跑，待在保姆车里也要比在街上温暖啊。"安德莱鼓起了脸颊，"都是安先生的错！为什么无缘无故要分手，真是太奇怪了。"

坐在安德莱不远处的安若灏此刻正背对着安德莱他们淡定地喝着咖啡，最近的确是很久没有见到何穆穆了，她好像有段日子没有回公司了，不知道是发生了什么事，但看安德莱和吴心一点也不担心的样子，应该还保持着联系吧。

分手其实安若灏也很无奈啊，他还没能查出来发那封奇怪邮件的人到底是谁，对方会对何穆穆做些什么，到底了解何穆穆有多少他都不知道，但直觉告诉他，那个人不会是彩无夜。

对于何穆穆，果然还是有些担心，如果只是自己单方面在暗处偷偷看何穆穆一眼就离开的话，应该没问题的，安若灏这么想着，将咖啡一口灌进了腹中，今晚就到何穆穆附近埋伏吧，只要看看何穆穆怎样就好。

话虽如此，等着安若灏处理的文件还有一大堆，他捂着自己的额头，不行的话就明早去埋伏。

这一天，安若灏的工作效率异常的高，连陈秘书都吓了一跳，傍晚就将所有的文件都处理完了，他看了看自己的表，还好，现在去的话大概还来得及，何穆穆应该没那么早回家。

"陈秘书，我有点急事先走了。"安若灏说完之后就拎着自己的公文包走了。

陈秘书看着安若灏的背影，稍稍叹了口气，因为她一直将安若灏看作自己的弟弟,而此刻的安若灏脸色却相当难看,她觉得很心酸,这一点安若灏自己并没有发现。

这些天的安若灏就像是一个工作机器一般,面无表情地处理着一份又一份文件,好像是想要将自己投进工作的海洋中,好忘记某些事一般。

夕阳西下的时候,何穆穆提着好几个装得满满当当的塑胶袋从超市里走了出来,这些塑胶袋若是普通女子一定提不动的,但何穆穆好歹也学过功夫,虽然对她来说也很重。

"离家还有500米!何穆穆选手准备冲刺了!"像是在给自己打气一般何穆穆这么说道,然后迈开步子就要奔跑起来。

"那个……"

杨宇华的声音从何穆穆身后传来,何穆穆吓得差点把塑胶袋扔到他脸上。

"那么巧啊,在这里遇到你,你也来买东西吗?"杨宇华的脸上带着笑容。

"看也知道啦,有什么事吗?"何穆穆因为心情不佳的关系,说话语气也有些糟糕。

第八十二章　危险的想法

说实话，杨宇华多少也猜到了这些天发生的事，因为安若灏再也没有出现在何穆穆家嘛，说明两个人肯定是分手了，但那个分手的原因，应该都是诺佳鸢捣的鬼，杨宇华觉得有些愧疚，如果不是他的话事情也不会发生到今天这一步了。

"看上去很重的样子，要我帮你提吗？"杨宇华伸出手去。

何穆穆看了看自己手中提着的袋子，又看了看杨宇华，然后直接把所有的塑胶袋都交给了杨宇华，杨宇华差点摔倒在地。

"呃，你还真是不客气啊。"杨宇华尴尬地笑了起来，光是提着那么重的东西就几乎用光了所有的力气，所以他在轻轻地颤抖着。

何穆穆则是耸了耸肩："这有什么好客气的，我平时喂了你那么多东西，可不就是为了在这种时候派上用场吗？"

杨宇华嘴角抽搐，不过何穆穆说得也没错，虽然杨宇华也不算缺钱，但对于何穆穆总是送吃的给他这一点真的很感动。

两个人就这样肩并肩地走在了夕阳下，杨宇华觉得自己的胳膊都快断了。

"我说……今晚吃什么？"因为气氛实在是有些尴尬，所以杨宇华开始找寻话题了。

"什锦炒饭。"何穆穆冷冷地说道，然后抬头看着杨宇华，"要吃吗？"

"要！我也来帮你一起做饭吧？其实我的厨艺也不错的！"杨宇

华一脸得意地说道。

何穆穆在沉默了一会儿之后，缓缓说道："好啊。"

反正，自己的家中已经没有第二个人了，偶尔让别人来做个客也挺好的，至少能有人陪自己说说话了，平时在家何穆穆几乎都不说话，气氛也很压抑。

杨宇华一脸期待地看着何穆穆："话说何小姐你喜欢吃青椒吗？其实炒饭里放青椒也很美味的！"

"不讨厌。"

两个人走进了公寓楼，而躲在公寓楼侧边小巷子里的安若灏此刻面无表情地看着地面，他刚才看见了什么？为什么何穆穆会和那个隔壁的男人有说有笑地走了过来？而且那个男人还帮何穆穆拎着所有的东西。

简直就像是恋人一样。

安若灏愣住了，他虽然有想过,分手以后何穆穆可能会喜欢上别人，但没想过会那么快，不过说实话，在那之前他就觉得隔壁的那个男人怪怪的了，总是用很奇怪的目光看着何穆穆。

现在想来，那个男人应该很早就喜欢上何穆穆了吧？现在刚好有了可乘之机，是自己给了他机会啊，安若灏苦笑着叹了口气，没想到一份感情彻底结束居然这么快呢。

安若灏挠了挠自己的头发，自己不能这样了,说要分手的可是自己，何穆穆也很受伤，现在却想着要何穆穆继续等待自己，痴情于自己吗？这样的想法未免太自私了。

必须快一点查出发邮件的人到底是谁，那样就能将所有的事都告诉何穆穆了，也许，还有机会也说不定。

"穆穆……"安若灏蹲下身去，用双手捂住了自己的脸，用只有自己听得到的声音说道，"让你伤心了真的很抱歉……"

走上楼的何穆穆突然就朝楼下看了一眼，杨宇华也下意识停下了脚步："怎么了吗？"

"不，没什么，总觉得刚才好像有人在喊我的名字。"何穆穆睁大了眼睛，往下走了几步。

"别吓我啊，这种时候会有谁喊你的名字啊？"杨宇华缓缓说道，看着昏暗的楼道，他只觉得自己的背后有些发毛了。

"不知道，算了，回家去吃饭了，我肚子饿了。"何穆穆跑了回去，抓着杨宇华的胳膊往家走。

是幻听吧？因为太喜欢安若灏了，所以刚才好像听到了他的声音，何穆穆自我嘲讽一般地笑了起来。

虽说杨宇华说想要来帮忙做饭，但一走进家门之后他就让何穆穆坐到沙发上去看电视，由他来做饭。

"毕竟，我这么久以来好像给你添了不少麻烦，所以今天就让我来给你做饭吧！就当是回礼！"杨宇华卷起了袖子。

何穆穆坐在沙发上看着走向厨房的杨宇华，安若灏也经常会给她做早餐呢，尽量让她能够多睡一会儿，想到这里，何穆穆的眼眶红了起来。

因为杨宇华的关系，有让何穆穆想起了安若灏，这些天已经那么努力地麻痹着自己了，一旦又想了起来就忍不住想哭了，即使被那样甩掉了，何穆穆依旧无法克制住自己喜欢他的心情。

何穆穆捂住了自己的心口，这里，正发疯般地疼痛着，各种美好的回忆在脑海中徘徊着，反而更痛苦了，让她几乎都要呼吸不了了。

为什么想要忘掉安若灏就那么难呢？明明已经那么久了，如果自己有了新的男朋友，是不是就能不像现在这样痛苦了呢？

想到这里,何穆穆站起身来，一步一步朝着正在做饭的杨宇华走去。

切着西芹的杨宇华感受到了身后的脚步声，于是笑着说道："等一下哦，很快就能炒好的。"

但是，下一秒，杨宇华只觉得身后一阵温暖，何穆穆的双手穿过了他的腰部环绕上来死死地抱住了他。

"哇！何小姐你做什么？！"杨宇华差点把菜刀给扔出去，背后的鸡皮疙瘩都竖起来了，他怎么可能想到何穆穆会做出这种事来？！

何穆穆只是将自己的脸贴在了杨宇华的背部，和安若灏不同，安若灏比杨宇华更清瘦，光是想到这一点何穆穆就已经觉得很难受了，但她还是咬着牙。

不管是谁都可以……只要是男人，只要能让自己忘掉安若灏就行了，何穆穆呆呆地看着自己家的墙壁。

"你啊，一直都找各种借口到我家来，其实是因为喜欢我，对吧？"何穆穆这么说着，嘴角向上扬起，露出了一个无比妖娆的笑容来。

杨宇华连话都说不清了，吞了口口水结结巴巴地解释起来："不是……你误会了……"

"就算是不喜欢也没关系……做我的床伴吧，让我暂时忘记不开心的事可以吗？"何穆穆说完这些话之后自己都冒了一身冷汗，这样的台词自己怎么说得出口？

"这是不可能的事！"杨宇华拿开了还贴在自己身上的何穆穆的手，然后转过身去抓住了何穆穆的肩膀，"我说何小姐，我知道你现在很痛苦，但不能因为这样而堕落啊，你要更珍惜自己！"

"珍惜自己？"何穆穆冷笑起来，越笑越大声，眼泪都从眼角溢了出来，她抓住了杨宇华的衣领，恶狠狠地看着对方，"别开玩笑了！你们不都是这样的吗？！在喜欢我的时候，把我当作宝物一样珍惜着！但是一旦腻了就把我当作垃圾一样扔掉！"

不管是程骏峰也好还是安若灏也好，何穆穆曾经以为安若灏和程骏峰不一样，安若灏绝对不会像程骏峰那样背叛她、抛弃她的，会一直陪伴在她身边，但结果还是一样，不管自己多努力也没用。

第八十三章　神奇的生命

何穆穆终于忍不住大哭起来，慢慢跪坐在地上："到底为什么要抛弃我，到底为什么……我做错了什么可以说啊……"

杨宇华看到何穆穆这样心里也不好受，他蹲下身去抓住了何穆穆的手："何小姐，你没有错，大概那位安先生也不是因为不喜欢你了才分手的。"

可能是诺佳鸾在暗处做了什么，或是挑拨了两个人的关系，或是威胁了安若灏，从现在看来何穆穆似乎完全不知情，那么应该是后者。

"你说有什么用啊！你又不是他！笨蛋！"

何穆穆愤怒地推了杨宇华一把，杨宇华瞬间重重地撞在了料理台上，差点吐血。

"刚才你不是还叫我做你床伴的吗？"杨宇华捂住了自己的肚子。

"是啊！所以说你到底肯不肯？！"何穆穆抓住了杨宇华的衣领来回摇晃，"我这么可爱你就不动心吗？！"

杨宇华嘴角抽搐，看着何穆穆那张愤怒的脸："呃，我对那么粗野的女人没什么兴趣……"

"什么？！粗野？！"何穆穆气得直磨牙。

"好了，先不要激动了，其实我有些事想告诉你。"杨宇华站起身来，顺便也将何穆穆给拉了起来。

何穆穆就在站起身来的那一瞬间，觉得眼前一黑，一口气喘不上来，她本来想要顺顺自己的呼吸的，结果就这么失去了意识倒在地上。

杨宇华愣了几秒钟之后赶紧拨打了120,然后将何穆穆抱上沙发,因为不知道对方是不是有什么心血管的疾病,所以杨宇华也不敢随便乱动何穆穆。

在何穆穆被送进了医院之后,杨宇华在走廊里来回踱步,这下怎么办?是不是应该要联系那个安若灏?他是有对方的联系方式的,但现在找安若灏来真的好吗?

结果没过多久,穿着白大褂的女医生就走了出来,杨宇华迎上前去,刚想问情况,就被对方抽了一巴掌,杨宇华被这一巴掌给抽晕了,这什么情况?

"你这种男人真是有够烂的!"女医生冲着杨宇华吼起来,"自己的女人怀孕了!你到底让她做了什么?她现在疲劳过度而且营养不良!干脆分手算了!大烂人!"

杨宇华简直就无辜死了,先是被何穆穆推了一下,到现在背部还有点疼,然后又被医生扇了一巴掌,这到底是招谁惹谁了?

慢着,刚才这个医生说了啥?

怀孕?!

杨宇华倒吸一口冷气,何穆穆怀孕了?!

"还不快去看看她?!她可虚弱了!你个大烂人!"那个女医生不忘踹杨宇华一脚。

杨宇华整个人都僵住了,他这个时候也只能进病房去看何穆穆了,只见何穆穆也呆愣愣地躺在病床上。

刚才那个女医生已经把怀孕的事告诉何穆穆了,她此刻脑中一片空白,和安若灏分手了,却怀上了对方的孩子,该怎么办?

"你没事吧?"杨宇华走到何穆穆身边小声问道,"医生说你疲劳过度营养不良,我去买点吃的给你吧?"

何穆穆完全没反应,似乎就像是被抽走了灵魂的玩偶一般。

"不管发生什么事都要面对现实嘛,不好好吃饭的话身体会撑不住的。"杨宇华一边说一边挤出一个笑容来鼓励何穆穆。

只不过……

"我还是把孩子打掉吧。"何穆穆这么说着,轻轻抚摸上了自己的小腹。

"啊?!我去!施主不要冲动啊,你知不知道堕胎有多……"

"那也总比一出生就没爸爸好吧?!"何穆穆冲着杨宇华吼道,"你又没经历过这种事,怎么会懂我现在的心情?!"

"自然是不可能懂的,因为我是男人。"杨宇华捂住了自己的额头,"所以我说了啊,对方不是不爱你了才和你分手的,或者说就是因为太爱你了才会分手的吧。"

"滚出去啦!我现在不想见到你!一副事不关己高高挂起的态度,看了就让人讨厌!"何穆穆别过头去。

只不过是将自己的坏情绪发泄在了杨宇华身上而已,何穆穆觉得这样的自己真的很讨厌。

杨宇华静静地看着何穆穆,然后笑了起来:"小孩子是很可爱的哦,你不想见见他吗?"

何穆穆愣住了,回过头去睁大眼睛看着杨宇华。

"你和那位安先生的孩子,应该很可爱吧,你们俩都长得很不错,不想见见他吗?"杨宇华这么说着,低下头去,"事实上,我本该有个孩子的,但是却因为工作的关系没有注意到女朋友的变化,她一气之下就和我分手把那个孩子给打掉了。"

"啊?"何穆穆不知道杨宇华曾经经历过这种事,觉得有些惊讶。

"在知道的时候,我真的很伤心,孩子是无辜的啊,错的是我,不管她想要怎么打我骂我都可以,但为什么要把我们两个人爱的证明给从这个世界上消灭掉呢?虽然我的这种想法可能也挺自私的。"杨宇华勉强挤出一个笑容来。

"但是,不一样啊,我现在已经被他抛弃了,即使把孩子生下来也只有痛苦而已。"何穆穆低下头去抓住了病床的被子。

"嗯,你自己考虑吧,我去给你买点吃的,即使是要做流产手术也得保持体力才行。"杨宇华站起身来离开了病房。

何穆穆伸手去摸了摸自己的小腹,在自己的腹中,正有一个小小的生命被孕育着,小小的生命一点一点长大,以后就会从自己的体内离开,成为一个和自己一样的人类,然后,这个人类是自己和安若灏爱情的见证。

一切的一切都好奇妙,何穆穆光是想到这里就忍不住掉下眼泪了,并不是因为伤感,而是因为觉得很感动,即使是分手了,自己却依旧喜欢着安若灏,所以,应该要把这个孩子留下来才对,因为这是自己和安若灏的延续。

何穆穆伸手擦掉了眼泪,小声地对着腹中的孩子说道:"对不起,刚才有了要把你毁灭掉的念头,我现在已经决定了,要把你生下来,不管将来会遇到怎样的困难都不要紧,只要你还在。"

另一边,说着去买食物的杨宇华在下楼之后打了个电话给安若灏,这个手机号码是不久前才调查出来的。

"哪位?"电话那头传来了安若灏有气无力的声音。

"哦哦!安先生,你还记得我吗?就是住在何小姐隔壁的,我叫杨宇华。"杨宇华开始做起了自我介绍。

电话那头的安若灏听到了这个声音之后怒火直接蹿了起来,因为联想到了傍晚看到的一切:"什么事?!打电话来向我炫耀的吗?!去死吧!"

吼完之后安若灏就挂断了电话。

第八十四章 "喜当爹"

杨宇华满头的黑线，他心想今天自己到底是怎么回事？这运气也太背了，连安若灏都把怒气发泄在他身上了，自己也太无辜了吧？！

杨宇华本来也想扔电话的，但是想到还躺在病床上的何穆穆，他还是忍着不悦再一次拨打过去。

"我说安先生啊，我不是来炫耀什么的，我有什么好炫耀的？我只是来告诉你，你喜当爹了！"

"我靠！你是不是想死？！你对穆穆做了什么我喜当爹了？！什么时候的事？我要杀了你！你在哪？别走，我马上就来！"安若灏的声音听上去愤怒到极点了。

杨宇华愣住了，什么情况？喜当爹的意思难道不是"喜事啊！你当爹了"吗？为什么安若灏会那么生气？！不过至少最终目的也达到了。

"我在第二人民医院，3楼，你现在就来吧。"杨宇华说完之后就挂断了电话，深深地松了口气。

杨宇华自然是不知道"喜当爹"的意思是：自己的老婆怀上了别人的孩子。他买完了食物之后就上楼去了，反正安若灏知道了何穆穆有了身孕，两个人肯定能和好的，那之后就皆大欢喜了，到时候自己只要把诺佳鸢的事告诉他们就行了。

在杨宇华将食物给何穆穆之后，他就听到了自己的手机铃声，于是接了起来。

"找谁？"

"那个姓杨的，我在3楼了，你给我过来！"是安若灏超级低气压的声音。

"哦，就在307，你自己可以进来的。"

"你出来！在病房里打架会影响到别人的。"

杨宇华听到打架两个字之后稍稍愣了一会儿，对方是不是误会了什么？于是他推开病房的门走了出去，结果刚一出门就被一拳揍飞了。

安若灏还摆着揍人的姿势，用凌厉的目光看着杨宇华，杨宇华此时已经欲哭无泪了，今天到底是怎么回事？被推了一下，被抽了一巴掌，又挨了一拳。

"你小子对我的穆穆做了什么？！"安若灏还不解恨，直接走上去抓住了杨宇华的衣领，"我告诉你！就算我和穆穆分手了，那也是暂时的！我们还是相爱的！你小子别想着乘虚而入！如果你已经这么做了！我今天就送你去见上帝！"

妈呀，杨宇华看着安若灏充满杀气的目光，快吓尿了："帅哥，你冷静点，我从没有想过要乘虚而入，那种粗野的女人就留给你吧，我还是喜欢瘦瘦高高胸大点的。"

"什么？！你对我家穆穆有什么不满吗？！她也不光是粗野好吗！温柔的时候，也是超温柔的！你不懂！"说到这里，安若灏才算是稍稍冷静下来了一点，眨了眨眼睛，"你什么意思？"

"若灏……你刚才说的是什么意思？"何穆穆刚刚塞了一口饭团到自己的嘴里就听到了一声巨响，走出来一看就听到了安若灏所说的一切。

安若灏看到何穆穆之后整个人都僵掉了，双手也终于松开了，杨宇华终于松了口气。

"穆穆……你为什么……"安若灏已经不知道要说什么才好了，"你怎么会在医院？"

杨宇华嘴角抽搐："因为晕倒了，被送来医院，检查出来怀了孩子啊。"

何穆穆觉得有些不安,把这些说出来之后安若灏会是怎么想的呢?她轻轻地点了点头:"就是这样,没错。"

没想到安若灏一脸大受打击的模样:"你真的怀上他的孩子了?我为了你才那么忍着痛苦和你分手的,你居然和别的男人怀上了孩子!"

杨宇华直接晕倒在地:"我靠,总裁大人,你这智商是怎么当上总裁的?"

何穆穆一步步走到了安若灏面前,甩手就给了安若灏一巴掌,眼角还带着泪:"孩子是你的!你怎么能说出这种话来?我是那种人吗?"

"我的?"安若灏就这么捂着自己的脸颊看着何穆穆,"你是说,你的肚子里,有了我的孩子?"

"不是你的!是我的!我已经准备一个人把这孩子生下来了,没你的份!"何穆穆别过头去就准备回病房。

"穆穆,孩子是我的,我会负责的,你不要说这种话好吗?"安若灏跟在何穆穆身后。

"反正已经分手了,你还怀疑这孩子是那个杨宇华的!我已经心寒了。"何穆穆板着脸推了安若灏一下。

"不是的,我不是怀疑,是他自己打了一通电话给我,说我喜当爹之类的。"安若灏急急地解释着。

"哈?!"何穆穆黑着脸走到了杨宇华面前,抓住了他的脖子,"你干吗乱说啊!"

杨宇华快断气了,他满头黑线:"所以说喜当爹到底是什么意思啊……"

"你们干什么呢?!医院里要保持安静!不准这么吵吵闹闹的!"当班的护士长终于看不下去了,到这里来赶人了。

三个人只好回到了病房中,何穆穆和安若灏都没说话,何穆穆觉得很愤怒不想说话,而安若灏则是不知道说些什么才好,杨宇华挠了挠自己的脑袋。

"我说，现在连孩子都有了，有些话还是说清楚比较好。"

安若灏看了杨宇华一眼，他觉得自己大概是误会杨宇华了，于是缓缓说道："穆穆，其实我会和你分手，是因为有人威胁我，如果不分手的话就要杀了你，而且当晚突然就发生了那么多危险的事，所以我才。"

说完之后安若灏觉得脸上实在是挂不住了："说实话，我觉得我活到这么大，只有面对你的时候，才会那么窝囊，我还这真没那么低声下气和别人说过话。"

何穆穆扭头看着安若灏，其实她也觉得两个人的分手非常奇怪，而且也来得太突然，所以她相信安若灏所说的都是真的："你这样一个人背负着，还把我当作恋人吗？"

"好了，先不要说这些了，我知道威胁你们的人是谁。"杨宇华实在是看不下去了，这样什么时候能进入主题？

"我告诉你们，威胁你们俩分手的人是诺佳鸳，她一直很嫉妒何小姐，她最初找我的时候，是说何小姐抢了她的男朋友。"杨宇华耸了耸肩，"所以你们只要防范好她就行了。"

安若灏和何穆穆对视了一眼，原来是诺佳鸳，安若灏心想自己怎么没早点想到这号人物，大概是早就被遗忘了。

慢着，好像有哪里不对劲，安若灏凑到杨宇华面前："你什么意思？什么叫最初找你？你和她什么关系？你为什么会认识她？"

杨宇华瞬间滴下了冷汗，糟糕，说漏嘴了，不过事情已经到了这种地步，就干脆全部说出来吧。

"其实，我是私人侦探，而她是我的委托人，要我来调查何穆穆这个人，就这样，然后还要我破坏你们的关系，当然我没答应，像我这种正义感十足的人怎么可能拆散你们这种情侣呢？对吧？"杨宇华说着笑了起来，但是笑容渐渐僵硬在脸上。

第八十五章　和好

"原来是诺佳鸾,她还是挺难缠的,现在又成了某个有钱人的干女儿,手头的钱财也不少,以后可能也会做出什么对你不利的事来。"安若灏这么说着,抓住了何穆穆的手,"我是爱着你的,但,至少这段日子,我们还是装作分手了好吗?"

没有想到安若灏是因为这种原因而和自己分手的,何穆穆现在觉得心情很复杂,一个人承担一切的安若灏让她心疼,但是这样下去真的好吗?

"诺佳鸾是一个活生生的人,对吗?难道说,只要她存在着的一天,我们就必须装作陌路吗?"何穆穆抬起头,面无表情地看看安若灏,"即使逃到世界的每一个角落,现在科技那么发达,她都能找到我们。"

安若灏呼出一口气,低下头去:"也是,如果一直这样逃避下去的话也不是办法。"

杨宇华见这里没自己什么事了,就悄悄地离开了病房,然后靠在医院走廊里叹了口气,看到那两个人和好了,他就放心了,至于接下来的事他已经不打算再去管了,毕竟诺佳鸾的后台硬着呢,也得罪不起。

第二天一早何穆穆就出院了,因为一整晚都有安若灏陪伴着,所以她无比安心,睡得也很香甜,虽然这些天也睡得很多,但是疲劳感却消除不了,有安若灏在身边一晚上就觉得体力全部都恢复了。

本来安若灏是希望何穆穆能待在家再休息几天的，但何穆穆怎样也不肯，晚上打过点滴，所以她表示身体已经没有任何问题了，想要去公司。

安若灏拗不过何穆穆，只能答应她了，不过要她一定得待在公司里，不能再东奔西跑的了，何穆穆自然是答应了。

看到何穆穆一脸高兴的模样，安若灏也算是松了口气。

"很久没这样和安先生一起来公司了，总觉得开心到快哭了。"何穆穆一边啃着手中的三明治一边这么说着。

安若灏看着何穆穆这样的笑容，多少还是觉得有些心疼，他能想象出来这些日子何穆穆是怎么度过的，一定很痛苦吧？自以为是地保护却给何穆穆带来了这么大的伤害。

吴心和安德莱来到公司交工作表的时候，遇到了何穆穆，安德莱超兴奋地扑了过去，却被一边的安若灏给挡住了。

"咳，她身子虚着呢，别扑她。"安若灏冷冷地说道。

安德莱先是一愣，然后露出了特诡异的笑容，用自己的胳膊肘戳了戳安若灏的肩膀："你们不是分手了吗？干吗还要吃醋啊？"

安若灏的脸微微泛红："烦死了！臭小鬼。"

就在总裁办公室里充斥着笑声的时候，安若灏又收到了邮件。

"不是说过要你和她分手的吗？！就这么想看着她死吗？！"

愣愣地看着电脑屏幕，安若灏当然知道这封邮件是诺佳鸾发的，算了算时间，她应该不是亲眼看到安若灏和何穆穆一起到公司的画面的，而是有人在这附近监视着安若灏，然后向她汇报的。

安若灏直接把邮件删除，走出办公室给诺佳鸾打了个电话，对方可能是没想到安若灏会联系自己，所以声音听上去很是惊慌。

"若灏……你怎么会给我打电话？"

安若灏闭上眼睛抬起头来，觉得很是无力："闹够了吗？当初可是你甩掉我的，现在这又是为什么？"

"啊？你在说什么啊？"诺佳鸾突然笑了起来，"人家实在是不懂你的意思啦。"

"是你干的吧?威胁我和穆穆分手。"安若灏说着,靠在了墙壁上。

对方很明显地愣住了,过了好久才憋出一句话来:"我怎么听不懂你的话?我怎么会做这种事呢?你和谁在一起与我无关啊。"

"邮箱地址我已经好好调查过了,的确就是你没错。"安若灏稍稍撒了一个小谎,不过他本来也就准备去查的。

"原来是这样。"对方的音调一下就低了下来,然后冷笑起来,"我说若灏啊,你这样有意思吗?说实话,你是我所知道的男人里条件最好的,只要你再求求我我就会回到你身边的,你犯得着找那样一个女人来憋屈自己吗?乖了,你和她分手之后,我再和你在一起,怎样?"

这话听得安若灏只想笑,他从鼻腔中发出了一声痴笑来:"你的脑袋是不是有些问题?你已经甩了我那么多年了,我们已经彻底分手了,你凭什么再对我说这种话?"

"你不是喜欢我的吗?当初你不是哭着说要和我永远在一起的吗?"诺佳鸢的声音也下意识提高了,"要不是看你可怜兮兮的,我怎么可能和你交往那么久?"

"的确是那样没错,那个时候我真的很爱你,或者说,把突如其来的亲切当作了爱情,但是现在一切都已经不同了,懂吗?我很爱穆穆,已经决定了要一生与她相伴,请你不要再来打扰我们了,否则我会报警的。"

安若灏这么说完之后就挂断了电话。

电话那头的诺佳鸢此刻已经咬牙切齿地扔掉了手机,什么玩意儿?!那个女人到底给安若灏灌了什么迷魂汤?居然能有男人能抵挡住她的魅力!

早知道这样当年就不要和安若灏分手了,没想到安若灏即使是脱离了安家还能混得风生水起的,再加上人品又很端正,的确是适合做长期饭票的对象,诺佳鸢现在很是后悔。

既然事情发展到这一步的话,自己得不到的东西,没有人可以得到,诺佳鸢笑了起来。

何穆穆看着自己盘子里的蛋包饭,表情凝重地叹了口气:"我虽然没有想要呕吐之类的反应,但是最近比以前更挑食了,看到鸡蛋不知为什么就觉得非常恶心。"

一边的吴心吃着东西含糊说道:"是吗?那你想吃什么,我去给你换一份吧,话说回来几个月了?"

"医生说已经是第七周了,也就是说差不多还有三十周我就要做妈妈了。"何穆穆笑了起来,然后看着蛋包饭想了想,皱起眉头,"不能把挑食的坏毛病再遗传给宝宝,我还是决定吃了!"

吴心在一边轻笑起来,不愧是何穆穆:"你们能和好真是太好了。"

何穆穆艰难地吞下了一口蛋包饭,然后低下头看着自己的小腹,轻轻地抚摸起来:"嗯……多亏了这个孩子。"

安若灏和何穆穆之前还在讨论结婚的事,因为安若灏已经离开安家了,所以现在需要通知的就只有何穆穆的家人了,说实话,何穆穆还不知道要怎样把这些事说给自己的父母听,毕竟还没结婚就怀孕这种事很难开口。

但至少也要先在孩子出生之前把结婚证先领了才行,要不就先斩后奏吧,何穆穆挠了挠自己的头发。

回到办公室之后,何穆穆发现安若灏正在整理着公文包,于是小声问道:"你要出去吗?"

"嗯,去电视台一次,有一些文件要直接从我这里提交过去,顺便看看有没有合适的新人。"安若灏说着合上了公文包,"你自己在公司里好好休息吧。"

第八十六章 毁灭

"我也一起去吧。"何穆穆抓住了安若灏的胳膊,"很久没有去电视台看望以前的同事了,上一次去的时候,还出了那种事,搞的也没时间去见他们。"

安若灏想了想,何穆穆说的也有道理,而且现在何穆穆保持好心情也非常重要,带她出去见见老同事散散心也是好的。

"嗯,跟我一起来吧。"

两个人走出公司之后发现今天的天气有些不对劲,早晨明明天气还很好的,此刻却乌云密布了,而且街道两边的树都被寒风吹得摇摇晃晃了,安若灏看了一眼身边的何穆穆。

"你还是回公司吧,看样子不是要下雨了,就是要下雪了,我怕你着凉。"

"不会的。"何穆穆将脖子间的围巾向上裹了裹,"我想和你一起去嘛。"

这么说完何穆穆又一次抓住了安若灏的胳膊,还把脸放在衣服上蹭了几下,看上去可怜兮兮的样子,安若灏低下头去,该不会是因为之前分手了,所以何穆穆现在还觉得不安,怕再次被自己抛弃吧?

想到这里安若灏觉得很心疼,这样的心情简直就像是被抛弃过的宠物一样啊。

"穆穆,我……"

听到安若灏的声音,何穆穆抬起头来,用圆圆的大眼睛看着安若灏,目光非常清澈，这让安若灏将接下来的话都吞了回去。

"我知道了，带你去就是了。"安若灏低下头去笑了起来，他本来是想告诉何穆穆自己不会再次抛弃她的，不过比起说那些话，还是用行动来证明比较好。

"这个时候我家的司机不在，我们就坐地铁去怎样？"安若灏说完了之后将何穆穆的围巾又裹了裹，把何穆穆的半张脸都给保护起来了。

原本就长着娃娃脸的何穆穆这一下看上去更像儿童了，她点了点头。

就在两个人手牵着手往地铁站走去的时候，从背后传来了一声尖叫，非常凄惨的叫声，两个人大幅度地缩了缩肩膀扭过头去。

下一秒，何穆穆只觉得有人抓住了她的肩膀将她往后拖去，然后脸上就被覆盖上了一块手帕，再接着，就失去了意识，这一系列的动作实在是太快了，让身边的安若灏夜没能反应过来。

死死地抓着何穆穆的那个人是彩无夜，安若灏赶紧跑上前去要救何穆穆，却只觉得自己的脑袋一阵剧痛，他下意识伸手去摸了摸，满手的鲜血。

这到底是发生了什么事？安若灏这么想着扭过头去，视野越来越模糊，他却看到了诺佳鸾的笑容。

彩无夜看着诺佳鸾手中带着血丝的铁制棒球棍笑了起来："你看上去那么美丽动人，没想到却是那么心狠毒辣的角色啊。"

诺佳鸾耸了耸肩："你不也是一样？看上去清瘦孱弱，事实上胆子也挺大的吗？这两个人已经挑战了我的极限，我一定要狠狠地教训他们一顿才行。"

彩无夜对于诺佳鸾那种得不到的东西就要毁灭掉的心情是无法苟同的，只不过敌人的敌人就是朋友这一点他很清楚，他的目的只是想要毁掉安若灏这个人而已。

彩无夜最近在某家咖啡厅结识了一个中年男性，中年男性毫无防备地将彩无夜当作了倾诉对象，将自己好友的过去都说了出来。

中年男性的好友是个穷画家，为了能让自己的孩子过上无忧无虑的生活，而在医院中与有钱人家的孩子调包了，并且再一次遇到自己的亲生孩子得知他过得很好之后，就毫无遗憾地离开了这个世界。

听到了这些事的彩无夜只觉得浑身发冷，忍不住整个人战栗起来，中年男性口中的好友，一定就是彩无生。

彩无夜原本以为是医院的失误才导致他和安若灏两个人被抱错了，没有想到居然是人为了，那么事情的性质可就不同了，他这么多年来的不幸并不是因为命运，而是因为安若灏，原来即使是彩无生也从没有爱过他，心心念念的始终是安若灏。

一定要毁掉安若灏，彩无夜这么想着。

何穆穆和安若灏两个人是被冰水给浇醒的，两个人都被五花大绑着，根本动弹不得。

何穆穆一睁开眼睛就看到了彩无夜的脸，记忆瞬间复苏，她咬牙切齿地吼道："你要做什么？！把我们带来这种地方！"

安若灏则是静静地环视着四周，这是一间房子，但是四周都透着风，好像很破旧了，总之是危房，每到台风或是暴雨的时节，屋子里的住户就必须去逃难的房子。

"别那么凶嘛，我是有事要和安若灏商量的。"彩无夜轻笑着走到了安若灏面前，一把抓住了安若灏的头发强迫他抬起头来。

安若灏咬着牙看彩无夜："到底有什么事！"

"我说安总，你现在混得还是那么好，真是可喜可贺，我是想让你把公司转让给我。"彩无夜用无比柔和的声音这么说着。

安若灏简直就要翻白眼了："哈？！你是不是发烧了？话说回来诺佳鸾在哪？不是她把我给打晕的吗？"

"哎呀，到了这个时候还在关心旧情人啊？你的旧情人嫌这里太脏太破就回去了，见不到她很失望吗？"彩无夜这么说着看了一眼何穆穆，这话是故意说给何穆穆听的。

才不是这么回事，安若灏挑了挑眉毛，如果诺佳鸾也在这里的话，怕是会和彩无夜里应外合之类的，但现在只有彩无夜一个人，威胁也自然小了很多。

见安若灏不说话，彩无夜掏出了一份合同："把这个签了，我就放你们回去。"

安若灏因为头部挨了一棍，此刻看什么都还有些模糊，他眯起了眼睛，是一份转让协议，甲方将 Y.M 公司转让给乙方，他就是甲方，而彩无夜显然是乙方，他大笑起来，笑得眼泪都要冒出来了。

"你真的很无聊诶，而且很幼稚。"安若灏一边笑着一边说道。

彩无夜直接给了他一巴掌："我告诉你，我什么都知道了，彩无生把我们俩调包的事我已经知道了！我会那么惨都是因为你！"

安若灏和何穆穆两个人都睁大了眼睛，这件事只有他们两个人知道，为什么会传到彩无夜的耳中？两个人对视了一眼，安若灏自然相信不是何穆穆说的。

不过也不管这些了，现在的安若灏只觉得彩无夜很可怜，他的脸颊渐渐红肿起来，直勾勾地看着彩无夜："然后呢？我把公司给你，你准备怎样呢？"

"当然是毁掉你！"彩无夜看到安若灏如此淡定的目光反而有些底气不足了。

安若灏叹了一口气："你觉得这样就能毁掉我了吗？公司没有了，我还可以重新再开一家公司，人生啊，无论从什么时候从头再开都不晚，我对你以前那些事也很同情，但现在你是自己的主宰者，你可以选择快乐地生活下去，也可以选择继续仇恨。"

第八十七章　大结局

"住口！闭嘴！"彩无夜抓住安若灏的头发将他的脑袋恨恨地往地上敲。

安若灏只觉得眼冒金星,但他才不想输给这种人,于是继续说道:"难道不是吗？也许最初的确是彩无生让你拥有了那样悲惨的回忆,但你现在已经找到了自己的父母,你可以和他们一起幸福地生活下去啊,为什么还要选择来毁掉我呢？"

"哈哈哈哈,我自己的父母？！"彩无夜凄惨地笑了起来,"那个女人还是想着你啊,对她来说只有你才是她的孩子,根本不拿正眼瞧我！我即使有了金钱也得不到亲情啊！我恨你！"

"够了,彩无夜,即使毁掉了若灏,你还是现在的你,不可能改变他们对你的看法……"何穆穆咬着自己的下唇,她多希望能够回到第一次和彩无夜相遇的时候,如果可以早点发现彩无夜的心情,也许就能救他了。

"命运的选择权在你自己的手中,放下仇恨吧,一切都已经过去了,即使你杀了若灏也回不到过去了啊。"何穆穆说着说着觉得鼻子酸酸的。

彩无夜缓缓回过头来,看着正倒在地上的何穆穆,然后嘴角微微向上扬起,那个弧度看上去似乎很危险,他松开了手走到何穆穆身边。

"也对,即使拿走了他全部的财富也未必能毁了他,但是夺走你的话就不一样了。"彩无夜冷冷地说道。

何穆穆倒抽一口冷气,安若灏也抬起头来盯着彩无夜看:"住手,不要做让自己后悔的事,真的毁掉了我你就会快乐了吗?"

"不会,但会满足……"彩无夜伸出舌头来舔了舔自己的唇,"在你面前羞辱她吧,让你们俩一辈子都忘不了今天的事,让你们也活在仇恨之中,你们就能了解我的心情了吧?没有经历过痛苦的人居然还敢对别人说教,真是让人恶心。"

何穆穆只觉得自己浑身汗毛倒竖,她巴不得现在就崩断这些绳子逃跑,但是如果自己用力的话,会不会对腹中的孩子有影响?她咬着下唇颤抖着。

"笨蛋!住手!你这样禁锢我们已经是犯法了,不要做出罪上加罪的事来!"安若灏大声吼道,"即使你对她做出什么来也不会有任何改变的!我甚至会比现在更爱她更疼惜她,但到时候你就要进监牢了!为了毁了我而毁掉自己,你觉得值得吗?!人心都是肉长的,母亲会接受你的!停止吧!"

"那又怎样?你会恨我吧?我要你一辈子都活在这种仇恨中。"彩无夜一边冷笑着一边开始解何穆穆的围巾。

这样寒冷的环境中,加上刚才的冰水,再加上恐惧,何穆穆觉得自己越来越冷了,该怎样才能阻止彩无夜呢?

"彩无夜先生,我们不会恨你的,因为我和若灏还有彼此,我们会拥抱在一起互相舔舐伤口互相取暖,只要能和彼此在一起,就能忘记仇恨,找一个了解你的人恋爱吧,世界会改变的哦。"何穆穆这么说着,反而笑了起来。

彩无夜愣住了,他站起身来看着两个人:"难以置信,你们都是疯子吗?既然如此,我就杀了他好了!"

安若灏刚刚为彩无夜松开了何穆穆而松了口气,结果整个人就被抓了起来,在他来不及回过神来的时候,整个人就被抓着往一边的墙上撞去,那可是用砖砌成的墙面,就彩无夜现在的力气一定会让他头破血流的。

虽然想着还不能死，但似乎已经来不及了，一切都来得好突然，安若灏这么想着闭起了眼睛。

何穆穆眼看着安若灏的脑袋就要撞上墙了，她终于忍不住用尽力气绷断了身上的那些绳子跑上前去跳起身来一脚就踹飞了彩无夜。

彩无夜直接晕头转向地倒在了地上，因为他并没有直接地见识过何穆穆的身手，所以压根没想过会这样。

"若灏，你要不要紧？"何穆穆急得都快哭了

被何穆穆抱在怀中的安若灏苦笑起来："我怎么觉得我们俩的性别搞反了。"

"现在不是开玩笑的时候了，有没有觉得哪里不舒服？"何穆穆开始检查起安若灏的身子来。

彩无夜觉得很不甘心，为什么总是这样？为什么安若灏就能拥有那么多的爱，为什么就没有一个人来爱自己呢？他缓缓站起身来，从一边抄起了一把椅子朝着何穆穆和安若灏砸了过去。

安若灏立刻翻身将何穆穆护在自己的身下，用自己的身体去承受了来自椅子的冲击力，本就破旧的椅子瞬间解体，安若灏只觉得自己的背部火辣辣地疼痛着。

何穆穆气得直磨牙将安若灏扶到一边，而自己冲上前去抓住了彩无夜的衣领，另一只手握拳就要揍上了他的脸，就在这个时候，屋子的门被踹开了。

来到这里的是一群警察，以及杨宇华，安若灏和何穆穆两个人终于得救，彩无夜则被铐上了手铐，另外诺佳鸾也早被警方带走了，正是她供出了彩无夜。

事实上杨宇华今天到电视台去调查某个高层管理出轨的事，结果就听到了有人在讨论安若灏为什么还不来，并且联系不到人，杨宇华试着联系了安若灏和何穆穆，都联系不上，直觉告诉他出事了。

而这间破房子，就是彩无夜小时候与彩无生的居所，两个人在这里度过了十年。

何穆穆和安若灏都觉得彩无夜挺可怜的，何穆穆想了很久，终于

想到了为什么彩无夜会将她和安若灏关到这个地方。

"彩无夜先生。"看着彩无夜被警方带走的背影,何穆穆大声说道,"这么久以来,你一直想得到的只是那位落魄画家的爱吧?但因为那位落魄画家直到死还是只想着自己的儿子……也就是若灏,所以你才会那么愤怒。"

彩无夜顿了顿,大笑起来:"你在胡说些什么?"

何穆穆还想说些什么,却被安若灏给阻止了。

只不过,走在彩无夜身边的那个警察发现,彩无夜正在不停地掉落着泪水,这些泪水在黑夜中看上去那么闪亮。

五年后。

"没想到你居然这么快就结婚了,我一直觉得你还是个小鬼啊。"何穆穆指着安德莱的鼻子说道。

"我早就已经不是小鬼了好吗?"安德莱捂着自己的鼻子反驳道,"而且你们两个还不是突然就结婚了,吓了我一跳呢!"

"这倒是真的。"吴心在一边喝了一口橙汁,缓缓说道,"谁会想到他们俩被绑架了一次之后不到一周就结婚了。"

今天,是安德莱大婚的日子,对方是一个幼儿园教师,温柔而又开朗。

五年前,安若灏与安氏董事长之间的误会被解开了,虽然董事长很希望他能继承财团,却被他拒绝了,这一切应该是属于彩无夜的,而他只想过着普通人的生活就好。

回想到五年前的事安若灏还觉得有些唏嘘,那之后彩无夜被判了刑,刚好是五年,而安若灏和何穆穆一直过着甜蜜而又平静的生活。

"我说,小梦呢?"想到这里,安若灏发现女儿不见了。

"啊啊啊!小梦不见了!"何穆穆赶紧跑出休息室去找女儿了。

走廊里,有一个小女孩儿正在奔跑着,继承母亲的活力,她一直都是那么有精神的,突然,她撞上了一个人,小女孩儿一屁股坐在了地上。

彩无夜蹲下身去将小女孩儿扶了起来,很意外的,小女孩儿根本就没有哭泣,反而是用一双大眼睛盯着他看,这样的目光总觉得似曾相识:"小妹妹,你叫什么名字?"

"小梦!我的名字叫作安晓梦。"小女孩儿天真地笑了起来。

彩无夜睁大了双眼,原来如此,应该是那两个人的孩子,彩无夜轻笑了起来:"你的爸爸妈妈还好吗?"

小女孩儿歪过头去:"叔叔你认识我的爸爸妈妈吗?我爸爸妈妈可好了!爸爸最喜欢妈妈,妈妈最喜欢爸爸,我最喜欢他们了!和他们在一起的时候,总是很幸福!"

彩无夜听到这里,轻轻地摸了摸小女孩儿的头,这五年来,彩无夜也渐渐从仇恨中解脱了,他在狱中经常会回想着安若灏和何穆穆所说的话,命运的选择权就在自己的手中,人生不管从什么时候开始都不晚。

"小妹妹,我带你去找爸爸妈妈吧。"彩无夜牵起了小女孩儿的手往休息室走去。

"叔叔你认识我的爸爸妈妈?"

"算是吧,我做过对不起他们的事,所以,想要好好向他们道歉。"

而在另一边,安若灏和何穆穆正在到处找着小梦,吴心面无表情地看着他们:"为什么连我也要和你们一起找孩子?"

"不要废话了啦!赶紧找!小梦长得和我一样那么可爱很可能会被坏人给拐走的!"何穆穆大喊起来。

安若灏捂住了自己的额头:"我说你啊,不管到了什么时候都那么迷糊,居然不好好看着自己的孩子,还什么可爱……"

"难道我不可爱吗?不可爱你会那么爱我吗?!"何穆穆不爽地凑上前去。

"说什么呢笨蛋?我是看你那么蠢大概不会有人再要你了,所以才放不下你而已。"安若灏摊开手耸了耸肩吧。

"什么?!"

吴心嘴角抽搐,这俩人到底什么时候才能成熟点?话说回来,还找不找孩子了?

　　三个人找孩子找得底朝天的时候,小梦早已在休息室里吃着美味的曲奇了:"爸爸妈妈好慢哦,婚礼都快开始了。"